M. Trewen

Nichts ist vergeben

AF222701

FSC
www.fsc.org

MIX

Papier aus ver-
antwortungsvollen
Quellen
Paper from
responsible sources

FSC® C105338

M. Trewen

Nichts ist vergeben

Kriminalroman

Impressum

Bibliografische Information der Deutschen Nationalbibliothek: Die Deutsche Nationalbibliothek verzeichnet diese Publikation in der Deutschen Nationalbibliografie; detaillierte bibliografische Daten sind im Internet über http://dnb.dnb.de abrufbar.

Die automatisierte Analyse des Werkes, um daraus Informationen insbesondere über Muster, Trends und Korrelationen gemäß §44b UrhG („Text und Data Mining") zu gewinnen, ist untersagt.

© 2025 M. Trewen

© Coverbild M. Trewen

Verlag: BoD · Books on Demand GmbH, Überseering 33, 22297 Hamburg, bod@bod.de

Druck: Libri Plureos GmbH, Friedensallee 273, 22763 Hamburg

ISBN: 978-3-8192-7679-8

Mein herzlicher Dank gebührt den lieben Frauen

Barbara, Britta, Doro und Heike,

ohne die ich dieses Buch nicht veröffentlicht hätte.

Noch ein kleiner Hinweis:

Alle Personen sind erfunden und Ähnlichkeiten mit realen Personen rein zufällig und unbeabsichtigt. Alle Abweichungen von den wirklichen Gegebenheiten sind den künstlerischen Freiheiten geschuldet.

M. Trewen

PS.: Leser und Leserinnen, die des ‚Kölschen' mächtig sind, mögen mir meinen sicherlich stümperhaften Versuch im ersten Kapitel ein wenig in ‚Kölsch' zu schreiben nachsehen.

Im großen schwach besetzten Aufenthaltsraum der Nachtfähre von Kristiansand nach Hirtshals saß ein Ehepaar aus Köln am Fenster und sah nachdenklich auf die wechselnden Lichtreflexe des Meeres. Die MS Stavangerfjord hatte Kristiansand vor einer Dreiviertelstunde verlassen. Trotz ihrer Größe rollte die Fähre heftig durch die für diese Jahreszeit ungewöhnlich stark aufgewühlte See. Nach dem Ende des letzten grässlichen Regenschauers trieb der stürmische Wind nun rasch die Wolkenbänke über den Himmel. In den Lücken warf der Vollmond sein Licht auf Meer und Schiff.

„Wetter hin, Wetter her, Schnuckelchen, der Urlaub war doch wohl herrlich, oder!?"

„Das kannste sajen. Nächstes Jahr haben wir … Huch, Schätzeken, da is was runterjefallen!"

„Wie runterjefallen?"

„Ja runterjefallen, … von Oben! … Sah aus wie'n Mensch!"

„Quatsch, Schnuckelchen! Hier fällt doch kener vom Schiff, das ist doch überall zu."

„Und die Außendecks! Die sind ja wohl nicht zu, Schätzeken!"

„Bei dem Wetter ist da doch kener und runterfallen tut man da och nicht!"

„Wenn der jesprunge is?"

„Dann hader sich 'nen ziemlich kalten und nassen Tod usjesucht. Da würd ich mir lieber was andres usdenken."

„Wenn er womöglich runterjeschmisse wurde?"

„Schnuckelchen, du liest zu viele Krimis."

„Sollte ich es nicht doch lieber melden?"

7

„Nein! Auf keinen Fall!"

„Ja, aber …"

„Sieh mal, Schnuckelchen, du bist offensichtlich die einzige, die jlobt etwas jesehen zu haben. Du kannst dich ja umsehen, alle sitzen ruhich auf ihren Plätzcken."

„Ich sag's einfach dem Stewart da vorn."

„Schnuckelchen!! Hier jibt es keine Notbremse! Wenn du das jetzt meldest, musst du erst einmal den Stewart mit deinem miserablen Englisch überzeujen, dass da tatsächlich was war, der muss dann den Käpt'n überzeujen und dann muss man das Schiff anhalten. Hast du eine Vorstellung, wie lang das dauern würd?"

„Du immer mit deinem Segelbootkapitänswissen."

„Bärbelchen, das musst du jetzt nicht in diesem Ton sajen!"

„Ist ja jut, Frank, rech dich ab."

Nach kurzem, schmollendem Schweigen, fährt er doch in belehrendem Ton fort.

„Ehrlich, Schnuckelchen, selbst wenn dich da eben kein Lichtreflex hereinjelegt hätte, wenn da eben wirklich jemand vom Schiff jefallen wär, keine Chance, es dauert ewich bis das Schiff gestoppt ist, dann muss es beidrehen und mit dem Suchen bejinnen, Nachts, bei diesem Wetter, diesem Seejang!"

Schnuckelchen verdreht innerlich die Augen, sie kennt Schätzeken ja schließlich schon ein paar Jährchen, wusste also, vor dem folgenden Lehrervortrag gab es kein Entrinnen. Da blieb ihr nur übrig, geduldig zu warten, bis sie bei einem passenden Stichwort geschickt das Thema wechseln konnte. Mit den Jahren hatte sie gelernt, dass das der Punkt aus der Schulzeit war, den man auch im wahren Leben, mit einem Lehrer als Ehemann, benötigte.

„Wir sind hier im Skagerrak, haben bis zu 700 Metern Wasser unterm Kiel, hier herrscht eine starke Strömung, das Wasser ist auch jetzt im Sommer nicht besonders warm. Selbst wenn das Schiff anfängt zu suchen, wenn man denjenigen irjendwann überhaupt entdecke würd, wär er sicherlich schon vor Unterkühlung jestorben oder schlicht und erjreifend ertrunken. Dem Rudi ist das ja vor drei Jahren och mal passiert."

„Der is von 'er Fähre jefallen?"

„Nein! Der war doch als Skipper mit seiner Segelcrew im Mittelmeer. Eigentlich ist es ja streng untersagt, aber der Rolli hat natürlich trotzdem vom Bootsrand aus ins Meer jepinkelt."

„Karin und Ulla sejeln da doch auch immer mit!?"

„Ja, schon, aber …"

„Dann sehen die immer die Pimmelchen von euch Kerlen, wenn ihr ins Meer pinkelt?" Das war ein guter Versuch von ihr, scheiterte allerdings am Mitteilungsdrang des Ehemannes.

„Hahaha, Rollis haben sie nicht lang jesehen, ist nämlich in dem Moment eine Welle etwas quer jelofen, ein Hupser des Bootes und schwupps, wech war der Rolli."

„Der is ertruunken? Wusst ich jar nich!?"

„Nein, natürlich nicht, das wüsstest du schließlich, als immer und über alle, bestens informierte Frau."

„Das war jetzt aber von dir eine janz jemeine Bemerkung. Mich einfach als Tratschtante hinzustellen, das ist gemein!!"

„Schnuckelchen, war doch nicht so jemeint. Nein, Rolli ist nicht ertrunken, der hatte Jlück. Das Mittelmeer war im Hochsommer schön warm, und ein Hai war auch nicht in der Nähe, um ihn zu zwicken. Die haben auf dem Boot zwar super cool reagiert, man kann sajen, prüfungsjerecht, fehlerfrei, aber trotzdem haben die zwanzig Minuten jesucht, bis sie ihn jefunden hatten."

„Wieso das denn, das muss man doch sehen, wenn da einer im Wasser schwimmt?"

„Eben nich. Es juckt ja nur der Kopf raus. Das Sejelboot ist recht flach über dem Wasserspiejel, da reichen dann schon ein paar mickrige Wellen und du siehst ihn nicht. Dazu kommt die Orientierung, du hast auf dem Meer ja kene Anhaltspunkte. Jedenfalls ist dem Rudi der Arsch bei der Geschichte janz schön auf Jrundeis jejangen."

„Apropos Arsch, Schätzeken, wenn Karin und Ulla Pipi müssen, halten die dann …"

Damit klappte es, war das Stichwort für einen viel interessanteren Gesprächsstoff gefunden, und die eigentliche Geschichte blieb nur noch als lustige Urlaubsanekdote in Erinnerung, da sie auch keinerlei Widerhall bis in die Kölner Medienlandschaft fand.

Die italienischstämmige, quirlige Kriminaloberkommissarin Gina Salieri sah konzentriert auf ihren Bildschirm.

„So Chef, das Protokoll über die Verhaftung vom Stockmann ist fertig. Hoffe, ich bekomme deswegen keine Probleme!?"

Ihr Chef, der Kommissariatsleiter Kriminalhauptkommissar Egbert Klöppelmeier, ein bedächtiger ostwestfälischer Sturkopf, hatte die Hände auf dem leichten Bauchansatz gefaltet und grinste.

„Ach was Gina, der hat nur'n Kieferbruch und 'nen paar Prellungen. Das ist ein schwerer Junge, das steckt der mit links weg und wenn er mit einem Messer auf die Polizei losgeht, muss der das schon mit einkalkulieren. Zuhälterberufsrisiko sozusagen! Hast du echt sauber gemacht. Im Gegensatz zu dir hätte ich ihm, also in meinen jungen Jahren, als ich meine Füße auch noch so hoch bekam, nach dem Fußtritt anschließend noch genüsslich mit der Faust das Nasenbein gebrochen. Diesem Dreckskerl!"

„Ich kann's mir vorstellen, Egi", meinte Gina, die zu den sehr wenigen Personen gehörte, die den Chef Egi nennen durften. „Das wäre dann aber sicherlich nicht mehr gesetzeskonform gewesen. Ich dachte da jetzt auch nicht an offizielle Probleme, sondern an den Kollegen Bauer, meinen ganz speziellen Freund. Schließlich haben wir den Prostituiertenmord aufgeklärt, ohne die vom Kommissariat III irgendwie zu beteiligen."

„Aahh!", gab Klöppelmeier von sich und strich mit einer Hand durch seine zwar noch recht vollständigen, aber doch schon grau melierten Haare. „Der Heiko! ... Ich muss leider zugeben, er ist ein guter Polizist, aber davon abgesehen ist er ein arrogantes, mieses, hinterwäldlerisches Arschloch!"

Während Kriminalhauptkommissar Klöppelmeier diese sachkundige Analyse des Kollegen Bauer von sich gab, war ihr junger Mitstreiter, Kriminalkommissar Florian Neumann, glattrasiert, die langen dunkelblonden Haare zum Pferdeschwanz gebunden und mit 1,93 nicht nur einen Zentimeter größer als der Chef, sondern, im Gegensatz zu ihm, auch äußerst sportlich gebaut, ins Büro gekommen.

„Der hat sich übrigens für Gina eine neue Bezeichnung ausgedacht."

Gina war natürlich sofort interessiert.

„Lass hören, Florian!"

„Du bist jetzt nicht mehr das Püppchen vom Klöppelmeier, sondern Klöppelmeiers Kampflesbe."

„Wie kommt der denn darauf?", fragte Egi erstaunt.

„Vermutlich hat er von seinen Schnüfflern gesteckt bekommen, dass ich in dem Etablissement zur Tarnung mit einer Liebesdienerin rumgeschmust habe."

Nach einem abgeschlossenen Fall war der sonst oft recht griesgrämige Chef bestens gelaunt und frotzelte vergnügt los.

„Du betrügst den Gregor also mit einer Frau, herrlich."

Sich den Bauch vor Lachen haltend, bekam der Kollege Neumann gleich einen guten Ratschlag verpasst.

„Ja Florian, dann weißt du ja, was da einsatztechnisch noch so alles auf dich zukommen kann. Ich würde an deiner Stelle die Aische schon mal vorwarnen", grinste Klöppelmeier.

„Wo warst du überhaupt die ganze Zeit?"

„Personalratssitzung."

„Hmmrrm, das nimmt aber ganz schöne Formen an. ... Na gut, haben wir ja auch schon von profitiert. Gab's was interessantes?"

„Chef, du weißt doch, als Personalratsmitglied unterliege ich der Schweigepflicht."

„Hast du das gehört, Gina, der Kollege Neumann schert aus der Reihe aus. Als wenn schon einmal eine Info aus den Personalratssitzungen diesen Raum verlassen hätte. Ich denke, der Kollege sortiert die nächsten Wochen im Archiv Akten."

„Genau das war Thema."

Klöppelmeier sah seinen Mitarbeiter erstaunt an.

„Das Sortieren alter Akten?"

„Nein, Mobbing!"

Bei dem Thema war Gina immer ganz Ohr. Hatte sie, nur knapp 1,70 Meter groß, dunkelhaariger Kurzhaarschnitt, gutaussehend, sportliche, attraktive Figur, doch in ihren beruflichen Anfängen als Polizistin im Streifendienst selber Erfahrungen mit sexistischem Mobbing gemacht.

„Welche Kollegin ist denn diesmal betroffen?"

„Das kann ich nun wirklich nicht sagen, aber es betrifft, wen wundert's, das Kommissariat vom eben noch genannten Kollegen."

„Tja, das wundert einen wirklich nicht. Hoffentlich bekommt er diesmal einen ordentlichen Einlauf!"

„Das, liebe Gina, kannste vergessen. Heiko ist mit dem großen Boss und dem Personalchef so!", dabei hielt Egi zwei umschlungene Finger hoch.

„Mit der Info bin ich jetzt aber die Strafarbeit los, oder?"

„Abwarten, habe da sowas läuten gehört, dass die alten Akten wegen der geplanten Digitalisierung durchgesehen werden sollen. Da kann noch was auf uns zukommen."

Gina schüttelt den Kopf:

„Was soll das, der alte Krempel kann doch analog bleiben, interessiert doch eh kaum je wieder."

„Mein ich ja auch, Gina, aber das Innenministerium in Düsseldorf sieht das anscheinend anders."

Als jüngster des Teams, allem Technischen aufgeschlossen, hatte Florian da eine andere Sichtweise.

„Ihr müsst aber auch bedenken, dass so etwas durchaus sinnvoll sein kann. Wenn man z. B. mit einer Stichwortsuche Verbindungen zu alten Fällen herausfiltern kann. Die Münsteraner sind übrigens Pilotregion und haben wohl schon positive Ergebnisse dadurch erzielt."

„Ah, die Münsteraner!", Egi winkte abwertend mit der Hand, „die waren schon immer etwas schlaumeierisch!", knurrte er in seinen ebenfalls grauen Dreitagebart und wechselte lieber das Thema. Dieser neumodische digitale Firlefanz interessierte ihn nicht sonderlich.

„Wie weit sind wir denn jetzt beim Schrebergartenmord?"

„Schrebergartenselbstmord!", entgegnete Gina und Florian nickt zustimmend.

„Hm, ihr bleibt also bei eurer Einschätzung?"

„Bleiben wir, Chef!", bestätigte Florian.

„Egi, du musst doch zugeben, für ein Verbrechen gibt es trotz einiger merkwürdiger Umstände keinerlei greifbare Anhaltspunkte!?"

„Die Kriterien für einen Selbstmord sind aber, eben wegen dieser Umstände, auch nicht wirklich wasserdicht! ... Mein Bauchgefühl sagt mir weiterhin, das war kein Selbstmord. Nehmt euch doch bitte noch einmal das Umfeld von dem Toten vor und lasst uns den Fall einfach noch etwas in der Schwebe halten."

DREIEINHALB JAHRE ZUVOR IN MÜNSTER

Die zwei Frauen bearbeiten die Sandsäcke unerbittlich mit Fußtritten und Fäusten. Bei den United Fighters steht heute Abend das Training für die Kickboxerinnen und Kickboxer auf dem Programm. Der Schweiß aller Teilnehmer fließt in Strömen. Durchgeschwitzte Bekleidungsstücke an erhitzten makellosen Körpern, oder anders gesagt, die Trainingsbeobachter kommen voll auf ihre Kosten.

„Hey Machmud, das is 'ne heiße Schnalle, wa?"

„Welche meinste, Kalli?"

„Die Kurzhaarige mit den bunten Haaren. Verdammt hat die 'nen Körper! Mit der mal so richtig rummachen, hähähä, das wär's doch wohl!"

„Würde ich dir von abraten."

„Hä?"

„Die Schnalle ist gemeingefährlich. Ich kenne einen Typen, der versucht hat sich an sie ranzumachen und zwei andere, die es geschafft haben. Das reicht mir als Warnung."

Kalli brachte seine Verwunderung in seiner gewohnt intellektuellen Art prägnant zum Ausdruck:

„Hääää?"

„Der Typ, der es versucht hat, hat sie ganz normal mit ein bisschen Tittengrabschen und der höflicher Anfrage, ob sie Bock auf einen schönen Fick hätte, angemacht. Hat ihm einen Besuch im Krankenhaus eingebracht."

Kalli kann sich vor Lachen kaum halten.

„Klar Machmud, bei so'ner Elfe muss man kultivierter vorgehen, ihr'n Bild vom eigenen Hengstgerät schicken oder so, halt stilvoll, nech. Was war mit den beiden anderen?"

„Die meinten hinterher, es könne ja wohl nicht sein, dass man als Mann zum Spielzug erniedrigt und zudem auch noch körperlich so brutal zugerichtet wird. Ehrlich Kalli, das ist doch wohl die Weiberrolle beim Vögeln, die spinnt doch. Ne, von der sollte Mann lieber seine Finger lassen."

„Scheiße aber auch. Lass uns mal bei den Schnallen im Ring zusehen, vielleicht is' da was besseres dabei."

Die beiden Kickboxerinnen von den Sandsäcken saßen nach dem Training im Grossi an einem kleinen Tisch, ganz hinten in der Ecke. Viel unterschiedlicher konnte man sich zwei Freundinnen nicht vorstellen.

Die langen blonden Haare bis auf zwei Strähnchen, die ihr ins Gesicht fielen, am Hinterkopf zu einem Knoten gesteckt, dezent, aber wirkungsvoll geschminktes Gesicht, lange falsche Wimpern, rote Lippen, ein hübsches Gesicht, schlanke Figur, um den Hals eine Perlenkette, passend dazu das teure Ohrgehänge und mehrere Ringe an den Fingern mit den langen, rot lackierten Nägeln, Shirt, Rock, Sneakers, alles sichtbar teure Designerware, saß die eine aufrecht und elegant am Tisch und nippte an ihrem Aperol Spritz.

„Es ist wie immer einfach toll, Lena, wie du mich frisierst und schminkst. Wenn man dich beim Training erlebt, sollte man nicht glauben, dass du so ein Gefühl für Ästhetik hast und so feinfühlig mit den Fingern arbeiten kannst."

„Ich bin halt vielseitig talentiert, Sarah."

Lena, die Frau, von der die Männer laut Machmud lieber die Finger lassen sollten, ließ dabei ihr seltenes Lächeln sehen. Es veränderte ihre Erscheinung augenblicklich von unnahbar, abweisend in offenherzig und zugeneigt.

Ihr Top war, wie auch die abgewetzte Jeans, ein Billigprodukt von H&M, und den Sportschuhen war deutlich anzusehen, dass ihr Haltbarkeitsdatum längst abgelaufen war. Abgesehen von den auffällig sehr kurz geschnittenen und orange/blau/grün melierten Haaren sowie etlichen Piercings in den Ohren, Nasenflügeln und der Unterlippe, legte sie für ihr Äußeres anscheinend kein besonderes Interesse an den Tag. Da sie den Kopf mit Händen und Unterarmen auf dem Tisch abstützte, wäre einem sachkundigen Beobachter vielleicht noch die unscheinbaren Narben an den Innenseiten der Unterarme aufgefallen. Was aber jedem Betrachter wegen des ärmellosen Top, sofort in die Augen stach, war die Tatsache, dass sie offensichtlich nicht nur gut durchtrainiert, sondern für eine Frau äußerst muskulös war. Die Bizepse an den Oberarmen sprachen für sich, davon konnten sehr viele Bürohengste nur von träumen. Statt Aperol hatte sie ein kleines Bier vor sich stehen.

„Du hast mich heute wieder einmal an den Rand des Zusammenbruchs gebracht. Wenn ich bedenke, dass du dann ja erst richtig anfängst zu trainieren, unglaublich. Deine Power, Lena, möchte ich haben. Ist mir immer noch schleierhaft, wie du dich dazu immer wieder motivieren kannst."

„Ach, Sarah, du weißt doch, ich kann meine Aggressionen anders nicht in den Griff bekommen. Meine Psychotante hat schon recht, wenn sie meint, ich muss ihnen ein Ventil bieten, sonst …"

Das Gespräch stockte, die Bedienung brachte die Trüffel-Ravioli für Sarah.

„Hm, wie das duftet, herrlich, und du möchtest wirklich nichts? Dir muss doch der Magen wie nur was knurren, nach der Sporteinheit!?"

„Der hängt mir auch auf halb acht. Wenn ich zu Hause bin, schaufel ich mir mindestens sechs, sieben Kniften rein."

„Bestell dir doch bitte etwas Lena, ich zahle auch."

„Nein, Danke, Sarah, ich weiß dein Angebot zu schätzen, aber meine finanzielle Lage wird sich so schnell wohl nicht ändern, ich kann mich also nicht revanchieren."

„Puh, wie viele Stellen hast du noch? Drei oder vier, das muss doch reichen?"

„Ha, als Maskenbildnerin habe ich ja nur eine halbe Stelle, und das Theater zahlt nicht mehr als Mindestlohn. Dann ist da die freiberufliche Tätigkeit als Visagistin bei Fotosessions, wird gut bezahlt, gibt es aber leider nicht so viele und Steuern und Sozialabgaben fressen das meiste auf. Tja, und dann habe ich noch den 400 Euro Job im Kosmetikstudio, der aber nur zum Tragen kommt, wenn die einen Engpass haben. Das allermeiste von dem, was ich verdiene, geht für feste Kosten drauf, es bleibt einfach kaum etwas übrig. In einem Lokal essen ist einfach nicht drin."

Sarah stocherte in ihren Ravioli herum.

„Hör mit dem Rumgestochere auf, Sarah, lass es dir schmecken, du musst kein schlechtes Gewissen haben. Bitte, iss!"

Sarah hatte ihre Trüffel-Ravioli zur Hälfte gegessen, als Lena das Gespräch, allerdings eher in Form eines Selbstgesprächs, wieder aufnahm.

„Ich habe tatsächlich schon einmal ernsthaft darüber nachgedacht, ob ich nicht in das älteste Gewerbe einsteigen soll. Sex kann ich nicht genug bekommen, er vermindert meine Aggressionen und macht mir überhaupt grundsätzlich Spaß. Hemmungen, fremde Menschen anzufassen habe ich auch nicht, aber die Szene schreckt mich natürlich total ab."

Sarah sah Lena erschrocken an.

„Keine Sorge", meinte die, „du brauchst nicht so erschrocken dreinzublicken, ich arbeite demnächst nicht im Puff."

Sarah legte ihr Besteck neben den Teller und sah Lena lange an, bevor sie zu einer Erklärung ansetzte, mit der die Freundin nicht gerechnet hatte.

„Wir sind ja sehr gut befreundet, aber trotzdem erzählt Frau sich gegenseitig nicht unbedingt alles, was sie so treibt und umtreibt. Sei es, weil sie sich schämt oder es gesellschaftlich nicht gut angesehen ist."

Verwundert blickte Lena die Freundin an, sagte aber nichts.

„Hast du dich nie gefragt, womit ich als Studentin meine schicken Klamotten, meine Wohnung und überhaupt meinen Lebensstil bestreite?"

„Ich denke, deine Eltern werden dich großzügig unterstützen und du erzählst ja auch immer, dass du nebenher immer wieder kleinere Jobs hast."

„Ich habe nur einen Job nebenher und wenn meine erzkatholischen Eltern davon wüssten, wäre es mit der Unterstützung augenblicklich vorbei. Wenn ich dir davon erzählen soll, musst du mir vorher schwören das Gehörte niemals und zu niemanden weiter zu erzählen!"

Lenas Erstaunen über die Freundin wurde immer größer, hatte die doch bisher immer einen absolut seriösen Eindruck gemacht.

„Das schwöre ich dir, Sarah, nie und zu niemandem ein Wort von dem, was du mir erzählen möchtest." Nach einer kurzen Pause fügte sie aber mit einem breiten Grinsen hinzu: „Es sei denn, du arbeitest nebenher als professionelle Killerin, dann würde ich allerdings trotz Schwur zur Polizei gehen."

„Keine Sorge, ich bin keine Verbrecherin. Ich war eben so erschrocken, weil ich zuerst dachte, du hättest, wie auch immer, herausbekommen, mit welchem Job ich mir Geld dazuverdiene."

„Du arbeitest im Puff?"

Lachend meinte Sarah: „Nein, so billig mache ich es nicht. Ich arbeite als Escort-Dame."

„Interessant, was du da erzählst, und wenn der Sex dabei nicht immer im Vordergrund steht, umso besser." Lena lehnte sich in ihrem Stuhl zurück, streckte die Beine aus, kreuzte die

Arme vor der Brust und meinte nach kurzem Überlegen und zur Überraschung von Sarah:

„Ich glaube, dass wäre auch etwas für mich."

„So einfach ist das aber nicht, Lena. Lady Diana …"

Entgeistert sah Lena ihre Freundin an und musste dann herzhaft lachen.

„Lady Diana! Ich dachte die wäre tot? Wie kommt man denn auf so einen Namen?"

Amüsiert antwortet Sarah: „Hört sich blöd an, vermittelt aber sofort den Standard ihres Escort Services. Es geht ja nicht nur um erstklassigen Sex für die Kunden, sondern auch um eine angemessene Begleitung auf höchstem Niveau im öffentlichen Raum."

„Okay. Sag mal, muss man als Prostituierte nicht gemeldet sein?"

„Sind wir ja nicht", grinst Sarah. „der Kunde bucht offiziell nur die Begleitung, alles andere regelt er direkt privat mit der Begleitung."

„Hm, also doch ein ganz schönes Risiko?"

„Ich habe bisher nur einmal Probleme mit der Bezahlung gehabt, und da hat Lady Diana am nächsten Tag nachgefasst, und ich habe das Geld dann über das Büro bekommen."

„Und andere Übergriffe?"

„Habe ich noch nicht erlebt, aber, nun ja, passieren kann so etwas natürlich. Mache das Kickboxen nicht nur zum Spaß!"

Eine Weile war es still am Tisch, Sarah aß ihre Ravioli und Lena, sich am Ohrläppchen reibend, überlegte sichtbar konzentriert.

„Gut, was sind also die Voraussetzungen dafür, dass ich da einsteigen kann", fragte sie schließlich.

Fünf Wochen später stellte Sarah, alias Melanie, eine gewisse Sandra Meier, lange blonde Haare, exquisite Kleidung,

Lady Diana vor. Den Check-up bestand die Anwärterin mit Bravour und wurde als Escort-Dame engagiert.

„Hallo Egi, wo bist du gerade?" ... „Kannst du da bitte abbrechen, ich benötige dich dringend hier." ... „Ich befürchte, du liegst mit dem Bauchgefühl Schrebergartenmord richtig." ... „Du musst es dir ansehen, Moenkenkamp 11 in Milse. Die Schröter habe ich auch schon auf Trab gebracht." ... „Prima, dann bis gleich."

Der Tote lag in der mit Wasser gefüllten Badewanne. Unter seinen Achseln war ein Seil geführt, das ihn, an der Handtuchstange befestigt, so auch tot in sitzender Position hielt. Sein Kopf war seitlich nach hinten geneigt, seine Augen waren weit aufgerissen, es machte den Eindruck, als hätte er zuletzt etwas völlig Unerwartetes gesehen. Auf dem Waschbeckenrand stand ein leeres Wasserglas und daneben die ebenfalls leere Schachtel eines Schlafmittels. Sein Zeug lag fein säuberlich zusammengelegt auf einem Hocker neben der Wanne. Zuoberst hatte ein Zettel mit gedrucktem Text und der handschriftlichen Unterschrift gelegen, den Kriminalhauptkommissar Klöppelmeier nun in der Hand hielt.

„Ich habe schwere Schuld auf mich geladen. Der identische Text wie bei dem Toten im Schrebergartenhaus, nur das die Unterschrift nun wohl Andreas Möller heißen dürfte. Verdammt, Gina, haben wir es hier mit einer Serie zu tun?"

„Ich befürchte ja. Bei dem Toten im Gartenhaus haben wir uns gewundert, wieso, laut KTU, der Tote auf einer zum Todeszeitpunkt pitschnassen Matratze mit dem Kissen im Rücken mehr gesessen als gelegen haben soll. Hier ist es eindeutiger, das Wasser ist noch da. Beide nackt, beide äußerlich zumindest unversehrt, bei beiden das Zeug adrett zusammengelegt neben dem Toten, dann diese identischen irritierenden Abschiedsbriefe, Text ausgedruckt und unterschrieben, die offensichtliche Einnahme eines Schlafmittels und das innerhalb von vierzehn Tagen. Das kann kein Zufall sein, Egi. Du hattest mal wieder den richtigen Riecher."

„Mann, Mann, Klöppelmeier, machen sie jetzt nur noch in nackte Leichen!" stichelte Frau Dr. Schröter und klopfte dem Hauptkommissar bestens gelaunt zur Begrüßung auf die Schulter.

Klöppelmeier sah die Schröter nur an, zuckte mit den Achseln, meinte im Weggehen:

„Seien sie doch froh, spart ihnen 'ne Menge Arbeit" und verschwand ohne ein weiteres Wort oder Reaktion aus dem Badezimmer des Toten.

Die Arme in die Seiten gestützt, die Lesebrille ins hellrot gefärbte Kraushaar gesteckt, schaute die Pathologin erstaunt die Salieri an.

„Hallo, Frau Salieri. Was ist mit Herrn Klöppelmeier los, das war ja nicht einmal ein richtig gepfeffertes Kontra, ganz zu schweigen von einem ordentlichen Bellen oder Knurren wie sonst üblich! Ist er krank?"

Die Frage war absolut berechtigt. Schließlich ließen die beiden, trotz reichlich vorhandener Sympathie, keine Gelegenheit für eine kleine Provokation aus.

„Hallo, Frau Dr. Schröter."

Gina musste wie immer innerlich lächeln, wenn sie die von ihr fachlich hochgeschätzte Pathologin sah. Die war aber auch mit ihrer sehr rundlichen Figur, dem pausbäckigen Gesicht und dem, in immer wechselnden Rottönen gefärbten Kraushaar, ein spezieller Anblick, der Egi schon einmal zu der gemeinen Bemerkung, ,Die Schröter könne bei den heutigen Wintern, mit ausnahmsweise mal weiß gefärbten Harren, durchaus als Schneemann aushelfen', veranlasst hatte.

„Nein, nein, alles in Ordnung mit ihm. Nehmen sie es ihm nicht übel, aber wir machen uns große Sorgen, wir befürchten es hier mit einer Mordserie zu tun zu haben und die muss ja nicht mit Zweien enden. Er ist total auf den Fall fixiert."

„Nun gut, dann will ich ihm mal sein Verhalten nachsehen. Tja, wenn man Bett und Badewanne mal beiseite lässt, sieht das hier genauso aus wie im Gartenhäuschen. Ich seh' mir den Toten hier kurz an und lass ihn dann direkt in mein Labor bringen. Die anderen Leichen müssen sich halt etwas gedulden, ich schnippel den hier zuerst auf. Je nachdem wann er gestorben ist, sind vielleicht noch Spuren von unanständigen Substanzen nachweisbar."

„Ergebnisse?"

Frau Dr. Schröter nahm es inzwischen gelassen hin, dass die junge italienischstämmige Oberkommissarin öfters die klöppelmeiersche Minimalkonversation betrieb.

„Erste morgen Vormittag, genaueres Ende der Woche. So und jetzt raus hier, Frau Salieri, ich brauche Platz."

„Können sie mir denn noch eine ganz grobe Einschätzung des Todeszeitpunktes geben?"

„Ungern. … Sicherlich vor Mitternacht. Mehr kann ich im Moment wirklich nicht mit gutem Gewissen sagen."

Egbert verabschiedete gerade die Tochter des Toten, die ihren Vater vor einer Stunde tot aufgefunden und die Polizei alarmiert hatte, als Gina zu ihm trat. Die beiden sahen sich kurz an, nickten sich zu.

„Das wird kein leichter Fall!"

„Knacken wir!", meinte gewohnt optimistisch ihr Chef.

„Florian müsste gleich hier sein, kann sich dann gleich um die Nachbarn kümmern."

„Wir sehen uns zuerst die Wohnung genau an, Gina. Das Entscheidende ist, dass wir den Zusammenhang zwischen den beiden Taten herausfinden."

„Genau! ... Ah, da ist ja Florian!"

Der kam sportlich, immer zwei Stufen auf einmal nehmend, die Hausflurtreppe hinauf gespurtet.

„Was soll ich übernehmen?"

Der Kriminalhauptkommissar Egbert Klöppelmeier lächelte in sich hinein, so mochte er es, mitdenkende Mitstreiter, die nicht unnötig herumquasselten, er hatte wirklich ein gutes Team, stellte er mal wieder zu seiner Beruhigung fest. Seine Erfahrung sagte ihm, dass ein klasse Team für diesen Fall auch notwendig sein würde, wenn er sich nicht ganz schnell in den nächsten Stunden auflösen würde. Denn dann rechnete Klöppelmeier mit extrem zähen und schwierigen Ermittlungen.

Florian schellte schon bei der Nachbarwohnung, als Egi und Gina mit ihrer Wohnungsbesichtigung begannen. Ein kleiner schmaler Flur, von dem alle vier Räume der Wohnung abgingen. Garderobe, zwei leichte Sommerjacken, außer einem gebrauchten Papiertaschentuch nichts in den Taschen, auf der Ablage darüber eine Schirmmütze und ein Fahrradhelm. Kurzer Fingerzeig zum Helm von Egi.

„Weichei!"

„Vernünftig gewesen!"

„Pedelec Fahrer!", winkte Egi abschätzig mit der Hand, auch wenn er sich mittlerweile selbst mit einer solchen Anschaffung beschäftigte.

Gina, kannte ihn ja, nahm es gelassen, zuckte mit den Schultern. Daneben stand ein Schränkchen, das als Ablage und als Schuhschrank diente. Obendrauf ein schnurloses Telefon.

„Die letzten Anrufe notiert?", fragte Klöppelmeier bissig Richtung Schlafzimmer.

„Werden wir, wenn wir mit unserer Arbeit im Flur angekommen sind, Herr Kriminalhauptkommissar!", knurrte der

Leiter der KTU, der Kollege Meyer, mit einer mehr als ausdrücklichen Betonung auf ‚Herr Kriminalhauptkommissar' zurück.

Neben der Geldbörse mit Geld und allen üblichen Papieren einschließlich Bank- und Kreditkarte, den Haus- und Autoschlüsseln, lag auch noch ein Smartphone.

„Herr Meyer, bitte auch das Smartphone zum Auswerten sicherstellen!", rief nun Gina Richtung Schlafzimmer.

„Natürlich, Frau Salieri, den Rechner packen wir gerade ein", kam die Antwort im freundlichsten Tonfall zurück.

„Schleimer!", grummelte Klöppelmeier, hatte er doch über den Kantinenklatsch erfahren, dass Herr Meyer Frau Salieri äußerst attraktiv und nett fand.

Egi zog den Personalausweis aus dem Portemonnaie des Opfers, um einen Blick auf die Unterschrift zu werfen.

„Sieht so wie auf dem Zettel aus. Oder was meinst du, Gina?"

„Würde ich auch sagen, aber die KTU kann das ja noch genauer kontrollieren", antwortete die, sich dabei zum Schuhschrank bückend um den zu öffnen. Es befanden sich drei normale Halbschuhe, ein Paar Sandalen, Modell Altherren, sowie je ein Paar, Lauf- und Rennradschuhe in dem Schränkchen.

„Rennrad!", grinste Gina mit dem Zeigefinger auf die Rennradschuhe zeigend.

Links ging es in die Küche, Einbauküche, kleiner Essplatz, alles sehr aufgeräumt und funktional ohne Schnickschnack.

„Hm, der hätte bei mir auch mal aufräumen können", bemerkte Egi.

Gegenüber das Schlafzimmer. Auf den ersten Blick ebenfalls ausgesprochen ordentlich. Alles unauffällig, auch wenn das leicht zerwühlte Bett für eine allein lebende Person etwas groß geraten war.

„Das nehmen wir uns gleich noch vor", bemerkte der Kollege Meyer, zum Bett zeigend, als er mit dem Computer das Schlafzimmer verließ.

„Scheint sich noch im Bett getummelt zu haben, bevor er in der Badewanne gelandet ist", stellte Egi fest.

An dem kleinen Arbeitsplatz, durch den Kleiderschrank etwas abgeteilt, fehlte nun der Rechner, den sich die KTU im Präsidium vornehmen würde. Die vorhandenen Papiere und Briefe boten beim ersten flüchtigen Durchsehen auch keinerlei Anhaltspunkte. Egi warf noch einen Blick in den Kleiderschrank.

„Alles klar, die Putze muss vor kurzem hier gewesen sein, müssen wir uns vornehmen!"

„Wieso Putze?"

„Gina! Das Bad! Waschbecken und Spiegel glänzen vor Sauberkeit, die Handtücher akkurat zusammengelegt, die Küche picobello und nun diese Hemden hier!"

Dabei zeigte Klöppelmeier, selber nach sehr kurzer Ehe schon über einige Jahrzehnte eingefleischter Single, knurrig auf eine ganze Reihe von Oberhemden, die alle makellos glatt einzeln auf den Kleiderbügeln hingen.

„Alle faltenfrei gebügelt! Der muss 'ne Putze gehabt haben", schnauzte er weiter.

„Du meinst, es sieht aus wie bei dir?"

„Eben nicht!"

Das ‚schon wieder' konnte Gina gerade noch herunterschlucken und fragte daher nur:

„Weg?"

„Blöde Kuh!"

Das Thema Haushaltshilfe vertiefen wir jetzt lieber nicht, dachte sich Gina.

„Er könnte auch ein sehr ordentlicher Mensch gewesen sein, der selber gebügelt hat!"

„Quatsch, den Kerl möchte ich sehen!"

Gina spürte, Egis Laune verschlechterte sich angesichts von null Anhaltspunkten zusehends. Es war also dringend nötig, ihn wieder etwas aufzumuntern. Da bot sich bei ihm zum Beispiel etwas Honig mit der Art der Anrede und ein kleines Schlachtopfer zum Dampfablassen an.

„Also wirklich Chef, das kann man doch auch als Mann, Gregor bügelt zum Beispiel bei uns."

„Was!!"

Ungläubig starte Klöppelmeier seine geschätzte Kollegin an.

„Im Notfall!?"

„Nö, alles, immer."

Kopfschüttelnd konsternierte Egbert: „Was ist nur inzwischen aus den jungen Männern geworden und das als Staatsanwalt, herrlich!"

„Hat doch damit nichts zu tun, Staatsanwalt ist er, wenn er die Wohnungstür von außen sieht, auf der anderen Seite ist er einfach nur mein Lebenspartner. Da erwarte ich gleichwertige Beteiligung an der Hausarbeit, schließlich habe ich auch einen Fulltime-Job. Das nennt sich übrigens Gleichberechtigung, Egi!"

„Neumodischer Kram, ein richtiger Kerl bügelt nicht!"

„... und riecht nach Schweiß und Teer! Wie mein Vater zu sagen pflegt", ergänzte Gina lachend.

Egi schnüffelte vorsichtshalber unter seinen Achseln, war aber wohl alles in Ordnung, jedenfalls ging er auf Ginas Bemerkung nicht weiter ein und meinte:

„Na ja, so habe ich immerhin etwas womit ich Gregor aufziehen kann, wenn wir uns das nächste mal beim TUS 04 treffen."

Schon wieder etwas besser gelaunt ging er mit Gina in den letzten Raum, das Wohnzimmer. Auch hier war nichts Auffälliges zu finden. Essecke, Sideboard, Sitzecke, Regalwand mit TV, DVD-Recorder, eine althergebrachte Musikanlage, großes

Brockhaus-Lexikon, einige Gartenbücher und Romane. Egi inspizierte zuerst intensiv die Schallplatten und CD Sammlung. So ist er, dachte sich Gina, erst grummelt er, weil wir keinen Anhaltspunkte finden, dann sieht er sich total interessiert etwas an, von dem jeder andere sofort sagen würde, unwichtige Nebensächlichkeit. Sie hatte aber selbst schon miterlebt, dass sich gerade darüber dann doch Anhaltspunkte ergaben.

„Ja, ja, war'n alter Hardrock-Fan. Mal sehen wie es bei den DVD's aussieht."

Die vordere Reihe nahm Egi ziemlich uninteressiert aus dem Schrank, um sich dann genauer mit der zweiten zu beschäftigen, die sich bis weit hinter die Brockhaus-Bände erstreckte.

„Neue Inspirationen?"

„Nö, alles wie bekannt, aber doch eine ganz erstaunlich große Pornosammlung, selbst für einen alleinstehenden älteren Mann."

„Hat er bestimmt immer beim Bügeln geschaut."

„Hmhm, nein, nein", schmunzelte Egi, „glaube ich nicht, dann wären die bestimmt nicht so akkurat gebügelt, hätten vielleicht sogar Brandlöcher, weil der Möller bei manchen Szenen vergessen hätte, das Bügeleisen weiter zu bewegen."

Auch die abschließenden Besichtigungen von Keller und PKW erbrachten keinerlei greifbare Anhaltspunkte. Lediglich Florian hatte eventuell einen kleinen Hinweis von einer Nachbarin erhalten.

„Das Klima im Haus scheint gut zu sein, haben jedenfalls alle nichts Schlechtes, nicht einmal andeutungsweise, über den Möller gesagt. Abgesehen davon, dass er wohl hin und wieder ‚Damenbesuch', wie sich die Nachbarinnen ausdrückten, gehabt hat. Aber sonst nichts Auffälliges. Einzig die Frau aus der rechten Erdgeschosswohnung hat unter Umständen etwas gesehen. Sie hat gestern Abend so gegen 19 Uhr das Haus verlassen. Dabei ist ihr eine junge Frau entgegengekommen, schlank, schwarze Haare, dunkle Hornbrille, an die Kleidung konnte sie sich kaum erinnern, Jeans, helles Oberteil, war jedenfalls nichts Auffälliges. Im Zurückschauen meint sie erkannt zu haben, dass die Frau bei Möller geklingelt hat. Kann sich so gut dran erinnern, weil sie gedacht hat, dass die für den Andreas dann wohl doch etwas zu jung sei. Aber das war's auch. Die Fremde hat sonst keiner kommen oder gehen gesehen. An besondere oder auffällige Geräusche aus der Möllerschen Wohnung ist auch keinem etwas aufgefallen. Also leider sehr wenig Greifbares."

„Okay, beziehungsweise nicht okay. Wenn wir hier durch sind, setzen wir uns im Büro zusammen und analysieren, was wir haben und wie wir weitermachen", entschied Klöppelmeier.

BIELEFELDER POLIZEIPRÄSIDIUM, KOMMISSARIAT III

Während Klöppelmeier & Co in Milse beschäftigt waren, saßen die Mitarbeiter vom Team Kommissariat III für die wöchentliche Dienstbesprechung im Besprechungsraum und warteten auf ihren Chef. Der noch jünglingshaft wirkende Sebastian Schulte sowie die beiden alten Polizeirecken Fritz Köhler und Norbert Hampel an der rechten Tischseite und ihre junge Kollegin Beatrice Wolter ihnen gegenüber an der anderen. Die drei Männer unterhielten sich, ohne die Kollegin in irgendeiner Form zu beteiligen. Diese beschäftigte sich kurz mit ihrem Handy, legte es dann auf den Tisch und sah die ihr gegenüber sitzenden Herren mitleidig lächelnd an. Irritiert blickten die zurück. Bevor sie aber einen Kommentar abgeben konnten, kommt ihr gemeinsamer Chef herein. Kriminalhauptkommissar Heiko Bauer, ein Endvierziger mit Kurzhaarschnitt, kantigem Gesicht, einer ausgesprochen muskulösen, sportlichen Figur, aber zu seinem Leidwesen nur 1,69 Meter groß, grüßte mit einem lauten und fröhlichen: „Moin Männer."

„So, bevor wir überlegen, wie wir den Schlamassel, den der Klöppelmeier und seine Schnepfe durch Stockis Verhaftung angerichtet haben, wieder einrenken, bitte eine kurze Info, wo ihr aktuell mit eurer Arbeit steht."

Bauer sah zwar die ganze Zeit ausschließlich zur Männerseite, wurde aber trotzdem von der jungen Kommissarin Wolter unterbrochen.

„Der Stockmann hat eine Frau brutal mit einem Gürtel zu Tode geprügelt, da ist es, glaube ich, nicht angesagt, in derartig vertrautem Ton über ihn zu reden!"

Bauers Kopf schnellte nach links.

„Und sie reden ausschließlich, wenn sie von mir die Erlaubnis dazu bekommen! Klar BW!?", zischte es aggressiv aus ihm heraus, um sich dann grinsend wieder nach rechts zu wenden, um mit einer jovialen Handbewegung zum Kollegen Schulte zu zeigen.

„Sebastian, bitte."

Der grinste ebenfalls, als hätte Bauer einen Witz erzählt.

„Gerne Heiko."

Routiniert, kurz und präzise berichten Schulte, Köhler und Hampel nacheinander.

„Gut, dann sollten wir ja bald in der Angelegenheit zu Ergebnissen kommen", nickt Bauer zufrieden seinen Männern zu und wendet sich dann wieder zur anderen Tischseite.

„So, dann sind sie mit ihrem Vortrag über den LKA-Fall dran. Was haben sie denn über die mysteriöse Wohnungsgeschichte herausgefunden?"

Verwundert sieht die Wolter ihren Chef an.

„Vor nicht einmal einer halben Stunde haben sie mir gesagt, dass ich nichts vortragen soll. Also habe ich keine Unterlagen dabei." Dem Tonfall hörte man die unterdrückte Wut deutlich an.

„Ich habe es mir halt anders überlegt, Frau Wolter. Nach dem, was man so hört, behaupten sie doch immer und überall, Sie würden hier in unserer Runde nicht respektiert, würde mich nicht wundern, wenn dabei nicht sogar von Mobbing die Rede wäre."

Natürlich wusste Bauer nur zu gut, das dass Thema Bauer/Wolter bereits bis in den Personalrat vorgedrungen war.

„Also, holen Sie doch bitte ihre Unterlagen und berichten uns. Ach ja, da Sie dabei ja an der Teeküche vorbeikommen, könnten Sie doch bitte auch gleich den Kaffee für unsere Runde mitbringen", lächelte Kriminalhauptkommissar Bauer seine Mitarbeiterin an.

Kaum hatte sich die Besprechungsraumtür hinter Beatrice Wolter geschlossen, mussten sich Bauer, Schulte und Hampel die Hand vor den Mund alten, um nicht lauthals loszulachen. Lediglich der Kollege Köhler schüttelte mit dem Kopf.

„Heiko, das war nicht okay, so kannst du mit der Kollegin nicht umgehen."

„Hab dich man nicht so, Fritz, das muss die abkönnen. Außerdem nervt die mich tierisch mit ihrer neunmalklugen Art."

„Stellt euch mal vor, die wüsste, dass BW nicht Beatrice Wolter, sondern Brett mit Warzen bedeutet. Junge, Junge, Heiko, dann hättest du aber ganz schönen Ärger am Hals", kicherte Sebastian Schulte in sich hinein.

„Ich kann Heiko nur zustimmen, Fritz. Die nervt. Allein dieses Rumzicken wegen ein bisschen Kaffee servieren, haste ihr so echt gekonnt untergejubelt Heiko. Dass die Mischke aber auch so schnell abgehauen ist. Die hatte sich eine Zeitlang ja auch extrem geziert, aber die hatte wenigstens ordentliche Titten und ne'n geilen Arsch", kommentierte der Kollege Hampel.

„Dürft ihr zu Hause nicht mehr ran? Oder habt ihr da nichts mehr zu sagen? Was soll das?"

„Das hat doch damit nichts zu tun, Fritz. Man möchte es am Arbeitsplatz doch schließlich auch hübsch haben und nicht immer so ein androgynes Wesen anschauen müssen. Aber solange BW nicht da ist, sollten wir die Zeit nutzen und schon einmal über Stocki reden."

„Der Klöppelmeier hat uns mit der Verhaftung wirklich ganz gewaltig in die Suppe gespuckt."

„Ja, leider, Norbert. Hätte er uns eingebunden, hätte ich Stocki gewarnt …"

„Du hättest einen Mörder vor den Kollegen gewarnt? Das ist doch wohl nicht dein Ernst, Heiko!"

„… und anschließend Egbert informiert, dass der Stockmann was ahnt, Fritz. Was bist du denn heute so dünnhäutig?"

„Ist doch klar, was Heiko meint. Wir haben doch im Milieu so unsere ganze Reputation verloren!", schaltete sich Schulte wieder ein.

„Du siehst das genau richtig, Sebastian. Die Frage lautet also, wie bekommen wir das wieder hin?"

Fritz Köhler fühlte sich nach seiner längeren Erkrankung hier im Team allmählich wie in einem anderen Film. Klar, bei der III war es schon immer ruppiger zugegangen, aber doch auch untereinander immer fair und kollegial. Er konnte einfach nicht festmachen, was diese Änderung im Team ausgelöst hatte.

„Wir haben doch einen guten Draht zu den Albanern, die werden uns die Verhaftung vom Stocki nicht übel nehmen", schlug er vor, um nicht völlig außen vor zu sein.

„Oooh Fritz, was redest du denn da! Das ist es doch!", schnauzte ihn Norbert an.

„Nun mal langsam, Norbert. Der Fritz hat natürlich im Prinzip recht. Aber Fritz, der Stocki war das Gegengewicht zu den Albanern, die werden jetzt versuchen, seinen Abgang auszunutzen", stellte Bauer klar.

„Das müssen wir aber verhindern, sonst ist es vorbei mit unserer schönen Einflussnahme", ergänzte Sebastian Schulte. Norbert Hampel fuhr mit dem Vortrag für Fritz Köhler fort:

„Bloß, dass uns die Leute aus der Stockmannumgebung nun nicht mehr trauen. Verstanden, Fritz!?"

Nein, Fritz Köhler kam da nicht mehr richtig mit. Irgendetwas lief hier inzwischen ganz gewaltig schief, dachte er sich. Einflussnahme durch die Polizei auf die Zustände im Milieu!? So wie sie es vortrugen, hörte sich das bei den Kollegen nicht wirklich mehr nach Recht und Gesetz an.

„Kollegen, macht euch bitte Gedanken, wie wir vorgehen könnten und dann sollten wir uns …"

Die Zimmertür wurde ohne Anklopfen geöffnet, und ihre hochgeschätzte Kollegin kam mit Unterlagen und Kaffee wieder in den Raum. Bauer wollte schon lospoltern, dass man ja wohl anklopft, schluckte den Anschnauzer aber doch lieber runter, ließ seinen letzten Satz unvollendet und meinte nur:

„Prima, da ist ja endlich der Kaffee."

Als sich Beatrice Wolter für den Beruf einer Kriminalpolizistin entschied, tat sie dies mit sehr viel Idealismus. Während der drei Jahre an der Polizeihochschule hatte dieses Gefühl auch angehalten. Erste Risse bekam es bei ihrer ersten Einsatzstelle in Bonn.

Die Welt der Polizei ist immer noch männlich und eher konservativ geprägt. Mit ihrer äußeren Erscheinung entsprach sie zudem nicht dem Mainstream-Bild einer attraktiven Frau. Eher mager als schlank, überragte sie mit 1,89 Meter viele Kollegen, was bei diesen meistens nicht so gut ankam. Ihre eher kleine Brust sorgte endgültig dafür, dass sich die Polizeimachos dieser Welt sich nur zum Witze reißen für sie interessierten. Bei dem Großteil der dann noch verbliebenen männlichen Polizeigeschöpfe stieß zudem ihre überdurchschnittlich hohe Intelligenz auf wenig Gegenliebe. Bei ihren langen blonden Haaren sahen daher auch diese männlichen Kollegen Blondinen-Witze als das adäquate Gegenmittel an. ‚Mann' konnte sich bei ihr einfach nicht richtig aufplustern und entschied sich daher in vielen Fällen für unterschwellige, wenn nicht gar offene Ablehnung.

So hatte sie nicht lange überlegen müssen und war ihrer Freundin, die sich beruflich nach Bielefeld orientiert hatte, ins Ostwestfälische gefolgt, hatte das Bielefelder Präsidium doch einen guten Ruf. Wo Licht ist, ist leider auch Schatten und so erwischte sie ausgerechnet das Kommissariat III, kam also vom Regen in die Traufe. Schon der erste Kontakt mit Bauer, Schulte und Hampel, der Kollege Köhler war noch krankgeschrieben, hatte bei ihr die schlimmsten Befürchtungen geweckt, die dann von den Kollegen und insbesondere von ihrem neuen Chef auch hingebungsvoll erfüllt wurden.

Das ständige Mobbing hatte sie fast zermürbt und an den Rand einer Depression geführt, als sie auf einer privaten Feier den Kollegen Florian Neumann kennenlernte. Dieser konnte sie davon überzeugen, erst mit der Gleichstellungsbeauftragten und dann mit dem Personalrat zu sprechen. Was sie da zu hören bekam, war im ersten Ansatz allerdings alles andere als ermunternd. Bei der Leitung des Präsidiums hat Bauer einen ganz dicken Stein im Brett, musste man ihr mitteilen, ihn zur Verantwortung zu ziehen würde nicht leicht. Wie sie schon vermutet hatte, musste ihrer Vorgängerin die Arbeit im Kommissariat III auch nicht gut bekommen sein. Wie sie nun erfuhr, gab es sogar Gerüchte von handfesten sexuellen Übergriffen des Kollegen Bauer. Zum Bedauern des Personalrates wollte die sich dazu und auch zu den anderen seelischen Quälereien nicht äußern und zog es vor, sich schnellstens nach Dortmund versetzen zu lassen. Zu deutlich hatte die Leitung des Präsidiums schützend ihre Hand über den Kriminalhauptkommissar Heiko Bauer gehalten. Der Vorschlag, den der Personalrat dann machte, munterte sie allerdings auf und verschaffte ihr wieder den nötigen inneren Halt. Sie würde sozusagen undercover im Team die Mobbing-Beweise sammeln, damit der Personalrat die Möglichkeit bekam, den Kollegen Bauer zur Strecke zu bringen. Es war daher kein Zufall, dass sie ihr Handy im Besprechungsraum zurückgelassen hatte und sich beim Holen der Unterlagen und des Kaffees viel Zeit ließ.

Die Informationen, die die Wolter dann ihren Kollegen vortrug, gehörten zu einem Auftrag vom LKA unter der Bezeichnung ‚Miettrick‘, bei dem Bauer viel Büroarbeit für sich befürchtete und ihn daher an die junge Kollegin weitergereicht hatte. Landesweit wurden Wohnungen und ganze Objekte über eine Internetvermittlung wie bei Airbnb an Personen vermietet, die dort dann sexuelle Spielchen jeglicher Art veranstalten konnten. In den meisten Fällen wurden die dazu benötigten Damen gleich vom Vermittler mit vermittelt. Es bestand darüber hinaus der dringende Verdacht, dass die Wohnungen auch als Zwischenhandel für Drogen genutzt wurden. Bis auf den Kollegen Köhler schien sich keiner sonderlich für ihre Ausführungen zu interessieren. Erst als sie den Eigentümer zweier Bielefelder Häuser, in denen sich je eine dieser Wohnungen befand, nannte, horchte ihr Chef auf.

„Wissen sie da Näheres?“

„Nein, so weit bin ich noch nicht. Wohnungen zu vermieten ist ja nicht verboten, und das Sex- und Drogengeschäft scheint nicht über den Herrn Martens zu laufen. Ich habe aber schon mit dem Staatsanwalt Herrn Pitzceck gesprochen, ob wir da nicht eine Hausdurchsuchung hinbekommen.“

„Sie haben was!!“, brüllte Bauer, „Was fällt ihnen ein mit der Staatsanwaltschaft zu sprechen, ohne das mit mir abzustimmen!“

Noch letzte Woche wäre Beatrice Wolter zusammengezuckt und hätte Angstschweiß bekommen, aber das war einmal, heute antwortete sie ganz ruhig und mit innerlicher Freude.

„Herr Bauer, sie haben mir in der Angelegenheit ausdrücklich freie Hand gegeben.“

„Aber nicht dafür eine Wohnungsdurchsuchung bei einer Privatperson wie Herrn Martens zu veranlassen!"

„Darum geht es doch gar nicht. Es geht um die zwei Bums-Wohnungen, bei denen sich womöglich sogar pädophile Verbrechen abzeichnen!"

Bauer schnaufte wie ein wütender Stier aus. Da alle Anwesenden inzwischen hoch konzentriert waren, war das auch für alle gut hörbar.

„Ach so, hatte ich dann wohl falsch verstanden. Sie halten mich ab sofort in der Angelegenheit auf dem Laufenden."

Damit war das Thema beendet und die Dienstbesprechung nahm nun wieder ihren gewohnten Verlauf.

LAGEBESPRECHUNG
KOMMISSARIAT I

Das Fallboard war in drei Teile eingeteilt. Im Linken waren Fotos und Fakten von und zu Robert Adler, dem Schrebergartentoten, und im mittleren die zum Fall Andreas Möller angepinnt. Der rechte Teil war frei für Zusammenhänge und Anmerkungen.

Mit: „Fassen wir doch kurz zusammen", startete Klöppelmeier die Besprechung. „Wir haben zwei Tote mit extrem auffällig gleichartigem Tatortbild. Das bedeutet, dass wir es zwar nicht zwingend mit einem Täter oder Täterin zu tun haben, aber es ist davon auszugehen, dass die Fälle zusammenhängen. Wir müssen daher unbedingt die Verbindung zwischen den Toten ermitteln!"

„Es kann sich natürlich auch um Zufallsopfer handeln, bei denen der Täter seine Fantasien auslebt!", stellte Gina zur Diskussion.

„Ja, leider hast du Recht, Gina. In dem Fall müssten wir wohl auf Kommissar Zufall bauen oder auf einen eklatanten Fehler des Täters, der Täterin, hoffen. Nichtsdestotrotz ist es wichtig, die Frage nach einem Zusammenhang zwischen den Toten zu klären."

Salieri und Neumann stimmten nickend zu.

Egbert fährt fort: „Der erste mögliche Hinweis könnte sich vielleicht finden lassen, wenn sie bei uns schon Kunden sind!?"

„Hat Florian schon gecheckt, ist nicht der Fall, sind beide unbeschriebene Blätter."

Nach einem kräftigen Schluck aus der Kaffeetasse fragte er die beiden:

„Zu einer unbekannten Frau im Schrebergarten haben wir keine Anhaltspunkte, oder?"

„Nein, nichts", bestätigte Florian.

„Ich muss aber auch sagen, wir haben nicht besonders intensiv nachgefragt, hatten ja doch eher einen Selbstmord vermutet", musste Gina eingestehen.

„Will nicht behaupten, dass ich in diesem Fall, vor allem zu dem Zeitpunkt, intensiver nachgebohrt hätte. Aber in unserem Beruf sollte man immer vom schlechtesten Fall ausgehen und entsprechend handeln. Versteht das nicht als Kritik, ist nur ein gut gemeinter Ratschlag."

„Gerne angenommen, Chef. Wir müssen dann jetzt wohl noch einmal von vorne anfangen?", stellte Florian fest.

„Genau, Florian. Außer der Unbekannten haben wir keinen Anhaltspunkt. Wie schon ausgeführt, erst recht keine Verbindung zwischen den Fällen. Ich schlage vor, du und Gina, ihr geht zur Tochter vom Möller, die ist nicht viel älter als ihr, da bekommt ihr bestimmt einen besseren Zugang, als wenn ich da auftauche. Befürchte, ich habe sie eh etwas unwirsch abgefertigt."

„Och, ehrlich, wie das!?", flachste Florian zur Freude des kompletten Teams.

„Okay, Egi, sehe ich auch so. Außerdem gehst du vermutlich beim Adler-Fall unvoreingenommener ran. Wenn wir unsere Arbeit wiederholen ist das sicherlich voreingenommener."

„Wenn so kein Verbindungspunkt zwischen den Fällen sichtbar wird, müssen wir uns wohl auf die jeweiligen Bekanntenkreise konzentrieren?", fragte Florian.

„Das ist das eine. Zum anderen müssen wir die Interessen der beiden Opfer abfragen. Außerdem und das wird wohl in beiden Fällen die schwierigste Nachfrage sein, wie es mit dem Kontakt zu Frauen aussah."

Gina lächelte süffisant: „Nun, da dürftest du mit Frau Adler den heikleren Teil erwischt haben."

„Da könnt ihr mal wieder sehen, wie fürsorglich ich zu euch bin, ich übernehme freiwillig den schwereren Teil", meinte Kriminalhauptkommissar Klöppelmeier gönnerhaft grinsend.

„Wenn das jetzt wirklich eine Serie ist, muss die ja nicht unbedingt nur in Bielefeld laufen, oder?"

„Da hat Florian recht Egi, sollten wir nicht vorsichtshalber eine Anfrage an die anderen Polizeibezirke schicken?"

„Stimmt, hatte ich jetzt gar nicht dran gedacht. Was hatte ich gesagt, immer den schlimmsten Fall annehmen. Den Ratschlag, hmhm, muss ich mir wohl mal merken. Florian, du hattest die Idee, dann kannst du das bitte auch veranlassen, wenn ihr von der Möller-Tochter zurück seid."

„Mach ich. Bundesweit?"

„Nein, erst einmal den Ball etwas flacher halten. Ich schlage vor, wir starten erst einmal im Direktionsbereich, ausweiten können wir ja immer noch."

Gina und Florian waren schon auf dem Weg zur Tochter des Opfers Andreas Möller, während Klöppelmeier noch mit der Staatsanwaltschaft telefonierte. Das Gespräch trug nicht zu seinem Wohlbefinden bei, da er erfahren musste, dass eine blutjunge Staatsanwältin, die gerade ihr zweites Staatsexamen abgelegt hatte, den Fall bearbeiten würde.

„Für schwierige und komplizierte Fälle immer die besten und erfahrensten Mitarbeiter ..." und schnell schob er noch, „... und Mitarbeiterinnen", hinterher.

Was er sich auch hätte sparen können, blieb doch seine ganze Argumentation wirkungslos. Die Entscheidung stand, die junge Staatsanwältin würde den Fall bearbeiten. Knurrig machte sich Egbert auf den Weg nach Heepen.

GUT ZWEI JAHRE ZUVOR IN MÜNSTER

Gut gelaunt kontrollierte Lena über das Internet ihre Guthaben auf verschiedenen Sparbüchern und den Stand dreier Aktienpakete bei unterschiedlichen Fonds. Könnte ihre Freundin Sarah die Beträge sehen, würde die sicherlich blass werden, von wegen maue Finanzlage, wie Lena es ihr seit sie sich kannten, vorjammerte. Wie Sarah selbst gesagt hatte, auch einer guten Freundin erzählt man nicht alles. Wie manch anderes hatte Lena nie erwähnt, dass sie eisern jeden abzweigbaren Euro sparte und die Information, dass sie in ihrer 2-Zimmer-Wohnung in einer Wohngemeinschaft mit Mira, ihrer seelenverwandten Leidensschwester lebte, würde nie über ihre Lippen kommen. Diese saß Lena gegenüber und ging der gleichen Beschäftigung nach.

Lena lehnte sich im Stuhl zurück, sah lächelnd zu ihrer Mitbewohnerin hinüber.

„Und, Kleine, wie steh'n die Aktien?"

„Sehr gut Lena, ich habe mein Ziel inzwischen schon überschritten und bei dir?"

„Ich bin zufrieden, es fehlt nicht mehr viel."

Plötzlich herrschte ein bleiernes Schweigen in ihrem gemeinsamen Wohnraum, das Lena schließlich mit belegter Stimme brach.

„Dann ist es bald soweit?"

„Ja Lena, es ist bald soweit!"

Wieder herrschte Schweigen, dann standen beide, wie auf Kommando auf, gingen aufeinander zu, nahmen sich in den Arm, drückten sich, küssten sich gegenseitig die Tränen weg.

„Wir haben es uns geschworen Lena, wenn wir genug Kohle haben, trennen sich unsere Wege, verschwinden wir aus diesem Scheißleben und starten jede für sich in ein neues, ein gutes."

„Ich weiß Mira, aber der Gedanke, dass es bald soweit ist schmerzt so furchtbar. Ein Leben ohne dich kann ich mir einfach nicht vorstellen."

„Noch nicht, Lena, aber wenn es soweit ist, wirst du glücklich neu leben und unsere gemeinsame Zeit wird nur noch ein böser Schatten sein. Aber dadurch, das wir sie zusammen gemeistert haben, wird uns dieser Schatten auch weiterhin Kraft und Mut geben."

Lena liefen die Tränen die Wangen herunter, aber sie nickte zustimmend.

„Wir bleiben ewig seelisch verbunden, meine Liebe, meine Schwester. Ewig und immer Lena, ewig und immer!"

Lena nickte wieder, schniefend nahm sie Mira noch fester in den Arm. Wie nah dieser Zeitpunkt war, sagte Mira lieber nicht. Denn auch sie wusste nicht, ob sie die Trennung, wenn sie sie ankündigte, dann tatsächlich vollziehen könnte.

Bei den gemeinsamen Sparzielen war ihr Mira immer weit voraus gewesen, bis sie als Escort-Dame bei Lady Diana angeheuert hatte. Lady Diana führte ihre Agentur mit viel Menschenkenntnis, sowohl bei den Kunden als auch bei ihren Damen. Mit den Jahren hatte sie ein weitverzweigtes lukratives Netzwerk aufgebaut. So brauchte sie auch nicht lange, um das besondere Potential ihrer neuen Dame Sandra Meier zu erkennen und gewinnbringend für sich und Lena weiter zu entwickeln und zu perfektionieren. Schnell wurde aus dem Pseudonym Sandra für die Kundschaft eine ganze Reihe mit Simone, Sybille, Sascha und weiteren Namen, alles angeblich ganz unterschiedliche Damen. Dank Lenas Fähigkeiten, sich mit ihren Kenntnissen in vollkommen anders aussehende

Frauen zu verwandeln und ihrem schauspielerischen Talent, deckte sie ein breites Kundenspektrum ab, war entsprechend viel gefragt.

Hinzu kam eine Spezialität für den Bereich, der ja offiziell vom Service gar nicht angeboten, aber für die allermeisten Kunden der eigentliche Grund eines Arrangements war, dem Sex. Diffizil wurde in den Vermittlungsgesprächen angedeutet, dass die Damen Sandra, Simone und so weiter beim Sex die dominante Rolle übernähmen. Selbst zum Erstaunen von Lady Diana traf dieses Angebot bei einem weit größeren Kundenkreis als gedacht auf reges Interesse. Der Rubel rollte daher und erhöhte nicht nur Lady Dianas Einkünfte, sondern auch Lenas Spareinlagen und Aktienbestand.

Einzig die Tatsache, über die sie vorher gar nicht nachgedacht hatte, störte Lena etwas. Die Kontakte fanden selten in Münster und Umgebung statt, sondern meistens irgendwo zwischen Hannover, Frankfurt und Köln, für sie ohne Auto daher immer etwas unbequem. Wenn es doch einmal einen Kunden aus Münster gab, kam Sandra, Simone oder eine der anderen angeblich aus Bielefeld, Gütersloh oder einem beliebigen anderen unverdächtigen Ort. Schließlich sollte der Kunde nicht mit der Befürchtung leben müssen einer dieser Damen über den Weg zu laufen, wenn er samstäglich mit der Gattin einen Einkaufsbummel in der Stadt unternahm.

Dieses Bedürfnis hatten allerdings nicht nur die Kunden, sondern auch die meisten Damen des Escort-Services. Da Lena sich bei jedem Arrangement völlig verwandelte, hatte sie diesbezüglich eigentlich keinerlei Bedenken, bis ihr genau dies passierte.

Sie schlenderte allein durch die Münsteraner Innenstadt, als sie plötzlich von einem einzelnen älteren Mann angesprochen und nach dem Weg zu einem Juweliergeschäft gefragt wurde. Es waren gerade zwei Wochen her, dass sie mit genau diesem ein intimes Wochenende in Düsseldorf verbracht hatte. Ihren Schreck geschickt überspielend, gab sie ihm die gewünschte Auskunft, traute sich dann sogar etwas Small Talk mit dem Mann zu führen, bevor sie weiter ging. Es verblüffte sie aber doch, dass der Kunde wirklich so reagierte, als hätte er sie noch nie gesehen. Lenas Neugierde war geweckt. Waren ihre Verwandlungen wirklich so gut, oder lag es an dem ehemaligen Kunden?

Zuerst suchte sie gezielt den Kontakt zu einem Kunden, der in Münster ein Rechtsanwaltsbüro hatte und den sie auf dessen Weg dahin ansprach. Kein Erkennen, nicht das geringste. Er lud sie sogar zu einem Kaffee im nahegelegenen Straßencafé ein und verabschiedete sich mit der Versicherung, sie bald auf der erhaltenen, leider nicht ganz richtigen, Handynummer anzurufen. Nach diesem Erfolg wiederholte sie das Spielchen, jetzt aber nicht verkleidet, genauso erfolgreich bei keiner Geringeren als Lady Diana. Der wirkliche Härtetest kam jedoch, als sie für das nächste Wochenende wieder von dem älteren Mann gebucht wurde. Ihr war schon etwas flau, ob das auch gut gehen würde. Es klappte, er schenkte ihr große Goldohrringe, die er, wie er erzählte, in Münster in einem teuren Juweliergeschäft extra für sie erstanden hätte, ohne in irgendeiner Art ein Erkennen zu zeigen. Ab diesem Zeitpunkt war sich Lena sicher, dass niemand, der sie in einer ihrer Rollen kennengelernt hatte, sie in ihrer eigentlichen Erscheinung wiedererkennen würde.

Es schien alles auf das gesteckte Ziel hinauszulaufen, mit dem ersparten Geld ein neues Leben zu beginnen. Da sie beide keinerlei Familienangehörige oder Verwandte mehr hatten, sollte der Neustart nicht in Münster, nicht in Deutschland, nicht im jetzigen winzigen Freundes- und Bekanntenkreis und auch nicht im jetzigen Beruf erfolgen. Nach den Vorstellungen von Mira und Lena wollten sie radikal alles bisherige hinter sich lassen, und jede für sich sollte versuchen, bei Null neu zu starten.

Pläne sind gut, aber manchmal macht einem das Leben die Planungen zunichte oder erfordert zumindest einige Planänderungen.

Ralf Becker, Besitzer in dritter Generation des Reisebusunternehmens BWR, Beckers WohlfühlReisen, hatte Lena für den Samstagabend engagiert. Der Wohltätigkeitsball einer Münsteraner Unternehmervereinigung war beendet. Nach speisen, tanzen und gemeinsamen flanieren, saß das ungleiche Paar, die dunkelhaarige, junge, schlanke Sybille aus Paderborn und der etwas dickliche Mitfünfziger, Unternehmer Ralf Becker, im Taxi.

Es ging zu Sibylles Verwunderung für den zweiten Teil des Abends, oder besser gesagt der Nacht, in Ralfs Privathaus. Er hatte dafür eine einfache Erklärung parat. Verheiratet sei er nur wenige Jahre in seinen Zwanzigern gewesen, Stress und Streit statt Liebe und Sex, das habe er schnell beendet und lebe seitdem lieber allein. So könne er tun und lassen, was und wie es ihm gefalle und den Sex kaufe er sich halt. Das sei eine saubere Sache, wenn auch die Frau daran ihren Spaß habe. Keine Seite habe anschließend irgendwelche Verpflichtungen, und da er ja allein in seiner Villa wohne, müsse man nicht ins Hotel.

Zuerst würde er ihr aber in einem kleinen Rundgang sein Reich zeigen. Sibylle verdrehte innerlich die Augen und dachte sich, ach Ralf, du spielst den ganzen Abend schon das Alpha-Tierchen, aber ich habe dich längst durchschaut, gleich im Bett wirst du nach meiner Pfeife tanzen. Aber gut, wenn du möchtest, sehe ich mir dein Reich an, außerhalb des Bettes ist der Kunde König.

Ralf startete in der großen Garage mit den Reisebussen, schwärmte davon, wie die heutzutage ausgestattet seien, jammerte über die Preise für die aktuellen Versionen, erzählte, dass BWR vom Osnabrücker Land über Ostwestfalen, Paderborn, Gütersloh bis ins Ruhrgebiet und bis zum Rheinland seine Reisen anbieten würde. Lena strahlte und nickte fleißig, war aber innerlich kurz vorm Einschlafen. Im Verwaltungsbereich wurde es nicht wirklich spannender. Ralf Becker beglückwünschte sich selber zu seiner Weitsicht, dass er schon im Jahr 2000, als er die Firma gerade übernommen hatte, alle Abläufe und Datensammlungen digitalisiert hätte. Das spare Personal, was ja gerade heutzutage kaum zu bekommen sei. Bei den Fahrern fange das an, aber selbst im Verwaltungsbereich könne man kaum qualifiziertes Personal bekommen. Nicht einmal studentische Aushilfskräfte! Das sei doch wohl unmöglich, bekämen die heute alle so viel Geld von den Eltern?

„Also ich nicht!", bemerkte Sibylle schnell, studierte sie doch angeblich in Paderborn.

Aber Ralf wollte gar keine Antwort hören, war so im Redefluss, dass er gleich auf das tolle Betriebsklima zu sprechen kam.

Sie waren inzwischen in den Eingangsbereich getreten, in dem eine Wand von einem überdimensionalen Bild bedeckt war, das die gesamte Belegschaft, einschließlich Chef, vor einem Oldtimer-Bus zeigte. Wie er stolz erklärte, sei das zum neunzigjährigen Bestehen der Firma aufenommen worden. Eine gute alte Tradition, die sein Großvater in den Fünfzigern eingeführt habe. Alle 10 Jahre würde ein neues aufgenommen. Lena warf einen desinteressierten, flüchtigen Blick auf das Bild und bewegte sich schon etwas Richtung Ausgang, während Ralf Becker erklärte, zum Glück gebe es ja auch treue Mitarbeiter, bald fünfzig Jahre, sein ganzes Berufsleben, vom

Lehrling bis zum Starbusfahrer, habe ‚Herz Bube', wie wir ihn nennen …"

Lena hörte den Rest nicht mehr. In tiefen, vergrabenen, abgeschlossenen Schichten ihres Gehirns hatte es bei ‚Herz Bube' klick gemacht. Ihr Blick folgte Ralfs Handbewegung. Die Welt stürzte ein, sie befürchtet den Boden unter den Füßen zu verlieren, Panik, Angst, nur weg von hier forderte ihr Gehirn, ihr Magen krampfte sich zusammen. Da blickte sie ihm, auf dem Bild in der zweiten Reihe stehend, direkt in die Augen, dem Monster, dem Mann mit dem herzförmigen Blutschwamm auf der rechten Wange, ‚Herz Bube'!

Becker sah wie seine Escort-Dame kalkweiß im Gesicht wurde, etwas von Toilette stammelte, eilends in die von ihm gezeigte Tür verschwand. Er schüttelte den Kopf, was war denn nun auf einmal los?

Lena konnte den Toilettendeckel gerade noch anheben, bevor sich ihr Magen entleerte. Schweißperlen standen auf ihrer Stirn, die Beine zitterten, ein Schüttelfrost nach dem anderen jagte durch ihren Körper. Verzweifelt versuchte sie sich wieder in den Griff zu bekommen, aber es war alles wieder da, all das, was sie die ganzen Jahre über sicher weggepackt glaubte. Ein Blick auf das Gesicht von Herz Bube, auch wenn es inzwischen etwas gealtert war, hatte genügt um sie ins Chaos zustürzen.

Es dauerte bis Lena sich einiger maßen gefasst hatte. Wohl den Magen verdorben, erklärte sie. Mit ehrlichem Mitleid orderte Becker ein Taxi, wünschte gute Besserung, Sybille versprach, fahrig, sich zu melden, um die nun ausgefallene Nacht nachzuholen. Als das Taxi sie vor ihrer Wohnung absetzte, sah sie sich wie eine Verbrecherin um, ob nicht ‚Herz

Bube' auf sie lauere, stürzte ins Haus, in die Wohnung, ins Schlafzimmer, rief nach Mira, aber die war nicht da. So lag sie schließlich, so wie sie war, allein mit ihren Erinnerungen, zusammengekauert wie ein Embryo, zitternd im Bett.

KAMPF UM DAS SEELISCHE
GLEICHGEWICHT

Irgendwann war sie doch eingeschlafen. Als sie am Sonntag-
vormittag schließlich erwachte, war die Panik aber auch mit
aufgewacht. Aber immerhin war Lena nun in der Lage zu
versuchen sich durch die bei Frau Dr. Brettschneider erlernten
Techniken zu beruhigen. Da Mira immer noch nicht zurück
war, versuchte sie unablässig die Leidensschwester auf dem
Handy zu erreichen. Aber außer der Ansage ‚Dieser An-
schluss ist zur Zeit nicht erreichbar.' bekam sie nichts zu hören. ‚Verdammt Mira, was soll das, du bist doch sonst immer
auf Dauerempfang!?'

Unbewusst lächelte Lena, musste sie doch daran
denken, dass sie mit Mira einmal sogar telefoniert hatte während die mit ihrem Lover am Gange war. War das ein Telefonat gewesen, die waren am Vögeln und Mira quatschte mit
ihr nebenbei. ‚Aah, ja, weiter du dreckiger Rammler. Einen
kleinen Moment Große. Ja, ja, jaa, aahh, oohh.' und nach
ihrem Orgasmus hatte sie weiter mit ihr geplaudert, nebenbei
dem Typen Noten für seine Bettleistungen gegeben. Der hatte
sich schließlich ‚So eine bekloppte Tussie, dass hältste doch
nicht aus.' schimpfend verdrückt. Lena musste lauthals lachten, ach ja Mira tat ihr einfach gut.

„Mira, du völlig verrücktes Huhn, ich brauche dich, komm
nach Haus", rief sie laut in die sonst menschenleere Wohnung.

Am Montag hatte sie sich zumindest soweit gefasst, dass
sie sich locker beim Hausarzt wegen eines Mageninfekts
krankschreiben lassen konnte. Auch die Termine für die beiden kommenden Wochenenden sagte sie bei Lady Diana

vorsorglich ab. Danach würde sie ja wohl wieder funktionieren, hoffte sie zumindest. Für etwas Stabilität hatte dann der kurzfristige Termin bei der Brettschneider gesorgt.

„Lena, überlegen sie einmal ganz in Ruhe, ob das etwas ändert, wenn ,Herz Bube' in Münster und nicht, wie sie bisher angenommen haben, irgendwo in der Republik lebt?"

„Nein, ändert sich wohl realistisch gesehen nichts. Theoretisch hätte eine Begegnung ja irgendwo, irgendwann in Deutschland immer passieren können. Jetzt ist die Wahrscheinlichkeit nur gewaltig größer geworden, das macht mir ganz wahnsinnig viel Angst, Frau Brettschneider."

„Das ist mehr als verständlich, aber überlegen wir weiter. Sie waren zur Tatzeit noch ein Kind, er hat Sie nur kurze Zeit gesehen, war sicherlich auf die erwachsenen Personen fixiert, die Wahrscheinlichkeit, dass er Sie heute, wenn Sie ihm in Münster plötzlich über den Weg laufen würden, erkennen würde, geht wirklich gegen Null. Aber Sie, Sie müssen sich seelisch wappnen, dass das passieren könnte, dürfen nicht unvorbereitet in diese Situation hineinkommen. Wir müssen also schon jetzt eine Strategie einüben, damit Sie im Falle eines Falle nicht wieder ins Chaos versinken, sondern die Situation beherrschen können."

„Wie soll das gehen?"

„Die beste Möglichkeit kommt leider nicht in Betracht."

„Und die wäre gewesen?"

„Ihn anzeigen und dann miterleben, wie er vor einem Gericht für seine Taten verurteilt wird. Aber das ist, wie Sie wissen, nicht mehr möglich. Es gibt keine belegbaren Beweise für seine Taten und alle Menschen, die die Taten bezeugen könnten, sind, außer Sie selber, tot oder namentlich nicht bekannt. Selbst wenn man die anderen Täter aufspüren würde, würden die sicherlich, auch nach so vielen Jahren, nicht gegen sich selber aussagen."

„Stimmt! Vermutlich sind die Taten eh inzwischen verjährt, es wäre ihnen ja nie ein Mord nachzuweisen", ergänzte Lena, der es gut tat sich so sachlich mit ihrer Vergangenheit zu beschäftigen.

„Da uns also der Königsweg verschlossen ist, müssen wir über Umwege zum Ziel kommen. Sie müssen, wie bisher, versuchen, ein Leben ohne die Verbindung oder Verknüpfung zur Vergangenheit zu leben. Dazu kommt jetzt aber noch, dass Sie sich darauf trainieren müssen, jeden Menschen mit einer Auffälligkeit im Gesicht als harmlos anzusehen und gleichzeitig die Erinnerung an das Gesicht von ‚Herz Bube' in ihrem Gedächtnis zu verwischen, so dass Sie ihn schließlich, würden Sie ihm tatsächlich begegnen, gar nicht als ‚Herz Bube' erkennen würden."

„Puh!"

„Ja, das stimmt, ist nicht einfach, aber wir beginnen damit, dass Sie sich einmal verdeutlichen, wie viele Menschen es gibt, die einen Blutschwamm im Gesicht haben und wie schnell der dann als herzförmig interpretiert werden kann."

Wie immer fühlte sie sich besser, wenn sie bei der Brettschneider gewesen war. Zwar grübelte sie weiterhin über die Erlebnisse nach, aber mit den Übungen, die Lena als Hausaufgabe mitbekommen hatte, klappte es ganz gut. Einzig Mira fehlte ihr sehr, denn die war immer noch nicht aufgetaucht und auch weiterhin nicht erreichbar. Langsam bildete sich bei Lena ein trauriger Verdacht.

Am Mittwoch fand sie dann die Bestätigung im Briefkasten. Ein Brief von Mira, niederländische Briefmarke, abgestempelt in Amsterdam. Als Absender war Mira Radković und ihre gemeinsame Adresse angegeben. Bis zum Nachmittag ließ

Lena den Brief auf dem Tisch liegen, dann öffnete sie ihn schließlich, hoffte sich genügend im Griff zu haben, um das Unvermeidliche zu ertragen.

‚Liebe Lena, …‘, vom ersten Satz an flossen ihr die Tränen die Wangen hinunter. Es war der befürchtete Abschied, ein Abschied wohl für immer. Hemmungslos heulte sie, schluchzte, schrie vor Verzweiflung. Die Brettschneider-Methode, ihre Gefühle zu beruhigen, funktionierte zum Glück, so das sie nicht tiefer abstürzte. Zwei, drei Mal las sie den Brief, sich immer mehr beruhigend, um ihn schließlich sachlich zu akzeptieren. Sie hatten es so vereinbart. Wenn sie zuerst das Geld beisammen gehabt hätte, hätte sie nicht anders gehandelt. In Gedanken wünschte sie Mira alles Gute für ihr neues Leben, bedauerte aber gleichzeitig ihre eigene Situation, die nun, ohne ihre seelenverwandte Freundin, nicht einfacher geworden war.

Im Brief stand, dass Mira in ein Land in Mittelamerika fliegen würde. Dort könne sie fast legal problemlos an eine völlig neue Identität kommen und sich mit dem ersparten Geld eine sichere Zukunft aufbauen. Sie habe daher nur ihren Reisepass für die Einreise, ein paar Klamotten, einige wenige, kleine, ans Herz gewachsene Gegenstände und natürlich den Laptop mit ihren Kontodaten mitgenommen. Das Handy habe sie ausgeschaltet und abgemeldet, ebenso ihre Social Media Kontakte und E-Mail-Adresse. Im Moment habe sie noch bis Mitte August Urlaub, aber das Kündigungsschreiben sei schon auf dem Weg. Alles andere habe sie unangetastet gelassen. Lena könne über ihre zurückgelassenen persönlichen Sachen beliebig verfügen und möge bitte alles andere, einschließlich ihrer offiziellen Dokumente wie Führerschein, Krankenkassenkarte usw. entsorgen. Außerdem erinnerte sie Lena daran, das man zusammen die Zeit im Heim überstanden und dem Schwein seine verdiente Strafe verpasst hatte.

Nichts könne sie beide unterkriegen. Wenn sie wollten, könnten sie alles erreichen. Daran solle Lena immer denken. Sie, Mira wüsste, dass auch Lena den Absprung schaffen würde, und es täte ihr leid, dass sie den Anfang mache. Zum Schluss stand ein Satz, den Mira so schon fast wörtlich gesagt hatte. Wir bleiben ewig seelisch verbunden, meine Liebe, meine Schwester, meine Freundin. Ewig und immer Lena!

Bis zum Freitag hatte sie den Brief x-mal gelesen. Zu ihrem Erstaunen kam sie mit Miras Abschied doch ganz gut zurecht. Auch den anderen Schock schien sie halbwegs verarbeitet zu haben. In dieser Zeit hatten Miras Aussage, ‚dem Schwein seine verdiente Strafe verpasst' und der Königsweg von der Brettschneider immer enger zueinander gefunden. Am Freitag Abend hatte sie einen Entschluss gefasst. Die einzige wirkliche Lösung ihres Traumas war ja die Bestrafung der Täter, und wenn der Staat das aus verständlichen Gründen nicht konnte, musste sie die Sache selber in die Hand nehmen.

ERSTE ERMITTLUNGEN

Die Möller Tochter wohnte in der Nähe vom Siegfriedplatz. Das Team Salieri/Neumann war also schnell vor Ort, musste dann aber wieder einmal feststellen, dass die Parkplatzsuche und der anschließende Gang zum Ziel die doppelte Zeit beanspruchte.

„Diensträder wären eigentlich nicht schlecht."

„Sind bloß blöd, wenn du dann unerwartet mit Blaulicht losrasen müsstest."

„Wieso, kann man doch wie bei unseren Zivilfahrzeugen machen. Aber eben nicht aufs Autodach gepackt, sondern auf den Fahrradhelm."

Gina grinst, stelle sich gerade den großen Kollegen auf dem Rad und mit Blaulicht auf dem Fahrradhelm vor.

„Mit Signalton?"

„Natürlich, wenn schon denn schon." Die beiden mussten herzhaft lachen und wären fast am gesuchten Hauseingang vorbeigelaufen.

„Okay, nun wieder ernsthaft, Gina, wo müssen wir klingeln?"

„Bei Smirnow."

„Smirnow? Im Moenkenkamp 11 wohnen auch Smirnows!"

Das kleine Rätsel löste sich schnell auf, als sie mit Heike und Dimitri Smirnow im Wohnzimmer saßen.

„Mein Schwiegervater war so nett für meine Eltern die Wohnung in dem Haus zu vermitteln."

„Dann ist das Familienklima bestens?", fragte Gina.

„Absolut!", antwortete Heike Smirnow sofort, begleitet vom demonstrativ zustimmenden Nicken ihres Ehemannes, um dann auf die Bitte von Florian hin einen kurzen Überblick über die Familien zu geben.

Ihr Vater sei ein Bielefelder durch und durch gewesen, habe immer in der Stadt gewohnt. Ihre Mutter stamme aus Pivitsheide. Die beiden hätten sich in der Disco in Bielefeld kennengelernt und dann auch, kurz bevor sie geboren wurde, schnell geheiratet. Geschwister habe sie keine. Ihre Eltern hätten sich kurz vor ihrer Einschulung getrennt. Sie sei dann mit ihrer Mutter nach Detmold gezogen, wo sie noch bis vor fünf Jahren gelebt habe. Ihre Mutter lebe und arbeite immer noch in Detmold. Der Kontakt zu ihrem Vater sei aber nie abgebrochen, er habe sich auch aus der Entfernung immer um sie gekümmert. Ihren Mann habe sie bei der Arbeit kennengelernt. Sie hätten einen Sohn, der jetzt in Hamburg studiere. Den hätten sie noch nicht erreicht, es fließen ein paar Tränen, den werde die Nachricht sicherlich erschüttern, hatte er doch ein ganz tolles Verhältnis zu seinem Opa. Ihre Schwiegereltern seien in den neunziger Jahren als Russland-Deutsche nach Deutschland, ins Ostwestfälische gekommen. Zwischen den Eltern bestehe, sie unterbricht sich, muss wieder etwas weinen, bestand ein gutes Miteinander.

„Dem kann ich nur zustimmen", ergänzt Herr Smirnow den Bericht seiner Frau.

„Was hat denn ihr Vater so gemacht, Arbeit, Freizeit, Vereine und so?", setzte Florian die Befragung fort, während Gina, wie sie es auch oft mit Klöppelmeier machte, sich mehr darauf konzentrierte die Reaktionen und Verhaltensweisen der Gesprächsteilnehmer zu beobachten. Die Kommissare erfuhren so, dass Möller sein Berufsleben bei den Stadtwerken, erst als Elektriker und später als Techniker verbracht hatte. Mit dreiundsechzig habe er dann das Angebot der Stadtwerke zum vorzeitigen Wechsel in die Rente angenommen. Seitdem habe er sich noch mehr seinen sportlichen Aktivitäten, seinem persönlichen Triathlon, wie er es immer genannt habe, also jeweils mehrmals in der Woche dem Joggen, Rennrad fahren und Schwimmen, gewidmet. Aufhorchen ließ die beiden dann natürlich die Information, dass Herr Möller in der restlichen Zeit sich fast ausschließlich mit seinem Schrebergarten befasst habe.

Als Florian dann zum Thema Bekanntschaft mit Frauen kam, grätschte Herr Smirnow in das Frage-Antwort-Spiel mit seiner Frau rein.

„Warum wollen sie das denn alles wissen, mein Schwiegervater ist das Opfer, da müssen sie doch nicht in seinem Leben herumgraben!"

Der unterdrückte, aber doch noch leicht vorhandene aggressive Unterton von Herrn Smirnow entging Gina natürlich nicht. Sie gab den Smirnows ruhig eine kurze Erklärung, die diese anscheinend akzeptierten, denn danach beantworteten sie alle Fragen. Allerdings musste man nicht wie Gina gezielt beobachten und hinhören, um zu merken, dass die Smirnows bei der Frage Frauenbekanntschaften mauerten.

Mehr als ein: „Ja er habe wohl hin und wieder eine Beziehung gehabt, aber das ist nie etwas Festes gewesen", und der Aussage:, „Dazu können wir nicht mehr sagen, wir haben die Frauen auch nie kennengelernt" war ihnen nicht zu entlocken.

Zum Schluss erklärten sie sich allerdings widerspruchslos und ohne weitere Nachfragen, bereit bis Ende der Woche eine Liste aller Personen, einschließlich der Familien, zu erstellen, die nach ihrer Kenntnis Andreas Möller gekannt hatten.

Einigermaßen zufrieden standen Gina und Florian schließlich wieder auf dem Gehweg.

„So ganz ergebnislos war das Gespräch ja nicht, oder was meinst du, Gina?"

„Für das erste Gespräch war es okay, aber die haben bestimmt noch nicht alle Katzen aus dem Sack gelassen. Ich werde erst einmal Egi ein Signal schicken und ihm vom Möllerschen Schrebergarten berichten. Ist zwar unwahrscheinlich, dass das der Zusammenhang ist, aber, wie der Chef uns heute mal wieder eingebläut hat, wäre ja theoretisch möglich."

„Schreib ihm aber auch, dass die Smirnows bei den Frauenbekanntschaften extrem gemauert haben."

Bei Klöppelmeier lief das Gespräch stilvoller ab. Nachdem er sich bei Frau Adler vorgestellt und erläutert hatte, warum die Kriminalpolizei sie noch einmal aufsuchte, wurde er mit Kaffee und Keksen an den Esstisch gebeten. Ein starker Kaffee und ausreichend Süßkram zur Kaffeezeit stimmten Klöppelmeier immer friedlich. Einem ruhigen, ausführlichen Schnack stand so nichts im Wege.

„Herr Klöppelmeier, es hört sich vielleicht etwas komisch an, aber ich bin doch irgendwie froh, dass mein Mann keinen Selbstmord begangen hat. Ich habe mich seit seinem Tod damit herumgequält, was ihn dazu getrieben haben mochte und welche Schuld er auf sich geladen haben könnte."

„Frau Adler, das kann ich, dank meiner langen Berufserfahrung, gut nachvollziehen. Ein Selbstmord ist für die Angehörigen oft noch schwerer zu ertragen als ein Gewaltverbrechen, eben weil sich die Angehörigen in vielen Fällen genau die Frage stellen, die sie eben auch benannt haben."

Es wurde ein entspannter Nachmittagsplausch, bei dem Egi so einiges über das Opfer Adler erfuhr. Robert Adler war ein umtriebiger Mensch gewesen, sowohl was sein Berufsleben betraf, als auch bei seinen Freizeitaktivitäten. Beruflich hatte er in ganz jungen Jahren als Lehrling in einem Kolonialwarenladen angefangen, dort nach der Lehre noch zwei Jahre gearbeitet, um sich dann früh selbständig zu machen, war pleitegegangen, hatte in verschiedenen Hilfsarbeiteranstellungen wieder Fuß gefasst, um anschließend auch beim zweiten Selbstständigkeitsversuch zu scheitern. Von da an hatte er dann in verschiedenen Kaufhäusern als Verkäufer gearbeitet.

„Da hat Robert natürlich nicht viel verdient, aber zu unserem Glück hatte ich ja immer als Verwaltungsangestellte einen sicheren und durchaus gut bezahlten Arbeitsplatz. Möchten sie noch etwas Kaffee Herr Klöppelmeier?"

„Ja gerne, Frau Adler, so einen süffigen und aromatischen habe ich ja schon lange nicht mehr getrunken."

„Oh, die Kanne ist ja schon leer, ich setze schnell noch einen auf. Sie haben doch soviel Zeit, Herr Hauptkommissar?"

„Für diesen Fall, liebe Frau Adler, nehme ich mir die. Außerdem lässt es sich ja bei einer guten Tasse Kaffee viel besser plaudern."

„Das ist schön, dann entschwinde ich mal schnell in die Küche."

Den Kommissar zuckersüß anlächelnd, tat Frau Adler so, als müsste sie nachsehen ob noch Kekse in dem Schälchen lägen.

„Was machen denn die Kekse?", um mit gespieltem Erstaunen festzustellen, „Die sind ja auch schon alle verschwunden!"

„Frau Adler, ich muss gestehen, ich kann bei Süßem nur schwer nein sagen."

„So, so, so Herr Klöppelmeier, sie sind also ein kleines Schleckermäulchen!"

„Ja, leider, und zu meinem Leidwesen sieht man das meinem Bauch auch an. Ich kann appetitlichen Verführungen einfach nicht widerstehen."

„Aber Herr Klöppelmeier! Sagen sie nicht so etwas, so ein stattlicher, attraktiver Mann wie Sie, der kann ruhig ein paar kleine Kekse vernaschen", erwiderte die Witwe Adler zweideutig lächelnd, um dann tirilierend in die Küche zu entschwinden.

Egi atmete lautlos mehrmals tief ein und aus. Süßholzraspeln war einfach nicht sein Ding, aber wat mutt dat mutt.

Die Witwe schien jedenfalls von dem erlittenen Verlust nicht wirklich tief getroffen zu sein und war ja in dieser entspannten Atmosphäre durchaus auskunftsfreudig.

„Haben sie eigentlich auch Kinder?", fragte Egi, als die nächste Runde Kaffee in der Tasse dampfte.

„Nein, leider nein. Wir hätten gerne welche gehabt, aber wie sich schließlich herausgestellt hat, konnte ich keine Kinder bekommen. Wir hatten uns ja schon in der Schule kennengelernt und haben, als mein Mann ausgelernt hatte, geheiratet. Mit der Zeit haben wir uns dann mit der Kinderlosigkeit arrangiert und ein schwungvolles Leben geführt."

Ausführlich berichtete Frau Adler vom schwungvollen Leben. Sie hatte sich auf Theater, Kunstausstellungen und VHS-Kurse gestürzt, während ihr Mann kein bestimmtes Interessengebiet gehabt habe. Er habe in schnellem Tempo von einer Sportart und Freizeitbeschäftigung zur nächsten gewechselt. Vom Tennis bis zum Segelfliegen habe er bestimmt alles ausprobiert. Die einzige Konstante sei der Schrebergarten gewesen, den er von seinem Vater übernommen hatte.

„Wenn sie ihre Freizeit in so unterschiedlichen Bereichen verbracht haben und ihr Mann dazu auch noch öfters die Freizeitgestaltung geändert hat, dann sind sie ja mit vielen anderen Menschen in Kontakt gekommen. Hat das denn Probleme gegeben?"

„Herr Klöppelmeier, Herr Klöppelmeier, sie Schelm, dass war jetzt wohl die verklausulierte Frage nach der Treue!? Nun, so hundertprozentig waren wir das beide nicht. Mein Mann ist Zeit seines Lebens ein Charmeur gewesen, der die sich bietenden Möglichkeiten auch gerne nutzte. Ich habe ihn aber immer möglichst unter Kontrolle gehalten, so dass das nie überhand nahm, unsere Ehe nie in Gefahr war."

„Spielte da denn auch der Schrebergarten eine Rolle?"

„Nein, das hätte er sich nicht getraut und das harmonische Zusammensein mit den anderen Parteien war ihm auch viel zu wichtig, als dass er sich da ernsthaft an andere Frauen herangemacht hätte."

„Ich hatte da jetzt auch eher speziell an das Gartenhäuschen als Liebeslaube gedacht!"

Frau Adler sah Klöppelmeier erstaunt an, dachte einen Moment nach, schüttelte schließlich den Kopf und meinte:

„Herr Klöppelmeier, ehrlich, an die Möglichkeit habe ich mein ganzes Eheleben lang nicht gedacht. Der Schrebergarten erschien mir, wie unsere Wohnung, immer als ein Ort, wo so etwas nicht passiert. Aber wenn ich die jetzige Situation bedenke, kann das doch möglich sein."

Frau Adler erklärte, dass der normale Zugang zum Garten dafür wohl ungeeignet sei, selbst wenn man bedenke, dass ein Übernachten im Garten offiziell verboten sei, sei doch, zumindest im Sommer, bis in die frühen Nachtstunden auf dem Gelände immer etwas los. Aber ihr Garten habe eine Besonderheit, die sie aus dieser Perspektive bisher nie betrachtet habe. Er läge ja am Rand der Kolonie und dahinter befinde sich das kleine Wäldchen, das man früher gerne auch zur Entsorgung größerer Gartenabfälle missbraucht habe. Es gäbe daher eine kleine versteckte Pforte, die seit Jahrzehnten nicht mehr benutzt wurde, wie sie bisher dachte. Klöppelmeier konnte ihr ansehen, dass Frau Adler ihren Mann zu dem Thema gerne richtig in die Zange genommen hätte, was ihr aber aus den bekannten Gründen leider nicht mehr möglich war.

Der Hintereingang zum Adlerschen Schrebergarten war zwar eine kleine neue Information, die die KTU noch einmal in Augenschein nehmen musste, aber wirklich weiter brachte das die Ermittlungen nicht, da Frau Adler bei allen anderen interessanten Fragen leider passen musste. Dass sie mit der Minimalbeschreibung der unbekannten Frau aus dem Moenkenkamp in Milse nichts anfangen konnte, war ja nicht weiter verwunderlich, aber Frau Adler kannte weder den Herrn Möller, von dem ihr Klöppelmeier ein Bild zeigte, noch konnte sie eine von den Liebschaften ihres Mannes beschreiben oder gar mit Namen nennen.

„Nein, da habe ich immer so getan, als wüsste ich von nichts und auch nie eine Veranlassung gesehen die Damen kennenzulernen. Tut mir leid, Herr Klöppelmeier, da kann ich ihnen nicht weiterhelfen, habe meinem Mann meine Liebhaber ja auch nicht vorgestellt. Oder beichten sie immer artig bei ihrer Frau?"

„Als Single habe ich diese Probleme nicht. Könnten sie mir denn vielleicht einen männlichen Freund ihres Gatten nennen, der vielleicht darüber etwas Bescheid weiß?"

„Ach, sie sind noch zu haben! Noch etwas Kaffee, Herr Hauptkommissar?"

„Nein danke, Frau Adler, dann kann ich heute Nacht nicht schlafen."

„Aus dem Stegreif fällt mir da keiner ein, aber ich sollte ihnen ja eine Liste der Personen zusammenstellen, die meinen Mann gekannt haben, da werde ich ihnen dann eventuell entsprechende Hinweise hinzufügen. Wäre ihnen das so recht?"

„Das ist eine gute Idee, Frau Adler."

„Sie können sich die Liste ja persönlich abholen, würde mich sehr freuen, Herr Klöppelmeier."

Das Gespräch plätscherte noch belanglos etwas dahin und dann verabschiedete sich Klöppelmeier von der munteren Witwe. Er war schon an der Tür, als er sie noch fragte, ob

zwischen den Kleingartenvereinen in Bielefeld Kontakte be-
ständen, insbesondere zwischen Heepen und Milse? Die Antwort war leider, wie auch die anderen Informationen, sehr
uneindeutig und nebulös. Ja, schon, über den Verband oder
bei besonderen Angeboten wie zum Beispiel einer Baum-
schnittschulung. Da sollte er besser den Vorstand vom Kleingartenverein Heepen fragen, die Herren würden auch auf der
Liste stehen.

Nachdem am Freitagabend der Entschluss, selbst für Gerechtigkeit zu sorgen, gefasst war, hatte Lena weitere Gedanken daran ausgeblendet und sich dazu gezwungen die notwendigen Dingen des täglichen Lebens zu erledigen. Nun war es Samstagabend, sie hatte an diesem Wochenende beim Theater-Job frei und saß, entgegen ihrer sonstigen Gewohnheit, allein in der kleinen Wohnung. Schnell fand das Thema Einzug in ihre Grübeleien. Wenn der Entschluss vom Freitag bestand haben sollte, dann musste einiges entschieden werden. Vor allem müsste sie wohl oder übel entscheiden, was denn für sie die angemessene Gerechtigkeit war. Solange sie da kein Urteil gefällt hatte, waren alle anderen Überlegungen überflüssig. Wenn sie also zu dem Entschluss kommen sollte, sie müsste diesen Schweinen die Leviten lesen, ihnen eins in die Fresse haun und gut wär's, müsste sie sich wohl nicht sonderlich ins Zeug legen, denn das würde dieses Gesindel wohl kaum beeindrucken oder gar zur Reue und Abbitte bewegen und ihr zugegebenermaßen, auch keine Befriedigung oder Erleichterung verschaffen. Lena holte sich ein Bier aus dem Kühlschrank, setzte sich in den Sessel, Füße auf den Tisch und begann Taten, mögliche Strafen und die sich daraus ergebenden Folgen abzuwägen.

Vor jetzt bald 15 Jahren waren sie als glückliche Familie in den Norwegenurlaub gestartet und keine neun Monate später hatte sie nicht nur ihre geliebte große Schwester Katharina verloren, sondern war als Vollwaise und traumatisiertes Kind im katholischen Waisenheim für Mädchen in Coesfeld gestrandet. Ja, das Heim! Ihre Gedanken schwenkten nur zu gern sofort ab. War doch jede Erinnerung an die Geschehnisse während dieses Urlaubs und an die Monate danach für sie immer noch nur sehr schwer zu ertragen. Also dann doch lieber zuerst das Heim. War ja auch okay, es mit in die Entscheidung einfließen zu lassen, schließlich hatte ja auch Miras Erinnerung an die gemeinsame Bestrafung des Pfaffenschweins mit zu ihrem Entschluss beigetragen, und ohne die anderen Geschehnisse hätte sie es ja nie ertragen müssen.

Es fühlte sich bis heute so an, als sei sie in dem Moment, in dem Herz Bube sie damals in ihrem Zimmer im norwegischen Ferienhaus einsperrte, in einen Film, einen Horrorfilm, versetzt worden und das habe alles nichts mit der Realität zu tun. Aber klar, es war grauenhafte Realität gewesen und reichte bis in ihr heutiges Leben hinein. Immerhin hatte sie als junges Mädchen von 11 Jahren zuerst noch einen gewissen Halt in der immer kleiner werdenden Familie gefunden. Ab dem Moment, in dem sie Mutti in der Wanne mit dem roten Wasser gefunden und den nicht enden wollenden Schreikrampf bekommen hatte, war sie die alleinige Akteurin geworden, die in ihrer restlichen Kindheit allen Angriffen hilflos ausgesetzt gewesen war.

Zuerst hatte Vater Staat sein Programm abgespult. Krankenhaus, Kinderpsychiatrie, erfolglose Suche nach Verwandten, die bereit gewesen wären, die Vormundschaft zu übernehmen und schließlich die Bestellung eines gesetzlichen Vormunds. Den unappetitlichen Fleischkloß lernte sie erst bei ihrer Entlassung aus der Psychiatrie kennen. Bis dahin hatte er, ohne Kontakt mit ihr aufzunehmen, alles erforderliche abgewickelt. Die anonyme Beerdigung Muttis, die Auflösung der Wohnung und, soweit es ihm möglich war, das Versilbern der materiellen Gegenstände. Der Rest verschwand auf der

Mülldeponie. Alles, was von der Familie Koslowsky übriggeblieben war, war schließlich nur sie selbst, ein Teil ihrer Kleidung und einige wenige persönliche Gegenstände gewesen. Ihn sehen und ihn hassen waren fast eins gewesen. Ohne viel mit ihr zu sprechen oder zu erklären, hatte er sie nach Coesfeld gefahren. Erst im Büro vom Heimleiter Bruder Wieland erfuhr sie, dass sie nun hier im katholischen Waisenheim für Mädchen leben würde. Von da an bis zu ihrer Volljährlichkeit hatte sie ihn dann höchstens vier, fünf mal, wenn es sich weder für ihn noch für sie vermeiden ließ, gesehen. Alle Entscheidungen des praktischen Lebens und der Erziehung überließ er dem Heim.

Die Erinnerung an diesen ersten Kontakt mit dem Heim und seinem Personal hatte sich glasklar in ihr Gehirn eingebrannt. Der dritte Mann in der Runde, Halbglatze, drahtige Figur, strenge, harsche Gesichtszüge, stellte sich als Bruder Bertram vor. Er würde nun für sie sorgen, hatte er gesagt, den Arm um ihre schmale Schulter gelegt, sie an sich gezogen, so dass sie sein Rasierwasser riechen musste und ihr dabei versichert, sie mit Gottes Hilfe auf den richtigen Lebensweg zu bringen. Das Schwein, dieses dreckige, falsche, heuchlerische Schwein! Die Erinnerung an Bruder Bertram ließ Lenas Gesichtszüge erstarren. Sie ballte unweigerlich die Fäuste und knirschte vor Wut und Hass mit den Zähnen. Erst die Erinnerung an das wimmernde Etwas, dass da vor ihnen auf dem Boden gelegen hatte, ließ sie wieder entspannen.

Was hatte Bruder Bertram sich bei diesem ersten Gespräch freundlich und einfühlsam gegeben, wenn auch sein Labern von Gott und Jesus sie von Anfang an genervt hatte. Okay, die Koslowskys waren offiziell katholisch, aber das gehörte sich eben im Münsterland so. Gläubig, im Sinne der katholischen Kirche, waren ihre Eltern nicht gewesen und ihre beiden

Töchter erst recht nicht. Die Zwischentöne vom freundlichen Bruder bekam sie allerdings auch mit, hatten sie doch einen eindeutig drohenden Charakter.

„Liebe Lena, dir wird es hier gut gehen, wir werden aus dir eine gute katholische Frau formen. Wichtig ist, dass du immer anerkennst, dass durch mich Gott unser Herr spricht. Alles, was ich sage und tue, ist richtig und gut für dich. Wenn du das aber mal nicht einsiehst, muss ich dich strafen. Sei folgsam, dann werden wir wunderbar miteinander auskommen. Ich bin das Wort Gottes, das hier im Heim und auch außerhalb niemand anzweifelt! Hast du das verstanden?"

Es begann gleich am ersten Abend im Heim mit der Schlafanzugfrage. Ihre Mitbewohnerinnen im Zimmer ‚Johanna' hatten ihr es gleich gesagt, dass Bruder Bertram sehr ungehalten würde, wenn sie nicht mit einem Nachthemd zu Bett ginge. Ausgelacht hatte sie die drei, so ein Quatsch, so ein albernes Teil hätte sie nicht. Bruder Bertram kam, um sie zu Bett zu bringen, so wie es Mira, Alex und Siena schon kannten und sie es nun auch die nächsten drei Jahre fast jeden Abend erlebte. Zuerst sprach der Heuchler ein schwülstiges Gebet und ging dann von Bett zu Bett, griff unter die Bettdecke.

„Das Nachthemd muss heruntergezogen sein, Mira, das weißt du doch. Dass ich das aber auch jeden Abend korrigieren muss, mein liebes Kind."

Mira sagte nichts, aber deren abwehrende Bewegungen waren ihr schon an diesem ersten Abend nicht entgangen. Das Spielchen wiederholte sich bei Alex, die Bruder Bertram dabei mit verzerrtem Gesicht anstarrte.

„Du sollst doch lieb sein, Alexandra. Du willst doch nicht Gottes Willen widersprechen? Oder? … Na also, so ist es doch besser, oder!?"

Bei Siena lief alles harmonisch ab.

Dann war er zu ihr gekommen. Was sie dann zu hören bekam, hätte sie nie für möglich gehalten. Sie wurde angeschrien.

„Hier werdet ihr zu züchtigen Frauen erzogen, die ihren Platz in der Kirche und in der Familie als gehorsame Hilfe der Männer einnehmen. … Solche Frauen und Mädchen tragen keine Männerkleidung. Zieh sofort ein Nachthemd an, Lena!"

Sie hatte nicht reagiert, ihn nur fassungslos angesehen.

„Sofort, habe ich gesagt!", schrie er, riss die Bettdecke weg.

„Ich habe nur Schlafanzüge."

„Wie heißt das du ungehorsames Lämmchen! Wie hast du mich anzusprechen!"

„Ich habe nur Schlafanzüge, Bruder Bertram."

„Frevel! Deine Familie war ja noch sündiger, als ich mir eh gedacht habe. Kein Wunder, dass Gott da eine solch harte Strafe vollstrecken musste."

Für diesen Satz, der ihr Wort wörtlich in Erinnerung geblieben war, hatte er sie doch wie ein Messerstich getroffen, hasste sie ihn bis heute.

‚Vielleicht hätte ich ihm dafür durchaus noch einen extra Tritt in die Eier verpassen sollen', dachte sie.

Mit „Du ziehst sofort den Schlafanzug aus und als Nachthemdersatz ein Unterhemd an." war es weitergegangen. Ungläubig hatte sie ihn angesehen, nicht reagiert. Bruder Bertram regierte, hatte sie brutal am Arm aus dem Bett und in den Stand hochgerissen.

„Du wechselst sofort die Kleidung!"

Es war einfach zu unvorstellbar für sie gewesen, sie hatte sich nicht gerührt. Der Schlag mit der flachen Hand traf sie unerwartet und hart im Gesicht.

‚Tja mein Lieber, das hat dich die beiden Schneidezähne gekostet, war ein echt sauberer Tritt mit den Springerstiefeln direkt ins Maul.'

Tränen waren ihr übers Gesicht gelaufen.

‚Schade, dass man das bei Schwein Bertram wegen des Stoffbeutels damals nicht sehen konnte.'

Die Hand holte zum nächsten Schlag aus, zitternd hatte sie dann damit begonnen den Schlafanzug auszuziehen, hatte versucht, dabei möglichst den Blicken von Bruder Bertram zu entgehen. Später, als sie älter war, wusste sie, wie erregt er in diesem Moment gewesen war. Als sie schließlich ein Unterhemd angezogen hatte und versuchte, es möglichst über ihr Geschlecht zu ziehen, sah sie in ein verzerrtes, gieriges, geiles Gesicht. Die Hand von Bruder Bertram hatte sich zitternd in ihre Richtung bewegt, ihr Geschlecht fasst erreicht, als der Bruder der heiligen Kirche unvermittelt umdrehte, wortlos aus dem Raum gegangen war.

Wie die Machtverhältnisse hier im Heim waren, war ihr dann am nächsten Tag verdeutlicht worden. Sie hatte vorgehabt, zum Heimleiter zu gehen, ihm alles zu schildern und mit seiner Hilfe gerechnet. Es war anders gekommen. Schleimi Wieland zitierte sie zu sich und hatte ihr eine Strafpredigt vom Feinsten verpasst.

„Du hast gefälligst alle Anweisungen - und mit alle sind alle gemeint -, Lena, von Bruder Bertram zu befolgen. Sofort und widerspruchslos! Ist das klar, Lena!? Noch so ein Vergehen und du erfährst, wie freche Mädchen hier bei uns bestraft werden!".

Am Abend hatte sie mehrere Nachthemden auf ihrem Bett liegen und keine Schlafanzüge mehr im Schrank. Wer sie besorgt hatte, wusste sie nicht, wer sie bezahlt hatte, erfuhr sie, als sie sich zwei Tage später ein Buch von ihrem Taschengeld kaufen wollte.

„Dein Taschengeldkonto ist leer, Lena." verkündete Bruder Bertram, bei dem sie um ihr Geld betteln musste. Das war dann noch eine ganze Zeit so geblieben. Nachthemden waren teuer.

Mit dem Nachthemd im Bett liegend, hatte ihr Körper nun täglich, wie auch Mira, Alex und Siena, den Kontakt mit Bruder Bertrams gieriger Hand zu ertragen. Lena knirschte wieder mit den Zähnen. Diese ekelige Hand, die erst am Nachthemd zupfte, dann die Beine gestreichelt hatte um schließlich in ihrem Schritt zu fühlen und herum zu fingern.

‚Ich hoffe wir haben dir Sack und Schwanz so gründlich platt getreten, das da nichts mehr funktioniert. Du ekelhaftes Drecksstück.'

Aber ihr Martyrium hatte zu der Zeit noch lange nicht ihren Höhepunkt erreicht, wie sie alle vier dann noch erfahren mussten.

Der perverse Bruder war schnell auf eine zusätzliche Idee gekommen.

‚Wobei diese Überlegung sicherlich nicht stimmt, denn Bruder Bertram hatte vor uns schon immer ein Zimmer mit Mädchen in unserem Alter betreut und auch, nachdem er uns an Stephan ‚Schlaumeier' abgegeben hatte, übernahm er ja wieder ein neues! Das Schwein dürfte es vor und nach uns immer gleich getrieben haben, zumindest bis zu dem Nachmittag am See', überlegte Lena.

Jedenfalls musste nun reihum in jeder Woche eine von ihnen zum persönlichen Gespräch in Bruder Bertrams kleiner Wohnung im Heim erscheinen. Er hatte immer harmlos und sachlich begonnen, durchaus ernsthafte Angelegenheiten mit ihnen besprochen. Aber letztendlich kam er immer auf ihre Sexualität zu sprechen, von der sie, anfangs zumindest, in der Zeit überhaupt noch keine Vorstellungen gehabt hatten. Dazu gehörte, dass er von ihnen verlangte sich auszuziehen, um dann von Bruder Bertram begutachtet zu werden. Aber schnell entwickelte sich das Geschehen weiter, indem der geile Bruder sich vor ihnen befriedigte und das schließlich den Mädchen übertrug.

Lena schüttelte den Kopf.

‚Das wir das aber auch alles duldsam ertragen haben!? Unglaublich. Wir hätten zur Polizei gehen und ihn anzeigen sollen. Selbst wenn nichts dabei herausgekommen wäre, hätte er aus Vorsicht vielleicht anschließend in Ruhe gelassen. Nun ja, das waren Spekulationen.'

‚Halt dich an die Realität, Lena!' wies sie sich selber in Gedanken zurecht.

Realität war gewesen, dass sie alle inzwischen vom Heim und Bruder Bertram so eingeschüchtert waren, dass ihnen diese Möglichkeit gar nicht in den Sinn gekommen war.

Das Ende des Missbrauchs war völlig unerwartet gekommen. Zum neuen Schuljahr, sie war gerade 14 geworden, stellte sich Stephan Werner, dem die Vier in kürzester Zeit den Spitznamen ‚Schlaumeier' gegeben hatten, als neue Bezugsperson vor.

‚Der Stephan war sicherlich ein anständiger Mensch gewesen, na ja, wird er ja wohl immer noch sein, der versuchte ihr Vertrauen zu erlangen, sie gut zu betreuen und ihnen zu helfen. Nimm's uns nicht übel Stephan, ging einfach nicht.'

Vertrauen zu einer Person des Heimes zu entwickeln, war einfach nicht mehr möglich. Dazu hätte das Geschehene offiziell mit allen Konsequenzen ausgesprochen werden müssen und das hatte sich bis heute keine von ihnen getraut.

In der Bruder-Bertram-Zeit waren sie alle vier äußerlich artige stille Heimmädchen, wie es die Heimleitung so gerne sah. Aber während Siena sich still in ihr Schicksal fügte, hatte es bei Mira, Alex und ihr unter der Oberfläche gebrodelt. Nun war ein Teil des Druckes weg. Sie fingen an zu rebellieren. In der Schule, im Heim, waren sie auffällig, aggressiv, hatten

Ärger ohne Ende, einen Schulverweis nach dem anderen, im Heim folgte eine Strafe der nächsten. Innerlich zeigten sie diesen ganzen verlogenen Betreuern und Erziehern den Stinkefinger.

Lena musste bei ihren Überlegungen grinsen.

‚Ob Schlaumeier wohl geahnt hat, wer den Bruder Bertram krankenhausreif verprügelt hatte?'

Dann fühlte er sich vielleicht ein klein wenig mitschuldig, hatte er doch die Idee die drei durch Sport zu befrieden. Er war es auch, der zustimmte ihre sportlichen Aktivitäten im Heim und gegenüber dessen Leitung als Turnsport zu tarnen. Damit hätte man sie natürlich nicht hinter dem Ofen hervorlocken können, das klappte nur mit der Boxsparte.

‚Die Ausbildung, die wir da bekamen war wirklich gut.', musste sie immer wieder als aktive Kickboxerin feststellen. ‚Tja Bertram-Schwein, du könntest das jetzt sicherlich bestätigen, hast du es ja noch schmerzhaft zu spüren bekommen.', freute sich Lena im Sessel in ihrer kleinen Wohnung sitzend und prostete symbolisch Stephan Schlaumeier mit ihrem Bier zu.

Mit dem Sport wuchs nicht nur ihr Selbstvertrauen, sondern mit dem Älterwerden auch die Realisierung dessen, was ihnen Bruder Bertram angetan hatte. So stieg der Hass auf ihn unaufhörlich weiter. Es war zwischen den dreien fest verabredet, wenn wir volljährig und aus dem Heim raus sind, ist er dran. So begannen sie ihn zu beobachten und fanden schnell heraus, dass Bertram im Sommer auch außerhalb des Heimes so seine speziellen Angewohnheiten hatte. Mit einem Spektiv beobachtete er von einen Ufer des Badesees das andere. Nein, Vögel interessierten ihn nicht. Die andere Seeseite war FKK Strand beziehungsweise Wiese und unter all den Nackten liefen auch kleine nackte Mädchen herum.

Siena war die älteste von ihnen. Als sie volljährig wurde, verließ sie umgehend Heim, Schule und die Gegend, um auf Nimmerwiedersehen zu verschwinden. Als sie drei schließlich das entscheidende Alter erreicht hatten, suchten sie sich in Coesfeld eine gemeinsame Wohnung, weil sie die Schule abschließen wollten, und natürlich sollte die Rache an Bruder Bertram vollzogen werden.

‚Au weia, war das eine WG!‘, freute sich Lena in Erinnerung an die ausschweifenden Feten.

Sie waren vermutlich nur nicht sofort wieder rausgeschmissen worden, weil die Wohnung in einem heruntergekommenen Haus und das wiederum in einer runtergekommenen Gegend lag. Aber das war ihnen alles egal gewesen, Schimmel in den Zimmern, besoffene, aggressive Nachbarn, regelmäßige Polizeibesuche im Haus und so weiter, alles egal, Hauptsache nicht mehr im Heim leben.

Die Rache hatten sie akribisch geplant. Alibis für sie, wo würden sie hin und zurück langradeln, die nötigen Utensilien besorgt, alles hatten sie perfekt vorbereitet und hatten geduldig auf den passenden Tag gewartet.

Bei bestem Badewetter hatte Bruder Bertram den Nachmittag frei und fuhr zu seinem Voyeursplatz am See. Da hatte er mit gebeugtem Rücken gestanden, ein Auge am Spektiv, eine Hand in der Hose, ganz auf das Geschehen am anderen Ufer fixiert. Als er sich kurz aufrichtete, stand Alex, die sich barfüßig, wie in Karl May Romanen beschrieben, an ihn herangeschlichen hatte, schon hinter ihm. Den dicken Turnbeutel über seinen Kopf stülpen und die Beutelschnur zuziehen war eins. Bertram versuchte sich an den Kopf zu fassen, aber inzwischen waren Mira und sie da, fassten seine Arme und fixierten sie mit einer Schnur hinter seinem Rücken. Die Versuche zu protestieren stellte er im Hagel der Schläge und Tritte schnell ein. Seine Hilferufe und Schmerzensschreie wurden vom

Beutel erstickt. Noch auf der Erde liegend hatten sie ihn mit Tritten traktiert. Sie hatten ihr Bestrafung erst beendet, als Bruder Bertram sich nicht mehr gerührt hatte. Per Handzeichen klärten sie, das war's, das reicht. Die drei Rächerinnen entfernten die Fesseln und den Stoffbeutel, um dann schnell zu verschwinden. Von der nächsten Telefonzelle aus hatten sie die Polizei angerufen, ‚Am Baggersee liegt ein Spanner, der wohl verprügelt worden ist.'

Zwar hatten sie bei der Aktion kein Wort gesprochen und zur Sicherheit Sturmmasken getragen, aber um ehrlich zu sein, sie hatten fest damit gerechnet, dass in kürzester Zeit die Polizei vor ihrer Tür stehen würde oder sie durch Zeugenaussagen in Bedrängnis kommen könnten. Aber nichts dergleichen geschah. Bruder Bertram hatte sich wohl für konsequentes Schweigen entschieden. Aus ihren Kontakten zum Heim erfuhren sie, dass er nach längerem Krankenhausaufenthalt das Heim sang- und klanglos verlassen hatte.

Lena grinste: ‚Ah, war das befreiend gewesen.'
Auch jetzt noch überkam sie dieses herrliche Gefühl, das sie auch empfunden hatte als sie es diesem Drecksschwein heimgezahlt hatten, und noch heute empfand sie diese Bestrafung als vollkommen angemessen. Sie blickte in den Wohnraum, der jetzt, wo Mira nicht mehr da war, nur noch ihr Wohnraum war, nahm den letzten Schluck Bier, setzte die leere Bierflasche auf der Sessellehne ab
‚Womit ich doch wieder beim eigentlichen Thema bin.' dachte sie resigniert. Lena atmete tief ein und aus und rief laut in den Raum hinein:
„Scheiße! … Aber muss ja wohl sein."

EIN URTEIL WIRD GEFÄLLT

Erst wollte sie sich noch ein neues Bier holen, entschied sich dann aber dagegen.

‚Klaren Kopf behalten, Lena, das ist hier kein Spiel. Tief durchatmen und dann zügig die Angelegenheit durchdacht!', entschied sie.

Das alles auslösende Geschehen hatte sie ja nicht wirklich miterlebt. Sie konnte sich selbst an das Auftauchen des Kleinbusses nicht erinnern. Als 11 jähriges Mädchen hatte sie andere Interessen gehabt. Beim Abendessen mit den sieben Gästen hatte sie allerdings gespürt, dass da irgendetwas falsch lief.

Vati war ein solider, zurückhaltender, umsichtiger Mann gewesen, es sei denn, er wurde herausgefordert und zum Trinken animiert. Genau das machten die Typen. Sie hatte ihren Vati so noch nicht erlebt. Mutti war eher das Gegenteil. War eine überaus lebenslustige Frau gewesen, die gerne Kontakt suchte, für jeden Spaß zu haben war. Und diese Wesenszüge zeigte Katharina mit ihren fast 18 Jahren auch. Für Feiern aller Art waren die zwei also immer zu haben gewesen. Die Gäste schienen auch fröhliche Leute zu sein, und so entwickelten sich neben den Provokationen in Richtung Vati nach dem Essen durchaus lustige Gespräche mit Musik und viel Alkohol, den die Männer anscheinend reichlich dabei hatten.

Ihr hatte das Geschehen damals von Anfang an irgendwie Angst gemacht, aber was hätte sie tun können!? Schließlich hatte sie der Mann mit dem Blutschwamm im Gesicht, den die anderen ‚Herz Bube' nannten, am Arm gegriffen und zu ihrem Zimmer im ersten Stock gezogen. Vati und Mutti bekamen es gar nicht mit und Katharinas Fragen wurden von den anderen Männern abgewiegelt.

„Heute stehen wir nicht auf kleine Mädchen, aber wenn ich von dir einen Ton höre, bist du dran.", hatte er gesagt, als er sie in ihr Zimmer schubste und von außen abgeschlossen hatte.

Sie hatte nicht wirklich verstanden, was er meinte, aber gespürt, dass es nichts Gutes sein konnte und ernst gemeint war. Zitternd vor Angst hatte sie sich aufs Bett gelegt und den lauten Feiergeräuschen gelauscht.

Als Vati sie am nächsten Tag aus ihrem Zimmer befreite war es bereits fast Mittag gewesen. Heiser vom Schreien war sie gewesen, völlig verstört, furchtbarer Durst quälte sie, hatte am Morgen in ihrer Not in eine Vase gepullert und war dann auf drei geliebte Menschen getroffen, die nicht mehr die selben waren. Die Familie war wieder allein im Ferienhaus, die Gäste und der Kleinbus waren verschwunden, aber ihr Geist und ihre seelischen Hinterlassenschaften waren nun omnipräsent.

Wie Fremde waren sie miteinander umgegangen. Die Eltern sprachen nur das Nötigste, Katharina weinte oder schwieg. Und sie? Was sollte sie als 11 Jährige in diesem Klima sagen oder fragen? Allein in ihrem gemeinsamen Urlaubszimmer hatte sie dann doch den Versuch unternommen, mit ihrer Schwester zu sprechen, zu fragen was passiert war. Zuerst hatte die sie so brüsk abgewiesen, dass auch sie geweint hatte. So hatte sie ihre Schwester noch nie erlebt, so hatte die sich noch nie ihr gegenüber verhalten. Doch dann hatte Katharina sie umarmt, sie gestreichelt.

„Entschuldige Kleine, verzeih mir. Frag bitte nicht. Wir müssen alle diesen Tag und diese Nacht aus unserem Gedächtnis streichen, sonst gehen wir daran zugrunde. Komm mit in mein Bett, lass uns schlafen."

‚Ach Große, wie recht du hattest, ihr seit daran zugrunde gegangen und ich fast auch.'

Lena brauchte eine Pause. Um sich zu beruhigen, ging sie in die Küche, suchte nach den Chips, die Mira immer versteckte, weil sie sonst keine abbekam. Es dauerte und sie war, wie sonst auch, etwas sauer auf ihre Leidensschwester, bis sie die Tüte endlich entdeckt hatte.

‚Ach Scheiße! Auch das ist vorbei. Die Chips selber zu verstecken wird wohl keinen Spaß machen.'

Das Knistern der Chipstüte und das Knacken der Kartoffelscheiben im Mund nahm für einen Moment vom schlimmsten Teil etwas das Grauen.

Niemand hatte damit rechnen können, dass der Kleinbus mit seinen Insassen dieselbe Fähre zur Heimfahrt nutzen würde. Die Eltern waren in ihren Schlafsesseln eingeschlafen, Katharina war aufgestanden und gegangen. Sie hatte sicherlich gedacht, sie würde auch schlafen. Hatte sie aber nicht, war ihr heimlich bis aufs Oberdeck gefolgt. Und hier geschah das fast Unfassbare.

‚Wie grausam kann das Schicksal sein? Denn etwas anderes als einen furchtbaren Zufall kann ich mir nicht vorstellen. Selbst wenn die Schweine die Familie auf der Fähre entdeckt hätten. Es machte doch keinen Sinn, dass diese Dreckskerle gezielt versucht hätten, das Verbrechen vom Ferienhaus zu wiederholen. Die Gefahr, dabei erwischt zu werden, wäre doch viel zu groß gewesen? Und selbst wenn nicht, man hätte sie über die Buchung doch identifizieren können. Nein, es musste ein grausamer Zufall gewesen sein.'

Lena stockte in ihren Erinnerungen, dachte plötzlich schon einen Schritt weiter.

‚Ob man die Buchungen wohl noch einsehen kann? Nach fast 15 Jahren, die Buchungen einer Fähre? Nein, wohl kaum. … Schade.'

Tatsache war, die Schweine waren auf dem Oberdeck, johlten, als sie Katharina erkannten, schnitten ihr den Rückweg ab. Herz Bube sagte so deutlich, dass selbst sie als Kind es verstand, was man doch jetzt machen könnte.

Die Augen vors Gesicht gehalten, saß sie in ihrem Sessel, wollte es nicht sehen. Aber Gedankenbilder kann man nun einmal nicht abdecken. Aus ihrem Versteck hinter dem Rettungsboot sah sie Katharinas Panik, sah, wie sie zwei Schritte zurück trat, Anlauf nahm, linken Fuß auf die mittlere Relingstange, den rechten auf die obere, abstoßen, … weg, … für immer, … spurlos ausgelöscht, als habe sie nie existiert. Nicht einmal das Aufschlagen auf dem Wasser war bei dem Wind auf dem Oberdeck zu hören gewesen.

Einer der Männer wollte zum Rettungsring greifen, wurde aber von Herz Bube zurückgehalten. Ob er spinne? Ob er unbedingt ernsthaften Ärger mit der Polente haben wolle? Die kann man bei dem Wetter eh nicht mehr finden. Verschwinden wir lieber. Ab in die Bar, Männer. Der Rettungsring blieb an seinem Platz, die sieben Schweinehunde verschwanden so schnell, wie sie aufgetaucht waren.

Das Deck war menschenleer gewesen, der Wind heulte um die Aufbauten, neue Regentropfen platschten aufs Deck, ihr Schluchzen wurde fortgeweht, fort und ausgelöscht wie Katharina.

Das Gesicht in den Händen vergraben, in sich zusammengesunken, saß sie stumm im Sessel. Weinen konnte sie bei den Bildern schon lange nicht mehr. Dank der erlernten Hilfen von der Brettschneider konnte sie zu ihrem Glück den seelischen Zusammenbruch vermeiden. So intensiv hatte sie, allein und im Zusammenhang, wohl noch nie über all die Geschehnisse nachgedacht.

Was sie zusätzlich bis heute belastete, war ihr eigenes Verhalten. Sie war an ihrem Platz geblieben, hatte den Rettungsring nicht angefasst, hatte keinen Notfall bei der Besatzung gemeldet. Das Deck hatte völlig verlassen vor ihr gelegen. Ein paar Regentropfen in den Pfützen, der Wind, der um die Aufbauten pfiff, war alles was sie wahrnehmen konnte. War das eben wirklich alles so passiert, wie sie meinte? Das war doch vollkommen unwirklich!?

Sie war wie paralysiert gewesen, hatte einfach nicht glauben können, was sie eben gesehen hatte, und je länger sie nichts unternahm um so unmöglicher wurde es.

Auch die Eltern erfuhren nie von ihr, was sie gesehen und erlebt hatte. Dabei hätte man die Verbrecher doch eventuell dingfest machen, zumindest ihre Identität feststellen könne. Obwohl Verbrecher? Wären die Eltern nach der Nacht zur Polizei gegangen, wäre wohl alles anders gewesen.

,Nein, ich habe das nicht gekonnt. Die Eltern und auch Katharina haben mir gegenüber nicht ein Wort zu den Geschehnissen im Ferienhaus geäußert. Es war in den Tagen danach zwischen ihnen zu einem unaussprechlichen Tabu geworden, das ich hätte brechen müssen, wenn ich ihnen erzählt hätte, was ich gesehen hatte. Es fühlte sich damals so an, als wenn ich eine nicht für mich bestimmte Unterhaltung belauscht und ausgeplaudert hätte. Nein, es war nicht möglich gewesen. Außerdem, wie hätte ich ihnen meine eigene Untätigkeit plausibel erklären sollen?'

Mit den Eltern und später mit der Polizei in Hirtshals und all den anderen Erwachsenen erging es ihr wie mit dem Geschehen auf dem Schiffsdeck, je länger sie schwieg, umso unaussprechlicher wurde es.

So standen sie mit ihrem Wagen im Hafen und warteten vergeblich darauf, dass Katharina auftauchen möge. Schließlich wendeten sich die Eltern zuerst an das Personal und dann an die Polizei. Natürlich fand man sie nicht. Es wurde spekuliert, ob sie einen Unfall irgendwo im Schiff gehabt habe, abgehauen und mit einem anderen Autofahrer mitgefahren oder womöglich über Bord gefallen sei. Das ging einige Tage so, während der sie in Hirtshals geblieben waren. Da auch kein Leichnam in der See oder an Land auftauchte, blieb die Frage unbeantwortet.

Erst fünf Jahre später, sie war längst das letzte Familienmitglied und im Heim, erklärte ihr der Fettkloß, noch so nebenbei beim Weggehen, dass ihre Schwester jetzt für tot erklärt worden sei. Wäre er nicht schon in der Tür und sie nicht noch am Tisch sitzend gewesen, hätte sie sich in diesem Moment vor Wut und Hass auf ihn gestürzt. So hatte sie, um sich Luft zu verschaffen, nur den Stuhl auf dem Boden zertrümmert, als er weg war.

,Ja, ja, das hat mir dann mal wieder eine Unterredung bei dem Kinderklapsologen eingebracht und bei dem ernsthafte Überlegungen ausgelöst, mich wieder in seine Kinderklapse zu stecken. Bah, war das ein unappetitlicher Typ gewesen. Gut, dass ich schnell geschnallt habe, wie man den um den Finger wickelt', dachte Lena und sah den alten schmächtigen Mann, streng zurück gekämmte Haarsträhnen, dicke Hornbrille, fleckige Gesichtshaut und einzelnen Bartstoppeln darauf, wieder vor sich.

,Ich kann nicht mehr', dachte Lena ,der Rest ist ja auch in Kurzfassung genügend ausreichend für ein Urteil.'

Die drei Koslowskys hatten ihre verbliebene gemeinsame Zeit wie Fremde miteinander verbracht. Vati hatte als Erster den seelischen Qualen nicht mehr standgehalten und Suizid begangen. Nun, allein mit Mutti wurde alles noch unerträglicher. Mutti hatte dann ja nach drei weiteren Monaten auch kapituliert.

‚Mein Augenstern, verzeih mir, aber es ist für uns alle besser so. Mutti.'

Das war der erste Abschiedsbrief, der neben der Wanne auf der Erde lag. Den richtigen habe ich dann ja erst mit 21, so wie von Mutti bestimmt, von einem Anwalt zugeschickt bekommen.

‚Tja, ihr verdammten Hunde, ihr habt Pech, hat zweimal nicht geklappt. Mira hat bei beiden Selbstmordversuchen dafür gesorgt, dass ich wieder zurück ins Leben gekommen bin.' und laut erklärte sie:

„Ich lebe, ich fälle jetzt ein Urteil und ich werde es vollstrecken!"

Mit geballter Faust stand sie vor dem Wohnzimmertisch, der nun zum Richterpult geworden war und verkündete in den leeren Gerichtssaal hinein das Urteil:

„Tod, Tod und nochmals Tod!"

ERKENNTNISSE DER SPUREN-
SICHERUNG UND PATHOLOGIE

„Herr Klöppelmeier nicht da?"

„Ist heute ausgefallen, Herr Meyer. Der Chef hatte gestern schon Zahnschmerzen und heute morgen müssen sie so schlimm gewesen sein, dass sie seine Angst vorm Zahnarzt übertrumpft haben. Der sitzt wohl noch beim Arzt.", setzte Gina den Kollegen in Kenntnis.

„Au weia, kann ich nachvollziehen, ist mir auch immer ein Graus da hinzugehen. Aber egal, ich denke, es ist ja auch okay, wenn ich Sie über unsere Ergebnisse informiere."

„Ich hole gerade noch den Kollegen Neumann hinzu und dann können Sie loslegen, Herr Meyer. Wir sind schon ganz gespannt."

„Also, zuerst noch einmal die überarbeiteten Ergebnisse zum Fall Adler. Die gewonnen Daten haben wir uns noch einmal angesehen und zusätzlich auch das Handy des Toten und den Rechner der Familie Adler, den, laut Aussage von Frau Adler, nur er benutzt hat, ausgewertet. Die Spuren aus der Gartenlaube bringen uns nicht weiter, Fingerabdrücke und Haare von den unterschiedlichsten Personen, Kippen, die zwar eigentlich auch nicht von Adler sein dürften, der rauchte, laut seiner Frau, angeblich nicht, allerdings laut Gartenfreunden manchmal doch. Das sind also alles Sachen, die höchstens später, bei der Überführung des Täters die…"

„Oder Täterin!"

„Äh, ja, natürlich Frau Salieri, oder der Täterin dienen können. Eine Kleinigkeit ist uns im Nachhinein noch in der Laube aufgefallen, weil es, ich komme ja noch zum Möller, im

Moenkenkamp einen interessanten Punkt gibt, den man bedenken sollte, wir sind nur zufällig drauf gestoßen, weil der Kollege Schmidt sich für die Küchenausstattung vom Möller interessierte. ... Äh, wo war ich jetzt stehengeblieben?"

„Besonderheit Gartenlaube."

„Danke, Herr Neumann, jetzt habe ich den Faden wieder. In dem Schränkchen standen nur vier Gläser, plus dem an der Leiche ergibt das fünf, üblich sind aber in der Regel sechs, fehlt also eins!"

„So was soll schon mal kaputtgehen", stichelte Florian.

Meyer ließ sich aber nicht aus der Ruhe bringen.

„Richtig, aber wie gesagt, es ergibt erst Sinn mit den Moenkenkampergebnissen."

„Gut, das ist ja im Wesentlichen das, was wir schon zum Adler kannten. Was haben denn Handy und Rechner ergeben?", lenkte Gina das Gespräch wieder in die richtige Richtung.

„Die Kontakte mit den erforderlichen Hinweisen zur Häufigkeit oder Besonderheiten habe ich Herrn Neumann eben vom Büro aus per Mail geschickt, natürlich für alle vier Geräte. ... Ja, also, beim Handy vom Adler waren einige Kontakte zu Prostituierten drauf, waren auch eindeutig so gekennzeichnet. Könnten die Kollegen von der III vielleicht etwas zu sagen. In der Anrufliste ist die aktuellste an eine dieser Frauen allerdings bereits über einen Monat alt. Der Rest ist nicht verdächtig. Wir haben natürlich beim Provider die noch gespeicherten Kontakte über die Staatsanwältin Feldkamp angefordert, aber das zieht sich, die ist nicht besonders schnell, die Dame, da wird nicht viel bei herumkommen. Ergebnis wird nachgeliefert. Watsapp und Co sind nicht besonders aussagekräftig, alles nur kurze Familiennachrichten. Der Rechner war auffällig unauffällig. Im Browser kaum Abfragen und eine winzige Merkliste. Auch haben wir nur eine sehr kleine Anzahl nicht nennenswerter gelöschter Daten gefunden. Wir gehen daher stark davon aus, dass die interessanteren Sachen durch den McAfee-Schredder gejagt wurden und somit nicht mehr nachzuweisen sind. Außerdem wurde wohl, kurz bevor wir ihn in die Finger bekommen haben, eine Defragmentierung vorgenommen."

„Sieh an, Frau Adler hat schnell noch einen Hausputz beim Computer gemacht, und das, obwohl den doch nur ihr Mann benutzte, also sich auskannte!"

„Macht genau den Anschein, Frau Salieri. Ich käme dann zum Moenkenkamp?"

„Bitte, Herr Meyer."

„Ich beginne wieder mit den Spuren am Tatort. Im Schlafzimmer, also im Bett und im Bad haben wir einige dunkle Haare gefunden. Da Möller ziemlich kahlköpfig und weißhaarig war, sind sie nicht von ihm. Die Wohnung war ansonsten penibel sauber, sie dürften somit vor nicht allzu langer Zeit ausgefallen sein. Außerdem gab es im Bett DNA-Spuren von Möller und einer anderen Person. Weitere sichtbare Flecken im Bett stammen alle nachweislich von Möller. Fingerabdrücke haben wir nur einige wenige gefunden. Da wir die an nicht so selbstverständlichen Stellen entdeckt haben und Türgriffe usw. blitzeblank waren, hat also jemand fleißig gewischt, aber dabei doch einiges übersehen. Ein Profi hätte das sicherlich besser gemacht."

„Also alles wie in der Laube. Haben sie denn die Fingerabdrücke der beiden Tatorte verglichen?"

„Herr Neumann," Meyer schaute total erstaunt, „verdammt, das ist eine klasse Idee!", sich dabei vor Lachen auf die Schenkel klopfend. „Natürlich, Herr Kollege, wenn wir das nicht täten, sollte man uns wohl besser rausschmeißen", setzte er, immer noch über alle vier Backen grinsend hinzu. „Das Ergebnis verrate ich aber erst zum Schluss."

Florian machte äußerlich einen ruhigen Eindruck, ertrug das breite grinsen vom Meyer, aber innerlich war der Gießener Hesse Neumann am Kochen.

‚Himmel noch eins, sind die hier alle so klöppelmeierisch drauf, das hält ja kein Mensch aus.' Er schnaufte durch und meinte:

„Okay, war eine dumme Frage."

„Durchaus nicht Herr Neumann", entgegnete Meyer wieder ganz kollegial gestimmt. „War durchaus berechtigt. Ich habe selber schon so einiges erlebt, wo man sich im Nachhinein gefragt hat, wieso ist auf diese Selbstverständlichkeit keiner gekommen. Da war mal der …"

„Weiter im Text!"

Die beiden Männer sahen konsterniert zur Salieri.

„Äh, ja, natürlich, Frau Salieri."

Das musste der Meyer erst einmal verarbeiten, dass die Salieri, seine heimlich angehimmelte Kollegin, wie Klöppelmeier bellen konnte.

Florian nahm dagegen sozusagen seinen Gedankengang von eben wieder auf und fragte sich,

‚Ob ich auch mal so werde? Färbt der längere Umgang mit Klöppelmeier so ab?'

„Auf dem Handy sind Unmengen von Kontakten, männliche und weibliche. Es sind allerdings keine, wie beim Adler, als Prostituierte gekennzeichnet, können also alles normale sein. Abfrage beim Provider läuft, mehr oder weniger halt, wie beim Adler."

„Die Feldkamp müssen wir wohl mal auf den Pott setzen. Egi hat sie eh schon gefressen, wird ihm ein Vergnügen sein."

Armes Mädchen dachte Florian und Gina knurrte, da Meyer nicht sofort in seinem Vortrag fortfuhr ein weiteres:

„Weiter!"

Meyer spurte.

„Im Gegensatz zum Adler ist der Möllersche Computer voll mit Pornos. Seine Internetverläufe sind mehr als eindeutig, der Mann muss süchtig nach Pornografischem gewesen sein."

Gina rutschte sichtbar ungeduldig auf ihrem Stuhl herum und sah ziemlich giftig drein, Meyers Vortrag zog sich für sie doch inzwischen unnötig in die Länge. Der Kollege Meyer bemerkte es aber nicht und fabulierte genüsslich über Neben-sächlichkeiten.

„Nun aber mal langsam die wichtigen Fakten, Herr Meyer, haben schließlich noch anderes zu erledigen!", wurde er schließlich von Gina unvermittelt mitten im Satz angefaucht, um dann eine Sekunde später auf ihre sonst übliche freundli-che Art fortzufahren.

„Fangen Sie doch mit der Gläsergeschichte an, lieber Kolleg Meyer!"

Bei soviel Freundlichkeit konnte Meyer natürlich nicht anders, als dem Wunsch der Salieri zu entsprechen.

„Der Schmidt hat halt in die Spülmaschine gesehen, wollte wissen, wie das Modell innen aufgebaut ist. Und siehe da, die Maschine zeigte noch an, dass sie durchgelaufen war. Mit nur einer Handvoll Geschirr. Unter anderem ein Glas, wie es auch der Tote an der Wanne hatte. Darum glaube ich, dass in der Gartenlaube eins fehlt, der oder die wird ja auch in Heepen etwas getrunken haben. Fragt sich halt, wo es geblieben ist und ob es sich lohnt danach zu suchen!?"

„Hm, könnte natürlich sein, die Täterin oder der Täter will unbedingt verhindern, dass wir ein vom ihm benutztes Glas in die Hand bekommen!? Oder was meinst du, Gina?", fragte Florian.

„Kann sein, würde aber dafür sprechen, dass der oder die unerfahren ist, ausspülen und abwischen würde ja schließlich reichen. … Danach suchen? Das Glas kann ja wer weis wo entsorgt worden sein, halte ich nicht für erforderlich. Aber sie waren noch nicht fertig, Kollege Meyer."

„Genau, Frau Salieri. Die Spuren vor Ort sind klar, helfen uns, wenn wir einen, eine Verdächtige haben. Bei den elektronischen Geräten ist leider im Moment nichts wirklich Verdächtiges, also Mails, Kontakte oder per Social Media, zu finden."

Gina und Florian nickten. Es war ihnen anzusehen, sie hatten es befürchtet.

„Es gibt aber noch etwas!"

„Ja!?", kam es gleichzeitig von den beiden.

„Sowohl auf dem Handy vom Adler als auch auf dem Möllerschen ist dieselbe Nummer als ankommender Anruf am Tag vor ihrem Ableben vorhanden, die aber nicht in den beiden Kontakten vermerkt ist. Ermittlung des Inhabers der Nummer habe ich bei Frau Feldkamp schon beantragt, sie hat in diesem Fall auch prompt reagiert."

„Klasse, das könnte ja eine ganz heiße Spur sein.", freuten sich Gina und Florian wieder gleichzeitig.

„Was nun die Fingerabdrücke betrifft, ist es nicht hundertprozentig sicher, aber wir haben zumindest von jedem Tatort einen, leider zum Teil verwischt, die zueinander passen könnten. Die haben wir auch durch den Computer gejagt, was aber keinen Treffer ergeben hat. Ist nicht wirklich viel im Moment, aber mal sehen, was von den Providern kommt. Ich werde dann umgehend informieren."

„Danke für die ausführliche Information, Herr Kollege.", zwitscherte Gina als Wiedergutmachung ihrer vorherigen Ruppigkeiten.

„Ach so, Entschuldigung, jetzt hätte ich doch tatsächlich fast vergessen Ihnen mitzuteilen, dass die Unterschriften unter den Abschiedsbriefen zwar den Originalunterschriften ähneln, aber die Grafologin hat klar nachgewiesen, dass sie gefälscht wurden."

Das Telefon klingelte, als Gina und Florian gerade das Büro verlassen wollten, um den Termin in der Pathologie wahrzunehmen. Rangehen, nicht rangehen, beide schwankten hin und her, aber schließlich nahm Florian ab.

„Was? … Ich hab nicht … ach so. … Wir sind auf dem Weg."

Auf den fragenden Blick von Gina meinte Florian:

„Der Chef sitzt in der Tiefgarage in seinem Auto und wartet auf uns. Hörte sich ziemlich genuschelt an, wird wohl beim Zahnarzt eine Betäubung bekommen haben."

„Oh ha, Gefahr im Verzug, Florian, der dürfte dann äußerst schlechte Laune haben. Am besten wir ignorieren die Zahngeschichte."

„Okay, Gina, du kennst ihn schließlich schon länger."

Während der Fahrt, Florian musste fahren, informierten die beiden Egbert über die Erkenntnisse der KTU, was der nur hin und wieder mit Brummlauten kommentierte. An die rechte Wange drückte er ein Kühlkissen und sah auch sonst ziemlich mitgenommen aus. Die Zahnbehandlung wurde von keinem in irgendeiner Form erwähnt oder gar angesprochen. Das änderte sich in der Pathologie.

Die offensichtlich bestens gelaunte Pathologin Frau Dr. Schröter zeigte keinerlei Mitgefühl.

„Aha, da haben sie also meinen Rat von vor sechs Wochen nicht befolgt!"

„Hämm."

„Und? Jetzt ist ein Beißerchen weniger in der Kauleiste?"

Klöppelmeier verzichtete auf einen weiteren Versuch der verbalen Kommunikation und nickte nur.

„Ja die letzten Backenzähne sind fiese Teile, gehen oft schlecht raus, da muss der Zahnklempner ein bisschen für sein Horrorhonorar schwitzen, mit aller Kraft ziehen und wackeln an dem Teil, bis es sich endlich von einem verabschiedet, … ah, echt schlimm."

Klöppelmeier schnaufte und hoffte inständig die Schröter möge endlich ihr Schantmaul halten. Aber die kannte keine Gnade und kostete die Situation voll aus.

„Obwohl, seien Sie froh, kann so durchaus die angenehmste Lösung gewesen sein. Schlimm ist es, wenn die einem erst 'ne Wurzelbehandlung angedeihen lassen, um dann ein, zwei Wochen später das Miststück doch herauszuziehen."

Klöppelmeier wurde zusehends blasser im Gesicht.

„Ich glaube, diese Wurzelbehandlungen sind noch ekliger als Ziehen!? Wenn die mit diesen feinen Nadeln so in den Wurzelgängen herumstochern, … bäh, wirklich unangenehm."

Klöppelmeier zog den Schröterschen Bürostuhl zu sich ran, setzte sich und war mit seinem blassen Gesicht vor der weißen Wand so gut getarnt, dass die Schröter ihn wohl nicht mehr sah. Jedenfalls wechselte sie augenblicklich das Thema.

„Wenn an der Theorie ‚Frauen töten mit Gift' etwas dran ist, brauchen Sie sich nur um die weiblichen Verdächtigen kümmern. Unser Opfer wurde mit Chemie förmlich vollgepumpt. Das hätte selbst der stärkste Jungmacho nicht überlebt", begann sie, an Gina und Florian gerichtet, ihren Fachvortrag.

„Andreas Möller war zu Lebzeiten, seinem Alter entsprechend, in guter körperlicher Verfassung. Äußerlich konnten keine Verletzungen festgestellt werden. In seinem Magen befanden sich noch Reste einer leichten Mahlzeit, etwas Alkohol und zwei Sorten chemischer Substanzen, nämlich Benzodiazepine und Barbiturate, in hoher Konzentration, die für seinen Tod verantwortlich waren. Wenn er auch keine direkten Verletzungen aufweist, so hat er doch eine ganze Reihe von Blutergüssen, die allerdings alle post mortem zugefügt wurden. So wie sie verteilt sind, sind sie sehr wahrscheinlich dabei entstanden, als der Täter oder die Täterin das bereits tote Opfer zuerst ins Bad und dann in die Wanne befördert hat. Möller wird daher wohl nicht in der Wanne gestorben sein. Da er ein Körpergewicht von 92 kg hat, ist für den Transport in die selbige ein ganz erheblicher Kraftaufwand erforderlich, was wiederum eher für einen männlichen Täter sprechen würde. Den anderen Spuren nach dürfte ihn der Tod im Bett ereilt haben. Womit ich zu zwei weiteren Punkten komme. Das Opfer hatte vor seinem Tod noch einen Samenerguss, also erst Orgasmus, dann Tod, was ihm die Sache vielleicht etwas versüßt hat." Die Schröter konnte es einfach nicht lassen, solche bissigen Kommentare in ihren Vortrag mit einzufügen.

„Der zweite Punkt wäre der, dass er anscheinend auch anal penetriert wurde. Feststellbar allerdings nur durch Einrisse im After und nicht durch fremden Samen. Wir haben damit fast das selbe Ergebnis wie bei Robert Adler, bei dem wir allerdings keine Benzodiazepine festgestellt hatten."

„Der Adler machte ja doch einen schlapperen Eindruck als der Möller, da hat dem Täter vielleicht das eine Mittel gereicht?", fragte Florian nach.

„Ich denke eher, der Adler, der war ja doch erheblich mickriger als der Möller, hat einfach nur weniger K.-o.-Tropfen bekommen. Die bauen sich ja schnell ab. Daher habe ich auch nichts entsprechendes gefunden. Wobei ich ehrlich sagen muss, nachdem die Barbiturate beim Adler nachgewiesen waren, habe ich auch nicht mehr so genau nachgeforscht."

„Wie sind denn die Taten aus ihrer Sicht durchgeführt worden, Frau Dr. Schröter?"

„Tja, Frau Salieri, ich denke es ist ganz harmlos angefangen, vielleicht etwas reden, etwas essen, dabei sind dann vermutlich die K.-o.-Tropfen verabreicht worden. Danach dürfte der Sex, erzwungen oder freiwillig, erfolgt sein und dann gab's, zur Belohnung sozusagen, noch die Barbiturate on top. Der Tod ist dann bei den inzwischen völlig hilflosen Männern schnell eingetreten. Anschließend dürfte sie die Täterin oder der Täter so zurechtgelegt haben, wie wir sie dann vorgefunden haben. Das ist für mich der wirklich mysteriöseste Teil. Wieso platziert man eine Leiche nackt in Verbindung mit Wasser? Diese sorgfältig zusammengelegten Kleidungsstücke und dann diese deutlich fingierten Abschiedsbriefe? Alles sehr merkwürdig. Aber das sind ja zum Glück nicht meine Probleme. Die Rätsel müssen sie ja lösen."

Klöppelmeier hatte den Ausführungen der Schröter kommentarlos zugehört. Er war offensichtlich von der Zahnbehandlung stark mitgenommen. Mit dem Kühlpack rieb er seine Wange.

„Schmerzen?" fragte die Schröter in teilnahmsvollem Ton.

Klöppelmeier nickte.

„Wirkt die Schmerztablette denn nicht?"

„Meim, keine gemommem."

„Was soll der Quatsch denn! Wie alt sind Sie? Immer noch auf dem Stand, Jungs kennen keinen Schmerz oder was? Sie schlucken sofort eine!"

Klöppelmeier schüttelte leicht den Kopf und nuschelte. „Hape keine."

„Mann, Mann Klöppelmeier." Die Schröter ging zu einem Schrank, zog eine Schublade auf und kramte drin herum.

„Ah ja, wusste ich doch, dass da noch welche sind. Bestimmt abgelaufen, wirken aber trotzdem noch tadellos." Anschließend goss sie Wasser in ein Glas und ging wieder zu Klöppelmeier.

„Schlucken!"

Klöppelmeier gehorchte widerstandslos.

„Hier sind noch zwei, in vier bis sechs Stunden können Sie die nächste nehmen."

Die Schröter wäre natürlich nicht die Schröter, wenn sie diesen Samariterdienst nicht mit einer kleinen Spitze würzen würde.

„Sehen Sie, Frau Salieri, Männer sterben deutlich früher als wir Frauen, weil sie in den jungen Jahren hormonell so risikofreudig und weil sie, wenn sie später alleine Leben, also von keiner Frau beaufsichtigt werden, vollkommen hilflos sind. Single-Männer erwischt es statistisch daher noch früher. Wie sieht das denn bei ihnen aus, Herr Neumann?"

„Äh, wie jetzt, äh, … ich habe eine feste Freundin, Frau Dr. Schröter."

„Dann haben sie ja Glück, ihre Lebenserwartung dürfte damit deutlicher über der von ihrem Chef liegen."

Die Schröter sah dabei Klöppelmeier an, aber der konnte heute einfach kein Kontra geben. Wieder zu den beiden anderen gewandt ordnete sie daher an.

„Den Herrn Klöppelmeier fahren sie jetzt auf direktem Weg nach Haus, auch wenn der irgendeinen Blödsinn wie, will ins Büro oder so fantasiert", und zu Klöppelmeier in mütterlichem Tonfall, „Und Sie schnappen sich dort ein neues Kühlpack, legen sich ins Bett und machen die Augen zu. Ruhe ist in Ihrem Fall immer noch die beste Therapie. Kann ich aus eigener schmerzvoller Erfahrung nur empfehlen."

IN MÜNSTER WERDEN LETZTE ZWEIFEL AUSGERÄUMT

Der leichte Brummkopf signalisierte, dass das gestern Abend bei den Feierlichkeiten zur Urteilsverkündung für ihre Verhältnisse vielleicht doch etwas viel Bier gewesen war. Nun saß Lena mit einem starken Kaffee am Tisch, und schon waren die Gedanken wieder beim Thema. Es nagten doch ein wenig Zweifel an ihr, ob das Urteil so richtig war, schließlich war sie selber eine überzeugte Verfechterin für die generelle Abschaffung der Todesstrafe. Aber was sollte sie machen? Der Staat konnte die Verbrecher in ihrem Fall nicht verurteilen und wegsperren. Da sie ja keine eigene private JVA besaß, blieb ihr nur das alttestamentarischen Prinzip Auge um Auge, Zahn um Zahn.

„Gut, das wäre geklärt, das Urteil ist gültig."

Sie schüttelte mit dem Kopf und dachte, furchtbar, Lena, hör mit diesen lauten Selbstgesprächen auf, reicht doch, wenn du still mit dir sprichst.

‚Obwohl, waren sie alle sieben gleich schuldig?'

Nach einem weiteren kräftigen Schluck Kaffee stützte sie den Kopf auf den Händen ab und überlegte. Objektiv ließ sich die Frage nicht beantworten. Sie war selbst nur indirekt dabei gewesen und den zweiten Abschiedsbrief hatte Mutti natürlich auch nicht als objektive Beweisaufnahme formuliert, hatte zu solchen Details keine Angaben gemacht. Klar und deutlich hatte Mutti aber geschrieben, dass alle sieben Männer beteiligt waren.

„Pech gehabt, dann muss gelten mitgegangen, mitgefangen, mitgehangen", sagte sie dann doch wieder laut in den Raum. ‚Ein Problem weniger', stellte sie lautlos fest.

‚Das nächste wird wohl nicht so leicht zu lösen. Wer waren die Täter und wo lebten sie heute? Da gibt's doch auch'n Spruch? Ach ja, die Nürnberger hängen keinen, denn sie hätten ihn. Also muss ich Himmel und Hölle in Bewegung setzen, um das herauszufinden.'

Wieder ein kräftiger Schluck Kaffee.

‚Wenn der Kopf wieder richtig klar ist, muss ich darüber nachdenken, wie ich das anstelle. Vorher muss ich für mich selber auch noch etwas entscheiden. Wenn ich die sieben Männer finde und auf den Friedhof befördere, das Verb ‚ermorde' vermied sie tunlichst, wird mich die Polizei von der ersten Tat an suchen, und wenn sie mich schnappen, wird mich der Staat, aus seiner Sicht völlig zu Recht, als siebenfache Mörderin anklagen, während die Täter als Opfer dastehen werden. Das dürfte lebenslänglich mit anschließender Sicherungsverwahrung geben. Wenn ich mein Vorhaben umsetze, muss ich dieses Risiko, mit allen damit verbundenen Konsequenzen, akzeptieren. Will ich das? Bin ich dazu bereit? Und noch eine Frage, bin ich überhaupt in der Lage, sieben Menschen zu töten?'

Das Duschen tat gut. So unter dem warmen Regen stehend ließ sich immer gut denken. Wie stand es überhaupt um sie? Da war nichts dran wegzudiskutieren, ihre Lebensgeschichte hatte ihr einen ganz dicken Rucksack mitgegeben. Sie war gegen Alles und Jeden äußerst misstrauisch, hatte außer Sarah eigentlich keine wirklichen Freundinnen und Freunde und ihr bester Halt im Leben, ihre Leidensschwester Mira war nun auch noch fort. An eine feste Beziehung zu einem Mann war überhaupt nicht zu denken. Sie hatte gerne Sex, mochte keinesfalls darauf verzichten, hatte daher, um Männer dabei außen vor zu lassen, es mit Lesbensex probiert, aber das war für sie letztlich nicht wirklich befriedigend gewesen. Nur zu masturbieren stellte sich auf Dauer auch nicht das non plus ultra heraus. Also doch Sex mit Männern, bei dem sie aber immer die Kontrolle über das Geschehen behalten musste, um nicht in Panik zu geraten. Ihre Aggressivität beim Vögeln hatte daher nichts mir einer besonderen Vorliebe zu tun, sondern war eine reine Schutzmaßnahme.

‚Und dann im Escort-Service tätig', dachte Lena grinsend.

Den Escort-Service hatte sie angefangen, weil sie sonst einfach nicht genügend Geld für den Absprung in ein neues Leben zusammen bekommen hatte. Lena war selbst erstaunt, wie gut das lief. Um die Hierarchie, ich Mann bezahle, ich Mann bestimme, umzudrehen, hatte sie ein Verhalten entwickelt, bei dem sie den Typen gleich den Wind aus den Segeln nahm. Der Sex war ja nicht offiziell über den Escort-Service vereinbart. So konnte sie ihre eigenen Spielregeln aufstellen. Sie erklärte den Männern, dass sie nach ihrer Leistung entscheiden würde, was sie bezahlen dürften, genau, dürften sagte sie ihnen. Lena lachte, es war verrückt, aber das funktionierte, was sehr wahrscheinlich auch damit zu tun hatte, dass sie es bisher nie mit einem aggressiven, herrschsüchtigen Typen zu tun bekommen hatte. So verdiente sie prächtig, und die Kerle kamen erst gar nicht auf die Idee, sie könnten irgendetwas verlangen oder bestimmen. Nein, nein, die sagten artig Bitte, Bitte und machten Männchen.

Das konnte aber alles nicht darüber hinwegtäuschen, dass ihre ganze Existenz eine fragile Angelegenheit war. Jederzeit konnte ein Mensch oder eine Situation sie aus der Bahn werfen. Im Extremfall drohte ihr dann wieder ein Suizidversuch.

‚Meine liebste Mira ist nicht mehr da um mich zu retten, ich muss vorsorgen! Die Brettschneider sagt es ja immer, das beste

Mittel gegen das Trauma ist die Aufarbeitung und der Abschluss, also in ihrem Fall die Bestrafung der Täter. Ergo muss ich dazu bereit sein, wenn ich nicht eines Tages selber vor die Hunde gehen will.'

Beim Shampoonieren und Einseifen musste Lena sich eingestehen, dass damit die Frage, ob sie die Konsequenzen tragen wolle, irrelevant war, ihr blieb gar keine andere Wahl.

‚Tja, liebe Lena, dann musst du dich wohl etwas anstrengen, um nicht den Rest des Lebens im Knast verbringen zu müssen.'

Beim Abtrocknen und Eincremen besah sie sich im Spiegel, sah ihren nackten Körper und versuchte sich vorzustellen, wie sie in so einen menschlichen Körper stach, schoss oder mit einem Gegenstand einschlug. Nein, das würde sie nie zustande bringen. Kickboxen war zwar Kampfsport, aber eben doch nur Sport. Damals, bei Bruder Bertram, hatten sie erst nach dem Entfernen des Sportbeutels gesehen, wie blutig sie ihn zugerichtet hatten. Sie konnte ja noch nicht einmal eine Fliege oder Wespe töten, versuchte immer die Viecher anders aus der Wohnung zu bekommen. Das Urteil musste sie also ohne Blutvergießen vollstrecken. Da blieb dann ja wohl nur im weitesten Sinne Gift, die Waffe der Frauen. Das war okay, damit würde sie kein Problem haben, entschied Lena.

‚Frag sich, wie ich da dran komme? Ah, verdammt noch mal, das wird sich klären, jetzt ist für heute Schluss mit der Grübelei.'

So ganz klappte das dann doch nicht. Als sie zu ihrer Arbeit ins Theater radelte, überholte sie ein Reisebus mit den bekannten drei Buchstaben BWR, ‚Beckers WohlfühlReisen'.

‚Na klar, ich hatte doch Ralf versprochen, mich zu melden. Wenn ich die Männer identifizieren kann, dann doch nur über sein Reisebusunternehmen, und einen besseren Zugang als über den Chef kann es ja nicht geben.'

TÄTERSUCHE

Ralf Becker war schon erstaunt, dass sich die Escort-Dame, die Sybille aus Paderborn, tatsächlich bei ihm meldete und ein rein privates Treffen vorschlug. Schließlich habe ja der schönere Teil des Abends durch ihre Übelkeit ausfallen müssen. Der gute Ralf fühlte sich natürlich geschmeichelt und stimmte zu. Schnell war ein Wochenende gefunden, an dem Sybille in Münster sein würde und auch Ralf Zeit hatte.

Der Abend, oder besser gesagt die Nacht, verlief wie Lena erwartet hatte. Der selbstsicher auftrumpfende Unternehmer wurde im Bett schnell zum folgsamen Spielzeug, das sich zu Lena Freude als durchaus leistungsfähig und -willig zeigte. Vor und nach dem Sex unterhielt man sich über alles mögliche. Lena versuchte, das Gespräch auf das Reiseunternehmen zu lenken, in der leisen Hoffnung, vielleicht so direkt Zugang zu den Kundendaten zu bekommen. Nein, das hatte offensichtlich keinen Zweck. Sobald es um die Firma ging, mutierte der unterwürfige Mann sofort zum herrischen Chef, der sich nicht einlullen und um den Finger wickeln ließ.

,Dann halt Plan B', entschied Lena.

Auf Ralfs Schulter liegend und in seinen Brusthaaren kraulend fragte sie ihn, ob die Personalsituation immer noch so angespannt sei.

„Leider ja, leider ja", jammerte der Gefragte. „Das wird sich so schnell wohl auch nicht ändern."

„Ich habe vor kurzem mal wieder mit einer Bekannten aus dem freiwilligen sozialen Jahr telefoniert. Die studiert hier in Münster und sucht wohl händeringend einen kleinen Job. Die ist zwar keine Busfahrerin, aber mit Computern und so kann sie umgehen."

„Hm, ja, im Prinzip, aber …"

„Keine Sorge Ralf, ich werde ihr bestimmt nicht ehrlich auf die Nase binden, wie ich zu dem guten Tipp gekommen bin.", meinte Lena, während sie dabei den kleinen Ralf unter der Bettdecke liebkoste. „Daran habe ich kein Interesse. In meinem Bekannten- und Freundeskreis mache ich nicht publik, wie ich mein Studium finanziere. … Hm, sag mal Ralf, mein Prachtkerl, könnte es sein, dass dein Prachtkerl noch mal will?"

Nachdem der kleinere Prachtkerl und Sybille sich ein weiteres mal miteinander vergnügt hatten, war die Zusage, Sybilles Bekannte auf 400 € Basis einzustellen, nur noch eine Formsache.

Unter ihrem richtigen Namen und Aussehen trat sie den Nebenjob bei BWR in der Verwaltung an. Zuerst hatte sie überlegt, ob sie nicht als Mira Radković auftreten sollte, entschied sich dann aber dagegen. Das größte Unbehagen bei Plan B verursachte die Möglichkeit, Herz Bube zu begegnen, womöglich sogar in direkten Kontakt mit ihm zu kommen. Es stellte sich aber schnell heraus, dass BWR zwei Dependancen, in Bielefeld und Dortmund, hatte und Herz Bube in Bielefeld wohnte und im Allgemeinen auch von dort seine Fahrten startete. Lena fiel bei der Information ein Stein vom Herzen. Leider ging es danach mit der Informationsbeschaffung nicht zügig weiter. Es dauerte über ein halbes Jahr, bis sie sich soweit eingearbeitet und Vertrauen erworben hatte, dass die Verwaltungsleiterin sie an alle Verwaltungsprogramme und Daten heranließ. Es war zum Verzweifeln, sie war erst jetzt soweit gekommen, dass sie den richtigen Namen von Herz Bube und seine Adresse herausbekommen hatte. Alle sprachen immer nur von Herz Bube und direkt zu fragen, wer denn das mit richtigem Namen sei, traute sich Lena bei der selbst auferlegten Vorsicht nicht, befürchtete sie doch, das würde auffallen. Nun, es wäre wohl niemanden merkwürdig vorgekommen, wenn sie in der ersten Zeit einfach ganz simpel nachgefragte hätte, wer denn das nun wirklich sei. So musste sie sich die ganze Zeit in Geduld üben. An das Erlangen von weiteren Erkenntnissen war aber immer noch nicht zu denken.

„Frau Koslowsky?" Die Verwaltungsleiterin, Frau Herbst, blieb bei den Aushilfskräften stoisch beim sie.

„Ja, Frau Herbst?"

„Könnten sie ausnahmsweise morgen Nachmittag auch kommen und selbständig die restlichen Daten für die Monatsabrechnungen erfassen? Nicola, also Frau Sonneborn, ist ja krank, und ich habe morgen einen dringenden Arzttermin, den ich nicht verschieben kann."

Lena hätte jubeln können, tat aber so, als müsse sie ernsthaft überlegen. „Hm, ich könnte aber erst ab 17 Uhr!?" Da die Verwaltung immer um 16 Uhr Feierabend hatte, hätte das dann zur Folge, dass sie hier allein sein würde und nicht nur die gewünschte, sondern auch ihre persönliche Arbeit erledigen könnte.

„Das ist schlecht, dann sind Sie ja ganz allein hier!? Ich müsste ihnen alle Schlüssel für die Büros überlassen? Die benötige ich doch übermorgen selber!?"

„Herr Bilgin ist doch immer viel länger da. Sie geben die Schlüssel Herrn Bilgin, wenn sie gehen, und ich hole sie mir bei ihm ab. Wenn ich fertig bin bekommt er sie von mir zurück, er wohnt ja schließlich auf dem Gelände."

„Das geht nicht. Wenn sie erst um 17 Uhr anfangen, haben sie bestimmt bis 20, 21 Uhr zu tun, Frau Koslowsky. Da sind noch eine ganze Menge Daten zu erfassen. Die lieben Kolleginnen und Kollegen aus Bielefeld und Dortmund sind immer extrem klüngelig mit der Übermittlung."

Lena zwang sich ruhig zu bleiben. ‚Tu so, als würdest du nachdenken!', ermahnte sie sich, um dann nach angemessener Pause vorzuschlagen:

„Wenn Herr Bilgin dann nicht zu Hause ist, könnte ich die Schlüssel doch bei Herrn Becker abgeben, ist ja auch gleich nebenan, beziehungsweise sie in einem der Briefkästen deponieren, wenn Herr Becker auch nicht zu Hause sein sollte!"

Frau Herbst schwankte innerlich hin und her, entschied schließlich: „Ich frage Herrn Becker ob das so geht."

Lena war extrem angespannt, als die Chefin zum Telefonieren in ihrem Büro verschwand.

‚Wenn das klappt, bin ich fast am Ziel.' ‚Komme ich mit der Datenbank allein zurecht?' ‚Doch, doch, das müsste gehen.' ‚Das muss klappen, das muss einfach klappen!'

Es klappte.

Die Anspannung stieg mit jeder Stunde. Lena musste sich zusammenreißen, um nicht zu früh bei Beckers WohlfühlReisen aufzutauchen. Schließlich schaffte sie es sogar, mit 10 Minuten Verspätung einzutreffen. Aus den Fängen von Herrn Bilgin gab es allerdings so schnell kein Entkommen, der Hausmeister nutzte jede Gelegenheit für einen Plausch, so dass sie letztlich erst um halb sechs mutterseelenallein im Büro war.

Lena kribbelte es in den Fingern, sogleich die Datenbank anzuzapfen, zwang sich aber zur Disziplin. Voll konzentriert und ohne Pause machte sie sich an die Arbeit. Frau Herbst hätte vor Überraschung und Bewunderung mit der Zunge geschnalzt, wenn sie es hätte sehen können. Um kurz nach Sieben war es dann soweit, die Abrechnungsdaten waren alle erfasst. Nun konnte die eigentliche Arbeit beginnen.

Sämtliche Fahrten mit den Namen und Daten der Teilnehmer wurden bei BWR in einer Access-Datenbank erfasst. Das hatte Lena sehr schnell herausbekommen und sich entsprechend vorbereitet. Es war schon erstaunlich, es waren tatsächlich alle Fahrten seit dem Jahr 2000 erfasst. Eine kleine Abfrage über Jahr und Monat ergab, es handelte sich schließlich um einen Sommermonat, eine doch recht lange Liste. Lena ging sie Punkt für Punkt durch, schüttelte den Kopf, fing von vorn an, aber da war keine Fahrt nach Norwegen. Rom, Paris, Adria, Alpenrundtour, Wien usw., alles Mögliche tauchte auf, aber keine Fahrt nach Norwegen.

Lena fühlte Panik in sich aufsteigen, begann ganz bewusst, ein- und auszuatmen. Schließlich hatte sie sich wieder im Griff, konnte sachlich nachdenken. Es gab zwei Möglichkeiten, stellte sie fest. Die erste wäre die schlimmste Variante. Herz Bube hatte die Fahrt auf eigene Rechnung gemacht. Wenn das der Fall sein sollte, hatte sie ein ernsthaftes Problem. Die Zweite wäre, diese Fahrten wurden bei BWR anders behandelt.

Sie sah sich die Reisen der Liste noch einmal gründlich an. Sie waren alle mit einem großen Reisebus und zwischen 30 und 50 Personen durchgeführt worden. Die Schweine waren aber damals mit einem Kleinbus unterwegs gewesen. Wenn sie das richtig sah, gab es in der Firma keine Kleinbusse. Ihr würde fast übel, sollte tatsächlich Variante eins zutreffen? Es gab noch eine Chance, es waren schließlich inzwischen 15 Jahre vergangen, vielleicht gab es früher dieses Betätigungsfeld, das unter einem anderen Namen gelaufen war?

‚Gut, dass ich mich inzwischen intensiv mit Access beschäftigt habe. Sehe ich mir doch einmal die Datenbank genauer an.‘ Schnell stellte sich Frust ein, nichts. Es war kein Hinweis auf andere Firmenaktivitäten zu finden. ‚Mist, Mist, Mist aber auch!‘ Lena grübelte darüber, was nun zu tun sei, als ihr nebenbei der Gedanke kam, das man bei der Verwaltung der

Daten ja diese alte Sparte, wenn es sie denn gegeben haben sollte, in einer extra Datenbank erfasst hatte. Ein Grinsen ging über ihr Gesicht.

‚Danke, Frau Herbst. Hä, hä, die hatte ihr ja ihre Zugangsberechtigung geben müssen, damit sie nicht nur die Daten erfassen, sondern auch exportieren konnte. Ergo hatte sie im Moment ganz andere User-Berechtigungen, konnte den Explorer öffnen und nach Access-Dateien suchen. Es gab eine ganze Reihe davon, die von den Bezeichnungen her alle irgendwie zusammenhingen, bis auf eine, Nature-Tours. Schon wollte Lena die Datei öffnen, als ihr Bedenken kamen. Klar, sie könnte versuchen, alle Spuren des Zugriffs zu löschen, aber wenn irgendwo ein Hinweis blieb, gab das bestimmt Ärger und Aufmerksamkeit. Sie konnte alles gebrauchen, aber das nicht.

‚Die Herbst ist misstrauisch wie nur was, ich wette drauf, die kontrolliert morgen erst einmal, was ich so gemacht habe.'
‚Gut, dass ich Laptop und Stick mithabe.'

Für den Rest war nur noch etwas Geduld aufzubringen. Nature-Tours war in der Tat bereits vor dreizehn Jahren eingestellt worden. Die Access-Abfrage auf dem eigenen Laptop lieferte sofort die gesuchte Tour nach Norwegen, eine Angeltour zu verschiedenen Fjorden. Lena sackte schnaufend kurz in sich zusammen, atmete tief ein und aus, ballte die Faust:
„Jeah!!"

Befriedigt schaute Lena auf die sieben Namen.
‚Jetzt habe ich euch, ihr Schweinehunde!' Dann stutzte sie.
‚Wieso sieben? Das wären mit Herz Bube ja acht Männer!?'
Sollte ihr die Erinnerung die ganzen Jahre einen Streich gespielt haben? Sie versuchte sich die Bilder ins Gedächtnis zu rufen, an denen sie alle zusammen gewesen waren. Sie kam nur auf sieben Verbrecher. Aber es wurde ja öfters berichtet,

die Erinnerungen von Zeugen und das war sie ja in diesem Fall, waren extremen Veränderungen unterworfen!?

‚Dann waren es halt acht. Einer mehr oder weniger macht den Kohl auch nicht fett.'

Was nun kam, war reine Fleißarbeit. Die einzelnen Namen in der Kundendatenbank aufrufen und die Daten auf ihren Laptop kopieren. Da Lena befürchtete, dass die Druckaufträge kontrolliert wurden, der Herbst traute sie in der Beziehung alles zu, verzichtete sie aufs Ausdrucken hier direkt vor Ort. Zu ihrer Enttäuschung stellte sie fest, dass inzwischen alle Teilnehmer nicht mehr von BWR mit Werbung versorgt wurden. Das bedeutet, es gab eventuell nicht nur die drei Adressänderungen, die im System hinterlegt waren, sondern weitere, nicht erfasste.

‚Bin gespannt, was da auf mich zukommt', dachte Lena und wollte schon ihre Sachen zusammenpacken, schließlich war es inzwischen halb neun geworden, als ihr noch ein Gedanke kam.

‚Es könnte natürlich sein, dass sie mit der Erinnerungszahl sieben doch richtig lag, einer der acht Männer die Fahrt also nicht angetreten hatte! Dann würde ich einen unschuldigen Menschen ins Jenseits befördern!'

Sie war mit ihrer Kraft ziemlich am Ende, zwang sich aber noch einmal zu voller Konzentration, sah sich die Korrespondenz mit den einzelnen Teilnehmern genauer an. Tatsächlich, beim dritten, dem eindeutig jüngsten, wurde sie fündig. Eine Absage wegen eines Arbeitsunfalls neun Tage vor der Abfahrt. Es war sogar der Schriftverkehr mit der Reiserücktrittsversicherung hinterlegt, die anscheinend automatisch mitgebucht worden war.

Ein gewisser Wladimir Smirnow würde nie erfahren, an welch seidenem Faden sein Leben an diesem Abend gehangen hatte.

DER LKA-FALL ENTWICKELT SICH WEITER

Ein derartig niedriges Niveau und soviel Niedertracht hätte Beatrice Wolter ihren Kollegen Bauer, Schulte und Hampel selbst bei dem bisher mit ihnen Erlebten denn doch nicht zugetraut.

Als sie die Tonaufzeichnung ihres Handys abhörte, war sie geschockt. Die waren offensichtlich krank im Kopf. Wütend dachte sie darüber nach, was man Gemeines mit HB, SS und NH abkürzen könnte. Okay, SS sprach für sich, aber Schulte war eher ein Chefkriecher und -schleimer als ein brutaler SS-Mann, und Hampel stand eh schon bei ihr für Hampelmann. Sie musste lachen, klar HB, Hohle Birne, das war doch schon einmal was. Auf jeden Fall würde sie die drei zukünftig süffisant lächelnd mit den beiden Buchstaben anreden, mal sehen was das für Reaktionen auslöste. Allerdings musste sie sich eingestehen, dass die Aufzeichnung wohl nur zum Teil, wenn überhaupt, geeignet waren, offiziell etwas gegen Bauer zu unternehmen.

Mehr Gedanken machte sie sich über den restlichen Inhalt. Sie konnte der hörbaren Verwunderung des Kollegen Köhler über die Art, wie die drei über das Thema diskutierten, nur zustimmen. Außerdem, wer und was war dieser Martens, dass Bauer während ihres Vortrages, bei der Nennung dieses Namens derartig heftig reagierte? Irgendetwas war da nicht sauber. Ihr kriminalistischer Spürsinn war geweckt.

Am nächsten Tag hatte sie ein Treffen mit der Staatsanwaltschaft zum Untersuchungsfall ‚Miettrick'. Zu ihrer Verwunderung war nicht wie erwartet der Staatsanwalt Pitzceck anwesend, sondern eine neue junge Kollegin, die sich als Verena Feldkamp vorstellte. Wie es manchmal so ist, entscheidet sich in den ersten Sekunden des Kennenlernens, ob man sich gut versteht oder nichts miteinander anfangen kann. Die Wolter und die Feldkamp verstanden sich, zum Leidwesen des wegen seines gerissenen Kreuzbandes nur per Zoom zugeschalteten Pitzceck, augenblicklich prächtig. Der sah dadurch seine Möglichkeiten, den Fall doch noch, sozusagen aus dem Hintergrund, federführend in den Händen zu behalten, weiter schwinden.

Beatrice Wolter berichtete, dass sie inzwischen glaubte herausgefunden zu haben, wie man an den Buchungen der Wohnung erkennen könne, wann dort vermutlich Drogen an Zwischenhändler weiterverkauft wurden. Sie schlug vor, beim nächsten Verdachtsbild beide Wohnungen observieren zu lassen und nach dem Eintreffen der vermuteten Kuriere möglichst gleichzeitig eine Hausdurchsuchung vorzunehmen. Die Feldkamp war begeistert, während Pitzceck zu bedenken gab, dass die Kuriere ja nicht unbedingt jedes mal gleichzeitig vor Ort erscheinen würden, man also eventuell mit einer einzelnen Wohnung beginnen müsse und dadurch nur einen Kandidaten erwischen könne und damit alle weiteren Möglichkeiten verspielt habe, denn für die Auftraggeber seien die Wohnungen dann ja verbrannt und würden wohl kaum weiter benutzt. Er war eindeutig für weiteres verdecktes Ermitteln. Verena Feldkamp stellte sich trotz ihrer Unerfahrenheit als sehr beherzt heraus und meinte, dass sie ja nun den Fall zu verantworten habe und sie das gerne so wie von Frau Wolter vorgeschlagen durchziehen möchte.

„Das ist dann ihre Verantwortung Frau Kollegin, ich muss mich jetzt auch ausklinken, habe noch einen Arzttermin", verabschiedete sich Staatsanwalt Pitzceck hörbar verschnupft daraufhin aus der Runde.

Die beiden jungen Frauen besprachen weiter die geplante Aktion, um sich nach anderthalb Stunden mit „Tschüss Beatrice", und „Tschüss Verena", zu verabschieden.

Zur selben Zeit betrat Kriminalhauptkommissar Bauer das Café Knigge in der Bahnhofstraße, sah sich um, erblickte den Gesuchten an einem der Tische, bestellte im Vorbeigehen bei der Kellnerin einen Espresso, um sich dann zu ihm zu setzen. Man begrüßte sich höflich distanziert und schwieg, bis Bauer seinen Espresso bekommen hatte. Schließlich ergriff Bauer das Wort.

„Sie wollten mich sprechen, Herr Martens!"

„Nun, dieses Gespräch liegt wohl vor allem in ihrem Interesse, Herr Bauer."

Bauer zuckte mit den Schultern, blieb äußerlich ruhig und gelassen. In seinem Innern sah es allerdings anders aus. Bauer kochte vor Wut und Hass auf diesen Dreckskerl, der ihn in der Hand hatte und dem er nichts anhaben konnte.

„Musste das mit Stockmann sein?"

Bauer lachte: „Wenn einer seine Nutte zu Tode prügelt und dabei auch noch Zeugen und Beweise zu Hauf hinterlässt, lässt sich das nur schwerlich verhindern."

„Ah ja, das mit den Beweisen, das ist eine blöde Sache", meinte Martens, Bauer dabei unverschämt angrinsend. „Es wäre für uns beide wohl gut, wenn der Stockmann nicht ins Quatschen kommt."

„Auch das liegt nicht in meiner Hand. Er hat ja einen guten Anwalt, wie man so hört. Der wird ihm wohl schon erläutern, dass er am besten dabei wegkommt, wenn er die Tat gesteht und argumentiert, dass die Nutte ihn provoziert hat, na ja und dann noch der Alkohol oder der Koks, die erfreuliche Aussage meinerseits, dass er doch immer vertraulich mit der Polizei zusammengearbeitet hat um seinen Laden sauber zu halten, will ich dann gerne mit hinzufügen. Das ist alles, was er tun kann und natürlich auf einen passenden Richter hoffen. Dann sollte es einigermaßen glimpflich für ihn ausgehen. Wenn er aber doch quatschen sollte, wird er in einem ganz erbärmlichen Licht dastehen, dafür werde ich sorgen, da können Sie und Stockmann ganz sicher sein. Dann bin ich … und Sie natürlich auch, … zwar auch dran, aber ich habe schon vorgesorgt, damit ich mit nur zwei blauen Augen davonkommen werde."

„Oh! Dann muss ich mich ja vorsehen!?"

„Das sowieso, aber ich muss gestehen, ich bin auf die beiden blauen Augen nicht sonderlich erpicht."

„Das höre ich doch gerne, … wird für uns beide auch besser sein."

„Ich hoffe, Sie wissen, was Sie über ihre Kontakte zu unternehmen haben."

„Kümmern Sie sich um ihre Angelegenheiten, Herr Bauer, meine habe ich im Griff. Ist schon alles angeleiert."

Bauer stand auf, trank seinen Espresso mit einem Schluck im Stehen und wollte sich verabschieden, wurde aber von Martens unterbrochen.

„Was ich Ihnen noch sagen wollte, ich habe meine Lebensversicherungsunterlagen einem neuen vertrauenswürdigeren Anwalt übergeben. Im Falle meines unnatürlichen Ablebens oder meiner Verhaftung, wird er sie an die Presse und Staatsanwaltschaft geben. Dachte, das würde Sie interessieren. Schönen Tag noch, Herr Bauer", teilte der ihm, freundlich lächelnd mit.

Bauer kochte innerlich, versuchte sich nichts anmerken zu lassen, wendete sich grußlos ab, drückte der vorbeigehenden Kellnerin seine Zeche in die Hand und verließ leichenblass das Café.

In dem Männergroßraumbüro, Beatrice Wolter war mit einer Schreibkraft in einem kleinen anderen Raum untergebracht, war nur Sebastian Schulte anwesend, als sie dies nach der Besprechung mit der Feldkamp betrat, um ihren Chef wie gefordert zu informieren.

„HB ist nicht da?"

Schulte sah sie verständnislos an.

„HB?"

„Ja HB, der Hauptkommissar, nicht die Zigarettenmarke, wenn es die überhaupt noch geben sollte."

Schulte war total verdattert, sah sie nur an und bekam keinen richtigen Satz zustande. Es war klar, mit Nachdenken und Antworten zugleich war er eindeutig überfordert, und ihr Grinsen trug ein weiteres zu seiner Verunsicherung bei. Schulte wurde erlöst, er sah durch die offene Bürotür wie der Chef aus dem Aufzug trat und brauchte so nur noch wortlos mit der Hand in diese Richtung zu zeigen.

Nachdem die Wolter wieder gegangen war, saß Bauer in seinem mit Glaswänden abgeteilten Bereich, tat, als sei er mit dem Computer beschäftigt, war aber am Grübeln, wie er die ganzen Komplikationen im Griff behalten sollte. Den alten Anwalt vom Martens hatten sie fast schon soweit weichgeklopft, dass er wohl das Erpressungsmaterial herausrücken würde. Dann verhaftet Klöppelmeier ausgerechnet den Stockmann, die ganze Bande schreckt wie eine Wolke Schmeißfliegen vom Pferdeapfel auf, und Martens bekommt mit, dass sein Anwalt kurz davor ist die Seiten zu wechseln, Scheiße, Scheiße und nochmals Scheiße! Verdammt noch mal, da war man einmal im Leben unvorsichtig, und schon hatte diese Drecksbande einen an den Eiern. Wenn der Stockmann anfängt zu singen, um seinen eigenen Kopf zu retten, dürfte es für sie drei mit dem Polizeidienst vorbei sein und für ihn vielleicht sogar eine Gefängnisstrafe drohen. Er konnte nur hoffen, dass Martens seine Hinweise an die richtigen Personen weitergab und dass sein Bluff mit den zwei blauen Augen funktionierte.

Tja, und nun kommt diese dämliche Wolter noch mit ihrer Hausdurchsuchungsgeschichte. Zuerst war er ja total sauer gewesen, aber vielleicht ließ sie sich ja positiv für sie drei einsetzen. Mal sehen.

Der Unterste in der Hackordnung muss immer die blödsten Aufgaben erledigen. So saß Florian vor seinem Rechner und tippte fleißig die handschriftliche Kontaktliste von Frau Adler ab. Die hatte nämlich keine Ahnung von diesem neumodischen Kram, wie sie Egbert gesagt haben sollte, konnte also mit einer Excel-Liste nichts anfangen. Dass Egbert sie erst gar nicht darauf angesprochen hatte, hatte ihm der Chef natürlich nicht verraten. Wenigstens hatten ja die Smirnows sie benutzt, so dass Florian deren Angaben per Makro in seine Datenbank hatte einlesen können. Frau Adlers Handschrift war nicht die lesbarste und so fluchte Florian leise vor sich hin, während er sich Blatt für Blatt durch die ewig lange Liste arbeitete. Der Anruf vom Beamten am Empfang, dass ein Herr Smirnow bei ihm sei und der einen aus dem Team zu sprechen wünsche, kam da als kleine Unterbrechung gerade recht.

Der Herr Smirnow, der kurz darauf im Büro stand, war nicht der erwartete junge Mann, sondern stellte sich als der Vater von Dimitri Smirnow heraus. Er sei ja LKW-Fahrer bei einer Spedition und daher immer bis zu zwei Wochen am Stück in Europa unterwegs, bevor er dann wieder einige Tage frei habe. Deswegen melde er sich erst jetzt.

Das sei ja kein Problem, versicherte Florian, was Herr Smirnow ihnen denn zu erzählen habe?

Die Mitteilung, die er nun erhielt, rückte die unbekannte Frau weiter in den Ermittlungsmittelpunkt. Der Andreas sei, was Frauen betraf, wenn auch möglichst unauffällig, ein sehr umtriebiger Mensch gewesen, hätte immer kurze Bettbekanntschaften gehabt und sei wohl auch öfters ins Bordell gegangen. Was er ihm aber ein paar Tage vor seinem Tod erzählt habe, hätte ihn dann doch kopfschüttelnd zurückgelassen.

„Und? Was war das nun?"

Florian, inzwischen ja durch Klöppelmeiers Schule gegangen, hasste nichts mehr, als wenn Zeugen bei jeder Mitteilung bei Adam und Eva anfingen. Herr Smirnow beeilte sich trotzdem nicht zum Punkt zu kommen, schwadronierte herum und erklärte dann schließlich doch:

„Er hatte eine neue Putzfrau."

„Das ist ja'n Ding!"

So habe er Andreas auch geantwortet, in dem selben Ton, berichtete Smirnow Senior ganz gelassen weiter. Der Andreas habe dann gemeint, die würde aber nackt putzen! Die sei angezogen schon 'ne heiße Schnitte, das würde eine geile Putzaktion. Wenn er wolle, könne er ja rein zufällig anklingeln.

„Und? Haben sie?"

Habe er nicht, sei ja auf Tour gewesen, die Frau sollte das erste Mal an dem Tag kommen, an dem Andreas verstorben ist, erklärte Igor Smirnow.

Nähere Hinweise auf die Frau hatte Herr Smirnow leider nicht. Auch die anderen Standardnachfragen nach dem ersten Opfer fielen negativ aus.

Eine Kleinigkeit, die Florian Neumann nur beiläufig registrierte, war die Aussage, dass Andreas Möller hin und wieder mit seinem älteren Sohn nach Tschechien gefahren sei, weil dort die Nutten so billig sind. Habe ihm überhaupt nicht gefallen, dass der Vater seiner Schwiegertochter seinen zweiten Sohn da mit reingezogen habe, aber Wladimir sei ja schließlich erwachsen und müsse selber wissen, was für ihn gut sei. Womit Herr Smirnow Senior sich verabschieden durfte.

Florian holte sich einen Kaffee und setzte sich wieder an Frau Adlers Namensliste. Allzu lang dauerte es aber nicht, dann stutzte er, Schmirnov! Waldi Schmirnov, stand da! War das vielleicht ein Schreibfehler?

Nach der Mittagspause trudelten Egbert und Gina ein. Egbert hatte die Heeper Gartenfreunde befragt, und Gina war in der Kolonie in Milse gewesen. Florian zappelte förmlich auf seinem Stuhl, wollte seine interessante Entdeckung vortragen, aber der Chef ließ sich Zeit, das Kreisligaspiel TUS 04 Sudbrack gegen VfR Wellensiek war ihm im Moment wichtiger.

„Wie hat denn unser Abwehrrecke diese peinliche Schlappe verwunden?"

„Schlecht, ausgesprochen schlecht, Egi, der hat sich das Kreuzband gerissen."

„Aah, ja, das sah nicht gut aus, wie er da so ungeschickt umgeknickt ist, und dann macht der Özan auch noch das 2:1 für die Wellensieker, wirklich ein Desaster!"

Gina hoffte, Egi würde damit das gerissene Kreuzband meinen, aber wirklich sicher konnte man sich da bei Klöppelmeier nicht sein.

„Wenn Gregor nicht in das Loch getrampelt wäre, hätte er den Özan sicher abgelaufen. Da fehlt einem Bürohengst halt einfach die Leichtfüßigkeit, dann schnelles Umschaltspiel und langes, dünnes Müller hätte bestimmt das 2:1 für uns gemacht, aber so! Wirklich blöd."

Florian versuchte seinem Chef in die Steilvorlage zu grätschen

„Ich habe da …", rutscht aber ungehört vorbei und musste mit anhören, wie Egbert weiter über das Spiel philosophierte.

„Möchte wetten, die haben die Stolperfallen extra angelegt, letzte Woche sah der Platz noch richtig prima aus."

„Na, nun übertreib man nicht, Egi. Im Allgemeinen soll der Wellensieker doch ein ganz verträglicher Menschenschlag sein, habe ich gehört!", spielte Gina bei Klöppelmeiers Ausführungen mit.

„Es gibt übrigens …"

„Das glaubst du, Gina. Ganz verschlagene Typen wohnen da. Ich kenne die, wohne da schließlich seit meinem 12. Lebensjahr."

„Und immer noch kein Wellensieker!"

„Natürlich nicht, ich bin in Sudbrack, Apfestr. Ecke Sudbracker als Hausgeburt zur Welt gekommen."

„Zufällig habe …"

„So etwas prägt fürs Leben, Gina! Kannst ja mal deinen Vater fragen."

„Wollen wir …"

Aber auch die Kollegin hatte kein Mitleid mit Florian, kommentierte Egberts Bemerkung lachend mit: „Ja, ja, Sizilianer auf ewig, auch wenn er fußballtechnisch inzwischen für die Arminia schwärmt und wie alle Fans mitleidet."

„Es ist …"

„Wie geht es denn unserem linken Abwehrmann?"

Florian hatte aufgegeben und schwieg.

„Schlecht, habe ihn heute morgen noch einmal zum Arzt gefahren, wird auf eine Operation hinauslaufen. An Fußballspielen ist in diesem Jahr nicht mehr zu denken."

„Ja, ja, Kreuzband ist 'ne langwierige Geschichte. Dann ist er erst einmal krankgeschrieben?"

„Zumindest bis die OP vorbei und die Wunde verheilt ist. Hoffe das geht schnell, der macht mich schon jetzt ganz wuschig mit seiner Nörgelei. Ist natürlich trotzdem unentwegt am telefonieren, hat da wohl einen interessanten Fall vom LKA am Laufen, den er partout nicht an die neue, die Feldkamp, abgeben will."

„Gib ihm ordentlich was zu bügeln, nicht nur Oberhemden und T-Shirts, lass ihn auch Handtücher und Bettwäsche plätten, dann ist er beschäftigt."

Gina und Egbert lachten lauthals, was Florian natürlich nicht nachvollziehen konnte. Ein bügelnder Staatsanwalt, die spinnen sich aber auch manchmal was zurecht. Gut, dass Aische da ganz versessen drauf war, sonst käme die womöglich noch auf dumme Gedanken. Er drückt sich ja sonst vor keiner Hausarbeit, aber bügeln? Nee, das war wirklich nicht sein Ding.

„Herr Neumann!!", säuselte es neben ihm

„Ja, Egbert?"

„Nicht einschlafen, Florian, immer schön aufmerksam sein. Du musst dir angewöhnen dich in Geduld zu üben und trotzdem hellwach dabei zu bleiben, das ist die erste Kriminalistendisziplin."

Oh, der Klöppelmeier, manchmal könnte ich ihn aber auch, dachte sich Florian. Vor allem ärgerte es ihn, dass, wenn er das nächste Mal nicht versuchte seine Neuigkeiten sofort an das Team weiterzugeben, er genau dafür gemaßregelt würde.

„Ja, die Feldkamp, grün wie nur was hinter den Ohren, müssen wir uns ja auch mit herumschlagen. Wollte doch nicht einsehen, dass die KTU sich den Hinterausgang vom Adlerschen Garten und den anschließenden Wald vornimmt. Musste ich doch wirklich Druck machen. Na ja, jetzt läuft's, Meyer und Co sind bei der Arbeit."

Klöppelmeier grinste in die Runde

„Dann wollen wir mal die Neuigkeiten austauschen. Florian hat bestimmt das Interessanteste zu erzählen und darf daher als letzter ran, Gina fängt an. Bitte, Gina!"

Ginas Bericht über die Informationen der Milser Gartenfreunde zu Andreas Möller zeichneten das Bild eines völlig unauffälligen Mitbürgers. Nett, nicht aufdringlich, immer bei der Gemeinschaftsarbeit anwesend, bei Festivitäten dabei, allerdings nie übermäßig lang, und in seinem Garten habe er, zur Freude des Vorsitzenden, fast zu 100 Prozent Gemüse angebaut und nicht so einen Schnickschnackgarten angelegt. Die Frage nach Frauenbekanntschaften sei auf Unverständnis gestoßen, Möller und fremde Frauen, das passe nicht zusammen, habe man ihr erzählt. Auf Kontakte zum Heeper Kleingartenverein habe der Vorsitzende mit der Gegenfrage, ach, da gäbe es auch einen Kleingartenverein, geantwortet. Den Adler kannte auch keiner, weder nach dem Namen noch nach dem Bild.

„Also alles in allem leider keine nützlichen Hinweise aus Milse", beendete Gina ihren Bericht.

„Tja, wirkliche Verbindungen zwischen den Kleingartenvereinen scheint es nicht zu geben. Den Möller kannte umgekehrt in Heepen auch niemand. Der Adler war aber wohl ein anderes Kaliber. Keine Feier ohne Adler. Vor dem musste sich jeder Rock in acht nehmen. Der hat wohl selbst vor den Frauen aus den Nachbargärten nicht halt gemacht. Einmal soll es sogar zu Handgreiflichkeiten mit einem gehörnten Ehemann gekommen sein, ist aber wohl schon ein paar Jährchen her. Der direkte Gartennachbar vom Adler hat mir noch erzählt, das der wohl öfters mit einem Bekannten Richtung Bayrischer Wald zur tschechischen Grenze gefahren ist. Angeblich zum Wandern, aber der Nachbar glaubt, dass dabei sicherlich auch die Liebesdamenwelt in Tschechien ausgiebig beglückt wurde. Den meint er übrigens am Tattag kurz im Adlerschen Garten gesehen zu haben, war sich aber nicht sicher und kennt den Typen auch nicht weiter. Tja, entweder hat mich die Adler dreist angelogen, oder sie ist total blind gewesen, was das Liebesleben ihres Mannes betraf. Vom Schriftführer des Vereins habe ich dann noch erfahren, dass zwei, drei Tage vor dem Tod vom Adler eine auffällige junge fremde Frau mit ihm am Gartentor gesprochen hat. Lange blonde Haare, schlank, lässig gekleidet und solche ...", Egbert hielt die geöffneten Hände unter seine Brust, „Na, ihr wisst schon, was er gesagt hat, hatte also große Brüste. Auf jeden Fall war es nicht die Frau vom Moenkenkamp. Alles in allem nicht viel Neues. Vielleicht findet Meyer ja was im Wald."

Die Runde schwieg bis Egbert meinte: „Nun bist du dran, Florian."

Wenn Florian eins inzwischen gelernt hatte, dann war es das, dass man sich von Klöppelmeier nicht ins Bockshorn jagen lassen durfte. Er würde sich daher zuerst einmal für das Warten revanchieren.

„Chef, das mit dem ‚langes dünnes Müller', das habe ich nicht verstanden?"

„Echt nicht?"

„Nee!"

„Kleines dickes Müller denn?"

„Nein! Sollte ich?"

„Gib's doch nicht, was lernt ihr denn heutzutage in der Schule? Der Bomber der Nation, Gerd Müller!"

„Ja, den kenn' ich."

„Ja, nun, den titulierte sein erster Trainer bei den Bayern, Tschik Čajkovski, als kleines dickes Müller und unser Ferdinand ist halt nur ein langes dünnes und schießt dementsprechend auch weniger Tore, aber immerhin, hin und wieder trifft er."

„Da habe ich ja was dazugelernt."

„So, nun rück aber mal langsam mit deinen Neuigkeiten raus, wird ja wohl Zeit.", knurrte der Chef.

„In der Ruhe liegt die Kraft, wie du immer zu sagen pflegst, Egbert. Dann will ich mal berichten."

Hörbar knurrte er zwar, aber innerlich freute sich Klöppelmeier über Florian. War doch prima, wenn der sich nicht von seinem Chef einschüchtern ließ, so musste es sein, immer schön selbstbewusst.

„Jetzt kommt ja vielleicht etwas Bewegung in die Ermittlungen. Wir haben nun den älteren Smirnow Sohn, der mit Möller nach Tschechien zum Bumsen gefahren ist, den Adler, der mit einem Bekannten da ebenfalls hin ist und der zusätzlich wahrscheinlich auch den Smirnow kennt, zwei Frauen, die die Toten kurz vor ihrem Ableben aufgesucht haben und eine Handy-Nummer, von der beide kurz vor ihrem Tod angerufen wurden. Ist für den Anfang doch gar nicht so schlecht, finde ich!", fasste Egbert zusammen.

„Von den Handy-Nummern haben wir von der KTU leider noch keine Rückmeldung, wem sie gehört", merkte Florian an.

„Ich möchte mal etwas fabulieren. Wenn nun Smirnow auch der Begleiter vom Adler war, der also mit beiden in Tschechien zum Bumsen gefahren ist, vielleicht sogar mit beiden zusammen und wenn die in Tschechien irgendetwas angestellt haben? Ärger mit den falschen Leuten bekommen oder so? Die Frauen sorgen für den Zugang, und ein anderer Täter bringt die beiden professionell ohne ersichtliche äußere Einwirkung um!?", schlug Gina als Diskussionsgrundlage vor.

„Professionell war da aber nun wirklich nicht alles, Gina."

„Das stimmt schon, Florian, aber vielleicht sollte es ja auch gar nicht professionell aussehen."

„Ach so, du meinst der Verdacht sollte absichtlich in Richtung der Frauen gelenkt werden!?"

„Genau!"

„Hört sich nicht schlecht an, würde zumindest zu den Aussagen der Schröter und der KTU passen, dass zumindest wohl Möller tot in die Wanne gelegt wurde, also ein großer Kraftaufwand erforderlich war. Den Ansatz sollten wir durchaus erst einmal im Auge behalten", stimmte Egi zu.

„Dann könnte der Smirnow sich aber in akuter Gefahr befinden. Den müssen wir doch wohl schleunigst warnen!?"

„Nicht so schnell, Florian. Zum einen könnte der Name von der Adler-Liste tatsächlich ein anderer sein, was ich aber nicht glaube, denn die Adler hatte mir, wenn ich mich recht erinnere, in ihrem Redeschwall nebenbei erzählt, dass ihr Mann ganz furchtbar genuschelt hat und in der Liste steht ja ausdrücklich ‚nur namentlich durch meinen Mann bekannt'. Es ist ja bisher nur eine Vermutung, dass er auch zusammen mit Adler da unten war. Zum anderen wollen wir uns den Smirnow doch vorher unbeeinflusst vornehmen."

„Soll ich die Adler anrufen, versuchen das zu klären?"

„Nein, wir gehen davon aus, dass die Personen so identisch sind, wie wir es annehmen. Den Anruf können wir uns erst einmal schenken. Schließlich gehört der neue Smirnow mit zur erweiterten Opferfamilie, den müssen wir uns eh vornehmen."

„Wenn die Theorie stimmt, könnten wir Glück haben und es bleibt bei den zwei Morden. Könnte aber auch sein, dass der Smirnow, wenn er denn auch beim Adler der Begleiter war, noch mit anderen an solchen Bumstouren teilgenommen hat, dann könnten sich uns bisher unbekannte Männer in Gefahr befinden."

„Genau, Gina, darum ist es wichtig, dass wir ihn uns zügig zur Brust nehmen. Die Smirnows gefallen mir inzwischen nicht mehr wirklich. Ich möchte daher, dass du dir noch einmal die restliche Bande vornimmst. Alle! Einschließlich Enkelsohn, angefangen beim Seniorenpaar. Wie weit bist du denn mit der Adler-Liste, Florian?"

„Puuh, eine DIN A4 Seite noch, dann habe ich alles in die Datenbank eingetragen und wir können auswerten. Sollte in ca. einer halben Stunde erledigt sein."

„Sehr gut, dann werde ich Wladimir Smirnow kurzfristig zu einem netten Kaffeeplausch einladen."

IN MÜNSTER LAUFEN DIE VORBEREITUNGEN

Aus dem kleinen Lautsprecher auf der Fensterbank der Männerdusche rockte mit der angebrachten Dynamik und Lautstärke Tool. Machmud, wie immer der letzte im Club, genoss die Tatsache, die ganze Umkleide für sich zu haben. Im Duschwasserregen stehend, begleitet er breitbeinig mit seiner Luftgitarre gerade ein geiles Solo, als er plötzlich in der Bewegung erstarrte. Etwas hatte seine Kronjuwelen schmerzhaft fest in den Griff genommen.

Der Kampfsportler war natürlich sofort aktiviert, aber das war ein echt fieser hinterhältiger Angriff. Machmud hatte sich noch nicht für eine adäquate Antwort entschieden, als er zuerst zwei harte Punkte an seinem Rücken fühlte. ‚Das sind doch …‘, dann einen Körper und schließlich eine Hand in seine Brustwarze kniff.

„Den Lumpi hast du doch sicherlich noch nicht richtig eingeseift, Muti!?" Die Hand löste sich von seiner Brust und erbat einen ordentlichen Schuss Duschgel.

‚Oh nein, Allah hilf, das verrückte Weib!‘, dachte er noch kurz, bevor er entschied, das Sexspielchen mitzuspielen sei wohl die beste Verteidigungsstrategie.

Das Kebabparadies Istanbul lag einige Straßen entfernt vom Gebäude der United Fighters. Machmud mampfte genüsslich sein Kebab ‚Istanbul Spezial‘ und zweifelte langsam daran, dass das verrückte Weib noch auftauchen würde, obwohl die das anschließende Treffen hier im Istanbul ja sogar vorgeschlagen hatte. Als Lena schließlich doch erschien, sah er deutlich auf seine Uhr.

„Eh, Frau, ich warte schon 13 Minuten! Kannst du nicht pünktlich sein?", maulte er auch gleich laut durch ganz Istanbul

„Eh, Männe, haste kein Kurzzeitgedächtnis? Halb war abgesprochen, wir haben es eine Minute vor halb. Außerdem, mit vollem Mund spricht man nicht!", konterte Lena in derselben Lautstärke zur Freude der anderen Anwesenden zurück und fragte ihn dann in freundlichem Ton:

„Willste auch'n alkoholfreies Pils?"

‚Was fällt der ein, die ist doch nicht meine Mutter', dachte der Macho beleidigt, nickte aber geflissentlich zum Pils.

Kaum saß Lena auch am Tisch, schnauzte Machmud los:

„Ich verbiete dir mich Muti zu nennen, ist das klar Frau?"

Lena sah ihn an. War schon äußerlich ein Prachtstück, von seinen jetzt nicht mehr sichtbaren Qualitäten ganz zu schweigen. Der Sex mit ihm unter der Dusche war echt geil gewesen, aber sich von einem Mann dumm anmachen lassen, das kam nicht in Frage. Sie konnte sich nach dem gemeinsamen Duschsex durchaus vorstellen, sich öfters mit ihm zu treffen und zu vögeln, aber dafür musste er doch etwas zurechtgestutzt und zivilisiert werden, entschied Frau.

Lena grinste Machmud an.

„Und ich mag es nicht, Freunde mit umständlichen Namen anzusprechen. Mach...mud, zwei Silben, bei denen ich bei der zweiten auch noch immer mit der Stimme runter muss."

Lernziele festigt man am besten durch Wiederholungen. Also noch einmal mit tiefer Stimme:

„Mach..." und noch einer Tonlage runter „ ...mud! Ist mir zu anstrengend. Dein Problem ist, dass du nicht richtig zuhörst. Ich sage nicht Muti mit Betonung auf dem i wie bei

Mutti, sondern Muuti, mit Betonung auf dem u, wie bei Mut. Klar, Muti?"

Der gute Machmud war durchaus ein lieber, freundlicher, hilfsbereiter Mensch, aber seine Sozialisation als Mann in einer streng muslimischen Familie hatte deutliche Spuren hinterlassen. Er war sich dessen durchaus bewusst und bemühte sich, diese Marotten abzulegen, aber das war natürlich nicht so einfach.

Alle Männer im Club, egal ob die es hören wollten oder nicht, hatte er davor gewarnt sich mit dem verrückten Weib einzulassen und dann eben das. Kommt die einfach, packt seine Eier und fordert Sex von ihm ein. Frechheit! Allerdings die Nummer unter der Dusche! Echt geil, war 'ne wirklich heiße Aktion gewesen, und das die Verrückte selbstbewusst ihre Wünsche durchgesetzt hatte, hatte nicht einmal gestört. Einzig die Tatsache, dass in diesem Fall er zum Vögeln beordert wurde und nicht er es gefordert hatte, wurmte dann doch etwas und dann auch noch diese Verballhornung seines Namens.

‚Obwohl?! Muuti, … Mut, … Muti! Eigentlich gar nicht so schlecht.'

„Okay, Frau, aber wenn ich einmal ein Muti mit der Betonung auf dem i höre, gibt's Ärger! Klar, Frau!?"

„Sag einmal, kann es sein, dass du, trotz der bestimmt jetzt schon vierjährigen gemeinsamen Zeit bei den Fighters meinen Namen immer noch nicht kennst?"

„Äh …"

„Oder traust du dich nicht, mich so zu nennen, wie du es im Club immer tust und redest mich deshalb nur mit Frau an, Mann?"

„Ich weiß nicht, was du meinst."

„Machmud!"

Machmud wand sich wie ein Aal, aber schließlich gab er das ,verrückte Weib' und auch die Tatsache, dass er sich ihren richtigen Namen bis heute nicht gemerkt hatte, zu.

Lena schüttelte nur mit dem Kopf.

„Mann, bist du'n Macker! Wie kommst du dazu mich so zu nennen?"

Die Stimmung taute etwas auf. Machmud erzählte sogar, wenn auch etwas geschönt, die Geschichte, die er auch Kalli erzählt hatte.

Lena lachte herzlich: „Klar Muti, wenn mich ein fremder Kerl am Busen, am Arsch oder sonst wo einfach angrabscht gibt's was auf die Schnauze und das andere ist nun einmal so."

„Aha, und was war das eben unter der Dusche? Hatte ich dir erlaubt mir die Eier zu quetschen?"

„Na, also quetschen würde ich ja nun nicht sagen. ... Aber du hast Recht, war im Grunde nichts anderes. ... Ich entschuldige mich dafür. ... Aufrichtig!"

Die beiden sahen sich eine Zeitlang wortlos an, dann meinte Lena, ihre Hand über den Tisch haltend: „Lena!"

Machmud grinste: „Machmud, genannt Muti!" und nahm die dargebotene Hand an.

Auch wenn beide für sich entschieden, der andere sei doch ganz nett und sympathisch, verlief auch das weitere Gespräch recht ruppig. Sie glichen in ihrem Verhalten eher einem Katzenpaar, das zwar paarungswillig war, aber trotzdem mit Klauen und Zähnen aufeinander losging.

Schließlich blickte Machmud auf die Uhr:

„Muss morgen wieder früh raus. Hast du Lust, am Freitag in die Fabrik zu kommen? Unsere Band spielt da und anschließend könnten wir noch den restlichen Abend zusammen verbringen!?"

„Du spielst in einer Band!? Gitarre?"

„Nein, Sax und unsere Band spielt auch keinen Rock, sondern eher so was wie Blues und Jazz."

„Muti, du erstaunst mich. Hört sich gut an. Treffe mich gerne wieder mit dir, aber bei einer neuen Freundschaft sollte man drauf achten, dass nicht gleich am Anfang Missverständnisse entstehen."

Machmud blickte Lena recht verwundert an.

„Okay, das wäre?"

„Der Sex unter der Dusche und auch das Gespräch hier mit dir haben mir gut gefallen, und ich freue mich schon jetzt darauf, wenn wir uns am Freitag wiedersehen, aber ich muss zugeben, ursprünglich habe ich den Sex gezielt angezettelt, weil ich etwas von dir wollte und will."

Die Stirn in Falten gezogen fragte Muti: „Da bin ich aber gespannt, was das ist!"

„Im Club heißt es, dass du alle möglichen Substanzen besorgen kannst. Ich bräuchte da etwas."

Muti sah sie entgeistert an.

„Verdammt woher weißt du das? Ich habe das doch nur gegenüber Kalli unter dem Versprechen der Verschwiegenheit angedeutet!"

Lena musste schallend lachen: „Muti, der Kalli ist doch das größte Klatschweib der nördlichen Hemisphäre, was du dem erzählst, kannst du genauso gut per Proklamation an die Eingangstür hängen."

„Scheiße! Der Sack kann was erleben!"

„Lass man, bringt nichts, der ist nun einmal so. Du darfst ihm halt nichts Vertrauliches erzählen."

„Jetzt denken also alle, ich deale, oder was?"

„So schlimm ist es nicht, man munkelt halt, dass du Doping- und Muskelaufbaupräparate günstig besorgen kannst."

Machmud schüttelte den Kopf.

„So ein Scheiß aber auch! Ich kenne Leute, die so etwas verticken, dass ist alles." Er sah Lena besorgt an: „Lena, du willst doch nicht etwa so 'nen Mist nehmen!?"

Die registrierte natürlich den Tonfall und freute sich über die Zuneigung, die da von Machmud zum Ausdruck gebracht wurde.

„Nein, keine Sorge. Ich benötige nur sieben Packungen eines sehr starken Schlafmittels und ein Fläschchen K.o.-Tropfen", meinte sie so beiläufig wie möglich.

Der entgeisterte Blick von der anderen Tischseite sagte alles.

„Ich schlafe halt schlecht und der Doc verschreibt's mir nicht", ergänzte Lena möglichst neutral.

„Willst du ganz Münster einschläfern?"

„Ist 'ne persönliche Sache Muti, kann ich dir nicht näher erklären. Dafür kennen wir uns noch nicht gut genug. … Kannst du mir helfen?"

„Um das ein für allemal klarzustellen, ich verticke nichts Illegales, ich kenne lediglich Leute, die das nicht so genau nehmen. Es gefällt mir nicht, aber ich werde mir bis Freitag überlegen, ob ich den Kontakt herstelle. Wenn ja, dann nur weil du es bist, aber wenn, dann ungern, wirklich ungern, muss ich dir ganz ehrlich sagen!"

Der Freitagabend war ein voller Erfolg. Nicht nur dass die Band, in der Muti mitspielte, eine gute Vorstellung gab, der anschließende gemeinsame Abend, erst in der Fabrik und später in Machmuds Wohnung, war für Lena ausgesprochen angenehm, nein, vor allem hatte Machmud ihr tatsächlich den gewünschten Kontakt hergestellt. Ganz beiläufig stellte er Lena zwei auch schon äußerlich sehr dubiosen Typen, Modell Kleiderschrank, vor. „Sei vorsichtig", haucht er ihr noch ins Ohr, um dann kurz aufs Klo zu verschwinden.

Wohl war ihr bei der kurzen Verhandlung nicht, aber anscheinend hatten die beiden Typen mit der Bestellung kein Problem. Mit gepfefferten Preisen allerdings auch nicht. Da auf diesem Markt, ganz der Wirtschaftstheorie folgend, dass Prinzip Angebot und Nachfrage regeln den Preis galt, war der entsprechend unverschämt hoch. Letztlich blieb ihr nichts anderes übrig, als ihn zu akzeptieren.

Als sie die Ware dann eine Woche später in einer heruntergekommenen Spelunke abholen konnte, hatte sie, trotz Pfefferspray im Umhängebeutel und Schlagring in der Lederjackentasche, weiche Knie. Ein klein wenig beruhigte es Lena, dass es ein heller sonniger Nachmittag war und nicht wie in uralten TV-Krimis a la Edgar Wallace eine dunkle, neblige Nacht. Dazu passte nämlich die Hafengegend hier, die noch nicht auf Schickimicki getrimmt war.

Die Straßenzeile mit den alten Häusern aus der 20 er Jahren des letzten Jahrhunderts hatte allerdings bereits mehrere Abrisslücken auf beiden Straßenseiten. Lena fühlte sich in einen Film aus den sechzigern versetzt. Hohe Bordsteine, schiefe, holprige Gehwegplatten und kleines schwarzes Kopfsteinpflaster als Straßenbelag. Der ideale Untergrund für rutschfreudiges Radfahren. An den Seiten parkten unregelmäßig einige PKW, auf ihrer Seite spielte eine Gruppe Kinder auf dem Gehweg, die von einer dicken Matrone aus dem zweiten Stock zurechtgewiesen wurden. Zum Glück war gleich das zweite Haus auf der anderen Straßenseite die Kneipe ‚Am Hafen'.

Sie stellte ihr Fahrrad direkt vor dem großen Fenster ab und versuchte, etwas im Innern zu erkennen. Durch das Milchglas und die vergilbten Gardinen gab es aber, außer der Tatsache, dass im Lokal Licht brannte, nichts zu beobachten. Also dann, zwei Stufen zur Tür hoch, noch einmal tief durchatmen, die quietschende Tür öffnen und eintreten.

Der Schankraum war nicht sonderlich groß, trotzdem wirkten die wenigen Gäste an den einfachen Holztischen und Stühlen etwas verloren in dem Raum. Ganz rechts, in der einen Ecke, saß ein älteres Pärchen. Beide hatten ein Bier und ein leeres Schnapsglas vor sich stehen. Der Mann sah kurz zu ihr rüber, um dann in seine Bulette zu beißen. An einem Tisch mitten im Raum saßen drei Frauen, die, nach ihrer Schminke und Kleidung zu urteilen, hier auf ihren Arbeitsbeginn warteten und schließlich standen ihre beiden Typen mit einem Bier an der Theke, hinter der ein extrem dünner Mann stand und mit den beiden palaverte.

„Hey!", möglichst cool und locker wirken, dachte sich Lena, die aber auch merkte, wie ihre Achselhöhlen schwitzten.

„Hallo!", antwortete der Typ, neben den sie sich gestellt hatte. Er warf einen Blick auf die Uhr.

„Pünktlich! So lieben wir das, nech, Hotte!?"

„Jou."

Der Dünne hinter der Theke schaute zu ihr rüber.

„Was soll's sein?"

„Eine kleine Cola bitte."

Die drei vor der Theke sahen wortlos zu wie der Dünne die Cola ins Glas schüttete und dann vor Lena hinstellte, die, nervös wie sie war, sofort einen kräftigen Schluck nahm.

Fast hätte sie sich verschluckt, als der Typ neben ihr seine Hand auf ihre Schulter legte.

„Ich zeig der Dame mal den Ballsaal, Pitti."

„Alles klar, mach man, Fred."

Es blieb ihr wohl nur die Wahl zwischen Weglaufen oder Mitgehen, also ging Lena mit Fred zu einer Tür mitten in der hinteren Raumseite.

„Svetlana!", zischte Fred leise aber unmissverständlich, als sie an den drei Bordsteinschwalben vorbeigingen. Die Ange-

sprochene stand auch sofort auf und folgte ihnen in den Ballsaal.

Sie standen tatsächlich in einem großen Saal, den Lena,
angesichts der Örtlichkeiten, aber maximal als Festsaal betitel-
te. An einem der ersten Tische blieb Fred stehen.

„Bei Neukunden sind wir immer vorsichtig. Ich denke, es
ist dir lieber, wenn Svetlana die Leibesvisitation vornimmt.
Oder soll ich das machen?" Fred lachte. „Ist ja gut, schau nicht
so wie ein abgestochenes Schaf! Svetlana wird das jetzt erledigen. Dafür kannst du mir schon einmal deine Hippi-Tasche
geben."

Lena kämpfte gegen die aufsteigenden Panik an und fügte
sich. Während Fred ihren Umhängebeutel ausschüttete, hatte
Svetlana ihr die Lederjacke ausgezogen und inspizierte die
Taschen. Handy, Schlüsselbund, die Packung Papiertaschen-
tücher und der Schlagring kamen zum Vorschein und wurden
auf den Tisch gelegt. Anschließend tastete sie Lena gründlich
ab.

Fred hatte Geldbörse, Pfefferspray, Kamm, drei Tampons
und einen Fettstift für die Lippen aus dem Beutel auf den
Tisch befördert. Ein Blick zu Svetlana.

„Sauber, Fred."

Ein Wink mit dem Kopf, und sie verließ umgehend den
Raum. Anschließend nahm Fred ihr Handy aktivierte das
Display.

„Entsperren!"

„Was soll das?"

„Du hast hier nichts zu fragen, Kleine. Aber ich kann dich
beruhigen, ich will nicht auf deine Kosten mit Honolulu telefonieren, will nur sehen, ob rein zufällig die Sprachaufzeich-
nung eingeschaltet ist oder heimlich eine Telefonverbindung
besteht."

Lena hatte keine Wahl. Etwas zittrig entsperrte sie das Handy.

Fred war zufrieden. Grinsend faste er plötzlich Lenas Handgelenk und hob ihren Arm hoch. Beide sahen sie den großen Schweißfleck unter ihrer Achsel.

„Und du meinst wirklich mit dem Spielzeug", er zeigte auf das Spray und den Schlagring, „etwas ausrichten zu können? So wie du zitterst!? Vergiss es, Mädchen! Außerdem", er klopfte auf die linke Jackenseite, „habe ich eh die besseren Argumente." Es war unmissverständlich, was er damit meinte.

„Nun zum Geschäft."

Lena sah wie Fred ihr Portemonnaie nahm, die Scheine heraus holte und durchzählte.

„Na, passt ja."

Lena schluckte, versuchte etwas zu sagen, bekam aber kein Wort heraus.

Ihr Geschäftspartner lachte leise und steckte dann doch den überzähligen Hunderter wieder zurück.

„Keine Sorge, Kleine, ich bin ein ehrlicher Geschäftspartner." Damit verschwand der andere Teil in seiner Jackentasche.

‚Hoffentlich', dachte Lena, ‚sonst bin ich mein Geld jetzt ohne Gegenleistung los.'

Die Sorge war unbegründet, denn Fred zog eine Schublade unter dem Tisch auf und holte sieben Medikamentenpackungen und ein kleines Fläschchen in der Größe eines Nasentropfenfläschchens heraus.

„Das", er hielt Lena die sieben Medikamentenpackungen hin, so dass sie sehen konnte, dass die noch ungeöffnet waren, „sind Originalpackungen, liegt also je ein Beipackzettel bei, damit du sie auch richtig einnimmst. Wenn du anderes damit vor hast, … ich würde sagen, ab der halben Packung musst du dir den Magen zügig auspumpen lassen, sonst wird das mit dem Aufwachen nichts mehr."

Lenas innerliches Zittern ließ etwas nach, als sie sah, wie Fred die Päckchen und ihre Sachen einschließlich Pfefferspray und Schlagring in den Beutel beförderte. Zum Schluss stand nur noch das ‚Nasentropfenfläschchen' auf dem Tisch.

„Die sind extra für dich angemischt worden. Kennst du dich mit K.o.-Tropfen aus?"

Lena schüttelte den Kopf.

„Wenn du Pitti außer Gefecht setzen willst, genügen bestimmt zwei Tropfen, bei dir dürften es etwa drei sein und bei mir vier bis fünf. Ist aber immer schwer abzuschätzen und wenn du zu viele gibst, kann die Sache tödlich enden. … Alles klar!?"

„Ja", krächzte Lena.

Ihr Geschäftspartner grinste, schmiss das Fläschchen in den Beutel und hielt ihn Lena hin.

Hastig wollte sie zugreifen, aber der Beutel war schon wieder weg.

„Also für den Beratungsservice solltest du eigentlich auch bezahlen, oder was meinst du?"

Mit ausgestrecktem Arm stand Lena da und konnte vor trockenem Mund kein Wort herausbringen. Das war wahrscheinlich auch besser, denn freundlich wäre es wohl kaum gewesen, und so behielt Fred seine gute Laune.

„Ich will mal nicht so sein", er hielt Lena den Beutel wieder hin, so dass sie ihn an sich nehmen konnte, „habe heute meinen sozialen Tag. Aber bei Pitti musst du dich natürlich noch bedanken. Ist schließlich nicht selbstverständlich, dass er dir den Ballsaal für unser kleines Geschäft überlassen hat. Wir geben also gleich noch eine Bestellung bei ihm auf, du zahlst und verschwindest umgehend. … Klar!?"

Was blieb ihr anderes übrig als zu nicken.

Pitti, Fred, Hotte und die drei Bordsteinschwalben waren nicht nur durstig, wie Lena gedacht hatte, sondern auch hungrig. Außerdem fand Fred, dass Lena dem älteren Paar an dem Tisch in der Ecke doch auch ein Gedeck spendieren könnte, was Lena verständlicherweise nicht abschlagen mochte. So hatte sie, als sie nach dem Bezahlen und Freds gönnerhaftem Abschied ‚Wenn du wieder etwas Spezielles brauchst, weißte ja nun, wo du uns findest', schleunigst die Kneipe verließ, schließlich doch nur noch sehr wenig von dem letzten Hunderter in der Tasche.

Bereits seit einem Jahr hatte sie intensiv nachgeforscht, wo und wie die Täter nun lebten und sich einen Überblick über ihre Lebensweise und Angewohnheiten verschafft. Bis auf einen hatte sie auch alle ausfindig machen können. Aber auch den werde ich, trotz der bisherigen Misserfolge, noch finden, sagte sie sich immer wieder trotzig. Da sie weiterhin den 400 € Job bei BWR hatte, war Lena auch bestens darüber informiert, wo sich Herz Bube gerade aufhielt. Bei einem ihrer Informationsbesuche in Bielefeld hatte sie sich sogar getraut, das Oberschwein aus sicherer Entfernung direkt zu betrachten. Es hatte ihr erst etwas Herzrasen beschert, war dann aber doch längst nicht so angstauslösend wie befürchtet gewesen. Ob das aber bei einen nahen direkten Konfrontation mit ihm auch so sein würde, konnte sie nur hoffen.

Die Vorbereitungen waren somit abgeschlossen, Lena hätte sofort zur Umsetzung ihrer Pläne schreiten können, aber wie das so ist, einen so weitreichenden Entschluss fassen ist eins, ihn dann auch umzusetzen etwas anderes. Sie zögerte es immer wieder hinaus. Ihr fiel ständig etwas ein, das gegen einen Start ihres Vorhabens sprach.

Als sie, wie so oft nach dem Training, mit Sarah im Grossi saß, fragte die sie, ob sie schon die schlimme Geschichte von Cindy gehört hätte? Lena verneinte, meinte, die hätte sie ja schon ewig nicht mehr im Club gesehen.

„Im Club wurde ja schon eine ganze Zeit so einiges gemunkelt. Ich habe sie gestern in der Stadt getroffen, und sie hat es mir ausführlich erzählt."

Da Lena auch im Club nicht sonderlich kontaktfreudig war, hatte sie davon natürlich nichts mitbekommen.

„Die Cindy ist doch bestimmt schon fast ein Jahr nicht mehr da gewesen, oder? Was ist ihr passiert?"

„Sie hatte in einer Bar einen Typen kennengelernt und ist mit zu ihm in dessen Wohnung gefahren. Schon auf dem Weg dorthin sei ihr so komisch geworden. An die genauen Einzelheiten konnte sie sich später nicht mehr erinnern, sie sei völlig teilnahmslos gewesen, habe alles wie durch einen Nebel erlebt, ohne handeln oder sich wehren zu können. Mit dem Typen habe sie Sex gehabt und dann seien noch vier andere Männer hinzugekommen, die es auch mit ihr getrieben hätten. Vor lauter Scham hat sie sich erst zwei Tage später dazu entschlossen Anzeige zu erstatten. Die K.o.-Tropfen seien nicht mehr nachweisbar gewesen, und so habe das Gerichtsverfahren mit einem Freispruch für die Schweine geendet, die behaupteten, das sei alles freiwillig gewesen, sie hätte ausdrücklich mit mehren Männern Sex haben wollen. Bei der Urteilsverkündung hätte sie sich dann auch noch vom Richter eine Moralpredigt anhören müssen."

„Verflucht, die Dreckskerle sollte man sich einzeln vornehmen und windelweich prügeln."

„So hat Cindy auch gedacht. Die Vergewaltigung ist nämlich schon zwei Jahre her, sie hat nur nie mit jemandem darüber gesprochen. Das sie so lange nicht im Club war, liegt daran, dass sie eines Tages einen von den Typen zufällig wiedergetroffen hat und ihn bei der Gelegenheit derartig zusam-

mengeschlagen hat, dass der für mehrere Tage im Krankenhaus gelandet ist. Der hat sie dann angezeigt und Cindy ist
wegen schwerer Körperverletzung zu 9 Monaten Haft verurteilt worden. Sie ist jetzt vorzeitig auf Bewährung entlassen
worden."

„Kommt sie jetzt wieder in den Club?"

„Nein, kommt sie nicht, sie zieht nach Süddeutschland. Sie
meint, die Vorstellung im kleinen Münster einem dieser Typen wieder über den Weg zu laufen und es sich nicht einmal
mehr leisten zu können, dem Dreckskerl dann die Eier platt zu
treten, könne sie nicht ertragen, da ziehe sie lieber um."

Lena starte vor sich hin. Nein, nicht die Eier platt treten,
abtreten müssen sie alle, diese dreckigen Schweine, zum Ver-
rotten auf den Friedhof gehören sie, dachte Lena und sagte
sich in Gedanken:

‚Genug gezaudert Lena, geh es endlich an.'

HERR WLADIMIR SMIRNOW WIRD ZUM GESPRÄCH EINGELADEN

Kommissariat I kam in Schweiß. Florian hackte die restlichen Daten von der Witwe Adler in seine Datenbank, Gina fuhr zu Frau Smirnow senior und Egbert versuchte Wladimir Smirnow zu erreichen.

Im Moenkemkamp 11 traf Gina Frau Smirnow alleine an, ihr Mann war bereits wieder auf Tour. Das Gespräch erbrachte so erstaunliche Neuigkeiten. Von Frau zu Frau war doch mehr zu erfahren, als wenn ein junger Mann Informationen erhalten wollte. Während der Fahrt zu seiner Mutter erreichte Gina den Enkelsohn in Hamburg. Das Gespräch ergab allerdings keine nennenswerten Ergebnisse. Der junge Mann hatte zwar ein inniges Verhältnis zu seinem Opa gehabt, wusste aber zu den interessierenden Details nichts zu sagen. Mit seiner Mutter hatte Gina wieder Glück, traf sie die gerade von der Arbeit kommende, direkt vor der Haustür. Heike Smirnow versuchte zwar ein Gespräch mit Gina zu verhindern, die ließ sich jedoch nicht abwimmeln. Schließlich saßen sie doch im Smirnowschen Wohnzimmer zusammen. Nachdem sie ihr Wissen angedeutet hatte, flossen reichlich Tränen bei der jungen Frau Smirnow. Nicht wegen der Trauer, sondern weil sie, ohne die Anwesenheit ihres Mannes, die Aussage ihrer Schwiegermutter schließlich bestätigen musste und sich für ihren Vater schämte. Den Gatten wiederum konnte Gina kurz an seinem Arbeitsplatz sprechen. Ein kurzes Gespräch, das aber einen weiteren aufschlussreichen Aspekt zum Gesamtbild beisteuerte. Zum Schluss telefonierte sie noch mit dem Senior, ohne allerdings weitere Neuigkeiten zu erfahren, er schien der völlig Unwissende in der Familie zu sein. Als sie schließlich wieder ins Präsidium kam, hatte das Gespräch mit Wladimir Smirnow gerade begonnen.

Florian tippte den letzten Namen der Adlerschen Liste in die Datenbank, als sich die KTU meldete.

„Prima, ich muss das hier noch abschließen, dauert ungefähr noch eine halbe Stunde, dann komme ich runter."

Nach der halben Stunde war er doch etwas enttäuscht, denn die Datenbank spuckte nicht die geringste Verbindung zwischen Adler und Möller aus. So begab er sich missmutig zur KTU. Immerhin empfing ihn hier die nette Kollegin Silvia und nicht der KTU-Chef Meyer.

Die Spurensicherung hatte zwar tatsächlich im Wald hinter dem Kleingarten einiges gefunden, unter anderem auch das sechste Glas aus der Gartenlaube und die Fußabdrücke zweier unterschiedlicher Personen. Auffällig war an dem einen Abdruck, dass es sich um einen orthopädischen Schuh handeln konnte und der andere eher einer weiblichen Person zuzuordnen war. Auf dem Glas befanden sich verwischte Fingerabdrücke, die man auch in der Gartenlaube gefunden hatte. Aber eine heiße Spur ergab sich daraus leider nicht.

Florian wollte sich schon verabschieden, als die Kollegin meinte,

„Nicht so schnell Florian, etwas habe ich noch.", womit sie ihm einen Mailausdruck des Providers der Handynummer, die sowohl Adler als auch Möller angerufen hatte, überreichte.

„Sieh an, das ist doch was", freute der sich.

Egbert war mit seiner getroffenen Aufgabenverteilung zufrieden gewesen, hatte er sich doch den einfachsten Teil, wie er meinte, gesichert und plante so, noch in Ruhe einigen Schreibkram erledigen zu können. Die Annahme sollte sich als Trugschluss herausstellen. Unter allen ihm vorliegenden

Nummern konnte er den älteren Smirnow Sohn nicht erreichen. Über den Vater bekam er dann die Auskunft, dass der
Sohn neuerdings in der Rosenapotheke arbeite und unter
deren Nummer sicherlich erreichbar sei.

„Rosenapotheke, Smirnow."

„Klöppelmeier, Kripo Bielefeld. Guten Tag, Herr Smirnow,
schön, dass ich sie gleich am Apparat habe."

„Tag, Herr Klöppelmeier."

„Sie dürften ja über den Tod von Herrn Möller informiert
sein!?"

„Ja."

„Bei unseren Ermittlungen sind ein paar Fragen aufgetaucht, die wir gerne mit Ihnen klären möchten."

„Bitte!"

„Das Telefon ist da nicht das geeignete Medium. Wir möchten kurzfristig gerne mit ihnen persönlich im Präsidium sprechen. … Also heute Nachmittag oder morgen Vormittag?"

„Das geht nicht. Heute muss ich bis 19 Uhr arbeiten, habe
dann noch private Termine und morgen sieht es nicht anders
aus."

„Nun, es ist …"

„Die nächsten Tage sind bei mir alle verplant und am
Sonnabend fahre ich für drei Wochen in den Urlaub. Danach
können wir uns, wenn es denn sein muss, unterhalten!"

„Sie haben …"

„Guten Tag, Herr Klöppelmeier. … Tüt, tüt, tüt."

Egbert schaute konsterniert den Telefonhörer an. Es kam
nicht oft vor, das jemand mit ihm in seinem Stil ein Gespräch
führte. Wenn doch, dann war der oder diejenige bei Klöppelmeier unten durch und wenn es dann noch, wie jetzt, dienstlich passierte, wurde er ungemütlich, oder genauer gesagt,
sehr ungemütlich.

„Rosenapoth ..."

„So nicht, Herr Smirnow ..."

„Hier ist nicht Herr Smirnow, sie haben ..."

„Dann holen sie ihn an den Apparat und zwar zügig!"

„Also hören ..."

„Kripo Bielefeld, wird's bald!"

Eine Zeitlang hörte Egbert nur die undeutlichen Hintergrundgeräusche der Apotheke, dann Schritte und schließlich versuchte Herr Smirnow sich am Telefon zu melden.

„Smir ..."

„Wenn ich sage wir möchten uns kurzfristig mit ihnen unterhalten, dann ist das auch so gemeint. Sie erscheinen heute Nachmittag bis 16 Uhr bei uns oder sie bekommen eine Vorladung und werden von der Streife aus dem Laden abgeholt! Verstanden, Herr Smirnow?"

„Wie ich schon sagte, nach meinem Urlaub, also in gut drei Wochen gerne."

„Bis nachher, Herr Smirnow!"

Nun verhallte die Nachfrage von Herrn Smirnow, das sei ja wohl nicht ernst gemeint, ungehört in der Leitung und wurde vom tüt, tüt, tüt, übertönt.

Egbert kochte, musste sich aber eingestehen, dass er sich da eben ganz schön weit aus dem Fenster gelehnt hatte. Für ein derartiges Vorgehen bedurfte es schon ganz erheblicher Verdachtsmomente, die, wenn er ehrlich war, in diesem Fall nicht vorlagen. Jetzt war es vielleicht doch nicht verkehrt, dass die Feldkamp als Frischling den Fall betreute, der würde er schon eine ordentliche Geschichte servieren.

Seine schlechte Laune war verflogen, die Feldkamp hatte bei Klöppelmeier Pluspunkte gesammelt, als sie zügig zustimmte. Die Informationen, die er zwischenzeitlich von Florian und Gina erhielt, hatten auch noch ihren Teil dazu beigetragen. Lediglich die Ansage der Staatsanwältin, dass die bei dem Verhör, inzwischen war man bei der Polizei zur Bezeichnung Verhör übergegangen, als stumme Beobachterin teilnehmen würde, störte ihn etwas.

,Aber gut, soll sie', dachte Klöppelmeier sich, ,der Grünschnabel, nee, das passte ja nicht, aber die Grünschnäbelin hörte sich auch nicht viel besser an, egal, jedenfalls musste die ja irgendwann ein bisschen dazulernen.'

Ein Blick auf die Uhr, fünfzehn Minuten vor vier, in einer halben Stunde würde er die Kollegen in Marsch setzen, es sei denn, der Smirnow würde ihm den Spaß noch verderben und pünktlich erscheinen. Obwohl, nach dem Telefonat wird das eher nicht passieren, spekulierte Egi. Gut gelaunt grinste er, rieb sich die Hände und murmelte vor sich hin:

„Die Frechheit wirst du noch bereuen, mein Lieber."

Frau Staatsanwältin, Florian und Egbert saßen schon im Verhörraum, als sich auf dem Flur lautstark die Ankunft des Smirnow ankündigte. Die Beamten schoben einen schmächtigen mittelgroßen Mann mit Glatze und Vollbart ihn in den Raum.

„Das hat Konsequenzen für Sie! Ich verlange sofort freigelassen zu werden!", wobei er seine Hände mit den Handschellen in die Höhe hielt. „Das ist eine unverschämte Frechheit, wie Sie mich behandeln!"

„Wir mussten ihm die Handschellen anlegen, Herr Hauptkommissar, er wurde handgreiflich", bemerkte einer der Kollegen in dem ganzen Durcheinander, während Smirnow weiter tobte und Kommissar Neumann mit energischer Stimme dagegen hielt.

Die Feldkamp und Klöppelmeier sagten nichts. Die eine weil sie so etwas noch nicht erlebt und auch nicht erwartet hatte, und der andere, weil er es eine Zeitlang genoss, wie der Smirnow sich aufregte. Nach einem Blick auf die Uhr stellte er fest, okay, Gina müsste gleich da sein und entschied, wir können anfangen.

„RUHE!!!"

Die Wände des Bielefelder Polizeipräsidiums schwangen, bei einem Erdbeben hätte man wohl von der Stärke 3 auf der nach oben offenen Richterskala gesprochen, noch leicht nach, als es im Raum schlagartig still geworden war.

„Setzen Sie sich doch bitte, Herr Smirnow", in normaler Zimmerlautstärke und zu den Kollegen von der Streife gewandt: „Nehmen Sie doch bitte Herrn Smirnow die Handschellen ab, wir wollen uns doch jetzt zivilisiert unterhalten."

Smirnow sagte nichts mehr, ließ sich kommentarlos die Fesseln abnehmen, rieb sich die Handgelenke, blieb aber stumm. So machte Klöppelmeier weiterhin den Alleinunterhalter.

„Ich darf uns kurz vorstellen", ein Handzeichen zu seiner Linken, „Frau Staatsanwältin Feldkamp", Handzeichen zu seiner Rechten, „Kriminalkommissar Neumann und mein ..., ah schön, da hat es unsere Kollegin noch passend geschafft." Handzeichen zur eintretenden Gina, „Frau Kriminaloberkommissarin Salieri, und ich bin Kriminalhauptkommissar Klöppelmeier und Sie sind hoffentlich Herr Wladimir Smirnow!?"

Der blickte Klöppelmeier nur wütend an und zuckte mit den Schultern.

Nachdem Wladimir Smirnow eingesehen hatte, dass er in der schlechteren Position und zu einem gesitteten Gespräch endlich bereit war, schien es schnell und unkompliziert zu verlaufen. Klöppelmeier stellte die üblichen Fragen und bekam die erwarteten Antworten.

Wie furchtbar der Tod von Herrn Möller doch sei. Er habe immer ein gutes Verhältnis zu ihm gehabt und überhaupt, die beiden Familien hätten sich immer ganz prima verstanden. Gesehen habe er den Andreas bestimmt schon zwei, drei Wochen nicht mehr, er habe im Moment halt sehr viel zu tun, bei der Arbeit und auch privat, ledig telefoniert habe man. Nein, er habe keine Idee, wer etwas gegen Herrn Möller gehabt haben sollte. Nein, mal kurz vorbeigeschaut habe er auch nicht, er sei die letzte Woche nicht einmal bei seinen Eltern gewesen. Ja, schon, Frauenbekanntschaften habe der Andreas immer viele gehabt, da sei er sicherlich besser informiert als die anderen Familienmitglieder. Ja, die Sache mit der neuen Putzfrau habe ihm Andreas am Telefon erzählt, habe ihn aber nicht interessiert.

„Dann hat ihnen Herr Möller nicht angeboten, doch rein zufällig vorbei zu schauen, wenn die Dame bei der Arbeit wäre? Sozusagen die Qualitäten der Putzfrau direkt vor Ort zu begutachten?", fragte Gina und läutete damit das eigentliche Verhör ein, während Herr Smirnow bereits das Gefühl hatte, die Sache wäre jetzt schnell erledigt.

„Nein, hat er nicht. Warum sollte er auch!?"

„Nun", harkte Florian nach, „Sie sind ja, wie wir erfahren haben, mit Herrn Möller auch zum wandern und so in den

Böhmerwald gefahren, von daher hätte das doch sein können!?"

„Die nackte Putzfrau hat ja nun nichts mit dem Wandern
im Böhmerwald zu tun."

„Ich habe da auch eher das ‚und so' gemeint."

Wladimir versuchte möglichst verständnislos drein zu
blicken.

„Ich verstehe nicht, was sie meinen Herr äh?"

„Neumann!"

„Herr Neumann!"

„Ich meine die Tatsache, dass Sie zusammen mit Herrn
Möller nicht nur die Gipfel des Böhmerwaldes bestiegen haben, sondern auch fleißig die tschechischen Prostituierten."

Die Augenbrauen von Smirnow zogen sich zusammen,
aber er sagte sich wohl, dass Leugnen in dieser Situation eher
kontraproduktiv wäre.

„Ja und! Ist schließlich nicht verboten und ist ja wohl meine
private Angelegenheit, die den Staat nicht zu interessieren
hat!"

„Da stimmen wir ihnen uneingeschränkt zu", übernahm
wieder Egi. „Aber wir müssen nun einmal einen Mord aufklä-
ren und suchen nach dem Motiv und letztlich nach dem Täter.
Da sind Kontakte in das Rotlichtmilieu dann nicht uninteres-
sant."

„Uns interessiert, ob es da vor Ort vielleicht Probleme mit
den Zuhältern oder so etwas in der Art gegeben hat?", war
Gina jetzt wieder dran.

„Nein, hat es nicht, Frau Salieri. Diese Fahrten liegen ja
auch alle schon einige Jahre zurück, wäre also schon komisch,
wenn da etwas gewesen wäre und das dann erst jetzt hochko-
chen würde."

Gina bestätigte den fragenden Blick von Egi mit der zwischen den beiden eingespielten Geste, ja, Smirnow Senior
hatte es bei ihrer Nachfrage auch so berichtet. Sie hätten sich

auch deutlicher austauschen können, Smirnow kam nämlich nicht dazu, sie in irgendeiner Form zu beachten, da Florian schon den nächsten Akzent setzte.

„Bei den Fahrten mit Herrn Adler ist auch nichts vorgefallen?"

„Wie Adler? Ich verstehe nicht. Adler, was ist mit Herrn Adler?"

Überhaupt hatte Wladimir Smirnow nun zwischen den Fragen der Kripo nicht mehr viel Zeit zum Überlegen, und da er kein abgebrühter Krimineller war, besaß er natürlich auch nicht die Routine das Frage-Antwort-Spiel zu durchbrechen.

Egi: „Ja, mit Herrn Adler bei den Nutten!"

„Ich, … nein, … wieso"

Florian: „Wir wissen es, Sie brauchen nicht zu leugnen, Herr Smirnow!"

Egi: „Wann hat das denn stattgefunden?"

„Ja, äh, … letztes Jahr."

Gina: „Und? Ärger?"

„Wie Ärger, … ich"

Gina: "Na, mit Herrn Adler und …"

„Der Dreckskerl! Hat der mich doch noch angezeigt! … Darum bin ich also hier. Ha, alles Lüge, alles Lüge, sagen ich Ihnen!"

Florin setzte schon zum Sprechen an, aber Egi kam ihm zuvor.

„Dann schildern Sie uns doch einfach mal ihre Sichtweise, Herr Smirnow."

„Ich war besoffen, und diese Thainutten sehen doch alle wie halbe Kinder aus."

Florian stellte nun fest, dass er doch noch einiges zu lernen hatte. Von Egi und Gina bekam er nun vorgeführt, wie man einen bisher völlig unbekannten Aspekt aus einem Verdächtigen herauskitzelte.

„Und, war sie?" fragte Gina sofort ganz beiläufig.

„Gut." Smirnow war anscheinend gedanklich etwas intensiver eingestiegen.

Egi, zog die Augenbrauen zusammen, knurrte bissig:

„Das interessiert uns nicht. War sie minderjährig?"

„Ich weiß es nicht." Smirnow klang nun fast weinerlich. „Ich war besoffen, Robert hat hinterher behauptet sie wäre erst 13 gewesen."

Gina übernahm wieder.

„Und der Adler?"

„Der hatte die Schwester."

„Also auch minderjährig!"

„Die soll 18 gewesen sein."

„Lässt sich aber alles nicht beweisen!?", lockte Egi.

„Robert hat Bilder von mir und der Nutte gemacht."

„Lassen sie sich immer dabei fotografieren?", fasste Egbert mit einer gewissen Häme sofort nach.

„Quatsch, ich war besoffen, habe ich ihnen doch schon gesagt, hatte es gar nicht mitbekommen."

„Und? Sie haben die Bilder gesehen!?"

Smirnow schwieg.

„Also eindeutig!", harkte Gina nach, aber Smirnow schwieg weiterhin.

„Das ist ja nun alles etwas verworren, schildern sie uns das Geschehen doch einfach von Anfang an", versuchte es Gina, aber Smirnow blieb stumm.

„Wir hören!", setzte Egi also scharf nach.

„Wir waren in dem Hotel …"

„Von Anfang an!", es war unüberhörbar, dass Egi ziemlich gereizt war.

Wladimir Smirnow kapitulierte auch jetzt und erzählte nun in allen Einzelheiten von dem Flug im Frühjahr mit Robert Adler nach Bangkok. Zum Schluss erwähnte er noch, dass er alles vorgestreckt habe, Adler aber hinterher seinen Anteil nicht zahlen wollte. Da habe er etwas Druck gemacht, was Robert Adler mit der Androhung der Anzeige und dem Herumerzählen, dass er es mit Kindern treibe, beantwortet habe.

Das Team vom Kommissariat I war hochzufrieden über diese Informationen, warfen sie doch, mit denen die Gina aus der Familie Smirnow gesammelt hatte, endlich ein sinnvolles Licht auf den Fall.

Kriminalhauptkommissar Egbert Klöppelmeier war inzwischen gut gelaunt. Das Verhör verlief ja prächtig. Mit Wladimir Smirnow hatten sie anscheinend unverhofft ein ganz heißes Eisen im Feuer. Da hieß es jetzt noch, den inzwischen stark Tatverdächtigen mit den Informationen aus der Familie zu konfrontieren. Egi bedeutet Gina mit einer kleinen Geste, dass sie das Verhör übernehmen solle.

„Kommen wir noch einmal …"

„Entschuldige Gina, das ich dich sofort unterbreche, ich habe da doch noch kurz einige Fragen an Herrn Smirnow, bevor du dann deine stellst."

„Bitte, Egi."

„Herr Smirnow, woher kennen Sie Herrn Adler?"

„Aus dem Angelverein."

„Kannten sich Adler und Möller eigentlich?"

Smirnow überlegte einen Moment und meinte dann:

„Nein, nicht das ich wüsste."

„Das Herr Adler tot ist, ist Ihnen bekannt?"

„Ich habe im Angelverein gehört, dass er Selbstmord begangen hat."

„Und?"

Smirnow schnaubte durch die Nase.

„Der Idiot, der war doch so was von durchgeknallt, da hat's wohl mal ganz ausgesetzt."

„Sprechen die im Angelverein denn noch mit Ihnen als Pädophilen?"

Da ging Smirnow in 0 Sekunden auf 180 ab und schrie:

„Ich bin kein Pädophiler!"

„Immer mit der Ruhe, Herr Smirnow. Hat der Adler das Gerücht schon im Verein verbreitet oder nicht, lautete die Frage?"

Wieder ruhiger verneinte er: „Wohl nicht, jedenfalls habe ich nichts in der Richtung gehört. Das Verhalten der Angelfreunde mir gegenüber war jedenfalls ganz normal."

„Das ist doch schön für Sie, und da der Adler ja nun tot ist, kann er das Gerücht ja auch nicht mehr verbreiten. … Angezeigt hat er sie übrigens auch nicht."

Wladimir Smirnows Gesichtszüge wechselten augenblicklich von angespannt in erfreut, was ihm Klöppelmeier nicht gönnte und sofort die Information, „Der Adler ist übrigens ermordet worden", nachschob.

Woraufhin der Smirnowsche Gesichtsausdruck nun ebenso schnell von erfreut nach erschrocken wechselte.

„Wie … ermordet, … ich dachte ..."

„Bitte, Gina."

„Also zurück zum Mordfall Möller. Herr Smirnow …"

Gina nahm nun die bisherigen Aussagen bezüglich des Verhältnisses zu Möller und zwischen den Familien auseinander. Wladimir Smirnow musste eingestehen, dass Möller sich im letzten Jahr an seine damalige Verlobte rangemacht hatte und diese die Verlobung dadurch schließlich gelöst hatte. Da es die Familienmitglieder ausgesagt hatten, konnte er es auch nicht bestreiten, ja, er hatte sich deswegen beim Geburtstag seines Vaters fast mit Möller geprügelt und ja, als er dann wenig später noch mitbekam, dass auch seine Mutter es mit Möller trieb, wenn der Vater auf Tour war, habe er dem Andreas gedroht, er würde ihn erledigen. Ja, an Möllers Todestag sei er abends bei seiner Mutter gewesen, aber nur so bis gegen halb sieben. Aber auch diese Aussage hatte keinen Bestand, hatte doch sein Bruder inzwischen anderes ausgesagt. Der hatte nämlich Wladimir gesehen, als er selbst so gegen halb zehn den Besuch bei einem Arbeitskollegen beendet hatte und durch den Moenkenkamp gefahren sei. In dem Moment sei Wladimir vom Parkplatz vor dem Haus Moenkenkamp 11 in die entgegengesetzte Richtung weggefahren.

Der gute Wladimir bekam langsam ein ungutes Gefühl. ‚Was geht hier ab?' Er hatte das Gespräch mit der Polizei über den Mord an Andreas doch extra vermeiden wollen, um sein inzwischen miserables Verhältnis zu dem Toten nicht thematisieren zu müssen, und nun hatte er das unangenehme Gefühl, die Kripo könnte tatsächlich der Meinung sein, er habe mit der Sache etwas zu tun. Dass er inzwischen noch viel tiefer in der Patsche saß, der Mordfall Adler auch eine Rolle spielte, hatte er da immer noch nicht realisiert.

Mit: „Sie tragen einen orthopädischen Schuh?", schaltete sich Florian wieder ein.

Smirnow hatte seinen Gedanken nachgehangen und war so erst einmal etwas verwirrt wegen dieser unerwarteten persönlichen Frage, meinte dann aber:

„Ja, ja, trage ich. Hatte vor etlichen Jahren bei einem Ferienjob einen schweren Arbeitsunfall, kann seitdem das Bein nicht mehr richtig bewegen und der Fuß ist halt auch ziemlich demoliert. Warum fragen sie?"

„Weil wir auf dem Weg zum Hintereingang des Adlerschen Gartens den Abdruck eines orthopädischen Schuhs gefunden haben. Wann waren sie denn beim Adler im Garten?"

„Was ... äh, ... nein, war ich nicht", antwortete Smirnow hektisch und allen war klar, dass diese Äußerung eine Lüge war.

„Herr Smirnow, sie sollten bedenken, dass wir einen reichlichen Erfahrungsschatz mit Verhören haben und sehr wohl heraushören, ob gelogen wird oder nicht. Also, wann haben Sie den Adler in seinem Garten besucht?", stellte Egbert fest.

Kopfschüttelnd saß Smirnow da, er konnte es einfach nicht fassen, die verdächtigten ihn offensichtlich, auch mit dem Mord am Adler etwas zu tun zu haben. Wenn er ehrlich antwortete, konnte er ihnen nur in die Hände spielen. Andererseits, beim Möller hatten sie ihn schon vorgeführt, wenn er jetzt weiter log und die wussten schon mehr, der aus dem Garten gegenüber hatte ihn womöglich doch gesehen?

„Ja, ich war an dem Tag, an dem der Adler Selbstmord beg …"

„Ermordet wurde!"

„An dem der Adler ermordet wurde, in seinem Garten. Bin durch den Hintereingang hinein, weil ich ihm eine ordentliche Tracht Prügel verabreichen wollte. Er war aber nicht im Garten, obwohl sein Fahrrad da war und das Arbeitsgerät rumlag. Die Laubentür war aber abgeschlossen, da habe ich gedacht, der ist kurz woanders hin und habe mich vorsichtshalber lieber wieder verdrückt."

Egi gab Florian ein Zeichen, er sollte weiter machen.

„Wann war denn das genau?"

„Muss so gegen zwei Uhr gewesen sein."

„Haben Sie denn sonst noch jemandem im Garten oder in der Laube gesehen?"

„Nein, da war niemand. In der Laube brannte kein Licht, und durch die vergilbten Gardinen sieht man von außen nichts."

„Die Pathologie hat den Todeszeitpunkt von Herrn Adler auf einen Zeitraum zwischen 13 und 15 Uhr eingegrenzt. Wollen sie ihre Aussage vielleicht doch noch einmal überdenken, Herr Smirnow?"

„Nein, will ich nicht. Es war so wie ich es gesagt habe!", brauste der dann auch gleich auf.

„Nun dann sind wir wohl durch!?" Klöppelmeier sah dabei in die Runde, unterdrückte schnell mit einem scharfen Blick, den Versuch einer Äußerung von Florian und meinte dann gelangweilt wirkend: „Ach ja, das sollten wir noch abklären." Laut und deutlich las er die Handynummer von Wladimir Smirnow vor.

„Ist doch ihre aktuelle, Herr Smirnow?"

„Ja."

„Die ist auf den Handys von Adler und Möller auch gespeichert, nicht wahr, Florian?"

„Jau, bei Adler unter Waldi und bei Möller unter vollem Namen."

Egbert gab Florian einen jetzt-darfst-du-Wink, auf den der schon innerlich ganz zappelig gewartet hatte.

„Warum haben Sie denn dann sowohl Herrn Adler als auch Herrn Möller, jeweils einen Tag vor deren Tod mit dieser", Florian leierte die Rufnummer herunter, „angerufen, Herr Smirnow?"

Entgeistert starrte Smirnow Florian an, schüttelte den Kopf und sagte leise, aber bestimmt:

„Ich sage nichts mehr."

In allerbester Laune fasste Kriminalhauptkommissar Egbert Klöppelmeier die Ergebnisse des Verhöres zusammen und stellte danach fest:

„Wenn wir die Daten der Spurensicherung mit ihren Fingerabdrücken und ihrer DNA abgeglichen sowie noch ein paar kleinere Ermittlungen im Milieu durchgeführt haben, dann, da bin ich mir sicher, haben wir Sie als Täter endgültig überführt. Sie können es sich und auch uns natürlich leichter machen und gestehen!?"

Smirnow hatte seinen Kopf in die Hände gelegt, schüttelte ihn leicht und stammelte vor sich hin: „Das kann doch alles nicht wahr sein, das kann doch alles nicht wahr sein."

„Wo soll es denn am Samstag im Urlaub hingehen?"

Klöppelmeier zuckte zusammen, als Verena Feldkamp diese Frage stellte.

‚Wer hat der denn erlaubt, hier einen Ton von sich zu geben?', dachte er noch, als schon die Antwort von Smirnow kam.

„Nach Kuba."

Klöppelmeier und die Feldkamp sahen sich an.

„Mit Kuba gib es kein Auslieferungsabkommen, Herr Klöppelmeier!?"

„Tja, dann …"

„Herr Wladimir Smirnow, unter diesen Umständen muss ich Sie wegen des dringenden Tatverdachtes Robert Adler und Andreas Möller ermordet zu haben vorläufig festnehmen lassen. Ich werde Sie in den nächsten Tagen dem Haftrichter vorführen, der dann alles weitere entscheidet."

Ungläubig und fassungslos starrte Wladimir Smirnow auf die Personen der anderen Tischseite.

„So geht das manchmal, Frau Feldkamp, da hat man einen anscheinend ganz verzwickten Fall, und mit dem richtigen Gespür, einem guten Team und ein klein wenig Glück löst er sich holterdiepolter auf."

„Sind sie sich denn auch wirklich sicher, das Smirnow der Täter ist, Herr Klöppelmeier?"

„Einhundertprozentig Frau Staatsanwältin. Wir machen die nächsten Tage noch unsere Hausaufgaben, und dann können wir es ihm zweifelsfrei nachweisen. Wobei ich damit rechne, dass er schon vorher singt."

„Du bist wirklich sicher, dass Martens diese Woche nicht in der Wohnung ist, Heiko?"

„Bin ich, Sebastian."

Die drei Kollegen Bauer, Schulte und Hampel vom Kommissariat III saßen bei McDonalds und besprachen bei Burger und Cola ihr weiteres Vorgehen. Bauer hatte vorgeschlagen, unauffällig in der Wohnung Martens nach Hinweisen auf dessen ‚Lebensversicherung' und der Identität des neuen Anwalts zu suchen.

„Wie hast du dir gedacht, unbemerkt in seine Wohnung zu kommen? Wir haben zwar, Dank deiner damaligen Geistesgegenwart, eine Kopie seiner Schlüssel, aber der Besuch darf ja nicht auffallen?"

„Ganz einfach, du tauscht die Namensschilder der beiden Wohnungen aus, dann bricht das SEK zuerst die falsche Wohnung auf und wir können uns in Ruhe umsehen", gab Bauer schmunzelnd kund.

„SEK?", fragten Schulte und Hampel verwundert.

„Unser BW hat mir gemeldet, dass in den beiden verdächtigen Wohnungen am Donnerstag wohl eine Drogenübergabe stattfinden soll und die Staatsanwaltschaft, also die Feldkamp, die Gelegenheit für Festnahmen und Durchsuchungen nutzen will. Hab mich ja erst über diese Planung geärgert, aber inzwischen sind sie mir doch ganz sympathisch, spielen sie uns doch prima in die Hände."

Da konnten Schulte und Hampeln nur zustimmen.

„Tja, ist halt Pech, wenn man an die falschen Mieter vermietet und die zu Tarnungszwecken die Namen tauschen."

„Du sagst es, Norbert, und wenn das nicht zieht, können wir immer noch bequem auf die Fehler der Wolter verweisen."

Beatrice Wolter hatte ihren Wagen in dem Stichweg der Bremer Str. geparkt und beobachtete von hier aus das Observationsobjekt Kurze Straße. Sie musste schmunzeln, hatte sie doch genau mit der Aufgabenverteilung und der jetzigen Teambildung gerechnet. Bauer hatte sie mit Köhler hier zum Objekt Kurze Straße eingeteilt und selbst mit Schulte und Hampel den Ehlentruper Weg, in dem auch der Besitzer der beiden Häuser, ein gewisser Martens, wohnte, übernommen. So konnte er die Staatsanwältin Feldkamp auch schnell überzeugen, wegen der personellen Parität mit in der Kurzen Straße vor Ort zu sein.

Es wurmte sie allerdings, dass sie mit ihren dezenten Nachforschungen zu Martens immer noch nicht weitergekommen war. Der Mann war total unauffällig. Kein Eintrag im Strafregister, als Berufskraftfahrer nicht einmal Punkte in der Flensburger Verkehrsdatei. Selbst ihre Kontakte zum Verfassungsschutz hatten keine Erkenntnisse erbracht. Was machte diesen Mann, ledig, kinderlos, Besitzer zweier geerbter Mehrfamilienhäuser in Bielefeld, immer berufstätig, bei Social Media nicht auffindbar, keine Hinweise auf politische Aktivitäten oder die in Vereinen nachweisbar, für Bauer so wichtig? Sie wurde aus ihren Gedanken gerissen.

„Frau Wolter!" Der Kollege Köhler, der seinen Beobachtungsposten in der Bökenkampstraße hatte, meldete sich über Funk.

„Herr Köhler! Was gibt's?"

„Ich denke, es geht los, eleganter Herr mit Rolli kommt von der Jöllenbecker auf uns zu."

Beim Team Bauer lief es etwas unrund. Die Planung sah vor, dass Bauer und Hampel die Observation des Objektes übernehmen und Schulte, noch in anderer Angelegenheit unterwegs, später dazustoßen würde, um den Austausch der Namensschilder durchzuführen, sobald der Großhändler und der erste Kunde in der Wohnung des Hauses im Ehlentruper Weg sein würden.

Leider wählte Hampel bei der Anfahrt den Waldhof in der Altstadt als Abkürzung, um den Verkehr auf dem Adenauerplatz und der Detmolder Str. zu entgehen. Einige Wagen vor ihnen kollidierte jedoch der Müllwagen, der sie eh schon ausgebremst hatte, mit einem geparkten PKW. Hinter ihnen standen in kürzester Zeit ein LKW und weitere PKW. Die beiden Polizisten saßen in der schmalen Einbahnstraße fest, da half auch kein Blaulicht.

„Verdammter Mist, wir sind eh schon knapp dran! Kannste uns hier nicht irgendwie rauslotsen, Norbert?"

„Keine Chance, Heiko. Selbst über den Gehweg kommen wir nicht durch, weder vor noch rückwärts."

„Dann muss Sebastian einspringen!"

Der ist auch sofort am Handy. „Geht's schon los, Heiko?"

„Nein, wir sitzen fest. Wo bist du? Wie schnell kannst du im Ehlentruper Weg sein?"

„Ach du Scheiße, bin noch in Sennestadt, kann hier aber sofort abbrechen, wird aber trotzdem ein Weilchen dauern, bis ich vor Ort bin!"

„Gib Gas, Sebastian!"

Der Einsatz ‚Kurze Straße' lief dagegen weiterhin reibungslos, wie geplant ab. Die Beatrice Wolter wollte schon den Einsatz des einsatzbereiten SEK zur Stürmung der Wohnung freigeben, um den Verkäufer und seinen ersten Kunden direkt bei der Abwicklung zu überraschen, als der Kollege Köhler sich meldete.

„Frau Wolter, warten Sie noch. Da ist eben ein alter Bekannter aus der Fußwegverlängerung der Bökenkampstraße aufgetaucht. Wenn der nicht auch seinen Anteil abholen will, quittiere ich den Dienst."

„Sie haben die wesentlich größere Erfahrung, was schlagen Sie vor, wie sollen wir agieren, Herr Köhler?"

„Der Ringo wird erst in die Wohnung gehen, wenn der andere raus ist. Also warten wir ab, bis Ringo den nicht mehr sehen kann und nehmen den Burschen erst dann fest. Sobald Ringo in der Wohnung ist, geht das SEK wie geplant rein."

„Okay, ich stimme Ihnen zu. Verena, bist du auch einverstanden?"

„Ja!", meldete sich die Staatsanwältin kurz und bündig, die sich bisher sehr bedeckt gehalten hatte.

„Dann wird's so durchgezogen.", entschied Beatrice Wolter, der Bauer, in der Hoffnung auf viele Fehler, die Leitung übertragen hatte. Das stellte sich jedoch als irrige Spekulation heraus. Alles lief wie am Schnürchen ab. Nach kurzer Zeit hatte das SEK die drei Männer verhaftet und alle Beweise sichergestellt.

„Puuh, wir haben Dusel gehabt. Bin gerade angekommen und langsam am Objekt vorbeigefahren, als eine junge Frau, die wir hier noch nicht registriert haben, ins Haus gegangen ist. Sieht zwar mit ihren bunten Haaren recht punkig aus, hat aber einen großen Rucksack mit Koks dabei."

Schulte lachte sich halb schlapp, als er noch hinzufügte, das sei ja wie früher, wenn der Kohlenhändler kam, allerdings verging ihm das Lachen schnell.

„Ach du Scheiße, die beiden Nutten kennen wir doch. Wenn die da mit drinhängen, geht das hier ja in Höchstgeschwindigkeit ab", muss er seinen beiden Kollegen mitteilen.

„Pass auf das sie dich nicht sehen!"

„Leichter gesagt als getan, Heiko, hier sind ja nirgends Parkplätze frei, bin jetzt einfach in eine Einfahrt rein. ... Die gehen ruhig weiter, haben wahrscheinlich nicht auf meinen Wagen geachtet. Jetzt bleiben sie stehen, sehen sich die Motive im Tattoo-Studio an und rauchen nebenbei 'ne Fluppe."

„Wer sind die beiden?", wollte Bauer wissen.

„Mag und Tina."

„Ach sieh an, zwei von Stockis Edeltstuten. Für wen die sich wohl jetzt kostenpflichtig ficken lassen?", schaltete Hampel sich in das Gespräch ein.

„Man munkelt, ‚Der Schmied' soll Stockis Platz eingenommen haben", klärte ihn Bauer auf.

„Ehrlich? Der Schläger mit der Faust wie'n Hammer! Na ja, seine Brutalität sieht man ihm jedenfalls an, aber ob der für die Position auch genügend im Kopf hat, möchte ich bezweifeln."

„Das täuscht, Norbert, man sieht es ihm nicht an, aber der hat auch was in der Birne. Was machen denn unsere beiden Prachtfötzchen, Sebastian?"

„Die mussten wohl warten, haben zu Ende gepafft und verschwinden jetzt auch im Hauseingangsweg unseres Objektes. Hundert pro, die hängen mit drin! Ich lasse den Wagen einfach hier in der Einfahrt, flitze zum Haus und tausche die Namensschilder. Wo hat sich denn eigentlich das SEK postiert?"

Einen Moment war es still in der Telefonkonferenz der drei Ermittler.

„Das musst du doch wohl wissen, du hast die ja wohl angefordert!", faucht Bauer.

„Ich? Wieso ich? Ich dachte das habt ihr gemacht!"

„Verdammt, Sebastian, du bist doch wohl vor Ort, das war deine Aufgabe!"

„Nun mal halblang, Heiko, ich reiße mir den Arsch auf um euch hier zu ersetzen, und ihr kümmert euch nichteinmal darum, die SEK Einheit abzurufen. Als Dank machst du mich dann auch noch so an! Das ist nicht okay, Heiko!"

„Reg dich ab, wir kümmern uns drum. Sieh lieber zu, dass du die Namensschilder tauschst."

Es dauerte einige Zeit bis Schulte sich wieder bei Bauer und Hampel meldete.

„Die Namensschilder …"

„Was dauert das so lange!"

„Immer mit der Ruhe, Heiko. Die Schilder sind getauscht, konnte mich nicht sofort melden, weil ich Ärger wegen meines Parkplatzes hatte, musste der Schlampe erst meinen Dienstausweis unter die Nase halten, damit die aufhörte zu keifen. Das SEK ist angekommen, hat sich halb, halb Richtung Teutoburger und Bleichstraße postiert."

„Na los, Sebastian, las sie loslegen.", mischte Hampel sich ein.

„Auf keinen Fall!", bestimmte Bauer „Wenn die jetzt erst die falsche Tür einschlagen, gehen uns womöglich alle Personen aus der richtigen Wohnung stiften. Wenigstens die Nutten müssen wir verhaften, sonst stehen wir ja total blöd da!"

„Hatte ich mir auch so gedacht, Heiko. Wie sieht es denn überhaupt bei euch aus?"

„Gut, wir fahren wieder. Die Streifenwagenbesatzung hat sich echt bemüht, uns schnell frei zu bekommen. Norbert?"

„Zwei Minuten noch, dann sind wir vor Ort."

Einen Moment war es still, dann meldete Schulte aufgeregt:

„Dann verpasst ihr doch noch das Beste. Tina und Mag kommen gerade aus dem Haus. … Ach du Scheiße, die Koks-Tante kommt gleich hintendran!"

„Zugriff Sebastian, Zugriff sofort!", brüllte Bauer und fügte noch schnell hinzu: „Das SEK darf nicht mitbekommen, dass die Dealertante auch schon dabei ist, sonst öffnen die womöglich nicht sofort und rabiat die Wohnung von Martens."

NEUER JOB UND ÜBERRA-
SCHUNGEN IN BIELEFELD

„Wir freuen uns, Frau Koslowsky, das Sie die kleine 10 Stundenstelle annehmen."

„Ich mich auch, dass das geklappt hat. Wenn sich die Stundenzahl wie besprochen steigern lässt, kann ich ja langsam meine Umsiedlung nach Bielefeld in Angriff nehmen."

„Sich sozusagen verflüchtigen, Frau Koslowsky, sie wissen ja, Bielefeld gibt es gar nicht."

Gemeinsam lachten die Teilnehmer des Bewerbungsgesprächs für die ausgeschriebene Stelle in der Maske des Bielefelder Schauspielhauses.

,Genau', dachte sich Lena, ,Lena Koslowsky wird sich verflüchtigen, wenn weiterhin alles glatt läuft. Aber das braucht ihr nicht zu wissen, das merkt ihr dann schon rechtzeitig.'

Zufrieden schlenderte Lena noch durch die Bielefelder Altstadt. Sie war noch immer erstaunt, wie glatt und problemlos ihr Projekt ablief. Die ersten zwei Urteile hatte sie vollstreckt. Bei den beiden alten geilen Böcken hatte sofort der Verstand ausgesetzt, als sie ihnen mehr oder weniger dezent die Möglichkeit des Geschlechtsverkehrs anbot.

Mit Adler hatte sie einfach ein kurzes zweideutiges Gespräch über die Größe seiner Zucchini und was man mit denen alles anstellen könne, was die doch flutschig seinen wenn sie geschält wären, über den Gartenzaun angefangen. Der Gärtner hatte das Gespräch dann schnell verklausuliert auf die eigene Gärtnergurke verlagert. Die Verabredung zur genaueren gemeinsamen Gurkeninspektion war dann nur noch Formsache gewesen. Ganz unkompliziert lief an dem Termin dann auch die Urteilsvollstreckung an. Adler bekam zwei K.o.-Tropfen in den Drink, war dann ganz schnell ein willenloses Bündel, mit dem sie machen konnte, was sie wollte. Die Penetration mit dem Umschnalldildo fand er wohl nicht so lustig, jedenfalls jaulte er nicht gerade erregt, aber du Scheißkerl, Mutti und Katharina wird's auch nicht gefallen haben, hatte sie sich gesagt und rücksichtslos weitergemacht. Danach war er fertig, schluckte gierig das Wasserglas mit den aufgelösten Schlaftabletten.

Wie schnell so eine Planung einem auch entgleiten kann, hatte sie dann auch gleich gelernt. Zum Glück hatte sie den Typen, der anscheinend auch durch den Hintereingang in den Garten gekommen war, rechtzeitig bemerkt und konnte die Laube von innen abschließen, aber die Nerven flatterten ganz schön, als er an der Laubentür rüttelte, Adlers Namen rief und schließlich versuchte, durch die Fenster etwas in der Laube zu erkennen. Puh, wenn der nun reingekommen wäre, was wäre dann gewesen!? Dann wäre ihre schöne Planung wohl gleich beim ersten Schwein gescheitert. Aber war ja gutgegangen. Als der Typ wieder verschwunden war und sie nach Adler gesehen hatte, war der bereits Richtung Hölle abgereist. Das Zurechtmachen der Leiche war dann ein Kinderspiel gewesen.

Möller war genauso leicht einzufangen gewesen. Sie hatte schnell herausgefunden, dass er alleine lebte und neben seinem Schrebergarten seinen sportlichen Aktivitäten auch regelmäßig in den Puff ging oder Frauen in seiner Wohnung zu Gast hatte. Auf Schrebergarten stand sie nach den Erfahrungen mit Adler nicht mehr. Der Tod sollte ihn in seiner Wohnung ereilen.

Das Hallenbad bot den idealen Rahmen, um an ihn heranzukommen. Ein kleiner ,versehentlicher' Rempler von ihr im Wasser, eine Entschuldigung bei ihm auf dem Weg zur Dusche und schon waren sie im Gespräch. Widerlich, wie dem

Kerl der Sabber aus dem Maul tropfte, als er sie so im Bikini hemmungslos anstarrte. Über die Themen Hausarbeit, Putzfrau, waren sie schnell beim Putzen im Bikini, was sie noch mit der beiläufigen Bemerkung, ach müsste ich den anbehalten, gekontert hatte. Für Möller gab es ab da kein Zurück mehr. Zum Spaß hatte sie den Stundenlohn fürs Nacktputzen noch kräftig in die Höhe getrieben.

Der Ablauf gestaltete sich erst etwas schwierig, da es dauerte, bis sie ihm die K.o.-Tropfen verpassen konnte. Der Sex mit ihm, oder besser gesagt, den Möller mit dem Dildo zu traktieren, lief ohne Zugaben ab. Der hatte offensichtlich erotisches Vergnügen bei der Sache und bekam sogar einen Orgasmus. Danach ging es dann schnell. Sie hatte ihm zügig beide Mittel verabreichen können, und genauso zügig verabschiedete sich das Möller-Schwein für immer.

Tja, und dann war sie ins Schwitzen gekommen. Der Drecksack war ein verdammt schwerer Sack gewesen. Zwischendurch hatte sie schon gezweifelt, ob sie ihn in die Wanne bekommen würde, aber ihre Wut und Hass trieben sie an. Schließlich war er doch da gelandet, wo sie ihn hin haben wollte.

Gespannt hatte sie von Münster aus verfolgt, ob und wenn ja was in den Medien über die Todesfälle erscheinen würde. Bei Adler passierte gar nichts, bis die Todesanzeige in der NW stand. Der Text war eindeutig, es wurde von einem Suizid ausgegangen. Der Tod von Möller erzeugte auch keine großen Wellen. Zwar erschien eine kleine Meldung über ein Tötungsdelikt in den örtlichen Zeitungen und in den Social-Media-Kanälen der Bielefelder Polizei, bei dem weder zu Motiv noch zum Täter*in Angaben erfolgten, aber das war es auch.

Lena gab sich jedoch keinen Illusionen hin. So blöd konnte kein Polizist sein, hier nicht einen Zusammenhang zwischen den beiden Todesfällen zu erkennen, schließlich waren ihren

Arrangements so ungewöhnlich wie gleichartig. Denn beim Adler war die Polizei sicherlich auch vor Ort gewesen. Auch wenn man sich schließlich erst auf Selbstmord geeinigt hatte, würde man nun ein Verbrechen vermuten. Die Jagd auf sie dürfte damit eröffnet sein.

Schon bei der Planung und Recherche hatte es sie gestört, dass sie gezwungen war, immer zwischen Bielefeld und Münster hin und her zu pendeln. Irgendwann würde das auffallen. Sie hatte allerdings keine akzeptable Lösung für das Problem gefunden, bis ihr zwei Zufälle zu Hilfe kamen. Sie hatte nie nach einer Stelle in Bielefeld gesucht, wäre das dann auch sicherlich über das Internet angegangen, aber da sie ja nun gründlich die Bielefelder Tageszeitungen im Blick behielt, war Lena über die kleine Stellenanzeige des Schauspielhauses gestolpert. Das wäre doch nicht schlecht, dachte sie sich. Wochenenddienst in Bielefeld, und niemand würde Verdacht schöpfen. Lediglich Muti würde maulen. Ein Umstand, der zu ihrer Verwunderung bei ihr tatsächlich Zweifel aufkommen ließen, ob sie sich doch nicht bewerben sollte. Schließlich siegte aber ihre rationale Lebenseinstellung.

Wenn das klappte, würde es aber ihr Übernachtungsproblem steigern, schließlich konnte und wollte sie sich teure Hotels nicht leisten, da sie dann ja kaum noch den wirklich lukrativen Escort-Service betreiben konnte, war auch der finanzielle Rahmen begrenzter. Mit diesen Gedanken war Lena zu Sarahs Geburtstagsfeier gegangen. Eigentlich mochte sie derartige Feiern nicht, aber sie wollte es ja auch nicht mit ihrer einzigen Freundin verderben, hatte sich daher nicht gedrückt. Das stellte sich dann schnell als eine glückliche Fügung heraus, als sie mit dem Cousin von Sarah ins Gespräch kam. Der studierte Biologie in Bielefeld, wohnte in einem kleinen Apartment im Studentenwohnheim, hatte überraschend doch noch einen Zuschlag für ein Auslandssemester in den USA erhalten, würde also bis März nächsten Jahres nicht in Deutschland sein und hatte so kurzfristig noch keine Lösung für seine Wohnung, die er unter keinen Umständen aufgeben wollte, gefunden. Lena war ihm da natürlich gerne behilflich. Sie würde ihm die Miete überweisen und dafür das Apartment nutzen, ohne dass irgendwelche formalen Angelegenheiten erledigt werden müssten. So hatten beide kurze Zeit später ein Problem weniger.

Für Lena war es die optimale Lösung, hatte sie doch nun zu jeder Zeit einen in jeder Hinsicht anonymen Unterschlupf in Bielefeld.

Bis Sonntag hatte sich Lena ein strammes Arbeitsprogramm in Bielefeld auferlegt. Bewerbungsgespräch, Besuch bei Tante Frieda, Einzug im Studentenwohnheim, Recherchearbeit sowie Kontaktaufnahme und Strafvollzug mit Täter Nummer 3.

Ein Blick auf die Uhr sagte ihr, dass sie es jetzt wohl wagen könnte, Tante Frieda zu besuchen. Die Tante war eine entfernte Verwandte Vatis, die sie als Kind mit Mutti einige Male besucht hatte. Der Kontakt war nach den furchtbaren Ereignissen abgerissen, aber zu ihrem Erstaunen hatte Lena feststellen müssen, dass die Tante im selbem Haus wie Herz Bube wohnte. Bei der Entdeckung hatte sie zuerst vor Schreck die Luft angehalten. Sollten Mutti und sie dem Monster schon einmal begegnet sein? Schnell stellte sie dann aber fest, dass Herz Bube hier erst eingezogen war, als er vor einigen Jahren das Haus geerbt hatte. So drängte sich die neue Kontaktaufnahme mit ihrer Tante gerade zu auf. Sie war sich allerdings nicht sicher, ob die Gute überhaupt noch lebte. Ihre überschlägigen Berechnungen hatten ergeben, das Tante Frieda in den neunziger Jahren sein müsste. Aber zumindest würde sie so unauffällig ins Haus kommen und sich hoffentlich gründlich umsehen können. Eine Begegnung mit Herz Bube war dabei nicht zu befürchten, denn der fuhr, wie sie dank ihrer Tätigkeit bei BWR wusste, mit einer Reisegesellschaft in der Schweiz herum. Zügigen Schrittes machte sich Lena aus der Bielefelder Altstadt zu Fuß auf den Weg.

An den Klingelschildern stand der Name Frieda Wessel nicht mehr. Da Lena glaubte, sich noch daran zu erinnern, das die Tante nicht im Erdgeschoss, sondern in der ersten Etage gewohnt hatte, klingelte sie auf gut Glück bei Schliemann. Nachdem auch nach dem zweiten Klingeln nichts geschah, drückte sie die von Jancovic. Der Türsummer ertönte und Lena betrat, sich aufmerksam umschauend das Haus. Wie sie vermutet hatte, wohnte das Oberschwein in der linken Erdgeschosswohnung. Die Örtlichkeiten in sich aufsaugend, stieg sie zur ersten Etage hinauf. In der rechten Wohnung, also der über dem Schweinekabuff, stand in der Tür eine füllige Frau, vielleicht Anfang fünfzig.

„Guten Tag." Die Frau erwiderte den Gruß, Lena dabei sehr skeptisch betrachtend, nur mit einem Nicken.

„Entschuldigen Sie bitte, dass ich bei Ihnen geklingelt habe. Ich habe hier im Haus vor etlichen Jahren mit meiner Mutter öfters eine Tante besucht. Der Kontakt ist dann leider abgebrochen. Nun war ich in der Gegend und dachte mir spontan, ich sehe einmal nach, wie es ihr geht oder ob sie überhaupt noch lebt!"

„Ob ich Ihnen da helfen kann, glaube ich nicht. Ich wohne erst seit einigen Monaten hier. Da wären Sie bei den Schliemanns besser dran, die wohnen hier schon einige Jahrzehnte, aber die sind zur Zeit im Urlaub", bequemte sich Frau Jancovic nun zu einer verbalen Antwort, der man anhörte, dass Deutsch nicht ihre Muttersprache war.

„Hm, meine Tante heißt, aber vermutlich muss ich wohl leider sagen, hieß Frieda Wessel, vielleicht haben sie den Namen hier im Haus schon gehört?"

Frau Jancovic schaute sie etwas verwundert an, ging kurz zurück in den Wohnungsflur und kam mit einem großen alten Schlüssel, an dem ein ebenso großes Holzstück hing, zurück.

„Stimmt, Frieda Wessel steht drauf!", las sie vor und zeigte Lena das Namensschildchen, auf dem der Name der Tante stand. „Der Schlüssel für den Trockenboden, der ist so schön nostalgisch, den habe ich nicht geändert! Es tut mir Leid für sie, aber ihre Tante war dann die vorherige Mieterin meiner Wohnung und ist im Herbst letzten Jahres hier verstorben."

Die beiden Frauen kamen ins Gespräch, und Frau Jancovic erzählte Lena, was sie von der Tante und deren Tod wusste. Schließlich verabschiedete sich Lena und ging die Treppe hinunter, während Frau Jancovic in ihrer Wohnungstür stehen blieb.

‚Die scheint misstrauisch zu sein. Ist ja prinzipiell nicht verkehrt, kann ich aber im Moment nicht gebrauchen. Mist!'

Das Problem löste sich auf einfache Art und Weise. Lena war bereits auf der zweiten Treppenhälfte, Frau Jancovic konnte sie nicht mehr sehen, als die Haustür geöffnet wurde und zwei Frauen den Hausflur betraten. Den Rucksack abnehmen und so tun, als müsse sie etwas nachsehen, war fast eine automatische Reaktion. Unauffällig beobachtete sie die beiden, die, ohne sie zu beachten, zielstrebig zur rechten Erdgeschosswohnung gingen und dort anscheinend schon erwartet wurden. Jedenfalls wurde die Wohnungstür geöffnet, ohne das Lena jemanden sehen oder hören konnte. Die beiden Frauen traten sofort zielstrebig ein. Die Haustür fiel gut hörbar ins Schloss, und über ihr wurde auch die Wohnungstür von Tante Friedas alter Wohnung geschlossen. Lena grinste zufrieden: „Geht doch."

Leise ging sie zurück auf den Zwischenetagenbereich und besah sich durch das Flurfenster den Innenhof. Es war nichts wirklich Erhellendes zu sehen. Garagen, ein kleines Werkstattgebäude. Der Rest des Grundstückes war mit einer hohen Steinmauer von den Nachbargrundstücken abgegrenzt. Alles ziemlich trist und für ihre Planungen nicht gerade inspirierend.

Es war kaum zu hören, aber Lena bekam es mit, die Haustür wurde geöffnet. Ein Schritt, und sie war aus dem direkten Blickfeld der Haustür verschwunden. Vorsichtig spähte sie hinunter. Ein Mann hatte die Tür geöffnet und schloss sie nun ganz bedächtig und leise.

‚Was soll das?', fragte Lena sich und beobachtete weiter, da der Neue die rechte Wohnungstür fest im Blick hatte.

Der trat neben die Tür, holte etwas aus der Jackentasche und machte sich an dem Namensschild zu schaffen. Die Frage blieb, ‚Was soll das?' Die Aktion lief sehr zügig ab, und wenn er sich nicht mit einer Rechtsdrehung zur anderen Wohnungstür gedreht hätte, hätte Lena wohl nicht schnell genug in Deckung gehen können. So bemerkte er sie nicht, sie konnte nun allerdings nicht mehr sehen, was der Mann machte.

‚Was, wenn der gleich die Treppe hinauf kommt? Was mache ich dann?'

Die Frage war überflüssig. Plötzlich sah sie ihn wieder, wie er zur Haustür ging, diese leise ein wenig öffnete, hinausschlüpfte und die Tür von außen leise schloss. Kopfschüttelnd atmete Lena tief durch.

‚Das ist hier ja wie im Fernsehkrimi', grinste sie und ging ins Erdgeschoss.

‚Wie? Was soll das denn?', fragte sie sich jetzt schon zum wiederholten Male, als sie den Namen von ‚Herz Bube' an dem anderen Türschild entdeckte. Drei Schritte zur anderen Wohnungstür bestätigte sich ihre Vermutung, hier klebte nun der Name Zille von gegenüber.

‚Soll ich meinen Plan ändern und mich schnellstens verdrücken?', fragte sich Lena und beantwortete sich ihre Frage aber mit einem klaren Nein. So eine gute Gelegenheit hier auszukundschaften würden nicht wiederkommen. Lena nahm ihren Erkundungsgang wieder auf und wandte sie sich dem Hinterausgang des Hauses zu.

Schade, abgeschlossen, aber damit war ja zu rechnen gewesen. Die daneben befindliche Tür zum Keller war es nicht. Schnell stellte sie fest, das es hier neben den üblichen Kellertüren einen weiteren Ausgang über eine Außentreppe zum Hinterhof gab. Die Tür hatte ein Schloss, das mit einem altehrwürdigen Bartenschlüssel geöffnet und geschlossen wurde.

‚Das könnte interessant sein‘, stellte sie fest, wunderte sich allerdings auch, wieso man so nachlässig sein konnte, die anderen Schlösser mit einer moderneren Schließung zu versehen und diese Tür dabei außen vor zu lassen. Nun ihr sollte es recht sein. Wenn es nötig würde, könnte sie die in jedem Fall aufbekommen.

Der Raum daneben war ein Fahrradkeller und zum Schluss kam sie in einen großen Raum mit Waschmaschinen und Trocknern. Sie wollte sich schon abwenden, als Lenas Blick auf einen großen Holzbottich fiel.

‚Was ist das denn für ein Teil?‘

Der Bottich musste noch benutzt werden, denn oberhalb war ein Wasserkran mit einem Schlauch, der in ihn hinein führte. Der Abflusshahn war wiederum direkt über einen Sickerschacht im Boden platziert. Abgedeckt war er mit einem großen Blechdeckel. Ein Blick hinein bestätigte die Annahme. Er war Innen feucht und strömte einen ganz leichten Fischgeruch aus.

Schon wieder im Gehen begriffen, kam ihr ein Gedanke. Lena hob ein weiteres mal den Deckel des Bottichs an, besah ihn sich genau und stellte befriedigt fest:

‚Das könnte gehen, das behalte ich im Hinterkopf.‘

Gerade aus der Kellertür getreten, hörte sie Stimmen aus Richtung der Wohnung, in der nun angeblich Herz Bube wohnte. Vorsichtig lugte sie in den Flur. Die beiden Frauen von vorhin hatten die Wohnung wieder verlassen, die Wohnungstür wurde geschlossen und die beiden gingen zur Haustür.

‚Die Möglichkeit so unbemerkt das Haus zu verlassen, sollte ich nutzen', entschied Lena kurzentschlossen.

Die beiden waren herausgetreten, und Lena spurtete möglichst leise zur Tür. Kurz vorm Zuklappen konnte sie die Türklinke fassen. Zufrieden wartete sie einen Moment und verließ ebenfalls das Gebäude, um sich auf den Weg Richtung Studentenwohnheim zu begeben.

Weit kam sie nicht.

VERHAFTET

Konsterniert saß sie im Polizeifahrzeug. Wie konnte das so schnell geschehen? Was hatte sie falsch gemacht? Sicherlich hatte sie trotz Wischerei an den Tatorten immer Fingerabdrücke hinterlassen. In der Schrebergartenlaube hatte sie sogar nur ihr Glas entsorgt. War das vielleicht der Fehler? Obwohl, es gab bei der Polizei keine Fingerabdrücke von ihr, die hatten also nur feststellen können, dass irgendwann zwei identische Personen bei den Toten waren. Eine Personenbeschreibung konnte es auch nicht geben. Davon abgesehen, dass sie sich natürlich in beiden Fällen völlig anders zurecht gemacht hatte, hatte sie im Garten niemand gesehen und bei Möller bezweifelte Lena, dass die Frau im Moenkenkamp sie auch nur halbwegs vernünftig wahrgenommen hatte, um sie völlig falsch zu beschreiben. Wo lag der Fehler?

Selbst als sie schon im Verhörraum saß, war sie noch immer so in ihre Überlegungen vertieft, dass sie die Polizistin nach der kurzen formalen Begrüßung sofort fragte:

„Was habe ich falsch gemacht?"

Lena hatte Glück, Beatrice Wolter, euphorisch von den Erfolgen, war auch extrem fokussiert, allerdings in einem anderen Film. Die Verhaftungen aus der Kurzen Straße hatten sich als Volltreffer erwiesen. Der Kollege Köhler quetschte zur Zeit noch den Drogenhändler weiter aus, und sie, begierig, den Fang vom Ehlentruper Weg zu begutachten, hatte gleich den Verhörraum gewechselt, um sich die Händlerin vorzuknöpfen. So konzentriert auf ihren Fall interpretierte sie irriger Weise die Frage von Lena als die Frage nach dem, was der vorgeworfen würde.

168

„Ihnen wird vorgeworfen, illegal in großem Umfang mit Drogen gehandelt zu haben. Das brauchen Sie auch gar nicht erst zu bestreiten, schließlich haben wir nicht nur Sie, sondern auch die beiden Kundinnen auf frischer Tat erwischt, und ihr Rücksack wird die nächsten Beweise liefern."

Die Wolter hatte die Brieftasche von Lena vor sich liegen und suchte in der nun nach ihren Papieren, um das Verhör damit richtig zu beginnen.

Einen Moment brauchte Lena, um das Gehörte zu realisieren, dann rauschte die Anspannung wie ein Wasserschwall aus ihrem Körper. Die beiden Frauen und der komische Typ, klar, sie war ahnungslos in ein Drogengeschäft geraten. Alles in Ordnung, ihr drohte keine Gefahr, sie konnte, nein quatsch, sie musste selbstsicher und bestimmt auftreten, damit sie hier möglichst schnell und unbehelligt die Biege machen konnte.

Lena lachte laut.

„So einen Blödsinn habe ich ja schon lange nicht mehr gehört. Ich nehme keine Drogen, ich verkaufe keine Drogen und in dem Haus habe ich lediglich eine entfernte Verwandte besuchen wollen. Ich verlange augenblicklich, wieder gehen zu können!"

Die Wolter, kurz von Lenas Ausweisen aufsehend, warf ihr einen mitleidigen Blick zu.

„Und Frau Koslowsky, haben sie ihre Verwandte angetroffen?"

„Nein, die ist verstorben."

„Na so was aber auch, wer hätte das gedacht. Sie dürfen durchaus etwas mehr Fantasie entwickeln, wenn sie meinen sich auf diese Art hier herausreden zu können."

Auch wenn Beatrice Wolter die Kollegen nicht ausstehen konnte, ihre fachliche Kompetenz stellte sie nicht in Zweifel. Die kurze telefonische Information von HB war eindeutig gewesen.

„Was haben sie denn den beiden Frauen so verkauft, Frau Koslowsky?"

„Nichts!"

„Hören sie doch bitte mit diesem lächerlichen Kindereien auf. Wenn die Kollegen mir das Untersuchungsergebnis ihres Rucksacks bringen, ist die Sache doch eh bewiesen. … Also!"

Auch gut, dann gibt es halt Märchen aus tausend und einer Nacht zu hören, entschied Lena.

„Gut ich gebt's zu. Der Blonden habe ich eine Tonne Fliegenpilze und der Brünetten einen Sack mit Stechapfelsamen angedreht, nur dem …"

Der Wolter schwoll der Kamm: „Es reicht!! Frau Koslowsky!!"

Lena zuckte mit den Schultern.

„Haben sie mit den beiden schon öfters Geschäfte abgewickelt?"

Mir kann doch eigentlich nichts passieren, dachte sich Lena und provozierte weiter.

„Nein, noch nie. Ich wickel das immer ganz spontan ab. In diesem Fall bin ich meiner Eingebung folgend einfach in das Haus im Ehlentruper Weg gegangen und habe mit den dreien Verkaufsgespräche im Hausflur geführt."

Die Polizistin ihr gegenüber atmete hörbar ein und aus.

„Eesss reeiicht!!", brüllte die jetzt, stutzte dann aber und fragte: „Wieso dreien?"

„Ja, den beiden Frauen und dem Typen, der sich an den Erdgeschossklingeln zu schaffen gemacht hat. Mit dem konnte ich aber leider kein Verkaufsgespräch führen, ist sofort wieder abgehauen, Die Person, oder vielleicht auch Personen, in der Wohnung hat sich ja leider nicht blicken lassen. Echt schade, habe doch noch am Güterbahnhof einen Container mit Muskatnüssen deponiert. Das wäre doch bestimmt etwas für die gewesen!"

Typ im Hausflur, Klingeln, Personen in der Wohnung? Das Woltersche Gehirn arbeitete auf Hochtouren. Wollte HB sie linken? ‚Du darfst nicht so lange schweigen!', mahnte sie sich selber an.

„Wieso Muskatnüsse?", kam ihr als Frage spontan in den Sinn.

Die Antwort: „Muskatnuss ist in gering Mengen ein Gewürz, wenn man mehr nimmt, eine Droge und ist bei weiterer Konsumsteigerung tödlich! Wissen Sie das nicht?", nahm sie gar nicht wahr, entschied, ich muss in Ruhe nachdenken.

Verwundert sah Lena, dass die Polizistin aufstand und zur Tür ging. Kurz bevor sie sie erreichte, drehte sie sich um.

„Können Sie mir den Typen beschreiben?"

Besonders detailliert wurde die nicht, hatte Lena den Mann ja nur jeweils kurz gesehen. Ohne ein weiteres Wort ging die Wolter aus dem Raum.

Beine ausgestreckt, Arme vorm Bauch gefaltet saß Lena allein im Verhörraum. Sie war mit sich zufrieden. Das sollte problemlos laufen, sie hatte wasserdichte Alibis.

Oder? War es ein Fehler gewesen, von dem Typen zu erzählen? Wenn die die Jancovic befragten und die zeitliche Diskrepanz bemerken, was dann?

Die Lösung war schnell gefunden. Sie wollte ihren Rucksack etwas umpacken, der hatte gedrückt und war deshalb noch im Hausflur auf der Mitteletage geblieben. Das konnten vielleicht sogar die beiden Frauen bezeugen. Lena entspannte sich wieder, um dann auf das nächste Problem zu stoßen.

Wie erklärte sie den Inhalt ihres Rucksacks? Die Perücke und Schminkutensilien waren mit dem Vorstellungsgespräch erklärbar, so genau dürfte sich die Polizei da nicht auskennen. Aber die viele Wäsche, sie wollte ja auf keinen Fall das Apartment im Studentenwohnheim preisgeben? Es dauerte etwas, bis sie die Lösung gefunden hatte. Heute wollte sie in einem noch nicht gebuchten Hotel in Bielefeld übernachten und morgen für ein paar Tage weiter an die Nordsee reisen. Bingo! Das konnte nicht überprüft werden und war wasserdicht.

Zufrieden sah sie dem Kommenden entgegen. Dass mit ihrer Aussage zu dem Mann von ganz anderer Seite Gefahr drohte, sie nämlich in interne Ermittlungen der Bielefelder Polizei verstrickt werden könnte, ahnte sie nicht.

Eine kurze Nachfrage ergab, dass die beiden Hübschen je eineinhalb Kilo reines Kokain bei sich hatten.

„In den Handtaschen, die müssen sich total sicher gefühlt haben", kommentierte die Kollegin, die die Leibesvisitation vorgenommen hatte.

Im Nachbarraum lag der Inhalt von Lenas Rucksack auf dem Tisch.

„Nichts! Keine Spur irgendeines Rauschgiftes. Das einzig vielleicht etwas Auffällige sind die umfangreichen Artikel zum Schminken."

„Das ist ja ein ganz schöner Berg Klamotten?"

„Der Rucksack war auch proppevoll Frau Wolter."

„Die drei Kilo Koks hätten aber noch reingepasst?"

„Niemals, die muss die so noch mitgeschleppt haben. Das Gesindel wird halt immer dreister."

Beatrice Wolter bedanke sich für die Informationen und ging in ihr Büro. Die Kollegin war nicht da, sie konnte ungestört nachdenken.

Die Dealerin soll kurz nach den beiden Kundinnen das Haus verlassen haben, sehr ungewöhnlich!? Die scheint sich eher zu belustigen, als dass sie Angst hat, erwischt worden zu sein? Dann die dritte Person, die sie erwähnt hat! Die dürftige Beschreibung könnte ohne weiteres auf SS passen? Und weitere Personen in der Wohnung? Zudem war es schon komisch, dass ihre drei Lieblinge immer noch vor Ort waren!? Sie würde sich sicherlich auch noch einmal im Objekt Kurze Straße umsehen, aber das hatte doch Zeit, da konnte doch erst einmal die Spurensicherung in Ruhe arbeiten.

Die Wolter griff zum Telefon.

„Hallo, Herr Kollege, wollte mich nur kurz für die gute Arbeit bedanken."

Der Leiter des SEK-Kommandos am anderen Ende der Verbindung war sich im ersten Moment nicht sicher, ob die Kollegin das sarkastisch meinte, entschied dann aber für sich, dass die wohl die genauen Umstände noch nicht erfahren hatte. Als er mit seinem Bericht zu Ende war, war die Wolter baff, überspielte das aber mit der ausdrücklichen Versicherung, dass dem SEK ja keine Schuld treffe, wenn es die Anweisung erhielt, die Wohnung ‚Zille' aufzubrechen, würde natürlich die mit dem entsprechenden Namensschild aufgebrochen und das dann der oder die Täter in der Zwischenzeit aus der anderen Wohnung flüchten sei ja fast schon logisch. Die hatten bestimmt zur Absicherung die Namensschilder getauscht.

Sie holte sich einen Kaffee und rekapitulierte: ‚Also der Typ könnte SS gewesen sein, dann hatten ihre Lieblinge die Namen vertauscht und das SEK absichtlich zuerst in die falsche Wohnung geschickt. Bei dem Lärm ist der Dealer aus der richtigen natürlich stiften gegangen. Fenster auf, rausspringen über die Mauer aufs andere Grundstück und dann ganz gelassen weggegangen.'

Nach etwas Überlegen musste sie sich eingestehen, dass das nur einen Schluss zu ließ, Bauer, Schulte und Hampel steckten mit dem Dealer unter einer Decke! … Konnte das sein? Die Drei waren widerliche Typen, aber mit Verbrechern unter einer Decke stecken und das auch noch gleich alle drei?

‚Moment, die Wohnung, die falsch aufgebrochen wurde, gehört ja dem Martens, wie der Kollege vom SEK gesagt hatte! Nein, die stecken nicht mit dem Dealer unter einer Decke, die wollten in die Wohnung vom Martens und haben dafür in Kauf genommen, einem Kriminellen die Flucht zu ermöglichen. Dann macht auch das lange vor Ort bleiben Sinn, die schnüffeln jetzt in der Wohnung von dem Martens herum. Der Martens muss für die drei irgendwie eine Gefahr darstellen! Aber worum geht es da?'

Eine Zeitlang spekulierte Beatrice Wolter noch herum, brach die sinnlosen Überlegungen dann aber ab.

‚Jetzt erst Konzentration auf den Fall Beatrice!', ermahnte sie sich selber. ‚Im Verhörraum sitzt wahrscheinlich eine Unschuldige und das gilt es zu klären.'

Die zweite Gesprächsrunde Wolter/Koslowsky verlief entspannt. Lena erzählte, was sie an diesem Tag so gemacht hatte, berichtete von der Tante, den Informationen die sie von Frau Jancovic erhalten hatte, und in welchem Verwandtschaftsverhältnis sie zu Frieda Wessel stand und dass die die letzte Verwandte gewesen sei, die sie gehabt habe.

Beatrice Wolter bat um etwas Geduld, wenn sie das alles geprüft hätte und es sich als korrekt herausstellen sollte, würde man sie entlassen, schließlich habe sie ja einen festen Wohnsitz.

Auf dem Weg zu ihrem Büro traf sie auf HB, der offensichtlich nicht besonders gut gelaunt war.

„Singt das Streifenhörnchen?"

„Nein, ich gehe davon aus, das Frau Koslowsky völlig unbeteiligt ist. Ich wollte gerade ihre Angaben überprüfen."

„Quatsch! Sie sind aber auch so was von unfähig, Wolter, grauenhaft. Machen Sie Feierabend, Sie behindern hier nur die Arbeiten", schnauzte er und entschied, bevor er im Männerbüro verschwand: „Die knöpfe ich mir gleich selber vor."

Bei der Wolter klingelten alle Alarmglocken. Sie wusste inzwischen, nicht nur aus eigener Erfahrung, wie unbeherrscht Bauer sein konnte, wenn er schlecht gelaunt war. Es war also Eile geboten, um Schaden von Frau Koslowsky und auch von der Polizei fernzuhalten.

Es dauerte aber eben doch seine Zeit, die Abfrage in der Polizeidatenbank, der Anruf im Schauspielhaus und die in den Einwohnermelde- und Standesämtern in Bielefeld, Münster und Dortmund und zuletzt das Telefonat mit Frau Jancovic.

„Hallo Verena, wir haben im Ehlentruper Weg eine Frau verhaftet, die aber offensichtlich völlig unbeteiligt ist, die müssten wir wieder gehen lassen." Beatrice klärte Verena über den Sachverhalt auf und wies auch auf Bauer hin, der anscheinend extrem aufgebracht war.

„Kein Problem, Beatrice, ich bin zwar selber schon unterwegs, aber der Kollege Pitzceck ist noch im Haus, den informiere ich sofort, der kommt dann gleich runter und entlässt die Gute."

Schon auf dem Flur war nicht zu überhören, dass es in dem Verhörraum hoch herging.

„Der flippt heute mal wieder aus", kommentierte der Beamte vor der Tür ihren fragenden Blick.

Als Beatrice Wolter die Verhörraumtür öffnete, brüllte Bauer gerade:

„Du kleine Nutte, was bildest du dir ein! Wie du willst, dann eben anders! … Norbert!"

Hampel stand hinter der Koslowsky, wollte Lena gerade greifen und Bauer war von seinem Stuhl aufgesprungen.

„Stopp!", brüllte Beatrice Wolter.

Die beiden Männer hielten inne und sahen verwundert zu ihr hin.

„Spinnen Sie jetzt völlig Wolter, Sie flachbusiges Schreckgespenst! Raus! Aber augenblicklich!", brülle Bauer zurück.

Du kleines mieses Drecksstück, jetzt bist du fällig, freute Beatrice sich. Grinsend und ganz ruhig meinte sie nur:

„Frau Koslowsky hat mit dem Fall nichts zu tun, ich habe alles überprüft, die Frau ist laut Staatsanwaltschaft sofort freizulassen, und Sie sollten wohl schleunigst ihr Verhalten ändern Herr Kriminalhauptkommissar Bauer."

Bauer war die Kinnlade heruntergerutscht, sagte aber nur kurz

„Verpiss dich, oder ich schmeiß dich eigenhändig raus."

„Wenn man Sie hört, Herr Bauer, muss man ernsthaft in Zweifel ziehen, ob Sie für den Polizeidienst überhaupt tauglich sind."

Bauer schnaufte wie ein gepeinigter Stier in der Arena, aber gegenüber dem Staatsanwalt Pitzceck, der gerade auf Krücken hinzugekommen war, wagte er doch keine weiteren Äußerungen mehr.

„Frau Koslowsky, Sie können gehen. Entschuldigen Sie bitte die Unannehmlichkeiten, aber beim Kampf gegen das organisierte Verbrechen kann das leider mal vorkommen."

Damit beendete der Staatsanwalt Pitzceck die, für die Bielefelder Polizei doch recht peinliche Situation.

KONDOLENZBESUCH

Gina versuchte vergeblich, die Tür zum Männerbüro des Kommissariats III nach einem symbolischen Anklopfen zu öffnen, sie war verschlossen.

„Die Kollegen sind außer Haus. Kann ich Ihnen helfen?", sagte eine Frau aus dem gegenüberliegenden Büro, dessen Tür weit offen stand.

„Hallo, ich glaube, wir kennen uns noch nicht, mein Name ist Salieri vom Kommissariat I."

„Ah, Sie sind also laut Bauer Klöppelmeiers Püppchen", grinste die Frau.

„Püppchen? Ich dachte, ich sei seit der Verhaftung vom Stockmann dessen Kampflesbe?"

„Oh, dann bin ich wohl mal wieder nicht auf dem aktuellsten Stand. Die Herren erzählen mir nicht alles. Ich bin Kriminalkommissarin Wolter, es freut mich Sie kennenzulernen! Was kann ich für Sie tun?"

„Dito, Frau Wolter. Starke Frauen werden hier im Präsidium immer noch dringend gesucht, und wenn der Klatsch recht hat, gehören Sie ja dazu."

Die Wolter lächelte, sagte aber nichts dazu, und die Salieri nickte verstehend.

„Ich wollte eigentlich zu Bauer, wir benötigen die Hilfe der III."

„Der hat sich krank gemeldet, der Kollege Köhler leitet das Kommissariat vorübergehend, aber wie gesagt, die drei sind dienstlich unterwegs."

„Mist, ich habe doch extra die Hochhackigen angezogen."

„Ich versteh' nicht?"

„Damit bin ich etwas Größer als Bauer, das ärgert ihn immer!", erklärte Gina.

Nachdem die beiden ausgiebig gelacht hatten, trug Gina ihr Anliegen vor:

„Die Phantombilder sind grottenschlecht, leider haben wir keine besseren. Aber vielleicht könnt ihr ja mit Hilfe der anderen Angaben die Frauen ausfindig machen, ihr kennt euch ja in den Kreisen besser aus!"

„Ich werde den Kollegen Köhler informieren, Frau Salieri."

„Gina, wenn es Ihnen recht ist."

„Gerne, Beatrice."

Die beiden gaben sich die Hand und Gina stöckelte, so schnell es eben mit den blöden Tretern ging, zurück zu Egi, ihm die Neuigkeiten erzählen.

Entgegen Klöppelmeiers Behauptung waren sie bei der Beweisaufnahme in den Fällen Adler und Möller noch nicht wirklich weitergekommen. Außerdem erwies sich Wladimir Smirnow als extrem halsstarrig, der wollte einfach nicht gestehen.

„Kann uns nur recht sein, Gina. Der Fritz wird sich wenigstens wirklich bemühen, bei Heiko wäre ich da nicht so sicher gewesen. Was hat er denn?"

„Hat sich die Kollegin Wolter nicht zu geäußert, aber da es ja letzten Donnerstag bei der III hoch hergegangen sein soll, wird es wohl damit zusammenhängen. Bauer soll ja gegenüber einer versehentlich Verhafteten und der Wolter fast gewalttätig geworden sein."

„Idiot! … Ich habe übrigens den Smirnow noch einmal danach befragt, was er denn so lange auf dem Parkplatz vom Moenkenkamp 11 gemacht hat, wenn er nicht so nebenbei den Möller erledigt haben will."

„Und?"

178

„Auf das Licht in seiner Wohnung geachtet. Er glaubt die Putzfrau gesehen zu haben, leider nur von hinten und hat gewartet, dass sie wieder geht. Wenn der Möller dann das Licht gelöscht hätte, wollte er ihn wecken und ordentlich zusammenstauchen. Da das Licht aber nicht ausging, habe er irgendwann keine Möge mehr gehabt und sei nach Hause gefahren."

„Fantasie hat er jedenfalls."

„Hört sich recht blöd an, aber noch blöder ist, Gina, das die Möller-Tocher mir auf Nachfrage bestätigt hat, dass das Licht in der Wohnung an war. Sie hat es ausgeschaltet. Es uns zu erzählen hat sie natürlich nicht für nötig gehalten."

„Das heißt aber alles nichts."

„Nein, aber wir kommen einfach nicht weiter."

Das änderte sich auch die nächsten Tage nicht und so ging Klöppelmeier ziemlich missgelaunt ins Wochenende.

Es gehörte zu seinen Wochenendritualen, dass er die Samstagsausgabe der NW immer gründlich beim Frühstücken las. Selbst vor den Todesanzeigen machte er nicht halt.

‚Och, das git's doch nicht! Der Klöppelmeister war doch bestimmt etliche Jahre jünger als ich.' Da stand es schwarz auf weiß, Bernd Klöppelmeister, 53 Jahre alt und letzten Sonntag unerwartet aus dem Leben verschieden.

In der kleinen Wellensiek-Siedlung kannte man sich, da die meisten hier schon über Jahrzehnte wohnten. Das hieß aber nicht, dass man trotz selbstverständlicher Nachbarschaftshilfe, übermäßig private Kontakte pflegte. So hatte Egbert sich zwar gelegentlich mit Klöppelmeister unterhalten, dabei hatten sie auch immer etwas über die ähnlichen Namen gelästert, aber darüber hinaus gab es keine intensiveren Nachbarschaftsbeziehungen. Trotzdem entschied Egbert, dass er wohl kurz bei den Klöppelmeisters anschellen und sein Beileid bekunden müsste. Am Nachmittag raffte Egbert sich auf, das Unangenehme zu erledigen.

Frau Klöppelmeister öffnete, Egbert sprach sein Beileid aus und Frau Klöppelmeister bat ihn ins Haus. Eine merkwürdige Atmosphäre herrschte hier. Überall Bilder von erlegten Fischen, mit und ohne den Angler Bernd Klöppelmeister. Im Wohnraum wurde es noch verrückter. Aus allen Ecken blickten Egbert ausgestopfte Fischköpfe an. Über dem Sofa hing eine Art Bild. Ein ausgestopfter, bestimmt über zwei Meter langer Schwertfisch auf einem Holzbrett. Die Irritation stand Egi wohl im Gesicht, denn Frau Klöppelmeister erklärte gleich ungefragt:

„Mein Mann war angelverrückt. Jahr für Jahr haben wir die Urlaube in Alaska und Norwegen zum Lachsfang oder in der Karibik und in Pazifikstaaten wegen Schwertfischen und Haien verbracht."

„Man sieht es", stellte Egbert innerlich kopfschüttelnd fest.

„Seitdem Bernd so dick geworden ist, hatte sich das zum Glück erledigt, die letzten Jahre hat er nur noch die Bielefelder Gewässer unsicher gemacht."

„Sie konnten dem Hobby nicht viel abgewinnen?"

„Überhaupt nichts. Die Reisen an sich waren ja ganz nett, aber es drehte sich halt immer alles ums Angeln. Auch wenn sie mich für pietätlos halten, Herr Klöppelmeier, der ganze Plunder wird hier ganz schnell verschwinden, er erinnert mich unentwegt an die negativen Seiten meines Mannes, und ich möchte mich doch lieber an die positiven erinnern."

„Das kann ich verstehen. Darf ich fragen, woran dieser großartige Angler so plötzlich gestorben ist? Er machte doch noch letzte Woche einen ganz fidelen Eindruck?"

„Herzversagen, Herr Klöppelmeier! Bernd war ja in den letzten Jahren immer dicker geworden. Über 150 Kilo, und das bei seiner Größe, hat er zum Schluss auf die Waage gebracht, dazu der Bluthochdruck. Er ist am Sonntag einfach beim Angeln von seinem Hocker gefallen. Dieter und die Journalistin haben zwar sofort den Rettungswagen gerufen, aber er ist nicht mehr zu sich gekommen und im Krankenhaus verstorben."

Ach ja, die Journalistin, dachte Egi.

„Das wird wohl die Frau gewesen sein, die letzten Samstag versehentlich bei mir geklingelt hatte."

„Ja, das hatte sie erzählt. Sie hatte sich mit Bernd am Sonntag an dem Mühlteich am Horstheider Weg verabredet, wollte ihn sozusagen in Aktion interviewen. Vielleicht war auch einfach die Aufregung zu viel für ihn. Er war so was von hibbelig, so stolz, dass er namentlich in die Anglerzeitschrift kommen sollte."

Das Gespräch plätscherte noch etwas dahin. Als Egbert sich verabschieden wollte, druckste Frau Klöppelmeister etwas herum, fragte dann aber Klöppelmeier doch:

„Herr Klöppelmeier, Sie sind doch bei der Polizei?"

„Ja!?"

„Es ist mir peinlich, aber ich hätte da eine Frage. Da ist etwas, beidem ich nicht weiß, wie ich damit umgehen soll."

„Heraus mit der Sprache, Frau Klöppelmeister, ich helfe gern, wenn es möglich ist!"

„In Bernds Angelkiste habe ich einen komischen Zettel gefunden, der Sonntagmorgen definitiv noch nicht drin war."

Klöppelmeier sah sie fragend an.

„Die Kiste steht im Flur, ich zeige ihn Ihnen. Ich mochte ihn nicht herausnehmen. Ich finde ihn so schockierend, weil Bernd außer mir niemanden an seine Kiste heran ließ, da war er ganz furchtbar eigen, kann der Zettel eigentlich nur von ihm stammen."

Sie hob den Deckel an, und Klöppelmeier konnte direkt auf das besagte Stück Papier sehen. ‚Ich habe große Schuld auf mich geladen.', stand da.

Sein Magen zog sich zusammen.

Etwa 80 Kilometer westlich las auf ihrem Laptop in ihrer Küche am selben Samstagmorgen auch Lena die NW. Erleichtert stellte sie fest, dass der Klöppelmeister verstorben war. Es hatte also doch geklappt. Dabei war es doch von Anfang an ziemlich schief gelaufen.

Man sollte bei der Arbeit, auch, oder wohl besser gerade dann, wenn es sich dabei um die nicht autorisierte strafbare Aburteilung dieser widerlichen Stinktiere handelte, darauf konzentriert sein und nicht irgendwelchen Gedanken wie, ‚Ist da mehr als nur der Wunsch nach Sex mit Machmud, ist da womöglich sogar eine Partnerschaft denkbar‘, nachhängen. Dann passiert es einem halt, dass man, von der anderen Seite als zuletzt in diese Siedlung aus einheitlichen Doppelhäusern kommend, an der falschen Haustür klingelt. Auf Instagram konnte man durchaus erkennen, das dort nicht die aktuellsten Fotos gepostet waren, aber trotzdem, der Mann, der die Tür öffnete, war doch sehr dünn im Vergleich zu dem auf den Fotos.

„Herr Klöppelmeister!?“

Der Mann lachte vergnügt.

„Nein, so viel kann ich nicht essen, um mit Klöppelmeister gleichzuziehen. Klöppelmeier. Was kann ich für Sie tun, junge Frau?“

Ein Blick auf das Namensschild, da stand doch Klöp…, oh, tatsächlich, da stand Klöppelmeier. Sachen gibt es dachte Lena und schaute zur Hausnummer hoch.

„Äh, Fischer, aber das ist doch hier die Nummer 19?“

„Oh, nein, ich muss sie wirklich endlich mal wieder vernünftig anbringen. Entschuldigen sie, aber die 6 hat ihren oberen Halt verloren und hängt jetzt als verkappte 9 an der Wand."

Da sie nun wieder bei der Sache war, fielen ihr natürlich sofort Unterschiede zur richtigen Nummer 19 auf. Was hatte sie sich am Anfang vorgenommen, sich extrem anstrengen wollte sie sich? Na Lena, wenn das hier Höchstleitung ist, wirst du wohl bald im Kittchen landen, dachte sie sich und wollte so schnell wie möglich weiter. Aber der Herr Klöppelmeier erwies sich als kleine Tratschtante. Als sie endlich weitergehen konnte, hatte er ihr mindestens zweimal erklärt, wie sie um die Grüninsel in der Mitte der Straße am besten zur Klöppelmeisters kommen würde und hatte sie so ganz nebenbei über ihre Absichten ausgefragt. Was war das denn, fragte sich Lena auf ihrem Gang zu Haus Nummer 19. Gut das ich mir die Rolle der Journalistin vorsorglich so ausgiebig ausgemalt habe, sonst hätte ich eben aber sehr dumm ausgesehen. Der Klöppelmeier, bekloppte Gegend, Klöppelmeister, Klöppelmeier, was wohnen hier nur für komische Vögel, hatte ja eine unheimliche Art, einem alles aus der Nase zu ziehen. Gut dass Wochenende war, sonst würde ich dem noch zutrauen, das der beim Blinker nachfragt, ob es denn dort eine Frau Fischer überhaupt gibt.

Der nächste Schritt lief dann wie geplant ab. Bei Klöppelmeisters war nur Frau Klöppelmeister anwesend, mit der Lena für Sonntagmorgen, sieben Uhr, ein Treffen mit Herrn Klöppelmeister verabredete. Ihr Mann säße sonntags immer ab der Uhrzeit am Mühlteich am Horstheider Weg, um sie so nicht beim Kirchgang begleiten zu müssen, hatte sie ihr erklärt.

„Sie treffen ihn auch jetzt dort an, dann könnten sie ihn gleich interviewen!"

„Das geht leider nicht, ich habe noch einen andern Termin. Bestellen Sie doch bitte Ihrem Mann, dass ich ihn morgen um kurz nach sieben am Teich besuche. Dann können wir so ganz nebenbei etwas fachsimpeln und ich mache mir meine Notizen für den Artikel. Petri, Heil Frau Klöppelmeister."

Von dem Gruß, hielt die offensichtlich nicht viel. Etwas pikiert beantwortete Frau Klöppelmeister demonstrativ mit: „Grüß Gott, Frau Fischer."

Der Mühlteich hatte zwei Zugänge. Einen über einen Stichweg von der Westerfeldstraße und einen direkt vom Horstheider Weg. Lena entschied sich für den zweiten, da dort keine Bebauung vorhanden war und sie ihr Rad gut zwischen den Büschen und Bäumen platzieren konnte. Mit Dreibein, Thermoskanne, Butterbrotdose und Schreibutensilien ausgerüstet ging sie den Trampelpfad am Teich entlang. Das Gelände war unübersichtlich. Es gingen immer wieder Stichpfade zum Teich. Es dauerte einige Zeit bis sie Klöppelmeister entdeckte. Am Ende des Pfades saß, auf was war nicht zu erkennen, ein riesiger Fleischberg, der sich als der Gesuchte herausstellte.

Der Mann hatte vor sich zwei Angelruten aufgestellt, links neben ihm stand eine aufgeklappte Kiste mit allen mögliche Angelutensilien und ein großer noch leerer Eimer für den erwarteten Fang. Lena platzierte sich rechts neben ihn, nachdem er seinen Kaffeebecher beiseite gestellt hatte.

„Hat schon etwas angebissen, Herr Klöppelmeister?"

„Nein, noch nicht. Ist mir auch nicht so wichtig, ich genieße hier am Sonntag um diese Uhrzeit vor allem die Ruhe. Sonntags kommt normalerweise niemand hier zum Mühlteich."

Sehr vernünftig, dachte Lena, packte ihre Brote aus und goss sich auch einen Kaffee ein.

„Von einer Mühle ist hier aber weit und breit nichts zu sehen?"

„Die stand früher auf der anderen Seite, direkt am Johannisbach, ist schon vor etlichen Jahren abgerissen worden."

„Ach so. … Die ganz dicken Fische bekommt man hier aber nicht?"

„Nee, hier gibt es nichts besonderes zu angeln."

Dann ist das hier für ihn wohl eher ein Fluchtort vor dem Hausdrachen, schlussfolgerte Lena. Mir soll's recht sein, dann stört uns wenigstens niemand und begann das angebliche Interview. Sie hatte sich theoretisch intensiv über den Angelsport informiert, um nicht gleich als völlig unbedarft aufzufallen. Die Gefahr war allerdings nicht sehr groß, da Lena nicht viel sagen musste, denn Klöppelmeister benötigte nur immer ein kleines Stichwort, um drauflos zu schwadronieren, Anglerlatein vom feinsten zu produzieren.

Lena hatte schon Knoten im Ohr und Klöppelmeister Fransen wie'n Karpfen am Maul, ohne dass sich die Möglichkeit ergeben hätte, ihm die K.o.-Tropfen in den Kaffee zu geben. Langsam wurde sie ungeduldig.

„Vielleicht sollten Sie es mit einem anderen Köder probieren?"

„Ehrlich, Frau Fischer? Es sind gar keine Köder am Haken dran."

„Oh!"

„Ich sitze hier sonntags halt nur gerne. Die Behauptung ich würde angeln, genügt meiner Frau als Erklärung. Aber jetzt, wo Sie hier sind machen wir doch eine ordentlich zurecht."

Als Klöppelmeister den Haken in der Hand hielt und aus seiner Kiste einen Köder entnahm, hatte Lena die K.o.-Tropfen parat. Eins, zwei, drei zählte Lena, als Klöppelmeister plötzlich

„Hallo Dieter!" rief.

Erschrocken zuckte ihre Hand und ein ganzer Stritz landete im Kaffeebecher. Umdrehen in die Richtung, in der Klöppelmeister schaute, mit einer Hand den Verschluss auf das Fläschchen drücken, mit der anderen den eigenen Kaffeebecher hochheben.

‚Verdammt, hoffentlich hat der nichts gesehen. Obwohl, bei dem Fleischklotz vor mir wohl eher nicht.'

„Hallo Bernd, hallo Frau Fischer!"

„Hallo Dieter!", antwortete Lena keck.

„Ich bin der Vorsitzende unseres Angelvereins und da dachte ich, wenn der Bernd schon interviewt wird, schaue ich auch mal kurz vorbei."

Hinterher wunderte sie sich, wie selbstverständlich sie in die Rolle der Journalistin geschlüpft war.

„Wunderbar, dann kann ich ja auch noch etwas Allgemeines vom Angelverein mit reinnehmen."

„Ooch!"

„Keine Sorge, Herr Klöppelmeister, sie sind heute natürlich in jeder Hinsicht die Hauptperson, bei den tollen Geschichten, die sie mir schon erzählt haben."

„Sagen Sie doch ruhig Bernd, Frau Fischer."

„Martina" sagte Lena, die beiden Männer anlächelnd.

„Frau Fischer, äh, Martina, bist du neu beim Blinker? Ich habe deinen Namen bisher gar nicht gelesen?", fragte Dieter dazwischen.

„Toll, da habe ich es ja mit einen ganz aufmerksamen Leser zu tun. Du hast recht, ich bin noch nicht lange dabei, habe bisher in der Redaktion im Hintergrund mitgearbeitet."

„Und jetzt geht's raus an die Front?"

„Genau! Und um mal gleich in die Offensive zu gehen, erzähl doch kurz etwas über den Verein, dann kann Bernd in Ruhe seinen Kaffee trinken."

Dieter lachte lauthals.

„Der trinkt lieber 'nen Kurzen, nech Bernd?"

Dieter hatte den Flachmann schon in der Hand und hielt ihn Bernd hin.

‚Verflucht noch eins, das darf doch nicht wahr sein!'

„Das macht ja keinen guten Eindruck, Dieter, was soll Martina von uns denken! Gib mir man 'nen kleinen Schuss in den Kaffee."

‚Puuh, Glück gehabt.'

„Martina?"

„Nein danke, muss noch fahren."

Bernd bekam einen kräftigen Schluck Schluck in den Kaffee und schluckte den Mix in einem Zug herunter. Dieter nahm's auch mit Journalistinnenbesuch nicht so genau und gönnte sich einen ordentlichen Drink direkt aus dem Flachmann.

„Also dann stell kurz den Verein vor, Dieter", spornte Lena ihn an.

Dieter ließ sich nicht noch einmal bitten und quasselte los, von Bernd immer wieder unterbrochen und korrigiert. Dieter berichtete gerade vom letzten feucht fröhlichen Sommerfest, als Bernd plötzlich nach hinten von seinem Hocker fiel. Ohne einen Ton von sich zu geben, lag er wie ein Maikäfer auf dem Rücken und sah die beiden verwundert an. Lena war überrascht, wie schnell das ging und Dieter natürlich erschrocken, was denn mit seinem Angelkumpel Bernd los war.

„Herzinfarkt! Bestimmt Herzinfarkt!", meinte sie, kniete sich neben Bernd, der keinerlei Reaktionen zeigte. Hecktisch tastete sie ihre Taschen ab, tat als könne sie ihr Handy nicht finden.

„Verdammt wo ist mein Handy? Dieter, ruf du die 112 an!"

„Meinst du wirklich?"

„Anrufen habe ich gesagt!", brüllte Lena.

‚Hach, was kann ich doch gut die Aufgeregte spielen.' Wobei sie sich eingestehen musste, der Bernd tat ihr sogar etwas leid. So wie sie ihn heute kennengelernt hatte, machte er eigentlich einen netten Eindruck. Aber er war vor siebzehn

Jahren dabei gewesen, hatte mitgemacht und heute bekam er dafür seine Strafe.

‚Keine Sentimentalitäten, Lena!‘, befahl sie sich.

„Krankenwagen kommt. Was machen wir denn jetzt?", meldete Dieter hektisch.

„Er atmet, zwar schwach, aber immerhin, der Herzschlag ist auch zu fühlen, also Wiederbelebung ist nicht angesagt, ich schlage vor, wir versuchen ihn in die stabile Seitenlage zu bekommen, für den Fall, dass er ohnmächtig wird oder sich erbricht."

Es blieb bei dem Versuch, die Masse Klöppelmeister konnten sie einfach nicht bewältigen.

Das Durcheinander, als der Krankenwagen da war und die Sanitäter sich mit Bernd Klöppelmeister abquälten, hatte sie genutzt, um unbemerkt zu verschwinden. Vorher hatte sie noch ihre Signatur in Bernds Kiste deponieren können. Tja, da steht es nun schwarz auf weiß, Nummer Drei hat seine verdiente Strafe bekommen. Hat ihr ja etwas Geduld abverlangt nicht nachzuforschen, aber sie hatte sich beherrschen können. Die nächsten drei Wochen würden auch hart, konnte sie doch wegen der ganzen beruflichen Termine nicht weiter aktiv werden. Aber dann war Nummer Vier, ‚Der Eremit‘, wie sie ihn getauft hatte, reif fürs Ableben.

„... Wir müssen also feststellen, ich lag mit meinen Annahmen und Schlussfolgerungen einhundertprozentig daneben. Wie heißt es doch so schön, gehe zurück auf Los, ziehe keine 4000 Mark ein. Wir sind wieder ganz am Anfang."

„Nicht nur Sie, wir alle haben falsch gelegen, Herr Klöppelmeier. Ich denke, wir waren alle vier von der Täterschaft des Smirnow überzeugt."

„Genau, Frau Feldkamp, Sie sagen es. Mensch Egi, was hat dich denn da so mitgenommen, das ist uns doch schon öfters passiert, ist doch ganz normal, dass man bei unserer Arbeit nicht immer gleich richtig liegt!"

„Gina! Dieses Miststück hat mir kackfrech den Stinkefinger gezeigt! Du glaubst doch nicht, dass die sich versehentlich beim Haus vertan hat, so doof kann keiner und keine sein, die wollte mich ganz bewusst vorführen."

„Glaube ich nicht, Egbert, in den Medien ist über die ganze Sache doch bisher nur äußerst sparsam und ohne irgendeinen Namen berichtet worden. Dass du Polizist bist, kann man sicherlich noch herausbekommen, aber dass du genau mit dem Fall befasst bist, woher soll die das wissen?", versuchte Florian den Chef zu beruhigen.

„Stimmt, das hieße dann Insiderwissen!?", gab der zerknirscht zurück.

„Ups!"

„Puh!?"

„Hm?"

„Aaah, zusammenreißen, Klöppelmeier! Ihr habt vermutlich recht, ich habe mich da reingesteigert, aber wir sollten das trotzdem im Hinterkopf behalten, man weiß ja nie. Also fangen wir wieder bei Null an. Last uns die Fakten noch einmal zusammentragen."

„Florian, hältst du bitte die Fakten am Board fest!"

„Nein Egi, lass mich das machen, der Florian hat so eine Sauklaue, da wissen wir morgen nicht mehr, was da steht."

„Wenn es euch recht ist, würde ich die Daten parallel mit in unserer Falldatenbank erfassen, dann können besser auswerten."

„Mach das, Florian. Also, wir haben drei tote Männer fortgeschrittenen Alters. Wir haben es mit großer Wahrscheinlichkeit mit einer oder mehreren Täterinnen zu tun."

Gina schüttelte leicht den Kopf,

„Ich kann mir nicht vorstellen, dass das unterschiedliche Täterinnen sind."

„Auch wenn wir durch Egbert und dem Angelvereinsvorsitzenden jetzt eine vernünftige Beschreibung haben, muss man doch sagen, die sehen alle sehr unterschiedlich aus, Gina!", fand Florian.

„Stellt sich die Frage, kann man sich so täuschend echt zurechtmachen, dass andere Menschen glauben, es mit unterschiedlichen Personen zu tun zu haben? Florian, klär das doch mal mit dem Stadttheater oder Schauspielhaus, die sollten das doch wissen."

„Ich kontaktiere gleich Babelsberg und die Bavaria Studios, die dürften da besser aufgestellt sein."

„Okay. Gehen wir jetzt hypothetisch erst einmal von einer Täterin aus, die auf jeden Fall wesentlich jünger als die Toten ist", gab Klöppelmeier die Richtung vor.

„Das Wichtigste ist doch, dass bei allen Dreien dieser mysteriöse Text hinterlassen wurde!" schaltete sich Verona Feldkamp ins Gespräch ein.

„Ich finde den nicht mehr mysteriös, Frau Feldkamp. Bei der jetzigen Entwicklung und zusammen mit den Tatsachen, drei tote alte Männer bei einer jungen weiblichen Täterin, sowie der Präsentation der Toten, deutet er meiner Meinung nach, eindeutig darauf hin, dass der Auslöser für die Taten in Richtung Sexualverbrechen an der Täterin oder ihrer direkten Umgebung zu suchen ist."

„Damit dürfte Frau Salieri richtig liegen, Frau Feldkamp. Wir haben es hier nicht mit Taten aus dem Affekt zu tun, dass, was wir hier haben, ist geplant und soll nach einem bestimmten Muster ablaufen. Die Ursache für die Taten muss ein extremer emotionaler Auslöser bei der Täterin gewesen sein, oder sie ist geisteskrank."

„Herr Klöppelmeier, Sie meinen, die Täterin hätte den Klöppelmeister genauso ausstaffiert wie Adler und Möller, wenn nicht der Angelboss dazwischen gekommen wäre?"

„Das war bestimmt der Plan, ob die Täterin den, bei dem Gewicht vom Klöppelmeister, hätte umsetzen können, möchte ich allerdings bezweifeln."

„Der entscheidende Punkt ist also immer noch, was verbindet die Toten miteinander!?"

„Richtig, Florian. Was haben wir denn bis jetzt?"

„Angeln bei Adler und Klöppelmeister, Schrebergarten bei Adler und Möller sowie gekauften Sex bei den beiden", zählte der auf.

„Dann müssen wir klären, was Klöppelmeister außer Angeln noch zu bieten hat. Das übernehmen wir, Gina und Florian versucht noch einmal, aus den Smirnows etwas Richtung Angeln bei Möller herauszubekommen."

„Die Kontakte vom Klöppelmeister lasst ihr euch aber bitte auch wieder geben, Egbert, man weiß ja nie."

„Das wird anscheinend unser neuer Wahlspruch, man weiß ja nie!", brummte Klöppelmeier.

„Außerdem müssen wir alte ungelöste Fälle heraussuchen, Egi, bei denen von mehreren unbekannten Tätern auszugehen ist. Vielleicht ergibt sich so ein Ansatzpunkt."

Die Staatsanwältin Feldkamp stimmte der Salieri zu, und Florian konnte sich die Bemerkung: „Da wäre jetzt die digitale Erfassung der alten Unterlagen sehr hilfreich", natürlich nicht verkneifen, was Klöppelmeier mit einem weiteren grimmigen Brummen beantwortete.

„Nun grummel nicht so, Egi. Etwas mehr wissen wir doch inzwischen, ganz so ansatzlos sind wir doch nicht mehr. Wie geht es denn jetzt mit dem Wladimir Smirnow weiter, Frau Feldkamp?"

„Der wird aus der Untersuchungshaft entlassen. Ich werde aber versuchen, einige Auflagen beim Untersuchungsrichter durchzusetzen."

Klöppelmeier nickte: „Das ist gut, kann auf keinen Fall schaden, Frau Feldkamp."

Die Ergebnisse der nächsten Tage waren nicht unbedingt erhellend. Zuerst meldete sich die Spurensicherung. Am Tatort waren keine Spuren mehr ausfindig zu machen. Auf dem Zettel in der Anglerkiste waren allerdings leicht verwischte Fingerabdrücke, die zu den an den beiden anderen Tatorten gefundenen passten. Da der Leichnam von Bernd Klöppelmeister bereits zum Zeitpunkt der Todesanzeige verbrannt war, stand er als Informationsquelle nicht mehr zur Verfügung. Die technischen Auswertungen hatten ebenfalls keine Erkenntnisse gebracht.

Egi und Gina führten ein ausgiebiges Gespräch mit Frau Klöppelmeister. Die Nachfrage, ob Adler oder Möller ihr bekannt waren, beantwortete sie, wie von den beiden erwartet, mit nein, und auch die Nachfrage, ob sie einen Schrebergarten hätten, wurde lachend verneint. Alles hätte Bernd gemacht, aber in der Erde herumwühlen, nein, das sei wirklich nicht sein Ding gewesen. Die Frage ob Herr Klöppelmeister auch Beziehungen zu anderen Frauen gehabt habe, beantwortete sie ruhig und abgeklärt.

„Also in den letzten zwei Jahren, seitdem er ja so extrem fett geworden war, bestimmt nicht. Er hat sich ja kaum bewegen können, hat bei der kleinsten Anstrengung geschnauft und aus dem letzten Loch gepfiffen wie eine alte Dampflok. Selbst das Angeln sei nur noch ein so tun gewesen, auch wenn er immer versucht habe, das vor ihr zu verbergen, sie habe das natürlich mitbekommen."

Auch als Witwe konnte sie sich die sarkastische Bemerkung:

„Wenn Bernd ernsthaft Sex gehabt hätte, wäre er dabei bestimmt tot umgefallen", nicht verkneifen, was Klöppelmeier natürlich gleich animierte bei dem so gearteten Gespräch mitzumachen.

„Äh, liegen geblieben."

„Wie? Ach so ja, natürlich, Herr Klöppelmeier, liegengeblieben, und realistisch betrachtet, so makaber die Vorstellung ist, wäre die Dame unter ihm wohl von der leblosen Masse erstickt worden. Aber im Ernst, als Bernd noch fit war, ist er ja öfters mit anderen Angelfreunden, Betonung liegt auf Freunden, zu mehrtägigen Angeltouren weggefahren. Die waren von Norwegen bis zum Mittelmeer mehr oder weniger über ganz Europa verteilt. Er hat das natürlich nie zugegeben, aber mit der Zeit habe ich doch herausbekommen, dass da nicht nur Fische geangelt wurden."

Florians Nachforschungen erhärteten zumindest die Theorie, dass es sich um eine Täterin handeln könnte. Die Filmstudios hatten bestätigt, dass da, unter der Voraussetzung, die Person ist bekleidet und kommt dem Betrachter nicht allzu nahe und entsprechenden Fachkenntnissen, alles möglich sei. Es könne aus Sicht der Experten daher auch ein Mann der Täter sein. Das war nun eine Information, die den Kriminologen gar nicht passte und bei den bisherigen Erkenntnissen auch als unwahrscheinlich angesehen wurde und die sie daher unter der inzwischen erstellten Liste ‚man weis ja nie' hinzufügten.

Frustrierend war das Ergebnis der Nachfragen bei den Smirnows. Die räumten nun ein, dass das so gelobte Verhältnis sich erst vor ca. 3 Jahren wieder eingestellt habe. Die 15 Jahre davor sei der Kontakt, abgesehen von dem zwischen Wladimir Smirnow und Möller, zu ihnen vollständig abgerissen gewesen. Was sie sagen könnten, wäre nur, das Andreas Möller in den letzten drei Jahren ihres Wissens keine Angelroute in die Hand genommen habe.

„Scheinheilige Bande!", schimpfte Klöppelmeier. „Den lieben Wladimir werden wir uns also noch einmal so richtig zur Brust nehmen!"

Klöppelmeiers Sympathie für Wladimir Smirnow stieg ins Gigantische, als er erfahren musste, dass der alle verfügbaren Urlaubstage eingereicht und unverzüglich, gegen die Auflagen verstoßend, in den Urlaub nach Kuba geflogen war und wie sich dann später zeigte, auch anschließend von dort nicht zurückkehrte.

PERSONALFRAGEN

Kriminalhauptkommissar Bauer war seit über sechs Wochen krankgeschrieben, hatte nun aber sein Erscheinen für die nächste Woche angekündigt, was bei Beatrice Wolter verständlicherweise erhebliches Unwohlsein erzeugte. Etliche Versuche durch den Personalrat und ihr selbst, bei dem Personalchef Schäfer-Burghard einen Termin zu bekommen, waren kläglich gescheitert. Nun wo Bauer angekündigt hatte, wieder dienstfähig zu sein, hatte sich Schäfer-Burghard endlich herabgelassen, die Wolter mit dem Personalratsvorsitzenden und der Gleichstellungsbeauftragten zu empfangen.

Das Gespräch erfüllte ihre schlimmsten Erwartungen. Bauer wurde in den Himmel gelobt und ihr etliche Fehler angelastet, die zwar alle durch gesendete Mails und den Aussagen des Kollegen Köhler widerlegt waren, was aber den Personalchef nicht davon abhielt, ihre Arbeit doch eher negativ zu beurteilen. Es war eindeutig, Schäfer-Burghard und Bauer hatten im Vorfeld gesprochen und sich abgestimmt.

Beim Punkt Mobbing wurde es für Bauer schon erheblich enger, so dass dem Schäfer-Burghard schließlich nur noch die entlarvende Aussage, man sei hier ja bei der Polizei und nicht im Mädchenpensionat, blieb. Den energischen Protest des Personalratsvorsitzenden Meier stecke er aber schulterzuckend weg.

„Herr Schäfer-Burghard, Ihre Einstellung zu den besprochenen Punkten finde ich skandalös", stellte die Gleichstellungsbeauftragte Reuter klar und kam damit zum nächsten Punkt, der sexuellen Belästigung. Wie zu befürchten, änderte Schäfer-Burghard seine Taktik nicht.

Mit: „Sie finden es also ganz normal, dass die Herren Bauer, Schulte und Hampel Frau Wolter mit BW ansprechen?", spielte die Reuter schließlich ihr Trumpf-Ass aus.

„Nun, ungewöhnlich, aber eine sexuelle Belästigung kann ich darin beim besten Willen nicht erkennen, Frau Reuter."

„Die Herren reden nicht von ‚unsere BW', was ja für ‚unsere Beatrice Wolter' stehen würde, sondern benutzen, was einige andere Kollegen bezeugen können, die Formulierung ‚unser BW'", wobei sie das ‚unser' extrem betonte.

„Äh, wie jetzt? Verstehe ich nicht?"

„Da geht es ihnen wie allen anderen, außer Bauer, Schulte und Hampel natürlich. Zum Glück ist der Kollege Köhler ein anständiger Mann und wird jederzeit bezeugen, dass BW bei den dreien für ‚Brett mit Warzen' steht! Hinzu kommt noch die Unverschämtheit von Bauer, Frau Wolter mit ‚Sie flachbusiges Schreckgespenst' anzureden. Herr Schäfer-Burghard, der Mann ist als Vorgesetzter nicht mehr tragbar!"

Schäfer-Burghard sah die Wolter an, konnte sich ein Grinsen und ein: „Ähm, na ja …", nicht verkneifen.

Beatrice Wolter sackte innerlich zusammen, furchtbar, hier habe ich es ja nur mit sexistischen Arschlöchern zu tun. Zu ihrem Glück hatte sie aber die Reuter an ihrer Seite. Gekonnt nutzte die diese unglaubliche Reaktion des Personalchefs und reagierte sofort.

„SB, ich verlange von Ihnen, dass Frau Wolter sofort, und damit meine ich ab morgen, in ein anderes Kommissariat versetzt wird!"

„Wie reden Sie mit mir, Frau Reuter! Was soll dieses blöde SB, sprechen Sie mich gefälligst vernünftig an!"

„Ach, bei sich selbst finden Sie das nicht lustig? Noch weniger lustig fänden Sie es wahrscheinlich, wenn ich mit SB nicht Schäfer-Burghard abkürze, sondern, nur einem kleinen eingeweihten Kreis bekannt, die Abkürzung für Speckbrüstchen stehen würde!"

Schäfer-Burghard wurde bleich im Gesicht, starrte die Reuter einen Moment entsetzt an, gab seine Frau doch schon seit längerem deutlich kund, dass sie seine Speckbrüstchen äußerst unsexy fand, und nun nahm diese dämliche Ziege dieses Wort in den Mund. So perplex er äußerlich war, innerlich schäumte er vor Wut, keifte in Gedanken:

,Was fällt dieser blöden Kuh ein, die kriegt jetzt aber einen Einlauf, der sich gewaschen hat!'

In seinem Sessel richtete er sich wutentbrannt so schwungvoll auf, dass seine Speckbrüstchen unter dem Hemd für alle gut sichtbar ins wippen kamen und brüllte:

„DAS IST EINE UNVER ..."

Wurde aber von der Reuter, der stimmgewaltigen Sopranistin des Polizeichores, sogleich überbrüllt:

„GANZ GENAU HERR SCHÄFER-BURGHARD!", und setzte sich damit akustisch eindeutig durch, so dass sie in normaler Lautstärke fortfahren konnte. „Eine zwar zutreffende Tatsache, aber natürlich nichtsdestotrotz eine unentschuldbare sexistische Belästigung und Beleidigung wäre das und wenn Sie damit zu mir als Gleichstellungsbeauftragte kämen, würde ich sie nicht ansehen und süffisant ,Ähm, na ja ...' äußern, sondern Ihnen empfehlen, nicht nur dienstrechtlich, sondern auch privatrechtlich gegen denjenigen vorzugehen, der das geäußert hat. Wenn nötig, auch gegen den ihn deckenden Personalchef", und mit leiser, scharfer Stimme fügte sie hinzu: „Ich hoffe, Sie haben mich richtig verstanden, Herr Schäfer-Burghard!?"

Hatte Schäfer-Burghard. Schließlich war er Jurist und wusste daher genau, dass er eben einen äußerst dummen und kapitalen Fehler begangen hatte.

Es herrschte tiefes Schweigen im Büro. Er hätte Bauers Äußerungen sofort aufs energischste verurteilen, ein Personalgespräch mit Bauer ankündigen sollen und sonstiges Bla, Bla von sich geben müssen und hätte nicht über den kleinen Busen der Wolter, in Anwesenheit der selbigen und zweier weiteren Zeugen, grinsen dürfen.

Bauer war eine Niete, wenn es um Personalführung ging. Er hasste diese leidigen Gespräche, die er deswegen führen und dabei die berechtigten Anliegen der Betroffenen abwiegeln musste. Aber Bauer wusste leider etwas, was nicht nur ihn, sondern auch den Polizeipräsidenten Milkowitsch in Bedrängnis bringen konnte. Es war zwar nichts Rechtswidriges, aber eben moralisch kritisierbar. Leider war bei solchen Sachen nie abschätzbar, was bei einem Bekanntwerden passieren würde. Das konnte sang- und klanglos durchgehen, aber genauso gut eine ganz unangenehme Entwicklung nehmen. Das wussten nicht nur Hektor und er, sondern auch Bauer. Es war also nicht klug, den in die Ecke zu treiben.

Wenn er die Wolter in ein anders Kommissariat steckte, hatte er in der III wieder eine Lücke, die er nach den Vorgaben des Innenministeriums mit einer Frau besetzen musste und somit schon den nächsten Problemfall provoziert. Während die Mischke ja ein echt heißes Geschoss gewesen war und er daher das Ausrasten der Kollegen der III bis zu einem gewissen Grad nachvollziehen konnte, hatte er bei der völlig unerotisch wirkenden Wolter gehofft, die würde so mitlaufen. Tja, das war offensichtlich anders gelaufen.

Sein Schweigen signalisierte schon langsam das Eingeständnis seines Fehlers, als Schäfer-Burghard doch noch eine Lösung einfiel, die ihm zumindest etwas Zeit für weitere Entscheidungen verschaffen würde.

„Frau Wolter, ich werde Sie, und sehen Sie das als unverdientes Entgegenkommen meinerseits an, mit Wirkung ab Montag, für ein halbes Jahr zum Kommissariat I abordnen, da die da wegen einer Mordserie Personalbedarf haben. Wenn ich mir Ihre Beurteilung von Kriminalhauptkommissar Bauer so ansehe, halte ich Sie zwar nicht für eine geeignete Kandidatin, bei Mord und Kapitalverbrechen mitzuwirken, aber angesichts der bestehenden Dissonanzen zwischen Ihnen und den Kollegen erscheint mir das im Moment die sinnvollste Lösung, um bei der III wieder Ruhe hinein zu bekommen. Nach dem halben Jahr müssen wir dann mal sehen, wie es weitergeht. Sie melden sich Montag um acht Uhr bei Kriminalhauptkommissar Klöppelmeier. Frau Reuter, Frau Wolter, Herr Meier, ich wünsche ihnen noch einen erfolgreichen Arbeitstag. Wiederseh'n."

Schäfer-Burghard nahm sich eine Aktenmappe vom kleinen Stapel auf seinem Schreibtisch, schlug sie auf und beschäftigte sich damit, ohne seine Gäste noch weiter zu beachten.

Auf dem Flur wollte Beatrice Wolter etwas sagen, aber der Personalratsvorsitzende Meier würgte sie gleich ab.

„Völlig sinnlos, über den Kerl und sein Verhalten zu diskutieren Frau Wolter. Wir wissen alle, dass er ein … ist. Das Ergebnis ist doch erst einmal gut, und in einem halben Jahr werden sie ganz sicher nicht zur III zurück müssen, dafür wird allein schon Bauer sorgen. Oder behagt ihnen Mord und Kapitalverbrechen nicht?"

„Doch, ist immer mein Ziel gewesen, in dem Bereich zu arbeiten und mit der Einschätzung zu dem", sie zeigte mit der Hand in die Richtung von Schäfer-Burghards Büro, „dürften sie vollkommen richtig liegen."

„Der Klöppelmeier ist aber auch ein spezieller Fall!", meinte die Reuter

„Ach was, Frau Reuter, der Egbert ist manchmal etwas widerborstig, hat einen merkwürdigen Humor, ist aber menschlich total in Ordnung."

Am Montag um acht Uhr klopfte Beatrice Wolter an die offen stehende Großraumbürotür vom Kommissariat I.

„Ah, Sie sind sicherlich unsere neue Mitstreiterin?"

Die Wolter grüßte, stellte sich vor und musste sich dann von Klöppelmeier die Frage:

„Kaffeekochen können sie hoffentlich?", anhören.

Sie wurde kalkweiß im Gesicht. Egbert haderte sofort mit sich selbst, das war aber auch wieder ungeschickt von ihm. Über seinen tollen Spruch lachend, fügte er daher doch lieber noch hinzu:

„Das war nur ein Scherz, Frau Wolter. Wir kochen hier alle reihum Kaffee und wenn Sie auch einen kochen können, bin ich immer einmal weniger dran. Setzen wir uns doch an unseren Besprechungstisch, dann können wir uns etwas beschnuppern. Trinken Sie denn überhaupt Kaffee?"

Die Wolter hatte den Schock schnell verarbeitet, da Florian sie gestern noch auf diese Merkwürdigkeiten von Klöppelmeier hingewiesen hatte.

„Ja, natürlich, Herr Klöppelmeier. Also, kochen und trinken."

„Prima, dann hole ich uns mal einen. Milch? Zucker?"

„Milch bitte."

Natürlich war auch Egbert vorbereitet, hatte sich gestern Nachmittag noch über Beatrice Wolter schlau gemacht. Schließlich war es äußerst ungewöhnlich, dass der Personalchef einem, selbst bei penetrantester Anforderung, einen zusätzlichen Mitarbeiter gönnte und nun bekam er eine Verstärkung einfach so. Sehr merkwürdig! Zum Glück kannten und schätzten Fritz Köhler und er sich schon lange, hatten sie doch zusammen bei der Polizei angeheuert. Da Köhler inzwischen seine Einstellung zu Bauer, Schulte und Hampel grundlegend revidiert hatte, war das private Gespräch am Sonntag dementsprechend offen und ehrlich gewesen. Egbert war also über alles bestens informiert.

Die beiden unterhielten sich schon eine ganze Weile, man war inzwischen bei der zweiten Tasse Kaffee angelangt, als Egberts Telefon klingelte. Das Telefonat verlief sehr einseitig. Egbert brummte und knurrte mehr als er sprach, notierte sich einiges und legte schließlich nachdenklich den Hörer auf.

„Haben sie schon eine Leiche gesehen, Frau Wolter?"

„Ja, vor einigen Jahren meine Oma."

„Ich dachte da eher an unsere Arbeitsleichen!?"

„Ach so, nein, bisher nicht."

„Prima, dann darf ich ihnen ja ihre Premierenleiche zeigen. Kommen Sie, wir fahren sofort los, bevor die noch ganz kalt wird", bekundete Klöppelmeier lachend seinen speziellen Humor, „Die Einzelheiten erzähle ich ihnen unterwegs."

DER EREMIT

Der Eremit war ein harter Brocken gewesen. Es hatte viel Recherche und Zeit in Anspruch genommen, bis sie ihn gefunden hatte. Sein Name tauchte in keinen greifbaren Suchmöglichkeiten auf. Das Glück war aber auf Lenas Seite. Beim Doc, der Spitzname war ihr sofort wieder präsent, als sie Dreckskerl Nummer Sechs bei Facebook gefunden hatte, las sie etwas vom Hasen, und auch da klangen alte Erinnerungen leicht an, so dass sie weiter suchte und schließlich sogar ein aktuelles Bild vom Hasen beim Doc fand, auf dem neben den beiden auch Herz Bube, allerdings ohne irgendwelche persönlichen Angaben zu ihm, stand. Sofort war sie sich sicher, das war er.

Er hatte ein älteres Gesicht als in ihren verschwommenen Erinnerungen, aber den Bürstenhaarschnitt und das bartlose Gesicht mit der Hasenscharte erkannte sie augenblicklich, der gehörte dazu. Es blieb trotzdem noch ein hartes Stück Arbeit, bis sie dem Hasen den Namen Sigi Dreier zuordnen konnte, seine Adresse herausgefunden und ihn ausgiebig ausspioniert hatte.

Herz Bube, Doc und Hase kluckten also bis heute zusammen. Bei der Ausführung hatte sie genau überlegt, in welcher Reihenfolge sie die Urteile vollstrecken wollte. Es war nun siebzehn Jahre her, aber es konnte natürlich sein, dass einer oder mehrere der Sieben Verdacht schöpfte. Als Kopf der Gruppe sah sie Herz Bube an. Es war also sicherer, erst die abzuurteilen, die heute, soweit sie das in Erfahrung bringen konnte, nicht mehr mit dem Oberlumpen in Kontakt standen. Somit rückten Doc und Hase weit nach hinten. Das Privileg, als Letzter von der Henkerin besucht zu werden, hatte natürlich Herz Bube. Da Lena die eigentliche Nummer Vier bisher nicht ausfindig machen konnte, rückte Hase einen Platz nach vorn.

Als einziges Haus lag der Kotten, ziemlich genau in der Mitte zwischen Landstraße und dem Übergang in den Forstweg, an einer schmalen Straße, die den herausfordernden Namen Reisestraße trug. Was sich die Namensgeber bei dem Namen gedacht hatten, war nicht zu ergründen. Vielleicht war er sarkastisch gemeint, weil sie sich nach der Abkopplung von der Landstraße bereits nach vielleicht 500 Metern im Forstweg auflöste, die Reise also schon beendet war, bevor sie richtig begonnen hatte.

Der Kotten selbst war ein Kleinod. Das kleine Fachwerkhaus und die aus Brettern zusammengezimmerte Scheune waren von hohen dicken Eichen umgeben. Daran schloss sich ein nicht gerade kleiner Garten an. Das Ganze war von einer bestimmt zwei Meter hohen Steinmauer umgeben, die nur an der Hofeinfahrt unterbrochen war.

Das Gelände bildete hier eine großflächige Senke, auf deren unterstem Niveau der Kotten lag. Hinter dem Garten, in südlicher Richtung, stieg das Gelände über etwas Feld und Kuhweide bis zum Buchenwald zügig an. Auf der anderen Seite, also nach Norden, war der Anstieg wesentlich moderater, endete aber auch dort nach wenigen Feldern im Wald. Im Osten, dem Ende der Reisestraße, hatten sich der Wald aus den beiden anderen Richtungen verbunden. Er umschlang das ganze, sonst bis zur Landstraße offene Gelände, mit dem einsamen Hof darin.

Der Betrachter konnte den Eindruck eines ewigen Kampfes des Bauern mit dem Ausdehnen seiner Felder und Weiden und dem Wald, der versuchte, das verlorene Terrain wiederzugewinnen und langsam aber unaufhaltsam wieder auf den Hof zuwuchs, haben.

Für Lena stellten diese Gegebenheiten eine echte Herausforderung dar. Hatte sie bei den anderen Lumpen beliebig direkt vor Ort auskundschaften und Kontakt aufnehmen können, sah das hier grundlegend anders aus. Lange hatte sie die Reisestraße selber nicht betreten, hatte dafür die Umgebung zu Fuß und per Rad erkundet, wobei sie ihre Maske unregelmäßig änderte. Letztendlich entschied sie sich für einen schon ziemlich ramponierten Hochsitz als Beobachtungspunkt. Von hieraus konnte sie mit dem Fernglas die Reisestraße und den Eingangsbereich des Hofes gut beobachten. Sollte man sie entdecken und ansprechen, betrieb sie halt Naturbeobachtung, eine Auskunft, die schlüssig sein sollte.

Sie traf niemanden, es fragte sie niemand, sie sah vom Hasen kaum etwas und fremde Leute auf der Reisestraße fast keine, von denen wiederum niemand den Hof betrat. Der Spitzname Eremit ergab sich damit fast zwangsläufig.

Der Plan, den sie sich schließlich ausdachte, war von zwei Gegebenheiten abhängig. Natürlich musste der alte Peugeot 205 vom Eremiten auf dem Hof stehen, der dann vor Ort war, und an dem Tag musste es Regenschauer, aber keinen Dauerregen, geben. Sie würde eine Radtour machen, vom Regen überrascht werden und zu allem Unglück in der Reisestraße auch noch eine Reifenpanne bekommen. Das Fahrrad zum Kotten schieben, klingeln, um Hilfe bitten, hoffentlich erst hereingebeten werden und ein Getränk angeboten bekommen. Alles weitere würde sich dann schon fügen, war Lena sich sicher.

Das Grundproblem war jedoch, die Reisestraße lag am Stadtrand von Lemgo.

Drei vergebliche Versuche hatte sie schon hinter sich, zweimal war der Eremit nicht im Haus gewesen und einmal löste sich die schöne Regenwolke vorher auf, aber heute sollte es klappen. Der Peugeot stand auf dem Hof, und das Regenradarbild auf dem Smartphone zeigte deutlich das herannahen einer kräftigen Regenwolke.

Der Regenschauer war sehr ergiebig. Lena stand triefend von den Haarspitzen bis zu den Schnürsenkeln, ihr Rad mit dem platten Hinterrad neben sich haltend, vor der Tür des Kottens, drückte auf den Klingelknopf und wartete auf eine Reaktion des Bewohners. Es dauerte, aber schließlich hörte sie jemanden zur Tür kommen.

So durchnässt war ihr trotz der ganz angenehmen Temperatur an diesem Tag schon arg kühl, aber als sich die Tür öffnete, hatte sie das Gefühl die Luft aus einem Eiskeller käme ihr entgegen. Der Mann, der da in der Tür stand, strömte eine menschliche Kälte aus, die sie so noch nie bei einem anderen gespürt hatte.

Dreier war mittelgroß, kräftig, trug eine verschlissene Jogginghose im Militärlook, eine dreckiges ärmelloses ehemals weißes Netzshirt und hatte altertümliche Hausschlappen an den sonst nackten Füßen. Die Eiseskälte entströmte seinem Gesicht. Der ausgemergelte Schädel wurde von kurzen stoppeligen weißen Haaren bedeckt, Wimpern und Augenbrauen, ebenfalls weiß, waren kaum wahrnehmbar. Die spitze Nase, das spitze Kinn und dazwischen die Hasenscharte mit den ansonsten dünnen Lippen. Die Schlimmste waren jedoch seine blauen Augen zusammen mit der völlig fehlenden Mimik.

‚Nicht drauf einlassen', dachte Lena, ‚Einfach etwas lächeln und deinen Spruch aufsagen.'

„Hallo, könnte ich bei ihnen mein Rad im trockenen flicken? Hat mich doch erst der Regen und dann so eine blöde Scherbe erwischt." ‚Lächeln!', befahl sie sich.

Dreier sage zunächst nichts, sah sie nur weiter kalt und ausdruckslos an. Dann hatte er wohl eine Entscheidung getroffen. Die Gesichtszüge einer leichten Freundlichkeit zeigten sich, ein allerdings seelenloses Muskelspiel.

„Klar, machen wir in der Scheune, aber komm man erst rein, mit'n warmen Tee im Bauch geht das besser. Ich helfe dir dann. Schieb's man erst hinters Haus. … Da beim Wagen hin."

Lena hatte das Rad wie angewiesen abgestellt, ihren Helm an den Lenker gehängt, einmal tief durchgeatmet und war dann Dreier durch die Deele in die Wohnküche gefolgt. Machte der Kotten auf den ersten Blick von außen einen halbwegs properen Eindruck, sah man im Innern, dass er schon lange vernachlässigt wurde. Die ursprünglich sicherlich große Deele hatte einer der Vorbesitzer auch mit Hilfe eines Kachelofens verkleinert und dadurch eine sehr große Wohnküche geschaffen. Rechts von der Tür war auch hier der Kachelofen mit einer umlaufenden Sitzbank, deren grüne Fliesen aber bereits an etlichen Stellen gerissen oder gar abgesprungen waren. Ziemlich mittig stand ein großer Esstisch, links davon Schränke, ein Fenster und weiter hinten eine Tür zum Garten, sowie ganz hinten, schon an der gegenüberliegenden Wand, befand sich ein altes Steinwaschbecken, auf dem etwas lag, das Lena erst beim zweiten Blick als Kadaver, sie vermutete ein Kaninchen, erkannte. Rechts, gegenüber dem Kamin, stand eine klapprige Küchenzeile und eine weitere Tür zu einem anderen Raum.

Dreier wies ihr einen Stuhl zu, bei dem sie Küchentür und Kachelofen im Rücken hatte, aber Dreiers Treiben in der Küchenzeile beobachten konnte. Wohl war ihr nicht, unterstrich doch der Raum das dumpfe gefährliche Gefühl, dass auch der Eremit verströmte.

Lena versuchte, äußerlich locker zu wirken, war aber innerlich aufs höchste angespannt.

,Wenn er den Tee bringt, muss ich so schnell wie möglich zusehen, dass ich die K.o.-Tropfen hineinbekomme und nicht zu wenig. Waren die drei anderen alt, dumm und fett gewesen habe ich es hier mit einem agilen Typen zu tun, der einen skrupellosen Eindruck macht', dachte sie und ermahnte sich, ,Also Vorsicht, Lena!'

Die Situation sollte sich explosiver entwickeln, als Lena es sich je erträumt hätte.

Dreier brachte zwei Becher mit Tee an den Tisch.

„Danke!", sagte Lena, während Dreier wortlos noch einmal zurück zur Küchenzeile ging und eine Tüte mit Keksen holte, die er mittig auf den Tisch legte.

„Bedien dich."

Dann war es erst einmal still im Raum. Der Eremit saß rechts von ihr mit dem Rücken zur Küchenzeile.

Mit: „Ein schönes Häuschen haben Sie hier", und ähnlichen Bemerkungen versuchte Lena etwas Konversation zu betreiben, die aber alle zwecklos waren, da sie außer kurzen Antworten wie ja, nein, schon und so weiter nichts zu hören bekam. Dreier sagte von sich aus nichts, hatte sie allerdings unentwegt fest im Blick, ohne das in dem ausdruckslosen Gesicht irgendeine Regung zu erkennen gewesen wäre.

Lena bekam langsam ein mulmiges Gefühl. Zwischendurch probierte sie immer vorsichtig etwas vom Tee zu trinken, der aber immer noch viel zu heiß dafür war.

Urplötzlich stand Dreier auf, Lena zuckte innerlich zusammen, aber es passierte nichts weiter, der Mann drehte sich um, ging in Richtung der anderen Tür.

„Komm gleich wieder."

Kaum hatte er den Raum verlassen, holte sie ihre K.o.-Tropfen aus der Tasche und gab vier davon in den Becher des Eremiten. Etwas beruhigt lehnte sie sich zurück. Die ganze Situation behagte Lena überhaupt nicht, Dreier machte ihr Angst.

,Hoffentlich trinkt er seinen Tee schnell, damit ich ihm die Schlaftabletten verpassen kann. Ruhiger werde ich erst sein, wenn er handlungsunfähig ist. … Mein Tee sollte ja nun wohl trinkbar sein.' Mit dem Gedanken beugte sie sich vor um einen Keks aus der Tüte zu nehmen.

In der Bewegung hatte sie plötzlich ein komisches Gefühl im Rücken, blickte an ihrer Körperseite entlang etwas nach hinten. Was sie sah, ließ ihr das Blut gefrieren. Sie sah direkt auf Dreiers Hand, die ein Jagdmesser hielt. Dreier war direkt hinter ihr.

Noch das gesehene verarbeitend, spürte sie den Griff in ihre Haare. Instinktiv, ohne darüber nachzudenken, dass sie ja zum Glück eine Perücke trug, schnellte sie nach vorn vom Tisch weg. Dreier machte die genau entgegengesetzte Bewegung, wollte sein Opfer an den Haaren haltend nach hinten ziehen.

Lenas Bewegung wäre bei einem Griff in die eigenen Haare schmerzhaft gescheitert. Dreier hatte ein anderes Problem. Er war darauf gefasst dem Gewicht und der Bewegung seines Opfers entgegenzuwirken und zog entsprechend kräftig nach hinten. Er hatte aber nur die Perücke in der Hand, kam so etwas aus dem Gleichgewicht und machte einen Schritt nach hinten, während Lena in die andere Richtung enteilte.

Sie war kurz nach vorn gehetzt, hatte sich einen Stuhl gegriffen, sich umgedreht, bereit den Angriff Dreiers abzuwehren. Der hatte sich aber nicht weiter bewegt, stand ganz ruhig auf der anderen Seite des Tisches und schaute verwundert auf die Perücke in seiner Hand und dann zu Lena hinüber.

Der Eisblock war aufgetaut, lachte leise und grinste sie an.

„Bei solchen echten Haaren würde ich auch eine Perücke tragen. Aber egal, ich fick dich auch so."

,Dann hätten wir das ja geklärt', dachte Lena, innerlich total aufgewühlt, fast panisch.

Sie merkte es erst gar nicht, aber die erlernten Übungen hatte sie inzwischen so gut antrainiert, dass sie selbst in dieser Extremsituation automatisch einsetzten und sie beruhigten.

„Den hättste lieber trinken sollen, hätte es für uns beide einfacher gemacht."

Ihr Teebecher lag umgekippt am Tischrand, sie musste ihn wohl beim Aufspringen umgestoßen haben. Es bedurfte eines Augenblicks, bis sie es realisierte.

„K.o.-Tropfen!?"

„Klar, macht die Sache doch angenehmer, wenn du nicht rumzicken kannst. Aber mach dir keine Sorgen, wenn du die Beine nicht breit genug machst, binde ich dich eben fest oder kitzel dich etwas." Dabei hielt er ihr grinsend das Messer entgegen.

Die Bretschneider-Übungen wirkten, Lena war wieder ruhig geworden, konnte klar und ohne Panik denken.

‚Ich muss Zeit gewinnen, um einen Ausweg zu finden. Quatsch mit ihm, halt ihn hin.'

Dreier bewegte sich ganz langsam von der Küchentür weg am Tisch entlang. Lena musste sich daher in die andere Richtung bewegen um ihn auf Abstand zu halten.

„Dann lassen Sie mich aber gehen?!"

„Klar! … Aber vielleicht gefällt es dir ja so gut, dass du etwas länger bleiben möchtest." Sympathisch, schelmisch, sagte er das, derselbe Mann, der bis vor kurzem nicht die geringste Mimik oder normale Reaktion an den Tag gelegt hatte.

‚Wenn er weiter in die Richtung geht, könnte ich die Küchentür vor ihm erreichen! … Quatsch, das ist eine Falle, er will, dass ich da hinrenne. … Wenn ich wenigstens auch eine Waffe und nicht nur diesen blöden Stuhl hätte!?'

„Ich werde dich ordentlich durchficken, habe nämlich schon länger kein Frischfleisch gehabt."

„Hauptsache du bringst das auch! Sieht nicht so aus, als ob du einen ordentlichen Schwanz in der Hose hättest!"

Dreiers grinsendes Gesicht verzerrte sich zu einer hässlichen Fratze.

„Dir werd ich's zeigen, du kleine dreckige Fotze."

Lena sah ihm an, dass er vor Wut kochte und jetzt die Entscheidung suchen würde. Sie hatte allerdings inzwischen auch einen Plan. Ihr war rechtzeitig das tote Kaninchen in ihrem Rücken wieder in den Sinn gekommen und dass daneben ein Messer lag. Sie musste da nur herankommen, bevor Dreier zur Stelle war. Einfach nur hinspurten würde nicht reichen, selbst wenn sie schnell genug wäre, wäre das Schwein auch sogleich zur Stelle, und dann würde es brenzlig. Sie brauchte für eine Auseinandersetzung Platz, um auch ihre Kickboxerfähigkeiten einsetzen zu können, denn damit dürfte er nicht rechnen. Also musste sie den jetzt hoch konzentriert auf der anderen Tischseite Stehenden ablenken.

Eine schnelle Bewegung mit dem Oberkörper Richtung Küchentür, und schon reagierte Dreier entsprechend. Allerdings hatte Lena nie wirklich vor, sich in die Richtung zu bewegen, es war nur ein Antäuschen, um Zeit zu gewinnen gewesen, um dann so schnell es ging zur Steinspüle zu spurten. Ankommen, das Messer, das neben dem Kaninchen lag, greifen, herumwirbeln und es abwehrbereit vor sich halten, war alles ein kurzer Augenblick. ... Es war kein Dreier mehr da!

Dreier bestand nur noch aus Wut und Hass auf diese Hure, die er ausgiebig quälen und erniedrigen, an der er seine Phantasien ausleben würde.

‚Genau das sollst du', triumphierte er, als er Lenas Bewegung sah, um sogleich zu reagieren.

‚Verdammt, die wollte in die andere Richtung, was soll …
verflucht, das Messer am Kaninchenbalg.'

Dreier änderte augenblicklich seine Bewegungsrichtung.
Mit normalen Straßenschuhen wäre ihm das wohl auch gelungen, er hatte aber die Hausschlappen mit der glatten Sohlen an den Füßen, rutsche im verschütteten Tee weg, verhedderte sich mit den Füßen und stürzte seitlich nach hinten. In der einen Hand das Jagdmesser, in der anderen die Perücke, war sein Gehirn beim Fallen mit der Entscheidung beschäftigt, welchen Gegenstand welche Hand freigeben sollte, um sich abzufangen. Die Fragestellung löste es nicht mehr.

Schnell atmend, Adrenalin in allen Adern, kampfbereit, stand Lena da, sah sich verwundert um. ‚Wo war Dreier geblieben?'

Dann wurde sie sich der zwei Geräusche bewusst, die sie während ihrer Aktion wahrgenommen hatte. Erst so etwas wie das Knacken einer Nuss und dann das Geräusch eines umfallenden Mehlsacks.

Vorsichtig ging sie um den Tisch herum. Nun konnte sie seine ineinander verwickelten Beine auf dem Fußboden sehen. Noch ein vorsichtiger Schritt vorwärts, das Messer einsatzbereit in der Hand. Da lag er, der Kopf, angewinkelt an der Kachelofensitzbank, schaute in die andere Richtung, so dass sie sein Gesicht nicht sehen konnte. Aber der Rest sah sehr erfreulich aus. Die Stelle, an der Dreier mit dem Kopf an die Sitzbank geschlagen war, gehörte passenderweise zu den defekten Stellen, an denen Kacheln fehlten. Er hatte also mit dem Kopf eine scharfe Kante getroffen. Die Blutspur zog sich von der oberen Kante bis zum Boden, auf dem sich inzwischen eine ansehnliche Blutlache gebildet hatte.

Lena trat gegen die blanke Fußsohle, der Schlappen war beim Sturz durch die Luft geflogen und lag etwas weiter weg auf der Erde. Keine Reaktion, weder vom Fuß noch von der abgewinkelt liegenden Hand, die auf dem Messergriff lag. Jederzeit abwehrbereit ging sie anders um den Tisch herum, sah in das Gesicht von Sigi Dreier, dem Eremiten und entspannte sich. Die leeren aufgerissenen Augen, der schief aufstehende Mund, der Mann war tot.

Sie sah ihn sich an, erinnerte sich an dessen Gerede von eben. Ihr wurde fast übel vor Hass und Ekel, als sie daran denken musste, dass dieses dreckige widerwärtige Subjekt vor siebzehn Jahren über ihre Mutter und Schwester hergefallen war, sie vergewaltigt hatte.

‚Schade, dass er wohl vom Krepieren nichts richtig mitbekommen haben wird.'

„Wie vielen Frauen der wohl in den Jahren dazwischen etwas angetan hat?", fragte sie sich. „Was mache ich jetzt mit meiner Perücke?"

An die kam sie nämlich nicht so ohne weiteres heran, da die linke Hand von Dreier mit dem Bibbi halb unter ihm verborgen war.

„Bleibt sie halt hier."

Das laute Reden mit sich selbst hatte eine beruhigende Wirkung, versetzte ihren Körper wieder in den normalen Modus.

Nach etwas Überlegen und Internetrecherche stand ihr Endschluss fest. Sie würde nicht wie ursprünglich geplant nach Bielefeld zurück fahren, das war ihr ohne Perücke zu gefährlich, sondern mit dem Rad nach Detmold und dann mit dem Zug nach Münster. Das war ein langer Ritt und teuer würde es auch, aber in jedem Fall die sicherere Lösung. Hier im Haus würde sie, bis auf das Platzieren des üblichen Urteilsspruchs auf dem Tisch, nichts mehr machen. Den Zettel legte Lena auf den Tisch, fixierte ihn mit einem kräftigen Hieb des

Kaninchenmessers, zog im Flur ihre Regenklamotten an und verließ das gespenstische Haus.

Es hatte wieder angefangen zu regnen, was das Fahren unangenehmer machte, aber den Vorteil hatte, dass dadurch die Wahrscheinlichkeit beobachtet zu werden erheblich sank. Hinterrad aufpumpen, Helm auf, ein vorsichtiger Blick über die Mauer zu jeder Seite. Die Luft war rein. Auf der Reisestraße und in der Umgebung war kein Mensch zu sehen. Also nichts wie weg Richtung Wald.

Der vierte Drecksack war erledigt.

LAGEBESPRECHUNG IN NEUER RUNDE

Der Chef persönlich war für die Besprechungsrunde am Kaffeekochen, so dass Gina, Florian und Beatrice Wolter sich noch kurz ungestört unterhalten konnten.

„Schön, dass du jetzt in unserem Kommissariat arbeitest, Beatrice. Wie läuft's bisher?"

Gina war im Urlaub gewesen, hatte heute wieder ihren ersten Arbeitstag und machte sich etwas Sorgen, wie denn Egi mit der Neuen umgegangen war.

„Prima, nette Kollegen, interessante Arbeit."

Etwas verwundert sah Gina zu Florian hin, so nach dem Motto ‚Wie ist es denn in Wirklichkeit?'

Florian grinste: „Nein, Gina, alles in Ordnung. Egbert duzt Beatrice sogar schon!"

„Ehrlich?"

„Hat er mir gleich auf der Fahrt nach Lemgo angeboten."

„Der Chef macht sich", schmunzelte Florian.

„Unglaublich. Wobei, da kann man ja richtig neidisch werden, wenn man bedenkt, durch was für eine Mühle er uns zuerst gedreht hat."

Da Egbert mit dem Kaffeebechern kam, wurde das Thema nicht weiter vertieft.

„So, da ist der Kaffee. Zweimal mit Milch für Beatrice und Gina, einen mit extra viel Zucker für unseren Florian und einen schwarzen für mich."

Die beiden Alteingesessenen wussten, soviel Aufmerksamkeit und Fürsorge, das konnte nichts Gutes bedeuten.

„Gina, wie war der Urlaub, wie war's auf Sizilien?"

„Danke der Nachfrage Egi, so halb, halb. Die ersten zwei Wochen Badeurlaub waren super, aber die letzte Woche waren wir ja bei der Familie, und zu allem Überfluss ist Papa in Begleitung seiner neuen Flamme Frau Schuster dazugekommen. Es war gruselig."

„Ja, ja, die Familie, die kann ganz schön anstrengend sein."

„Vor allem in Italien, und sizilianische Familien toppen das noch spielend. Was gibt's denn hier Neues?"

„Genau, was gibt es hier Neues. Es geht weiter, wir haben jetzt vier Leichen."

„Mist, haben sich denn wenigstens neue Ermittlungsansätze ergeben?"

„Nicht wirklich, Gina, leider. Ich habe mir ein paar Gedanken gemacht, die ich mit euch gerne diskutieren möchte. Vorher musst du aber zumindest oberflächlich auf den aktuellen Stand gebracht werden. Für Beatrice war es ja ihre erste Arbeitsleiche, da kann sie das ja mal übernehmen. Einverstanden, Beatrice?"

„'türlich, übernehme ich gern, Egbert."

Eine Woche Kommissariat I hatten alle Lebensgeister von Beatrice Wolter wieder geweckt. Was konnte das Leben doch schön sein, wenn man mit anständigen Menschen zusammenarbeitete.

„Das war ja mein erster Toter, den ich mir beruflich ansehen musste, und der hatte auch gleich noch über eine Woche dort gelegen, bis er entdeckt wurde. War nicht gerade angenehm, habe es aber ganz gut ertragen."

„Das Kaninchen nicht vergessen, Beatrice. War leider nicht mehr genießbar", lachte Egbert vergnügt.

„Selbst wenn, der Geruch in dem Haus hätte mir jeden Appetit darauf ausgetrieben, Egbert. Der Fundort ist ein Kotten in Lemgo, der total einsam an einer kleinen Stichstraße liegt. Der Tote heißt Sigi Dreier, wurde 53 Jahre alt, ist mehrfach wegen schweren Raubes, Körperverletzung und Vergewaltigung vorbestraft. Er lebte dort allein. Gestorben ist er an seinem eingeschlagenen Schädel."

„Oh, wird unsere Täterin jetzt handgreiflich?", wunderte sich Gina.

„Jedenfalls nicht direkt, Gina. Dreier ist offensichtlich in einer Teepfütze ausgerutscht und mit dem Kopf auf die Kante der Sitzbank vom Kachelofen geknallt, was für ihn tödlich war. Allerdings lag unter seiner rechten Hand ein Messer und in der linken hielt er eine schwarzhaarige Perücke."

„Hm!"

„Die Signatur unserer Täterin lag auf dem Esstisch und war mit einem weiteren Messer angetackert."

„Dann haben wir einen weiteren Toten, der zur Serie gehört, in diesem Fall aber nicht ermordet wurde?"

„So ist es. Für den Tod vom Dreier wird man sie nie verurteilen. Der Dreier stand übrigens drei mal wegen Vergewaltigung vor Gericht, wurde aber nur einmal verurteilt. In den beiden anderen Fällen hat das Gericht den Frauen nicht geglaubt", ergänzt Florian.

„Das kommt noch besser, oder zutreffender schlimmer, wie ich heute morgen erfahren habe, aber das erzähle ich, wenn Florian kurz die Ergebnisse der KTU vorgetragen hat", fügte Egbert hinzu.

„Ja, ... wo fange ich an!? Es ist sicher, dass es unsere Täterin war, wir haben die Fingerabdrücke und auch DNA-Spuren von ihr gefunden. An dem Messer, das im Tisch steckte, haftete noch Kaninchen-DNA, ist daher vermutlich erst im Zuge der Auseinandersetzung ins Spiel gekommen. Interessant ist noch, dass sowohl in dem verschütteten Tee, als auch in dem der vollen anderen Tasse, K.o.-Tropfen enthalten waren. Die haben anscheinend versucht, sich gegenseitig auszuschalten. So wie Dreier die Perücke in der Hand hat, dürfte er unsere

Täterin von hinten angegriffen haben. Irgendwie ist es dann dazu gekommen, das er mit seinen dämlichen Schlappen ausgerutscht ist. Finis! Interessant ist sicherlich noch, dass Dreier eine umfangreiche Angelausrüstung besaß. Außerhalb des Hauses sind bisher keine Spuren gefunden worden. Okay, denke, das müsste es auf die Schnelle gewesen sein!?"

„Genau, bis heute morgen, nun gibt's noch etwas Neues. In der Scheune steht ein fast fabrikneuer Golf ohne Nummernschilder, der mit einer Plane abgedeckt war. Die Fahrgestellnummer war allerdings noch unangetastet vorhanden. So konnte die KTU schnell feststellen, dass er einer seit gut einem halben Jahr vermissten Frau gehört", berichtete Egbert nun.

„Verdammt, war das ein Dreckskerl!"

Angewidert schüttelte Beatrice sich, fragte: „Du sagst es Florian, ob das mit unserem Fall zusammenhängt?"

„Denke eher nicht, Beatrice. Denke dabei daran, das Klöppelmeister seit etwa zwei Jahren so dick war, dass er sich kaum noch bewegt hat. Das passt nicht so recht, aber wir müssen es natürlich abklären. Zumindest ist so ein ungeklärter Fall aufgelöst. Was meinst du, Gina?!"

„Stimme dir zu, Egi, vor allem denke ich, dass unsere Täterin keine Ahnung hatte, mit wem sie sich da anlegt. Ich würde spekulieren, die hat ihr erprobtes Programm durchziehen wollen, ist dann aber ganz böse überrascht worden. Die dürfte heilfroh gewesen sein, als Dreier ausrutschte und sich den Schädel einschlug."

„Wenn wir schon bei Zusammenhängen sind, die könnten natürlich auch zu den nicht verurteilten Vergewaltigungsvorwürfen bestehen."

„Da stimme ich dir zu, Beatrice. Ich möchte, dass du dir die Vergewaltigungsprozesse gegen Dreier und auch die jetzt geklärte Vermisstenmeldung genauestens vornimmst. Die KTU beginnt übrigens morgen mit der Suche nach der Leiche auf dem Hofgelände."

„Als alternder Single hat man am Wochenende ja nicht so richtig was um die Ohren, kann also in Ruhe nachdenken. Was ich dann mal versucht habe, da sich mit Dreier das Bild doch erweitert und verändert hat. Unsere Toten wurden gezielt ermordet, bei allen finden wir den bekannten Text, und wenn es der Täterin möglich gewesen wäre, hätte sie bestimmt auch Klöppelmeister und Dreier so zurechtgemacht wie Adler und Möller. Es sollte also eine gemeinsame Ursache geben, die unsere Täterin extrem belastet und ungeheuren Hass und Rachegedanken erzeugt. Wenn sie die Zettel nicht am Tatort zurückgelassen hätte, würden wir noch mehr im Dunkel tappen, bzw. wir hätten die gezielte Tötung gar nicht als solche bemerkt. Adler war schon fast als Selbstmord abgehakt, Klöppelmeister wäre als natürliche Todesursache durchgegangen und bei Dreier würden wir wohl verzweifelt in seinem kriminellen Umfeld nach einer beteiligten Person suchen. Lediglich bei Möller hätten wir nicht wirklich gewusst, woran wir sind. Der Täterin wären wir also noch weniger auf der Spur als jetzt. Es geht ihr also nicht darum, möglichst unentdeckt zu töten, sondern sie will bewusst eine allen sichtbare gezielte Aburteilung durchführen. Sie wird erst aufhören, wenn sie die in ihren Augen Schuldigen abgeurteilt hat. Danach wird sie vermutlich nie wieder kriminell auffallen. Stimmt ihr mir soweit zu?"

Die drei nicken.

„Gut. Sehen wir uns die Opfer etwas genauer an. Die vier könnten zum einen nicht unterschiedlicher sein, vom Alter, von den Berufen, von der Lebensführung, haben aber andererseits auch Ähnlichkeiten in Bezug auf außerehelichen bzw. käuflichen Sex und Angeln. Bei Möller ist das mit dem Angeln ja auch nicht wirklich sicher ausgeschlossen. Nun könnten die ja zum Beispiel alle in dem selben Angelverein sein! Sind sie aber nicht. Auch sonst scheint es keine Schnittpunkte zwischen den Männern zu geben. Es stellt sich also die Frage, wo oder wie kommen die zusammen, um als Gruppe ein Verbrechen zu begehen? Ich habe eine Vermutung, will aber doch mal hören, was ihr so denkt."

Es stellte sich schnell heraus, dass das Team die selben Überlegungen anstellte wie ihr Chef.

Die größtmöglichen Voraussetzungen dafür sahen sie in von Dritten organisierten Freizeitangeboten, wie geführte Wanderungen, organisierte Radtouren, Angeltouren und so weiter. Hier trafen sich Menschen, die sich vorher nicht kennen mussten, aber so eine Zeitlang zusammen waren, sich also ein gewisses Gemeinschaftsgefühl bilden konnte und die am Ende der Veranstaltung auseinandergingen, nicht mehr in Kontakt stehen mussten. Traf sich so eine kleine begrenzte Gruppe mit ähnlichen Verhaltensmustern, bedurfte es vielleicht nur einer Art Führungsperson und einer Gelegenheit, um zum Beispiel gemeinsam ein Sexualdelikt zu begehen.

Gina machte dicke Backen, ließ hörbar die Luft heraus. Bevor sie etwas sagen konnte, kam ihr Beatrice mit einer Frage in die Runde zuvor:

„Können uns denn da die Angehörigen nicht weiterhelfen?"

Egbert brummte grimmig:

„Die Klöppelmeister hat absolut keinen Überblick wann, mit wem und wohin ihr Mann ohne ihr überall hingefahren ist, um Fische zu fangen. Ist fast verwunderlich, dass der überhaupt mal zu Hause war. Die Smirnows hatten jahrelang keinen Kontakt zu Möller, und der einzige der uns da helfen könnte hat sich anscheinend wirklich nach Kuba abgesetzt. Bei Dreier haben wir überhaupt keinen Ansprechpartner, der hat keine Verwandtschaft mehr, und mit einer Person fest leiert war er wohl auch nie. Bleibt also noch die Adler. Die mauert allerdings konsequent, behauptet steif und fest, sie weiß absolut nichts, egal in welche Richtung wir fragen."

„Mist!"

„Du sagst es, Beatrice", stimmte Florian zu und Gina kam endlich dazu ihren Kommentar abzugeben.

„Dann haben wir aber einen irre großen Berg vor uns, wenn wir die ganzen Anbieter, die es da gibt, abklappern müssen! Wir waren ja bisher ziemlich auf Bielefeld fixiert, aber solche Angebote werden ja in der Regel nicht nur in einer Region angeboten, da können wir deutschlandweit suchen!"

„Aber unsere bisherigen Opfer lebten alle in Ostwestfalen."

„Schon, Florian, aber wer sagt uns denn, dass die Täterin ihre Liste nicht einfach Wohnort für Wohnort abarbeitet?"

„Könnte es nicht sein, dass es in der Republik schon passende Opfer gibt?"

„Die Überlegung ist nicht abwegig, Beatrice,", schaltete Egbert sich wieder ein, „ich habe daher schon eine bundesweite Abfrage gestartet. Die Sache ist aber so ungewöhnlich, dass wir davon sicher doch schon gehört hätten. Außerdem handelt es sich aus Sicht unserer Täterin höchstwahrscheinlich nur um eine sehr begrenzte Anzahl von Tätern. Ich würde auf maximal zehn Personen tippen. Arbeiten wir uns also von Bielefeld, Ostwestfalen, NRW und so weiter langsam vor."

Sich am Kopf kratzend meinte Florian: „Nun ja, wir haben vier Namen, also suchen wir erst einmal Anbieter, bei denen mindestens ein Name auftaucht um dann genauer nachzufragen, das wird die Sache etwas beschleunigen."

„Außerdem können wir doch einen groben Zeitrahmen vorgeben. Klöppelmeister ist seit mindestens zwei Jahren zu solchen Reisen nicht mehr in der Lage gewesen und Dreier ist erst seit einem Dreivierteljahr auf freiem Fuß, nachdem er zweieinhalb Jahre gesessen hat."

„Beatrice sagt es. Wir können den Zeitraum auf vor dreieinhalb bis vor fünf Jahren eingrenzen."

„Lass uns das nicht zu eng sehen, Egi! Ich würde eher auf acht bis zehn Jahre gehen."

„Na gut, da haben wir einen Berg Arbeit vor uns, aber packen wir's an. Oder?"

Gina lachte: „Mensch, Florian, so gut müsstest du Egi doch inzwischen kennen, wenn er freiwillig Kaffee kocht, hat er bestimmt mehr zu bieten als nur eine einzige Fleißaufgabe. Ich würde da auf das Stichwort Hotel tippen. Oder etwa nicht, Egi?"

„Stimmt, der Tatort wird ja wer weiß wo gewesen sein, die Täterin kann auch wer weiß wo wohnen, die müsste dann zu ihren Taten immer anreisen", meinte Beatrice bevor Egbert etwas sagen konnte.

Egbert zeigte mit der Hand in Richtung Beatrice.

„Seht ihr, darum hat unser begnadeter Personalchef Beatrice zur I versetzt! Der weiß, dass wir hier nur schlaue Köpfe gebrauchen können."

„Zeitlich abgeordnet", korrigierte die Gelobte in einem Ton großen Bedauerns.

Egbert legte ihr kurz die Hand auf die Schulter: „Keine Sorge, Beatrice, das wird sich ändern. … Das ist auch meine Vermutung. Wir müssen bei den Hotels nachfragen, wer um die Tattage übernachtet hat und dann die Angaben vergleichen. Vielleicht haben wir Glück und die Täterin fühlt sich absolut sicher und hat immer den selben falschen benutzt oder gar ihren richtigen Namen."

Florian kratzte sich schon wieder am Kopf: „Das ist ja Arbeit ohne Ende, aber ich würde noch eine on top hinzufügen."

„Lass hören, Florian!"

„Nun Egbert, ich habe überlegt, dass Perücken ja ganz schön teuer sind, vor allem wenn sie, wie die bei Dreier gefundene, auch noch aus Echthaar besteht. Unsere Täterin hat davon ja einige, wie wir aus den unterschiedlichen Beschreibungen wissen, und anscheinend nicht nötig die unbedingt beisammen zu halten. Das müsste doch auffallen, wenn jemand so viele Perücken kauft."

„Chapeau Florian, an den Ansatz hatte ich noch nicht gedacht."

„Wenn man die selber vertreibt, wird es nicht ganz so teuer."

„Könnte sein, Gina. Wir erfassen alles in meiner Datenbank, und dann sehen wir einmal was dabei herauskommt."

„Gut, dann haben wir unsere nächsten Aufgaben ja beisammen. Beatrice kümmert sich zuerst um die Altfälle, Florian um die Perücken, Gina um die Reiseanbieter und ich um die Hotelbuchungen. Wer fertig ist, unterstützt die anderen. Okay!?"

„Okay!" antwortete die Runde.

„Prima, dann hole ich uns noch eine Runde Kaffee zum Aufputschen."

Der eigentliche Schock hatte erst zu Hause eingesetzt, als Lena, die Füße auf dem Tisch, mit einem Bier, gemütlich im Sofa saß. Na, das war ja gutgegangen. ... Verdammt! ... Ihre Hand mit der Bierflasche zitterte, ihr lief ein kalter Schauer den Rücken hinunter. Das Schwein hätte mich abgemurkst, wenn es mich erwischt hätte. ... Nein, nicht sofort. Erst hätte er mich vergewaltigt.'

Ihr wurde bewusst, dass sie es bisher eher als ein Spiel angesehen hatte. Adler, Möller und erst recht Klöppelmeister hatten den Eindruck harmloser Männer vermittelt, die einmal im Leben ihren Trieben kein Stopp geboten, sondern sie rücksichtslos ausgelebt hatten. Langsam wurde Lena klar, dass es dafür Mitstreiter bedurfte, die die Situation entsprechend vorantrieben, Mitstreiter, die von Grund auf schlecht waren. Sie hatte es jetzt mit dem harten Kern der Bande zu tun, es war kein Spiel mehr.

Sie benötigte unbedingt etwas Abstand, sie musste sich neu fokussieren, sie verordnete sich mindestens vier Wochen geistigen Urlaub von ihrem Projekt. Am Ende der Urlaubszeit holte es sie jedoch wieder ein.

Den Job bei BWR hatte sie ja immer noch. An diesem Nachmittag hatte sie wieder einmal Dienst, saß bei BWR am Computer und arbeitete, als Frau Herbst zu ihr kam.

„Frau Koslowsky, Sie kennen sich ja inzwischen mit der Datenbank aus. Würden Sie bitte einmal klären, ob die Personen, die in der von mir eben weitergeleiteten Mail stehen, bei uns als Kunden geführt werden? Ich muss nämlich jetzt zu

Herrn Becker, und die Bielefelder Polizei hätte gern kurzfristig eine Antwort."

„Kein Problem, Frau Herbst. Soll ich das Ergebnis gleich an die Polizei zurückmelden?"

„Nein, das mache ich dann. Das Ergebnis also bitte nur mir schicken."

Da standen sie fein säuberlich alphabetisch untereinander. Die Polizei zog also inzwischen Schlüsse in die richtige Richtung. Tja, liebe Polizei, es tut mit ja außerordentlich Leid, aber das Ergebnis der Abfrage wird nichts brauchbares ergeben, denn Nature-Tours kenne ich offiziell gar nicht, und netter weise fragt ihr nur auf zehn Jahre zurück betrachtet nach. Da wird auch die Herbst nicht noch bei Nature-Tours nachsehen.'

Artig erledigte sie die Abfragen und fügte die jeweiligen Resultate ihrer Mail an die Herbst bei. Zu ihrer Freude gab es sogar einen Treffer. Herr und Frau Adler hatten vor neun Jahren an einer BWR-Busreise nach Wien und Budapest teilgenommen. Als sie die Mail an die Herbst senden wollte, warf Lena zufällig noch einen Blick auf den Absender der Polizei-Mail und stutzte, Kriminalhauptkommissar Egbert Klöppelmeier? Klöppelmeister war ja schon seltsam, aber Klöppelmeier toppte den eindeutig noch. Den komischen Namen dürfte es nicht so oft geben, irre, sie sollte den Mann also kennen und hatte, wenn er es war, sogar schon mit ihm gesprochen.

Das Leben ist voller Zufälle, resümierte sie auf dem Nachhauseweg. ‚Es kann also auch immer welche zu meinen Ungunsten geben. Die Zeit läuft gegen mich, ich sollte endlich wieder weitermachen.'

Zu Hause hatte sie den Fernseher eingeschaltet, es liefen Nachrichten, die Lena nicht wirklich interessiert verfolgte. Als ein Beitrag, sie konnte nicht einmal sagen, um wen es ging, Szenen einer Trauerfeier zeigte, hatte sie auf einmal eine Lösungsmöglichkeit für das Problem Sven Paulsen, an die sie bisher überhaupt nicht gedacht hatte. Der Anruf am nächsten Tag beim Friedhofsamt in Bielefeld bestätigte ihre Überlegung. Als sie auflegte, musste Lena grinsen, in gut einer Woche war Totensonntag, das passte doch wunderbar.

Währenddessen liefen im Kommissariat I die Rechner heiß, glühten die Ohren vom vielen Telefonieren, schmerzten die Fingerkuppen vom gnadenlosen Tippen auf Telefon- und Rechnertastaturen. Am schmerzhaftesten für das Team waren jedoch die Ergebnisse. Einfach nichts Greifbares, keine Spur, es war zum Verzweifeln.

„Ich befürchte langsam, die schlimmste Variante trifft zu", warf Egbert in einer Arbeitspause in den Raum.

„Es war eine privat organisierte Reise!?"

„Genau das mein ich, Florian."

„Dann müssen wir die Adler in Beugehaft nehmen, die muss doch was wissen", schlug Beatrice vor.

Es war still im Raum, bis ein Telefon die nachdenkliche Ruhe störte.

„Gina dein Telefon klingelt!"

„Ich höre es, Florian."

Gina ging zu ihrem Arbeitsplatz.

„Ich hasse den Apparat inzwischen, wisst ihr das?"

Sie nahm ab.

„Sal … Hallo Papa. Papa ich … Papa das ist nicht … Hm … Hm … Okay, ihr bleibt wo ihr seit und lasst niemanden da ran, wir kommen sofort. Bis gleich!"

Verwundert sahen die drei anderen zu Gina rüber.

„Jetzt wird es langsam skurril. Mein Vater und Frau Schuster haben den Fünften gefunden."

Die Spurensicherung hatte inzwischen den Weg und das Grab auf dem Sennefriedhof abgesperrt und suchte verzweifelt nach irgendwelchen verwertbaren Spuren.

„Wir haben Ritas verstorbenem Mann ein Gesteck auf sein Grab gelegt. Als wir gehen wollten, ist uns in der übernächsten Reihe diese komische Stange mit dem flatternden Zettel daran aufgefallen und wir haben sie uns näher angesehen", erklärte Vater Salieri ruhig.

Frau Schuster war da schon wesentlich aufgebrachter.

„Wer macht denn so etwas! In ein Grab einfach so einen Holzstab schlagen und dem Toten dann auch noch schlimme Taten vorwerfen. Kurz vor Totensonntag. Das ist doch Grabschändung!"

Gina hatte Mühe, ihren Vater und Frau Schuster vom Grab weg und aus dem abgesperrten Bereich zu befördern. Als sie zum Grab zurück kam, sah Klöppelmeier trübsinnig auf den Holzpflock, der in den Bereich des Grabes geschlagen war, an dem sich der Oberkörper des Toten befinden konnte.

„So Egi, Miss Marple und Mr. Stringer sind wir los."

Egbert musste lachen. „Habe ich dir eigentlich schon einmal gesagt, wie sehr ich das schätze, dass du es immer wieder verstehst, mich aus meinen trübsinnigen Anwandlungen herauszuholen?"

Gina legte ihm die Hand auf die Schulter, was bei dem Höhenunterschied gar nicht so einfach war.

„Wir sind halt ein gutes Team, Egi, und die", dabei deutet sie stellvertretend für die Täterin auf den Holzpflock, „wird uns nicht ewig an der Nase herumführen."

„Das ist das richtige Bild, Gina. Die führt uns die ganze Zeit wie Tanzbären am Nasenring durch die Manege. Ich würde drauf wetten, das hat die akkurat geplant. Ach, der Paulsen ist schon von allein gestorben, schade, aber dann serviere ich ihn den Bullen eben passend zu Totensonntag, haue ihm wie im Vampir-Film einen Holzpflock ins Herz. Verdammtes Luder!"

„Sie vergisst dabei aber, dass wir immer mehr Puzzlestücke bekommen, die ein immer besseres Bild ergeben, durch das wir sie erwischen werden. Da bin ich mir ganz sicher, Egi."

„Hm, ja, damit hast du natürlich recht, aber es sind jetzt schon vier Männer gestorben, ohne dass wir es verhindern konnten. Das ist nicht gerade ein erhebendes Gefühl."

„Noch schlimmer ist, dass wir sehr wahrscheinlich auch den nächsten Mord, wenn es denn einen nächsten gibt, nicht werden verhindern können. … Paulsen ist seit über acht Jahren tot. Wenn wir Angehörige ermitteln können, können wir vielleicht in Erfahrung bringen, ob er zum Beispiel plötzlich durch einen Unfall gestorben ist, oder ob er eine längere Krankheit hatte. Damit können wir immer besser einschätzen, wann das auslösende Ereignis stattgefunden hat."

„Eins ist aber allein mit den acht Jahren klar, wir müssen uns darüber Gedanken machen, warum erst jetzt! Vielleicht ergeben sich mit den Überlegungen neue Ermittlungsansätze."

„Eine Bratwurst, Herr Bauer? Ich gebe einen aus!"

„Eine Wurst ja, aber ich zahle selber."

„So zart besaitet!?", grinste Martens hinterhältig.

„Ich will mich nur für die Informationen bedanken, die ich hoffentlich gleich von ihnen bekomme", fügte er freundlich hinzu.

Von den bisherigen Geschehnissen hatte Martens, soweit sie überhaupt in der Zeitung erwähnt wurden, keine Kenntnis genommen. Siebzehn Jahre waren eine lange Zeit. Davor und danach hatte er so manch ähnliches als Beteiligter erlebt. Lediglich der Sprung der dämlichen Göre über die Reling der Fähre war ihm in schwacher Erinnerung geblieben. Dreiers Tod hatte ihn jedoch aufgeschreckt.

Er hatte es in seinem ganzen Leben erfolgreich vermeiden können, in irgendeiner Form bei der Polizei aufzufallen. Dazu hatte er bisher alles über drei andere Personen abgewickelt, um selber immer unerkannt im Hintergrund zu bleiben. Im letzten halben Jahr war das Quartett allerdings gesprengt worden. Zuerst hatte es Stockmann erwischt. Der Trottel hatte unbedingt eine seiner Nutten zu Tode prügeln müssen und nun Dreier, der für die Drecksarbeit zuständig gewesen war. Leider hatte er nicht immer ordentlich funktioniert, hatte seine perversen Triebe nicht immer im Griff gehabt, was ihn trotz aller schützenden Kniffe und Einflussnahmen mehrmals in den Bau befördert hatte. Dass es ihn nun erwischt hatte, war bis zu einem gewissen Grad nicht tragisch, aber leider hatte er einige Unterlagen in seinem Kotten aufbewahrt, die besser nicht in falsche Hände und erst recht nicht in die der Polizei kommen sollten. Da war es doch von Vorteil, wenn man drei Kriminalbeamte an der Hand hatte, die spuren mussten.

Der Weihnachtsmarkt war auch jetzt zur Mittagszeit gut besucht. Nicht weit von dem Stand auf dem Alten Markt, an dem Bauer und Martens ihre Bratwurst bekamen, stand eine Gruppe an einem anderen mit asiatischen Speisen direkt aus dem überdimensionalen Wok. Egbert hätte viel lieber eine ordentliche Bratwurst gegessen als diesen merkwürdig aussehenden Mischmasch. Aber er war der Ansicht, wenn man nur jüngere Mitarbeiter*innen hatte, musste man als Chef auch mal Kompromissbereitschaft zu deren Vorlieben zeigen.

Gina verteilte gerade die bestellten Speisen in der Gruppe, als Beatrice Egbert etwas beiseite nahm und zu dem Bratwurststand zeigte.

„Da steht unser Kollege Bauer und der Mann neben ihm ist der Martens, von dem ich dir erzählt habe."

„Hm, nach einer beiläufigen Plauderei sieht das nicht aus, was mögen die hier zu besprechen haben?"

„Das wüsste ich auch gerne, Egbert."

Beatrice Wolter hatte, nachdem sie zu Klöppelmeier Vertrauen gefasst hatte, diesen von ihren merkwürdigen Beobachtung in Sachen Bauer, Schulte und Hampel berichtet. Der hatte sie aber eindringlich darauf hingewiesen, dass solch sonderbares Verhalten durchaus dienstlich begründet sein könnte und Beatrice Zurückhaltung empfohlen. In seiner Einstellung zum Kollegen Bauer war er jedoch noch skeptischer geworden und gab daher nur die allernötigsten Informationen weiter, als der sich bei Egbert unvermittelt nach dem Fall Dreier erkundigte.

„Sie haben ja einen sehr sympathischen Freundeskreis."

„Dreier war nicht mein Freund. Leider hatte ich mit diesem widerlichen Typen unbeabsichtigt vor längerer Zeit etwas zu tun, daher interessiert es mich, wieso und wie er uns verlassen hat."

„Er ist ausgerutscht und hat sich dabei den Schädel eingeschlagen."

„Und?"

„Nichts und."

„Herr Bauer, verarschen kann ich mich auch allein, dafür benötige ich Sie nicht. Es war über längere Zeit Polizei auf dem Gelände, da muss mehr passiert sein."

„So einiges wissen Sie ja anscheinend schon. Haben Sie noch andere Informationsquellen bei uns?"

Martens zuckte nur mit den Schultern und lächelte freundlich Bauer an.

„Der Dreier ...", fuhr der dann fort, „... hatte wohl einen Besucher im Haus. Da er ein Messer in der Hand hatte, gehen die Kollegen von einer Auseinandersetzung aus. Sein Tod war aber trotzdem ein Unfall. Die andere Person ist leider nicht bekannt."

Eine Zeitlang sahen sie sich ausdruckslos in die Augen, ohne etwas zu sagen. Bauer verlor den stummen Zweikampf.

„Im Garten haben die Kollegen die Leiche einer als vermisst gemeldeten Frau gefunden. Soweit das die Pathologie noch feststellen konnte, wurde sie brutal misshandelt und schließlich erstochen. Gehört schon einiges dazu, mit solchen Menschen in näheren Kontakt zu kommen, finden sie nicht auch, Herr Martens!?"

Der zuckte erneut mit den Schultern und meinte beiläufig:

„Dann sind die Ermittlungen ja erfolgreich abgeschlossen."

„Genau, ein Verbrecher weniger auf der Welt und ein ungeklärter Fall aufgeklärt."

Im Weihnachtsmarktgedrängel ging eine in jeder Hinsicht unauffällige Frau unauffällig einem älteren Mann hinterher. Die beiden Personen gingen von der Niedernstraße direkt in die Obernstraße, ohne den Alten Markt zu betreten. Der Mann war Dr. Manfred Tettmann, von seinen Freunden kurz Doc genannt. Der etwas verwahrlost aussehende Siebzigjährige war der versierte Jurist des Quartetts und in Lenas Liste Täter Nummer 6.

Trotz seines Alters war Tettmann ein begeisterter Nutzer aller neuen Social-Media-Angebote, die er zu Lenas Glück wie ein Kind völlig unreflektiert nutzte. Sie hatte dadurch nicht nur Dreier gefunden, sondern auch ein genaues Bild vom Umfeld, der Lebenssituation und den Gewohnheiten Tettmanns bekommen. Bequemer ging's nicht.

Für heute hatte er allen Freunden auf seinem offenen Facebook-Account mitgeteilt, dass er zur Mittagszeit an Monis Glühweinstand sein würde, um etwas vorzuglühen. Da er Monis Glühwein anscheinend besonders gerne trank, hatte Lena sich einen Plan zurechtgelegt, bei dem der Weihnachtsmarktstand der Ausgangspunkt für Tettmanns Ableben werden sollte. Die heutige Aktion diente ihr dazu, die Örtlichkeiten kennenzulernen.

An Monis Glühweinstand, schräg gegenüber Juwelier Schlüter, angekommen, wurde der Doc auch gleich lautstark von einigen Bekannten begrüßt. Bestellen brauchte er nicht und bezahlen auch nicht, wie Lena später feststellte, da ihm ununterbrochen einer der Anwesenden ein Getränk spendierte. Nicht schlecht, dachte sich Lena, auch in der Lebenssituation, in der Tettmann sich befand, war es also möglich, sich hemmungslos zu Weihnachtsmarktpreisen zu betrinken.

Eine weitere wichtige Erkenntnis konnte sie auch recht schnell gewinnen. Der Doc quatschte jede Frau in seiner Umgebung zweideutig schmierig an, und wenn die darauf eingingen, begann er sie auch zu begrabschen. Bah, wie eklig, von so einem angefasst zu werden, dachte Lena, musste aber feststellen, dass es tatsächliche einige Frauen gab, die das nicht nur duldeten, sondern sogar forcierten. Für ihre Planung war das allerdings sehr vorteilhaft.

‚Was muss ich nicht alles ertragen und in Kauf nehmen, um meinen Auftrag zu erfüllen', dachte sie sich.

Auf dem Alten Markt kam inzwischen Bewegung in die beiden Gruppen. Das Team vom Kommissariat I hatte zu Ende gegessen und schlenderte langsam Richtung Rathaus davon. Bauer und Martens waren kein Thema. Das Team diskutierte, bis zu wie viel Jahren man wohl zurückschauen müsste, nachdem geklärt war, dass Paulsen bei einem Unfall mit seinem Motorrad einen Genickbruch erlitten hatte. Ärgerlich war für die Ermittlungen, das er nie verheiratet war und heute auch keine näheren Angehörigen mehr lebten, die eventuell weiterhelfen konnten. Schließlich einigten sie sich darauf, dass es weiterhin realistisch wäre, das auslösende Ereignis zwischen acht und zehn, maximal zwölf Jahren vor heute anzusetzen.

Die zweite Gruppe löste sich nach einer frostig distanziert gegenseitigen Verabschiedung auf. Martens ging, zwischendurch an mehreren Kunsthandwerksbuden stehenbleibend, langsam die Obernstraße hinauf.

Bauer schlug den Weg in die Niedernstraße ein. Bereits nach einem kurzen Stück blieb er in der Nähe eines bärtigen Mannes stehen, der das Räucherkerlangebot an einem Stand betrachtete und nahm sein Handy gut sichtbar ans Ohr.

„Pass auf, dass du ihn in dem Gewimmel nicht verlierst, Sebastian."

„Kein Problem, Heiko, habe ihn im Blick. Außerdem kann ich nah dran bleiben, bei der Verkleidung wird er mich kaum erkennen."

„Okay, bis nachher. Viel Glück", wünschte und hoffte Bauer. Damit entfernte sich der Bärtige, um Martens zu folgen.

Lena nippte an ihrem Glühwein und wunderte sich, wie zügig der Doc den in sich hineinschüttete. Mit jedem Becher wurde er aufdringlicher. Sie hatte er bisher nicht beachtet. Ihr altfränkisches Äußere wirkte offensichtlich wie geplant abschreckend auf jedes männliche Arschloch.

Sie stellte ihren Becher wieder auf den Tresen der Bude, drehte sich zu Tettmann um und erstarrte. Ihr Puls jagte hoch, sie atmete hektisch ein und aus. Das konnte doch nicht sein, der konnte hier doch nicht einfach auftauchen, das Oberschwein stand direkt neben ihr. Jetzt berührte Herz Bube in einer Bewegung sogar leicht ihren Arm. Lena sah starr in den Innenraum der Bude, hatte mit beiden Händen ihren Glühweinbecher gefasst.

‚Schütt' dem Verbrecher das heißen Getränk in die Fresse!'

‚Ruhig, sei ruhig, tief durchatmen, … ruhig atmen Lena, ganz ruhig.'

‚In die Fresse, direkt in die Fresse.'

‚Ruhig, … das bringt nichts, ruhig atmen Lena, … er ist bald dran, das würde ihn nur warnen.'

Sie hatte mit sich zu kämpfen, bekam sich aber schließlich in den Griff, wurde wieder überlegt ruhig.

‚Puh, das war knapp. Aber ich habe mich im Griff, beherrsche meinen Hass und meine Angst, mein Trauma.'

‚Verdammt, das war doch jetzt eine gute Übung, nun weiß ich, dass ich ihm begegnen kann ohne durchzudrehen.'

‚Jetzt drehst du dich langsam, beiläufig um und siehst ihn dir an', befahl sie sich.

Sie drehte sich gerade langsam um, als ein bärtiger Mann sich rücksichtslos, ohne das Schwein zu berühren, zwischen sie und Herz Bube an die Theke drängte.

Der rücksichtslose bärtige Typ blieb an seinem erdrängelten Platz. Sie hatte also keine Möglichkeit mehr, Herz Bube und den Doc direkt zu beobachten oder etwas von ihrem Gespräch mitzubekommen. Sei's drum, entschied Lena, habe auch genug gesehen, nutze ich die Zeit, um mir den Schlafplatz vom Doc etwas näher in Augenschein zu nehmen. Für diese Woche hatte sie sich bei einer Theaterkollegin aus Münster deren Kleinwagen ausgeliehen, schließlich wusste sie bereits aus Tettmanns Facebook-Einträgen, dass der in Bielefeld-Quelle auf dem Campingplatz einen Wohnwagen als Wohnsitz stehen hatte, den man mit Öffis nicht wirklich gut erreichen konnte.

AUF DEM CAMPINGPLATZ

Drei Tage später, am frühen Abend, lenkte eine Blondine Tettmanns BMW mit ihm als Beifahrer vorsichtig auf den verschneiten Parkplatz neben seinem Wohnwagen.

Als sie ausstiegen, konnte man die Erregung und Vorfreude von Dr. Manfred Tettmann auf das erhoffte Kommende nachvollziehen. Sie trug eine enge Lederjacke über den dicken Rollkragenpullover unter dem man kräftige Brüste vermuten durfte. Passend dazu hatte sie einen sehr kurzen Lederminirock an und an den schlanken Beinen Netzstrümpfe und kniehohe, hochhackige Glattlederstiefel. Der Doc war wie immer sehr nachlässig, ein bisschen verwahrlost angezogen und hatte Probleme, auf den Beinen zu bleiben und einigermaßen gradlinig zu gehen.

„Junge, Junge, hat die Moni mir heute die doppelte Menge Schuss in den Glühwein gegeben? So blau war ich ja noch nie nach so ein paar Bechern, kann ja kaum gerade stehen, holla, holla, hoppla."

„Egal Onkel Doktor, Hauptsache dein Brummer steht für die gründliche Untersuchung meiner Musch, der Rest darf ruhig wackeln." Die Blonde hätte ihm natürlich verraten können, dass da auch etwas von ihren K.o.-Tropfen im Spiel war, hielt das aber verständlicher Weise nicht für angebracht.

„Du kapierst es wohl nicht mehr, was? Ich bin kein Arzt, ich habe einen Doktor im Fach Jura."

„Dann kannst du mich gleich gar nicht mit deinem Spezialinstrument untersuchen, Doktorchen?"

Tettmann lachte dreckig: „Keine Sorge, meine Süße, du wirst dich wundern, was für'n Mordsding das ist."

„Ja nun? ... Was ist? ... Lass uns in den Wohnwagen gehen. Was fummelst du am Kofferraum rum, fummel lieber bei mir!"

Mit einer ungeschickten Handbewegung versuchte Tettmann, ihrem Wunsch nachzukommen. Der Versuch, der Blonden unter den Minirock zu greifen, führte aber nur dazu, dass er bei dem Schnee und seinem Schwanken fast gestürzt wäre.

„Nun gib schon den Schlüssel wieder her! ... Erst den Wagen wieder aufschließen und dann den Kofferraumdeckel öffnen. ... So! Was willste nun? Bis auf das gammelige, rußige DHL-Paket ist da nichts drin!?"

„Reicht doch. Das muss in den Wohnwagen."

Es bedurfte einiger Anläufe, bis Tettmann das Paket endlich aus dem Kofferraum gehoben hatte, und es an seine Brust drückend, in Richtung Wohnwagen davon torkelte.

„Zerdrück das Porzellan nicht." Die Blonde packte ihn von hinten an den Schultern und sorgte so für einen etwas geordneteren Gang.

„Noch wichtiger, kipp nicht aus den Latschen."

„Passiert nicht, da pass ich extrem auf. Ist kein Porzellan drin, Süße."

„Na, so wie du das festhältst und du nicht fallen darfst, müsste es ja Nitroglyzerin sein."

„Das kommt der Sache schon näher. Der Inhalt ist explosiv. Ist meine Rente."

„In so einem dreckigen Karton!?"

„Der äußere Schein trügt, wirste bei mir auch gleich zu sehen bekommen. Da wirste staunen. ... War halt sicher in einem alten Kachelofen deponiert."

‚Ja, ja, mein Lieber, der äußere Schein trügt.'

Im Wohnwagen landet das Paket mit großer Anstrengung schließlich in einem Staufach. Tettmann schnauft und muss sich konzentrieren, um auf den Beinen zu bleiben.

„Hab ich dir eigentlich schon gesagt, dass ich unter dem Mini blank bin?"

Der Onkel Doktor hechelt und verdreht die Augen. Ach was ist er geil im Kopf, wenn nur der Körper nicht so rumspinnen würde.

„Trink mal erst noch 'nen heißen Tee"

„Igitt, Tee!"

Das Jammern und Zetern half nicht. Die Teetasse vorm Mund und dem Angebot, für jeden Schluck den Rock etwas höher zu heben in den Ohren, schluckte er fleißig immer gieriger.

„Jetzt ist dir aber richtig warm, was, Doktorchen?"

„Hähähä", krähte der vollkommen dusselig im Kopf vor sich hin.

„Weißt du was, heute machen wir es extrem geil, wir ficken im Schnee!"

Einen kurzen Moment wurde Tettmann klarer im Kopf.

„Spinnst du!?"

„Kennst du das nicht?"

Tettmann schüttelt den Kopf.

„Echt nicht?"

„Nein!"

„Am Dachstein haben die Ösis extra eine FKK-Piste. Was meinst du, was da ein paar Meter abseits hinter den ersten Bäumchen los ist!"

„Hähähä" Wenn er doch nicht so total matschig wäre. Auch das Denken war so furchtbar anstrengend.

Da saß er nun nackt im Schnee und fror erbärmlich, klapperte mit den Zähnen, zitterte am ganzen Körper, wollte aufstehen.

„Is' so kalt! Hilf mir hoch!"

„Klar helfe ich dir hoch. Darfst noch mal gucken, das hilft ihm hoch."

Tettmann gab Laute zwischen Lachen und Lallen von sich, als er noch einmal schauen durfte. Es sorgte aber auch dafür, dass er mit seinem nackten Arsch artig im Schnee sitzen blieb.

„Komm, trink noch einen ordentlichen Schluck Tee mit Schuss. Das wärmt."

Es wurde sein letzter Schluck.

Man hatte sie in ihr Zimmer geschickt, als die Polizei Mutti die Nachricht von Vatis Tod überbrachte. Sie hörte Muttis Schrei und dann ihr Schluchzen und verzweifeltes Weinen, die unverständlichen Stimmen der beiden Polizisten und wusste nicht, was passiert war. Als die Erwachsenen in Vatis Arbeitszimmer gingen, hatte sie sich kurz ins Wohnzimmer geschlichen, hatte die Mappe aufgeschlagen, die auf dem Tisch lag.

Das Bild war zum Teil verdeckt gewesen. Vatis Gesicht und der Großteil des Oberkörpers waren nicht zu sehen, aber das, was sie sehen konnte, reichte für ein lebenslanges Trauma. Vati saß an einen Baumstamm gelehnt nackt im Schnee, neben sich sein Zeug ordentlich zusammengelegt und obendrauf etwas, was sie so schnell nicht entschlüsseln konnte. Sein Körper war von einer leichten Schneeschicht bedeckt. Das, was ihr ersparte, das Gesicht ihres lieben Vatis entstellt zu sehen, war sein Abschiedsbrief gewesen. Viel konnte sie so schnell nicht lesen, die Anrede, ‚Meine Lieben' und den, vom restlichen Text abgesetzten Satz ‚Ich habe große Schuld auf mich geladen.'. Mehr konnte sie nicht aufnehmen, da sie hörte, dass die Erwachsenen wieder zurückkamen. Schnell verschwand sie wieder in ihrem Zimmer, fiel zitternd, weinend in ihr Bett.

Später hatte ihr Mutti nicht viel erzählt, hatte nur gesagt, Vati habe das Leben nicht mehr ertragen können. Er habe eine ganze Schachtel Schlaftabletten geschluckt und sei friedlich eingeschlafen.

Als sie sich entschloss, ihr Urteil zu vollstrecken, hatte sie sich auch Gedanken gemacht, wie sie die Delinquenten der Polizei und Öffentlichkeit präsentieren wollte, schließlich sollte jedem klar sein, dass das kein billiger Mord, sondern der Vollzug eines Urteils, die Sühne für ein schlimmes Verbrechen, war.

Da war das Nacktsein von Vati und Mutti, das eisige Wasser, in dem ihre geliebte Schwester den Tod gefunden hatte, das Wasser in der Wanne und der Schnee bei Vati und die ordentlich beiseite liegende Kleidung ihrer toten Eltern. All diese Elemente hatte sie nach Möglichkeit eingebaut.

Heute war jedoch ein besonderer Tag. Vatis Todestag war erst wenige Tage her. Heute war von den Gegebenheiten der ideale Tag für eine Hommage an ihren lieben Vati, und das Schwein Tettmann durfte dabei seine Rolle übernehmen. Zu ihrer Freude fing es nun sogar wieder leicht an zu schneien. Wunderbar, es passte alles.

Der Platzwart hatte wie jeden Morgen mit seinem Hund die übliche Runde gedreht, hatte sich über Tettmanns Wohnwagen gewundert, in dem das Licht an war und sowohl Vorzelt als auch Wohnwagentür offen waren. Seine Rufe wurden nicht beantwortet, er sah sich um und fand schließlich den Doc. So nackt und schneebedeckt wie der da saß, war ihm sofort klar, der lebte nicht mehr. Über Handy informierte er Polizei und Zeitung.

Als Egbert und Gina am Tatort ankamen, stand der Platzwart mit den Reportern in einer Traube zusammen und erzählte ihnen alles, was sie hören wollten.

„Verdammt, das hat uns noch gefehlt, dass wir diese Sensationslüstlinge jetzt auch noch am Hals haben."

„Wir verkaufen es als Selbstmord, Egi. Es ist ja schließlich nicht unbedingt zu erkennen, dass es anders ist."

Als die Journalisten die beiden erkannten, wurden sie sofort mit Fragen bombardiert.

„Von uns hören Sie noch nichts, wir müssen uns erst einmal selber ein Bild machen. Gedulden Sie sich bitte.", vertröstete Egbert, der durchaus auch höflich und nett sein konnte, die Fragensteller.

Am Tatort, die KTU war schon fleißig bei der Arbeit, trafen sie auf die Kollegen von der alarmierten Streife.

„Die sind lästig wie Schmeißfliegen", meinte der eine Kollege mit dem Kopf in Richtung Journaille zeigend.

„Waren kurz nach uns da, haben wie blöd fotografiert. Wir hatten große Mühe, sie vom Tatort wegzubekommen."

„Ein Tatort ist es, wenn ein Verbrechen geschehen ist. Das hier ist ein Selbstmord!", stellte Klöppelmeier eindringlich fest und ergänzte auf die verwunderten Blicke der beiden Polizisten reagierend:

„Ich weiß, hört sich seltsam an, das ich das einfach so konsterniere, aber dieser Tote steht in einem größeren Zusammenhang, und es ist elementar wichtig für die Ermittlungen, dass es für die Öffentlichkeit ein Selbstmord war. … Haben wir uns verstanden!?"

„Natürlich, Herr Kriminalhauptkommissar, haben wir."

„Jou, war Selbstmord. … Wobei es auf mich auch wirklich diesen Eindruck macht!"

Die vier schauten auf den toten Manfred Tettmann, wie er da nackt am Baum, leicht verschneit, saß. Egbert wollte gerade weitergehen, als der Kollege neben ihm vor sich hin nuschelte:

„Ist schon verrückt, dass man manches Ungewöhnliche zweimal erlebt."

Egbert hörte es, reagierte im ersten Moment aber nicht, doch dann signalisierte sein Gehirn ein deutliches Achtungszeichen.

„Was haben Sie gerade gesagt, Herr Kollege?"

„Das es komisch ist, dass man manche ungewöhnlichen Begebenheiten noch einmal erlebt."

Gina war auch aufmerksam geworden und fragte nach: „Wie meinen sie das?"

„Als ich vor, äh mal nachrechnen, ... ja genau, vor siebzehn Jahren am ersten Einsatzort meines Berufslebens als Polizist mit dem Dienst begonnen hatte, habe ich genau dies schon einmal gesehen. Ein toter, nackter Mann, war allerdings 'ne ganze Ecke jünger, wenn ich mich richtig erinnere, mit Schnee bedeckt, an einem Baum lehnend, neben sich ordentlich zusammengenommen sein Zeug mit einer Schnapsflasche oben drauf."

„Wo war das?"

„Genau weiß ich das nicht mehr, war ein winziges Örtchen in der Nähe von Münster, Herr Kriminalhauptkommissar."

„Was ist aus dem Fall geworden?", fragte Egbert.

„Weil der Anblick so außergewöhnlich war, kann ich mich daran noch gut erinnern. War eindeutig ein Suizid. Unter der Schnapsflasche lag ein Abschiedsbrief. Wenn ich mich richtig erinnere, hat der Pathologe damals festgestellt, dass der Tote Schlafmittel und jede Menge Schnaps geschluckt hatte."

„Können sie sich noch an einen Namen erinnern, Herr Kollege?"

„Nein, tut mir leid, Frau Kollegin, die ganze skurrile Situation habe ich in Erinnerung behalten, aber den habe ich nicht mehr parat. War zwar eine ungewöhnliche Angelegenheit, aber ist halt siebzehn Jahre her. Und Namen konnte ich mir noch nie gut merken."

„Da hat sie uns ja ein schönes Weihnachtsgeschenk unter den Gabentisch gelegt. Mist!"

„An die Mordserie haben wir uns doch schon fast gewöhnt, Herr Klöppelmeier."

„Nun Frau Feldkamp, ich dachte da auch nicht an den Toten, sondern an die Journalisten, die wir nun am Hals haben."

Gina kannte Egi ja besser, musste innerlich lächeln, wusste sie doch, dass die Presse und überhaupt Journalisten nicht auf Egis sehr kurzer Freundesliste standen.

„Aber die müssten uns doch hilfreich sein. Die Berichterstattung fördert doch eventuell Beobachtungen zu Tage, die wir sonst nicht mitbekämen!? Habe mich sowieso schon die ganze Zeit gewundert, warum wir nicht forscher an die Öffentlichkeit getreten sind!"

Klöppelmeier sah die Feldkamp mit dem Blick eines Lehrers an, der gerade feststellen musste, dass er in seinem Unterricht noch einmal zu den Grundlagen zurückkehren muss. Egbert atmete tief ein und aus, um dann der Feldkamp seine Sichtweise darzulegen.

„Wenn man eine gute Täterbeschreibung hat, jemand Vermissten sucht oder klare Fragestellungen in den Medien veröffentlichen kann, dann ist die Öffentlichkeit hilfreich. Haben wir aber alles nicht. Beschreibung der Täterin? Welche sollen wir nehmen? Was schlagen sie vor, Frau Feldkamp? Die von mir angegebene? Ist genauso falsch wie jede andere. Außerdem, selbst wenn wir mehrere angeben würden, kämen wir nicht weiter, weil die Täterin jederzeit kurz hinter einen Busch getreten sein kann, Perücke in die Handtasche und zack, geht eine ganz andere Frau auf dem Gehweg weiter. In unserer Situation hat die Öffentlichkeit nur zwei große Nachteile."

Verena Feldkamp sah Klöppelmeier in der Art, na und die wären, fragend an.

„Wir würden Unmengen von Hinweisen, die wir bearbeiten müssen, uns aber nicht weiterhelfen, bekommen. Zum anderen ist zu bedenken, dass wir es hier mit einer Serie zu tun haben. Da wird in der Presse spekuliert, die tollsten Theorien aufgestellt, ununterbrochen nachgefragt, und wenn wir nicht innerhalb von ein paar Tagen den Täter präsentieren, wird man uns Unfähigkeit unterstellen, behaupten, die Bevölkerung wird von der Polizei nicht vor dem Massenmörder geschützt, und all solchen Unsinn verbreiten die dann. Als i-Tüpfelchen kommt dann noch hinzu, dass bei so etwas die Führungsetage extrem nervös wird und uns ununterbrochen im Nacken sitzt. Mit anderen Worten, an ein vernünftiges Arbeiten ist dann nicht mehr zu denken. Hoffen und beten wir also, dass die Journaille den Selbstmord von Tettmann schluckt und sich aus unseren Kreisen keiner verplappert."

„Aah, … ja, … versteh ich", stimmte die Feldkamp Egberts Ausführungen zu, machte dabei allerdings ein etwas merkwürdiges Gesicht.

„Gut, dann wollen wir uns mit unserem Schneemann beschäftigen. Florian, was hast du über ihn herausgefunden?"

„Dr. Manfred Tettmann, 70 Jahre und damit eindeutig unser ältestes Opfer, Doktor der Rechte, offiziell seit fast fünfzig Jahren verheiratet, das Ehepaar lebt aber seit mehreren Jahren getrennt, sie im pompösen Haus am Johannisberg, nahe am Botanischen Garten und er im Wohnwagen auf dem Queller Campingplatz, zwei erwachsene Kinder, die mit ihren Familien in der Schweiz leben. Tettmann war bis zuletzt als Anwalt tätig, hat allerdings einen halbseidenen Ruf. Man hat es ihm nie nachweisen können, aber er soll die Kriminellen nicht nur verteidigt, sondern auch selber mitgemischt haben. Aber wie gesagt, ist nie aktenkundig geworden. Er kannte übrigens den Dreier persönlich, auf seiner Facebookseite habe ich ein Bild von ihm mit Dreier und einem weiteren Mann gefunden. Sein Lebensstil war ausgesprochen ausschweifend, monströse Partys, Alkohol, Frauen, Frauen und noch mehr Frauen einschließlich vieler Prostituierter. Frau Tettmann soll vor der Heirat auch im Milieu gearbeitet haben."

„In Stockmanns Laden war der Tettmann übrigens Stammkunde. Woher er das Geld hatte, ist mir nicht klar, denn das ganze Vermögen der Tettmanns verwaltet sie. Kann natürlich auch sein, dass er bei Stockmann Kredit hatte, bzw. Stockmann sozusagen einen abbezahlen musste."

„Gut vorstellbar, Gina, hast du denn mit der Witwe sprechen können?"

„Hab ich, aber wie zu erwarten war, ohne positive Ergebnisse. Die anderen Opfer kannte sie nicht. Allerdings zuckte sie beim Bild von Dreier kurz leicht zusammen, bin mir sicher, dass sie da gelogen hat. Bei der Frage nach den Reisen ihres Mannes hat sie nur gelacht, das wüsste sie doch nicht, wo der sich zum Huren überall herumgetrieben habe. Auf die zögerlich zugesagte Personenliste werden wir wohl bis zum St. Nimmerleinstag warten müssen. Die Frage, ob er gerne geangelt habe, hat sie bejaht, allerdings mit dem Zusatz, Weiber. Außer der Vermutung, dass Dreier und Tettmann sich gekannt haben, ist da leider nichts bei herumgekommen und den Sachverhalt hatten wir ja eh schon vermutet."

„Am Glühweinstand hat sich auch nur das bestätigt, was wir schon vermutet hatten. Tettmann hat sich immer an irgendwelche Frauen herangemacht. Teilweise in sehr zudringlicher Weise, die öfters fast zu Handgreiflichkeiten mit den dazugehörenden Partnern geführt haben" erklärte Egbert, der den Weihnachtsmark übernommen hatte, da der Platzwart ausgesagt hatte, der Doktor sei dort eigentlich täglich an Monis Glühweinstand gewesen.

„Da wundert es ja, dass der nicht dauernd Prügel bezogen hat. So wie der, zumindest als Toter, rüberkommt."

„Hat mich auch gewundert, Florian. Aber Tettmann hatte dann wohl immer plötzlich zwei, drei sehr kräftige Freunde an der Seite. Die Partner waren es letztlich, die die Schläge einstecken mussten. An seinem Todestag hat sich eine auffällige Blondine neben ihm platziert. Er soll sie auch gleich angequatscht haben. Die Frau kannte niemand, hatte vorher keiner gesehen und nachher natürlich auch nicht mehr. Ich würde sagen, es war unsere Täterin. Das war's leider auch von meiner Seite."

„Okay, kommen wir zum technischen Kram", leitete Egbert den Informationsaustausch auf diesen Bereich.

„Wie sieht es mit den Ergebnissen der KTU und denen unseres Feuerbällchens aus? Beatrice!"

„Äh, wer?"

Egbert grinste „Entschuldige, ich pflege unsere geschätzte Pathologin Frau Dr. Schröter so zu nennen."

Beatrice blickte ziemlich erstaunt und auch etwas pikiert zu Egbert hinüber, hatte sie doch sofort eine Vorstellung davon, wie ihr Chef auf diesen Spitznamen gekommen war. Der, sich auch gleich das Richtige zu ihrem Blick denkend, entschied, ihn doch besser mit einer anderen Deutungsweise zu erklären.

„Äh, also die Schröter ist ja immer ganz schön energiegeladen ... äh, ... halt wie'n Fußball ... und dann noch diese roten Haare."

„Aah, ja,", grinste Beatrice, „verstehe. So ist das Feuerbällchen gemeint."

Innerlich musste sie noch mehr grinsen, konnte sie der wohl zutreffenderen, aber nicht ausgesprochenen Erklärungsvariante auch als Frau doch gut zustimmen.

„Dann fang ich damit an, was ich dem alten Grummelkopp sagen soll."

In das Gelächter stimmte auch Egbert mit ein.

„So, so, Grummelkopp, wie die dadrauf kommt, ist mir zwar rätselhaft, aber gut. Und was sollst du sagen?"

„Der Tettmann hätte es auch ohne die schon bekannte chemische Mixtur nicht mehr lange gemacht. Leberzirrhose! Zum Todeszeitpunkt, so gegen 22 Uhr, hatte er zusätzlich zu der inzwischen bekannten chemischen Mixtur auch noch 1,8 Promille Alkohol im Blut. Ansonsten sei nur noch auffällig, das er dem Peters im Rentenalter entsprechen würde. Habe ich nicht verstanden, was sie damit meinte, sollte ich aber unbedingt sagen."

„Oh, nein!", sagten Gina und Egi gleichzeitig, sahen sich an und schüttelten die Köpfe, während Florian in sich hineingrinste.

Beatrice schaute weiterhin fragend in die Runde, so dass Gina sich schließlich doch zu einer kurzen Erklärung bequemte.

„Ist ein alter Fall. Handelte sich dabei …"

Weiter kam sie nicht, da Egbert äußerst energisch „Themenwechsel!", knurrte. „Bitte die Ergebnisse der KTU, Beatrice!"

Die Feldkamp und die Wolter dachten sofort, das muss ja ein ganz besonders interessanter Fall gewesen sein, sagten aber weiter nichts. Im Bruchteil einer Sekunde hatten sich die drei Frauen mit Blicken verständigt. ,Das erzählt uns Gina haarklein, ganz in Ruhe ohne Männer in der Kantine.'

Beatrice setzte also an, die Ergebnisse der KTU vorzutragen. Viel konnte sie jedoch vorerst nicht berichten, da in diesem Moment das Telefon vom Chef klingelte.

„Ah, Münsteraner Nummer, stelle gleich auf laut, dann könnt ihr mithören. … Klöppelmeier."

„Ich werd verrückt, Klöppelmeier, du alter Sack, haben sie dich immer noch nicht ausgemustert. Jetzt wundert es mich nicht, dass ihr wegen kompetenter Hilfe angefragt habt."

Das Team, einschließlich Frau Staatsanwältin Feldkamp, hielt die Luft an.

„Overbeck, du Schnarcher, haben sie dich endlich halbwegs aus dem Verkehr gezogen und in die Asservatenkammer versetzt?"

Das Team grinste, und Florian zeigte Egbert seinen erhobenen Daumen.

„Quatsch, leite jetzt die Mordkommission, die Aufklärungsquote muss besser werden."

„Ach du Scheiße und da musste Münster auf dich zurückgreifen, oh ha, oh ha. ... Lutz altes Haus, wie geht's dir?"

„Danke der Nachfrage, Egi, alles bestens, und wie sieht's bei dir aus?"

„Eigentlich auch gut, bis auf diesen vermaledeiten Fall."

Das Team entspannte sich.

„Wann kannst du uns denn eventuell etwas zu unserer Anfrage sagen? Ich befürchte, wird wohl 'ne Ewigkeit dauern, bis ihr den alten Krempel durchgesehen habt!?"

„Egi, wir sind Münster! Nicht so ein nicht existierender Ort hinter den sieben Sparrenbergen bei den sieben Backpulvertüten! Wir haben jetzt Computer, wir sind up to date, mein Lieber." Wobei Overbeck bei Computer und up to date jegliche Anwandlung von englischer Aussprache unterließ.

„Ich habe Ergebnisse!"

„Ja, ja, Egbert, Münster ist Pilotregion!", freute sich Florian.

„Genau, Herr Kollege, Sie sagen es. Super Sache, wenn man erst einmal die Erfassung der Daten überstanden hat."

„Ja nun, Lutz, rück raus!"

„Nö, erst will ich Hintergrundinformationen. Worum geht's überhaupt bei dem Fall?"

Egbert verdrehte die Augen, aber er kannte Lutz Overbeck ja, der würde erst mit den Infos rausrücken, wenn er ihm alles haarklein berichtet hatte. Vorher würde er keine Info preisgeben. Also stellte er erst sein Team und die Staatsanwältin vor und schilderte dann den Fall.

Beatrice Wolter rutsche schon eine ganze Weile auf ihrem Stuhl herum, nutzte die Gelegenheit schließlich doch, um kurz auf die Toilette zu gehen.

„Hm, knifflig, da kommt ihr ja letztlich wirklich nur weiter, wenn ihr das Ereignis herausbekommt, das Täterin und Opfer verbindet. Ich kann euch da vielleicht zumindest etwas weiterhelfen."

„Lutz!!", Egi wurde immer ungeduldiger. Am anderen Leitungsende freute sich Overbeck diebisch darüber, dass er Egi langsam richtig auf Touren brachte.

„Ja, ja, ja, ich berichte ja schon, lieber Egi. Nicht das du mir noch vor Ungeduld platzt."

Egbert verdrehte die Augen.

„Wir haben uns die Suizide von vor siebzehn Jahren aus der Datenbank gezogen und durchgesehen. Es gibt da tatsächlich diesen Fall. Rainer Koslowsky, der im Dezember vor siebzehn Jahren exakt auf diese Weise Suizid begangen hat."

Beatrice schlüpfte wieder in den Raum, eine Zeitung unter dem Arm. Sie war leider von einem Kollegen aufgehalten worden, der ihr die besagte Zeitung unter die Nase gehalten und schließlich nach einigem Hin und Her überlassen hatte. Die Verzögerung führte allerdings dazu, dass sie den Namen des Selbstmörders nicht hörte.

„Es kommt aber noch interessanter. Der Kollege, der den Fall damals bearbeitet hat, hat gründlich, auch im Nachhinein noch, dokumentiert. So haben wir festgestellt, dass die Ehefrau sich drei Monate später die Pulsadern aufgeschnitten hat. Die kleine Tochter hat sie tot in der Wanne gefunden, ist völlig zusammengeklappt, in der Kinderpsychiatrie gelandet und später im Waisenheim aufgewachsen."

„Sind denn die Gründe für die Selbstmorde bekannt?", fragte Gina nach.

„Das ist genau der spannende Punkt, Frau Kollegin. Die Familie bestand nämlich bis zum Sommer aus vier Personen. Die große Tochter wäre im Oktober des Jahres 18 geworden, ist auf der Fährfahrt von Kristiansand nach Hirtshals aber verschwunden. Es konnte von der Dänischen Polizei nie geklärt werden, was bei der Überfahrt passiert ist. Man kann sich da ja so manches vorstellen, Unfall auf dem Schiff, über Bord gefallen, über Bord gesprungen, über Bord geschmissen worden, Verbrechen auf dem Schiff oder einfach von zu Hause abgehauen, indem sie bei einem anderen Autofahrer mit eingestiegen ist. Die dänischen und norwegischen Kollegen haben alles Erdenkliche unternommen, aber die Tochter ist nie wieder aufgetaucht. Schließlich wurde sie Jahre später offiziell für tot erklärt."

„Was ist aus der jüngeren Tochter geworden? Weiß man da was, Lutz?"

„Wohnt in Münster, Egi. Ich schlage vor, ihr schickt mir Fotos von den Opfern rüber und ich mache mit einer Kollegin einen Anstandsbesuch bei der jungen Dame. Mal sehen, wie sie reagiert. Vielleicht kommt ja was dabei heraus!"

„Gute Idee, Lutz. Die Bilder bekommst du gleich per Mail. Wann meinst du denn das du das schaffst?"

„Sollte zwischen den Feiertagen klappen, Egi."

„Super, Lutz, schon vorab vielen Dank."

So gemein kann das Schicksal sein, hätte ein Beteiligter noch einmal den Namen Koslowsky in den Mund genommen, hätte Beatrice sicherlich reagiert. So ging sie ahnungslos in den Weihnachtsurlaub, und die Wahrscheinlichkeit für das Weiterleben eines gewissen Detlef Martens sank erheblich.

„Dann machen wir doch bei der Spurensicherung weiter."

„Tja, da gibt es nicht viel und nichts Gutes zu berichten. Keine Fingerabdrücke von unserer Frau, weder an oder in der Umgebung der Leiche, noch im Wohnwagen oder im PKW. Sie muss dieses mal mit Handschuhen gearbeitet haben", berichtete Beatrice.

„Verständlich bei den Temperaturen, und der Tettmann zieht sich aus, unglaublich. Wie hat sie den bloß dazu gebracht?", fragte Florian in die Runde.

Da ja grundsätzlich alle die Vorgeschichte von Beatrice im Präsidium kannten, wunderte es schon etwas, dass die auch gleich eine Antwort gab.

„Da dürfte sie mit ihrem Körper animiert haben. Der Tettmann muss ja ein ziemlich geiler alter Bock gewesen sein. Bisschen zeigen, bisschen anlocken und dazu die K.o.-Tropfen, da war's bei dem mit dem Denken vermutlich endgültig vorbei."

Die beiden anderen Frauen nickten zustimmend, und die beiden Herren der Schöpfung in der Runde äußerten sich vorsichtshalber nicht dazu, wie schnell man sie so beeinflussen konnte.

„Eventuelle DNA-Spuren werden noch ausgewertet. Sind im Wohnwagen etliche, aber sehr wahrscheinlich von unterschiedlichen Personen gefunden worden", fuhr Beatrice sachlich fort. „Der einzige Hinweis auf ein Verbrechen wie bei den anderen ist die gefälschte Unterschrift unter dem üblichen Abschiedsbrief."

„Also wäre uns der wohl ohne die Vorgeschichte auch als Selbstmord durchgerutscht", konstatierte Gina.

„Was ist, wenn das vor siebzehn Jahren in Münster auch so war?"

„Uh, Florian, ja, du hast recht, das könnte natürlich sein, aber dafür gibt es natürlich wirklich keinerlei Beweise, wenn wir jetzt mit der Überlegung auch noch anfangen, verzetteln wir uns total, befürchte ich. Was ist denn mit der Zeitung, Beatrice?"

Die Frage hatte Verena Feldkamp gefürchtet, seit sie Beatrice mit der Zeitung zurückkommen sah. Sie rutsche mindestens eine ganze Etage tiefer in ihren Stuhl. Die Gefragte hielt die Titelseite gut sichtbar für alle hoch.

‚War das Selbstmord?!' Stand da in riesigen Lettern über einem Bild des Toten, bei dem man zaghaft das Gesicht und noch zaghafter seinen Unterleib verpixelt hatte. Unter dem Bild stand in halb so großen Buchstaben in zwei Zeilen, ‚Selbst die Staatsanwaltschaft zweifelt!' ‚Was treibt die Polizei zu dieser Behauptung?'.

„Jaa, … interessant!", meinte Egbert und sah die Feldkamp an.

Kurz hatte die den Reflex zu leugnen oder es zumindest abzumildern, machte sich dann aber bewusst, das sie ja schließlich als Staatsanwältin die Anklagefunktion des Staates hatte, da sollte man selber bei der Wahrheit bleiben, auch wenn die alles andere als ruhmreich war. Sie setzte sich kerzengerade hin, sah Klöppelmeier fest in die Augen.

„Ich habe den Bock geschossen, Herr Klöppelmeier, tut mir nach ihren Ausführungen wirklich leid, aber ich habe geplappert."

Egbert nickte.

„Kann man nichts machen, müssen wir nun mit leben. … Als älterer Beamter hat man halt immer die Hoffnung, man könne der nächste Generation die eigenen Fehler ersparen, aber die Erfahrung zeigt, das funktioniert nur selten. Beobachten sie jetzt nur genau was passiert, dann sind sie beim nächsten Mal vorsichtiger."

Weihnachten war für Lena jedes Jahr ein Graus. Gestern am zweiten Weihnachtsfeiertag war sie allein in die Disco gegangen und hatte abgerockt. Leider ohne Muti, da der arbeiten musste. Nun war es fast 12 Uhr, und sie stand endlich unter der Dusche.

Es klingelte. Erstaunt hielt sie inne. Dass bei ihr jemand klingelte, kam maximal zweimal pro Jahr vor. Dieses Klingeln war eindeutig außergewöhnlich. Muti? Nein, konnte nicht sein, es sei denn er hätte ihr hinterher spioniert, um herauszubekommen wo sie wohnt. Niemand in ihrem winzigen Bekanntenkreis wusste das.

Es klingelte ein weiteres Mal. Nun gut, schaue ich nach, wer das ist. In ein Badehandtuch eingewickelt öffnete sie die Tür. Da Lena in einem Altbau wohnte, hatte die Tür noch die antiquierte Kette als Sicherung vor unliebsamen Besuch. Sie sah durch den schmalen Spalt zwei Personen, einen Mann und eine Frau, die bereits im Weggehen begriffen waren, sich aber gleich umdrehten, als sie das Geräusch der Wohnungstür hörten. Nun sah sie, das der Mann wesentlich älter als die Frau war.

„Guten Tag, sind Sie Frau Koslowsky?"

„Kann sein. Und wer sind Sie?"

„Kriminalhauptkommissar Overbeck, und das ist meine Kollegin Frau Kriminalkommissarin Ergen."

Lena sah sie erstaunt an. Die Interpretation dieses Blickes entsprach vor der Tür allerdings nicht der Wirklichkeit.

‚Aha, ist total erstaunt, ihr fällt kein Grund ein, warum wir hier sind', dachte man im Hausflur, während in der Wohnung die Gedanken eher so waren: ‚Wieso haben die mich schon im Visier?'. Cool bleiben, befahl Lena sich.

„Was habe ich verbrochen? War ich mit meinem Rad zu schnell unterwegs, oder worum geht es?"

Im Hausflur führte weiterhin der Mann das Gespräch.

„Nein, alles in Ordnung, hoffe ich jedenfalls. Wir haben ein anderes Anliegen." Nun, raus mit der Sprache sagte Lenas Blick.

„Ich bin unsicher, wie ich es vortragen soll."

„Am besten gerade heraus, Herr Overbeck."

„Ja, das ist wohl das Beste. Die Kollegen in Bielefeld arbeiten im Moment an einem Fall, der merkwürdiger Weise einen gewissen Bezug zu ihrer Familiengeschichte hat."

‚Verdammt, so weit waren die schon.'

„Wie soll ich das verstehen?", antwortete Lena laut mit einem nervösen, ängstlichen Blick, der auf der anderen Seite auch so wahrgenommen wurde.

„Ich kann verstehen, Frau Koslowsky, das Sie darüber nicht gerne sprechen, aber für uns ist es sehr wichtig, einige Informationen von Ihnen zu bekommen."

Lena wartet einen Moment.

„Na gut, aber wenn es mir zu viel wird, schmeiße ich Sie raus. Darf ich vorher bitte ihre Dienstausweise sehen?"

Die Dienstausweise machten einen echten Eindruck.

„Ich war gerade am Duschen, ich ziehe mich kurz an, dann lass ich sie herein. Bis gleich."

Damit schloss sie die Tür.

Was mochten die wissen? Klar, die toten Schweine würden sie kennen, und ihre Familiengeschichte hatten sie anscheinend auch ausgegraben. Hatte sie bei Tettmann übertrieben? Aber wie sollten sie da einen Zusammenhang gefunden haben, nach siebzehn Jahren?

Offiziell wusste sie ja nur, dass Vati in den Wald gegangen und Schlaftabletten geschluckt hatte! Dabei sollte sie bleiben. Sie musste also darauf vorbereitet sein, das man ihr ein Bild von Vati unter die Nase hielt. Sie durfte ihn nicht erkennen oder wenn doch, dann sehr zögerlich und dann musste sie sich emotional von der Leine lassen. Was sie nicht wissen konnten, war das Zusammentreffen in Norwegen. Das war ihr größter Schutz vor der Polizei, der musste unbedingt erhalten bleiben.

,Puh, gut, dass ich mich noch anziehen musste, sonst hätten die mich vielleicht auf dem falschen Bein erwischt. Jetzt sollte ich gewappnet sein. Auf geht's.'

„Kommen Sie herein." … „Hier, in die Küche bitte, da können wir uns an den kleinen Esstisch setzen."

Da saßen sie nun eng zusammen, was den beiden Polizisten die Beobachtung ihrer Reaktionen erschwerte. Die beiden hatten sich wohl darauf verständigt, dass es günstiger wäre, wenn die Unterhaltung von Frau zu Frau geführt würde.

„Wegen dem Fall in Bielefeld haben wir uns mit den Geschehnissen ihrer Familie beschäftigt, soweit sie in unseren Unterlagen dokumentiert sind. Wir hätten dazu ein paar Fragen!?"

„Fragen Sie. Aber ich mache sie noch einmal darauf aufmerksam, dass diese ganzen Geschehnisse dazu geführt haben, dass ich sehr labil bin. Ich bin bis heute in psychologischer Behandlung. Wenn es mir zuviel wird, breche ich das Gespräch ab. Bitte!"

„Sie waren ja mit der Familie vor den Ereignissen in Norwegen!"

„Ja, habe das als einen wunderbaren Urlaub in Erinnerung."

„Wo waren sie da genau?"

„Puh, das war ein Ferienhaus in einem winzigen Ort, …
nein, den Namen weis ich wirklich nicht mehr. Es war aber
irgendwo am Nordfjord oder einem angrenzenden. Lassen sie
uns doch mal auf Google Maps schauen, vielleicht erinnere ich
mich, wenn ich den Namen lese."

Frau Ergen öffnete die Karte auf ihrem Smartphone und
nach einigem hin und her suchen meinte Lena:

„Ja, das müsste der Ort gewesen sein, Flata, das ist er, da in
der Nähe hatten wir das Haus."

„Norwegen stelle ich mir ja toll vor, wandern, angeln, so
etwas ist da doch bestimmt ganz phantastisch!?"

‚Ja, ja, angeln, da möchtet ihr gerne etwas zu hören, kann
ich aber nicht mit dienen', dachte sich Lena und sagte laut:
„Also geangelt haben wir nicht, aber viel gewandert und auf
einem Gletscher waren wir auch."

„Ist in der Urlaubzeit dort denn etwas Besonderes, Außer-
gewöhnliches passiert?"

„Nein, überhaupt nicht. Es war einfach ein toller Urlaub,
vor allem auch, weil er so harmonisch war. Jedenfalls habe ich
das so in meinen Erinnerungen, ich war ja gerade erst 11 Jahre
alt."

„Warum betonen sie das harmonisch so?"

„Ach, das ist ja eigentlich nicht weiter tragisch, kommt
bestimmt in jeder Familie vor. Es gab vorher zu Hause, wie
gesagt, soweit ich das richtig in Erinnerung habe, öfters Streit
zwischen meiner Schwester und den Eltern."

„Können sie sich noch erinnern, worum es dabei ging?"

„Nicht wirklich, ich glaube, es war vor allem die Frage, was
Katharina nach dem Abi machen wollte bzw. sollte."

„Könnte das eventuell doch dazu geführt haben, dass ihrer
Schwester auf dem Schiff nichts passiert ist, sondern sie einfach abgehauen ist?"

„Nein, kann ich mir nicht vorstellen. Katharina war der
gerade Typ, die hätte abgewartet, bis sie 18 geworden wäre

und hätte dann klar und deutlich gesagt: "Ich gehe." Aber ich kann mir nicht vorstellen, dass das ihr Plan war, so schlimm waren die Meinungsverschiedenheiten nicht. Wobei ich immer betonen muss, ich war 11, habe also sicherlich nicht alles mitbekommen oder registriert."

„Hat es denn während des Urlaubs Kontakte zu anderen Urlaubern oder Reisegruppen gegeben?"

„Ja, neben unserem lag noch ein anderes Ferienhaus, mit der Familie hatten wir etwas Kontakt. Ich habe mit dem Sohn gespielt, daran kann ich mich noch erinnern. Die sind dann aber nach unseren ersten beiden Urlaubswochen heimgefahren und danach war das Haus nicht mehr belegt."

„Können sie sich an Namen erinnern oder woher die Familie kam?"

„Nein, an Namen? Nein! … Der Junge hieß Leo, meine ich und die kamen irgendwo aus dem Süddeutschen."

„Sonst gab es keine Kontakte?"

„Mit den Vermietern natürlich ein wenig, aber sonst war das ein total ruhiger Familienurlaub, den wir ausschließlich mit uns verbracht haben. Wie gesagt, der war ganz harmonisch, richtig schön."

„Ich muss nun auf die Fährfahrt zu sprechen kommen, ist das okay für Sie?"

„Wenn es mir zu viel wird breche ich ab!"

„Ist denn auf der Fähre etwas ungewöhnliches vorgekommen, bevor ihre Schwester verschwand?"

„Nein, die Fahrt war, bis Katharina in Hirtshals nicht mehr auftauchte, total entspannt. Wir waren alle sehr müde von der langen Autofahrt, wir haben uns sofort in die Schlafsessel gelegt und ich bin auch gleich eingeschlafen."

„In Schlafsessel? Hatten Sie keine Kabine?"

„Nein, hatten wir nicht. Keine Ahnung, ob das zu teuer war oder wir einfach keine mehr bekommen konnten. Aber die

Sessel waren völlig okay, so wie ich mich erinnere, konnte man in denen gut schlafen."

„Da waren Sie alle vier zusammen?"

„Ja, wir saßen nebeneinander."

„Und Ihre Schwester?"

„Die saß neben mir. Als ich aufgewacht bin, war Katharina nicht mehr da", sagte Lena in einem ehrlichen traurigen Ton und fügte dann bestimmt hinzu: „Alles weitere dürfte Dokumentiert sein, will ich auch nicht weiter drüber sprechen."

„Das Ganze hat ihre Eltern schwer belastet!?"

„Ja, sicher, uns alle, mich auch."

„So sehr, dass sie freiwillig aus dem Leben geschieden sind!?"

Markieren musste Lena nicht, die Erinnerung an die Tragödien trieb ihr die Tränen in die Augen. Sie schnäuzte sich die Nase.

„Ich habe Vati immer als ausgeglichenen, lieben Menschen erlebt und in Erinnerung. Ich habe einfach keine Vorstellung, was noch zu seinem Entschluss beigetragen haben könnte. Bei Mutti war es sicherlich etwas anderes. Sie hatte in einem halben Jahr Katharina und Vati verloren. Das hat sie wohl nicht verkraftet."

Nach einem Moment des Schweigen, fährt Lena erregt fort:

„Aber warum hat sie mich im Stich gelassen, warum?"

Sie musste wieder schluchzen, nein, nicht gespielt, es war echt, diese Gedanken plagten sie schon so lange. Seit Muttis Selbstmord hatte sie dieses Gefühl, Mutti hätte sie im Stich gelassen.

„Diese Frage stellte ich mir die ganzen Jahre über immer wieder."

Frau Ergen legte Lena eine Hand auf die Schulter.

„Es tut mir leid, Frau Koslowsky, dass wir Sie mit diesen schlimmen Erinnerungen quälen müssen. Geht es noch?"

Der Kollege Overbeck war da nicht so zart besaitet. Ohne dass Lena es mitbekam, verdreht er in Richtung der Ergen die Augen, nach dem Motto nun mal nicht übertreiben.

Nachdem Lena sich wieder gefangen hatte, übernahm Overbeck die Gesprächsführung.

„Frau Koslowsky, der Themenwechsel wird Ihnen jetzt sicherlich abrupt und unverständlich erscheinen, aber ich habe meine Gründe, vorher keine Erklärung dazu abzugeben. Ist das in Ordnung?"

Nickend rieb Lena sich noch die letzten Tränen aus den Augen.

„Ich habe hier Bilder einiger Männer. Ich möchte, dass Sie sich die einmal ansehen und mir sagen ob Sie die Personen kennen, eventuell auch nur mal kurz gesehen haben."

Mit einer leichten Handbewegung signalisierte Lena, na, dann mal los. Ihr war klar, wen sie nun zu sehen bekommen würde. Interessant war die Frage, ob es Bilder von den Toten oder ältere Aufnahmen sein würden. Es waren ältere, zumindest bei den ersten. Zuerst bekam sie Adler zu sehen. Lena nahm es kurz in die Hand, betrachtete es und schüttelte den Kopf.

„Den Mann kenne ich nicht."

Was ja nicht direkt gelogen war, denn von kennen konnte nun wirklich nicht die Rede sein. Bei Dreier stockte sie einen Moment.

„Ist ja sicherlich nicht korrekt, aber ich kann es mir nicht verkneifen, der Mann macht auf mich einen, ja wie soll ich das ausdrücken, … komischen, unsympathischen, merkwürdigen Eindruck. Wäre vielleicht anders, wenn ich ihn kennen würde."

Dann kamen Klöppelmeister und Möller an die Reihe. Wie bei Adler verneinte sie, die Männer zu kennen.

„Was ist mit diesem?"

Den Mann kannte sie tatsächlich nicht. Da Overbeck sie bisher alle in alphabetischer Reihenfolge gezeigt hatte, schlussfolgerte sie, das ist Paulsen. Sie sah sich das Bild genauer an. Der hatte doch tatsächlich gewisse Ähnlichkeiten mit einem ehemaligen Mitschüler.

„Hm!?" Lena nahm das Bild noch einmal in die Hand. „Das könnte Arthur sein!"

„Wer ist Arthur?"

„Ein Mitschüler aus meiner Abiturklasse!?"

„Okay. Zwei habe ich noch."

Overbeck hatte einen Moment nicht aufgepasst und den falschen Augenblick für diese Aussage gewählt, sonst wäre ihm wohl die Verwunderung, die ganz kurz in Lenas Gesicht zu sehen war, aufgefallen. Lena hatte sich nämlich gerade in diesem Moment abgewandt um zur Kaffeekanne zu greifen.

‚Wieso zwei? Wissen die von Herz Bube? Oder ist das nur ein Trick, um mich aus der Reserve zu locken?'

„Kann ich ihnen noch Kaffee nachschenken?"

Nachdem die Kaffeebecher wieder gefüllt waren, holte Overbeck das nächste Bild aus seiner Mappe. Es zeigte Tettmann im schnieken Anzug.

„Nein, kenne ich nicht." Lena wollte das Bild schon zurückgeben, als ihr einfiel, dass sie Tettmanns Bild heute in der Münsteraner Zeitung gesehen hatte. Sie zog ihre Hand mit Bild wieder zurück, sah es sich noch einmal an.

„Ich glaube doch. ... War der nicht heute in der Tageszeitung abgebildet? Ich habe den Artikel nicht gelesen, aber ich meine, in der Überschrift stand etwas von Suizid!? ... Haben diese Männer wie meine Eltern alle Suizid begangen?"

„Der Mann heißt Manfred Tettmann, Dr. Manfred Tettmann, bekannter Rechtsanwalt. Wir haben ihn so gefunden!"

Jetzt wird es ernst, dachte sich Lena. Es wurde noch ernster.

Kurzzeitig verlor sie den Boden unter den Füßen. Die Hommage an Vati war gut gewesen, aber nicht so gut wie das Original. Das war das Bild von Vati, wie man ihn gefunden hatte.

„Das ist doch nicht Tett ... das ... das ist Vati!" Das Vati herausschreiend, das Bild mit beiden Händen haltend, hielt sie es vor sich.

„Vati, ... Vati, ... warum so?", jammerte sie.

Vor siebzehn Jahren hatte Lena einen Teil des Bildes gesehen, aber nie hatte sie realisieren können, wie ihr toter Vater wirklich darauf aussah, wie das wirkte, wie er tot gefunden wurde. In all den Jahren, hatte sie es immer erfolgreich vermeiden können, sich ernsthaft die Frage zu stellen, warum ihr Vater seinen Tot so arrangiert hatte. In diesem Moment hatte sich die Frage manifestiert, stand sie unerbittlich im Raum, verlangte nach einer Antwort.

Die Hände vors Gesicht geschlagen, weinte sie hemmungslos. Zu Lenas Glück war es kein Schauspiel, sie war wirklich tief getroffen von dem Bild und den Fragen, die es aufwarf. Overbeck nahm das Bild und legte es wieder in seine Mappe.

„Das tut mir leid, Frau Koslowsky. Sie kannten das Bild nicht?" Lena schüttelte den Kopf.

„Dann muss ich mich in aller Form bei Ihnen entschuldigen, ich war fest davon ausgegangen, dass sie das Bild kennen."

Kriminalkommissarin Ergen warf ihrem Vorgesetzten einen scheelen Blick, das glaubst auch nur du, zu. Der Blick war absolut berechtigt. Overbeck war ein hartgesottener Bulle, der das Wort Rücksicht nicht kannte, wenn es darum ging, in den Ermittlungen weiterzukommen.

Er wollte unbedingt die Reaktion der Koslowsky auf das Bild ihres Vaters sehen. Ihre Reaktion machte einen völlig authentischen Eindruck. Er war nun überzeugt, das sie es tatsächlich vorher nie gesehen hatte. Nahm man ihre anderen Aussagen, die auch alle solide erschienen, mit hinzu, war es sehr unwahrscheinlich, dass die Koslowsky etwas mit dem Fall zu tun hatte.

„Liebe Frau Koslowsky, das war wirklich nicht meine Absicht, Sie so zu erschüttern, aber wir haben da leider in Bielefeld einen Toten, den Herrn Tettmann, der genauso gefunden wurde wie ihr Vater. Darf ich Ihnen das Bild zeigen?"

Mit beiden Händen ging Lena in Abwehrhaltung, schüttelte den Kopf, ohne ein Wort zu sagen. Das Bild von Tettmann blieb in der Mappe. Einen Zeitlang saßen sie schweigend am Tisch, bis Lena sich beruhigt hatte.

„Dass so etwas noch einmal vorkommt!?", fragte sie Overbeck erstaunt.

„Genau, sehr ungewöhnlich. Darum sind wir ja zu ihnen gekommen, um vielleicht etwas zu erfahren, wodurch sich Rückschlüsse oder Erklärungen für diese Tatsache ergeben könnten."

„Sie meinen doch nicht etwa, ich hätte etwas mit der Sache zu tun?", erboste sich Lena, die nun auch die Gelegenheit bekam ihre schauspielerischen Fähigkeiten vorzuführen.

„Diese Art zu denken mag ihnen komisch vorkommen, aber wir als Kriminalpolizei müssen immer alles in Betracht ziehen. Es kommt äußerst selten vor, dass ein Täter oder Täterin sich freiwillig meldet."

Das Gespräch war beendet, als Overbeck auf dem Wohnungsflur doch noch eine Frage stellte.

„Kennen Sie den Abschiedsbrief Ihres Vaters?"

„Nein, leider nicht. Mutti hat mir gesagt, dass er einen hinterlassen hat, ihn mir aber nicht gezeigt. Wahrscheinlich weil ich erst 11 war. Als Mutti sich umgebracht hat ..."

Lena stockte, schüttelte den Kopf: „So etwas kann es doch in Wirklichkeit gar nicht geben, das muss doch alles ein furchtbarer Traum sein, oder, Herr Overbeck?"

„Als Polizist habe ich leider schon viel erlebt, wo man denkt, so etwas kann doch nicht sein, aber es war so. Ich bin kein Psychologe, aber ich würde Ihnen raten, es zu akzeptieren."

„Ja, das ist wohl das Beste. Also, direkt nach dem Tod meiner Mutter bin ich ja in die Kinderpsychiatrie gekommen, als ich da wieder raus war, hatte mein gesetzlicher Vormund die Wohnung aufgelöst und unter den ganz wenigen Sachen, die ich erhalten habe, war kein Abschiedsbrief dabei. Ist der denn eventuell in den Unterlagen der Polizei noch vorhanden?"

„Wenn er da ist, würden sie denn gerne davon eine Kopie haben wollen?"

„Ja, würde ich gerne haben. … Obwohl, was wird der mit mir machen?"

„Ich werde mich erkundigen und Sie informieren, Frau Koslowsky, dann können Sie ja immer noch entscheiden, ob sie ihn haben möchten oder nicht."

„Danke, Herr Overbeck."

Nachdem sich Overbeck und Ergen noch einmal für das Ungemach entschuldigt hatten, gingen sie.

Erschöpft ließ Lena sich auf den Küchenstuhl plumpsen. Das Gespräch war nicht nur wegen ihrer Verwicklung in den Bielefelder Fall anstrengend gewesen, es hatte sie auch emotional aufgewühlt und kurz vor den seelischen Zusammenbruch gebracht.

‚Hätte ich fragen sollen, wie sie auf die Idee gekommen waren, wegen der Bielefelder Ereignisse in den alten Akten herumzuwühlen?' Sie war sich immer noch nicht sicher, ob das nicht doch richtiger gewesen wäre. Vielleicht machte sie sich da auch einfach zu viele Gedanken, so stand sie halt als völlig unbedarfte Bürgerin dar, die der Überzeugung war, die Polizei hätte immer alles auf dem Schirm, was einmal passiert war.

,Fakt ist, die sind mir ganz dicht auf den Fersen. Es muss jetzt schnell gehen!'

Durch ihre BWR-Arbeit wusste sie, dass Herz Bube morgen als Busfahrer zu einer achttägigen Silvesterfahrt in die Schweizer Alpen aufbrechen würde. Da die Fahrt erst mitten in der Nacht enden würde, würde sie frühestens am vierten des neuen Jahres das Urteil vollstrecken können. Ihr Plan sah vor, unverzüglich nach dem letzten Strafvollzug auf Nimmerwiedersehen zu verschwinden, ihr neues Leben zu beginnen.

Vorbereitet war schon fast alles dafür. Die Tage bis Silvester musste sie also nutzen um auch den Rest zu erledigen. Es war jetzt wichtig, jederzeit, von jedem Ort aus ohne irgendeine weitere Vorbereitung, nach Bielefeld ins Studentenwohnheim aufbrechen zu können. Bielefeld musste also entsprechend präpariert werden und hier in der Wohnung alles Verdächtige beseitigt sein.

,Sollte ich vielleicht schon jetzt übersiedeln? Die Arbeiten hier in Münster waren schnell erledigt!', Lena schüttelte den Kopf. Die Arbeit bei BWR hatte ihr jetzt schon mehrere Male große Dienste erwiesen, sie sollte sie daher lieber wahrnehmen, entschied sie.

Der wirkliche Grund, musste sie sich eingestehen, war jedoch, dass Muti und sie gemeinsam Silvester verbringen wollten. Gerne gestand sie es sich nicht ein, aber er bedeutet ihr inzwischen sehr viel. Lena hatte bereits einen erheblichen Zeitaufwand darauf verschwendet, zu überlegen, wie sie ihm ihr Verschwinden ankündigen sollte und noch mehr darauf, wie sie gefahrlos und unauffällig wieder Kontakt mit ihm aufnehmen könnte. Beide Probleme waren noch immer ungelöst.

Die Brettschneider-Methode hatte funktioniert. Sich intensiv auf eine andere Aufgabe konzentrieren, dabei wieder innerlich ins Gleichgewicht kommen, sachlich handeln und Endscheidungen treffen und dann möglichst distanziert das unangenehme Problem oder Ereignis betrachten, überdenken, bewerten und entscheiden. Lena fühlte sich stark genug um nun DIE Frage anzugehen.

Seit sie den zweiten Abschiedsbrief von Mutti erhalten hatte, stand die Frage eigentlich im Raum, aber sicherlich auch dadurch, dass sie Vatis Todesbild bis heute nur zu einem kleinen Teil gesehen, es also nicht in aller Konsequenz realisiert hatte, hatte sie sie immer wegdrängen können. Nun gab es kein Entrinnen mehr. Warum hatte Vati seinen Tod so inszeniert? Warum hatte er nicht wie viele andere einfach die Tabletten genommen, ordentlich Schnaps drauf getrunken, um im Wald, wo ihn keiner so schnell finden würde, für immer einzuschlafen? Warum hatte er sich entkleidet, sein Zeug sauber neben sich zusammengelegt hingelegt und in seinem Abschiedsbrief den Satz ‚Ich habe große Schuld auf mich geladen.' so deutlich hervorgehoben?

Eine Antwort, die die ganze Wahrheit beinhalten würde, konnte sie nicht bekommen, das war Lena klar. Aber sie glaubte, hoffte, doch eine gewisse Ahnung vom Warum zu erlangen. Dazu war es aber notwendig, die Erinnerungen an Muttis zweiten Abschiedsbriefs wieder aus dem geistigen Verlies herauszulassen.

‚Sechs Lumpen sind erledigt, Nummer sieben wird es auch treffen.', dachte Lena und kam zum Schluss: ‚Ich bin gefestigt genug, ich kann es wagen'.

Einundzwanzig war sie gerade geworden, als sie Muttis zweiten Abschiedsbrief mit dem Schreiben eines Anwalts erhielt. ‚Ihre Mutter wollte nicht ohne eine ausführliche Erklärung aus dem Leben scheiden. Damit Sie den Inhalt verstehen und verkraften können, hat sie entschieden, dass Sie ihn erst mit 21 Jahren erhalten sollen.'

So in etwa stand es im Anschreiben des Anwalts.

‚Ach Mutti, auch mit 21 war ich nicht in der Lage, ihn zu verkraften.'

Zwei Selbstmordversuche löste er bei ihr aus. Als Rettung vor weiteren hatte Lena ihn schließlich verbrannt und mit Hilfe der Brettschneider gelernt, jeden Gedanken an den Brief und seinen Inhalt sofort zu unterdrücken.

Den genauen wortwörtlichen Inhalt des Briefes hatte sie natürlich nicht mehr parat, aber die Themen und die ungefähren Formulierungen. Die Vergewaltigung von Schwester und Mutter hatte Mutti etwa so verdeutlicht.

‚Es wird ja immer normaler, sich Pornos anzuschauen. Wenn du das schon einmal gemacht hast, kannst du dir ein Bild davon machen, was die Männer die ganze Nacht über mit uns getrieben haben. Ich muss dir leider versichern, sie haben nichts ausgelassen.'

Auch dazu, wer die Situation immer unter Kontrolle hatte, gab es im Brief eine eindeutige Aussage.

‚Der Mann mit dem Blutschwamm im Gesicht, den sie so liebevoll Herz Bube riefen, hatte alles unter Kontrolle. Er hatte nicht nur Alkohol in für Norwegen unglaublichen Mengen mit, sondern auch alle möglichen Pillen, Tropfen und Cremes, um uns ruhigzustellen, willenlos zu machen und verfügbar zu halten. Ich habe bis heute den Verdacht, dass auch Drogen dabei waren. Natürlich hatte er auch für die Männer vorgesorgt, um sie anzuheizen und zu weiterem Geschlechtsverkehr zu befähigen. Letztlich haben sie erst kapituliert, als ihre Glieder weitere Berührungen nicht mehr verkraften konnten.'

‚Ach Mutti, wie es euch dabei ging, wie sich eure Körper anfühlten, hast du nicht geschrieben. Ich habe ja inzwischen auch so einige Erfahrungen mit dem Sex gesammelt und kann es vielleicht halbwegs erahnen.'

Ein Punkt, den sie bisher nie so richtig einordnen und verstehen konnte, waren die geschilderten Schuldgefühle gewesen.

‚Das Schlimmste waren unsere Schuldgefühle, die wir alle drei nach dieser furchtbaren Nacht hatten. Katharina und ich hatten ja erst an einen netten fröhlichen Abend geglaubt und uns entsprechend offen und zugänglich gegeben, haben ja auch später alle drei, wenn auch nicht wirklich freiwillig, mitgemacht, mussten dazu nicht brutal gezwungen werden.'

Das war ein erster Hinweis, den sich Lena gedanklich notierte, wieso alle drei?

Der Nächste war dann Muttis Aussage, ‚Deinen Vater haben sie provoziert, mit Alkohol abgefüllt, ihn willenlos gemacht, so dass er alles mit angesehen hat, ansehen musste, ohne es verhindern zu können. Am schlimmsten war jedoch die Wahl zwischen Teufel und Beelzebub, die sie ihm schließlich aufgezwungen haben. Einer der anderen Männer war wohl auch pädophil. Er forderte mehrfach, dass man dich auch mit hinzuziehen solle. Der mit dem Blutschwamm war dagegen und machte schließlich, um die Diskussion zu beenden einen anderen Vorschlag, den dann alle begeistert zustimmten. Deinem Vater blieb keine Wahl.'

Genauer hatte sie nichts dazu geschrieben, und darum hatte Lena es immer unverständlich als unwichtig betrachtet, bzw. so interpretiert, dass er auch vergewaltigt wurde. Inzwischen erahnte sie schaudernd auch eine andere Möglichkeit.

Der letzte Punkt war der zu Katharinas Verschwinden.

‚Als Katharina auf der Fähre nicht zum Auto gekommen ist, war mir sofort klar, dass sie freiwillig den Tod gesucht hatte. Dein Vater hat sich uneinsichtig lange gegen diese Wahrheit gestemmt. Dir mag meine Aussage auch komisch vorkommen, aber nach der Nacht war das fast zwingend.'

‚Damit sollte ich alle Punkte beisammen haben', dachte sie und analysierte aus einer übergeordneten Perspektive die Informationen. So, emotional von den Personen losgelöst, konnte sie die Fakten bewerten und zu einem Ergebnis kommen, bei dem alle Puzzleteile zusammen passten.

Frauen wurden und werden leider schon immer vergewaltigt und es gab und gibt sicherlich auch viele andere Männer, die gezwungen waren, das mit anzusehen und die auch selber missbraucht werden. Das hinterlässt körperliche und seelische Verletzungen, aber in nur ganz wenigen Fällen erfolgt deswegen ein Selbstmord und der einer ganzen Familie erst recht nicht. Dafür bedarf es einer viel tieferen schmerzlicheren seelischen Verletzung, die auch alle Beteiligten irgendwie getroffen haben muss.

Als sie die Aussagen der Mutter unter diesem Blickwinkel noch einmal überdachte, hatte sie schließlich nur eine Erklärung. Es schauderte sie, sie gedanklich zu manifestieren, aber es konnte eigentlich nur eins sein, Inzest!

Das Oberschwein hatte den Vater gezwungen seine eigene Tochter zu missbrauchen oder seine andere dem Pädophilen zu überlassen.

Unter diesem Aspekt machte alles einen Sinn. Die völlige Sprachlosigkeit der beteiligten Personen nach dieser Nacht, die sich gegenseitig wie fremd behandelten und dann hatte die ältere Schwester vielleicht wirklich von vornherein vorgehabt, den Tod zu suchen, oder zumindest mit dem Gedanken gespielt. Die Schweine, auf die sie dabei unerwartet getroffen war, waren dann nur noch der letzte Auslöser gewesen.

Und der Vater? Der hatte nicht nur diese furchtbare Tat auf dem Gewissen, sondern musste sich nun auch die Schuld am Tod der einen Tochter zuschreiben. Unter diesem Aspekt machte nun auch die Inszenierung seines Suizids einen Sinn, war überhaupt nicht mehr skurril, sondern fast logisch.

Dass die Mutter dem Druck auch nicht mehr standhalten konnte, war dann wohl genauso zwangsläufig. Sie hatte auch ihre andere Tochter nicht im Stich gelassen, sondern war einfach nicht mehr in der Lage, für sie dazusein und zu sorgen.

So abgehoben betrachtete sie es und konnte das Ergebnis akzeptieren, ohne in ein seelisches Chaos zu versinken.

‚Herz Bube, du bist noch widerlicher als ich bisher schon gedacht habe', dachte Lena und ein Holzbottich brachte sich in ihren Gedanken nachdrücklich in Erinnerung.

Am Tag nach Weihnachten war auch das Kommissariat III nur spärlich besetzt. Bauer saß in seinem abgeteilten Glaskasten im Großraumbüro und der Kollege Hampel im offenen Teil. Schulte und Köhler hatten zwischen den Feiertagen Urlaub.

Zur Mittagszeit, in Münster klingelte Overbeck gerade an der Tür einer gewissen Lena Koslowsky, der Norbert Hampel, wie er seinen Kollegen nachher verriet, in dem Moment, wo das Verhör leider beendet wurde, doch zu gerne von hinten an die Titten gefasst hätte, klingelte im Glaskasten das Telefon. Das folgende Gespräch dauerte nicht sehr lang, wurde aber etwas hitzig geführt.

„Norbert, komm doch mal mit der Tageszeitung rüber!", brüllte Bauer gegen die Glasscheiben an.

„Was gibt's, Heiko?"

„Sebastian hat den Typen, mit dem Martens sich auf dem Weihnachtsmarkt getroffen hat, wiedererkannt, der steht heute mit Bild im Westfalen-Blatt. Blätter mal auf, Regionalteil. … Da! Der soll's gewesen sein!"

Beide lasen aufmerksam den Text des kleinen Artikels, der so auch in der Münsteraner Zeitung erschienen war.

„Der ist dann ja die nackte Leiche, vom dem der ‚Durchblick' vor Weihnachten das Bild mit dem kaum verpixelten Pimmel auf der Titelseite hatte!"

„Genau, Norbert, der war auf jeden Fall sichtbarer als das Gesicht, sonst hätte Sebastian ihn sicherlich schon an dem Tag erkannt."

„Sebastian hatte doch auf dem Weihnachtsmarkt mitbekommen, das der irgendetwas aus einem Kachelofen holen sollte." Bauer nickte dazu.

„Wenn wir nur wüssten, ob er den Job noch erledigt hat. Dann könnte man ja seinem Wohnwagen einen kleinen Besuch abstatten."

„Norbert, Norbert, das wäre aber illegal!"

„Ehrlich? Gefahr im Verzug, eindeutig, musste aufgebrochen werden!"

„So auffällig können wir's nicht machen, Martens darf davon nichts mitbekommen."

„Stimmt, da hast du recht. Wir sollten uns also nicht erwischen lassen. Das Risiko würde aber nur Sinn machen, wenn wir wüssten, dass das Paket nicht mehr im Kachelofen liegt."

„Tut es nicht mehr." Hampel sieht Bauer verwundert an.

„Woher willst du das wissen? Hat Martens das gesagt?"

„Das würde der uns nie verraten, wenn es sich denn dabei, wie vermutet, um seine Lebensversicherung handeln sollte. Ich habe einfach im Kachelofen nachgesehen."

„Woher wusstest du, wo der steht und dass man da rankommt?"

Tja, Norbert Hampel war nun wirklich nicht der Pfiffigste, aber immerhin spurte er widerspruchslos, das war ja auch schon einmal was, fand Bauer.

„Martens will von mir wissen, was bei dem Dreier los war und ob die Ermittlungen erledigt sind und rennt anschließend zum nächsten Kumpel, um dem zu sagen, dass er an den Kachelofen herankommt, da ist doch wohl klar, wo der steht."

„Super, Heiko, wie du das immer so kombinierst."

Einen kurzen Moment überlegte Bauer, ob Hampel ihn verarschen wollte, entschied sich dann aber doch dafür, dass der das ernst meinte. Es kam halt immer drauf an, mit welcher geistigen Ausstattung man die Dinge betrachtete.

„Ich bin am letzten Arbeitstag vor Weihnachten noch schnell nach Lemgo zum Haus von Dreier gefahren. Siegel war zerschnitten, die Haustür aufgebrochen, die Klappe vom Kachelofen im Hausflur stand weit offen, und davor lag eine ganze Menge Asche, die die Fußspuren erklärten, die vom Kamin zur Haustür führten. Ich bin also nicht weiter rein, sondern gleich wieder abgehauen."

„Da hattest du ja Glück!"

„Wieso?"

„Wenn der Tettmann seinen Job noch nicht erledigt gehabt hätte, wärst du nicht ins Haus gekommen!"

„Norbert!!"

„Du meinst, du hättest …"

„Was denn sonst, Norbert! Mann, wir hätten die verdammten Filme von uns gehabt. Dafür bin ich bereit, noch ganz andere Sachen zu machen, wenn es denn sein muss!"

Den weiteren Gedanken, dass er und zwar nur er, Heiko Bauer, dann wahrscheinlich auch das ganze andere Material von Martens besessen hätte, teilte er dem etwas einfältigen Norbert lieber nicht mit.

„Der Martens wird auch unter Druck stehen, es beizeiten versuchen, wenn er das nicht schon getan hat. Wir müssen noch heute in den Wohnwagen."

„Da du es ja nicht auf die halb offizielle Tour machen möchtest, müssen wir es nach Feierabend erledigen!?"

„Genau das ist meine Frage, Norbert, bist du mit dabei?"

„Klar, Heiko, den Schatz holen wir uns!"

Das war nun eindeutig die positive Seite vom Norbert, stellte Bauer für sich fest. ‚Treu bis in den Tod, wie man früher zu sagen pflegte', dachte er sich noch, innerlich grinsend, dazu.

Mit seiner Vermutung hatte Bauer recht. Martens stand unter Druck, unter ganz gewaltigem Druck sogar, denn der kam von vielen ganz unterschiedlichen Seiten.

Mit dem Doc hatte er seinen vielleicht einzigen wirklichen Freund verloren, den er bereits seit Jugendzeiten kannte. Der war in den letzten Jahren zum Alkoholiker geworden, den selbst seine Frau Hanni nicht mehr im Haus ertragen wollte, so dass er in den Wohnwagen umziehen musste. Gestört hat das den Doc allerdings nicht. Er hatte sein ganzes Leben zwar immer nach Reichtum gestrebt und diesen hemmungslos angesammelt, aber auf Äußerlichkeiten war es ihm nie angekommen. Mit dem Geld größtmögliche Macht und Einfluss auf andere zu haben, war immer der entscheidende Antrieb gewesen.

Trotz seiner Alkoholsucht hatten die beiden weiter erfolgreich ihr Spielchen mit unbedarften Mitmenschen gespielt.

Stockmann, Besitzer eines noblen Bordells und einer erlesenen Schar dazugehörender Frauen, stellte sozusagen Bühne, Schauspielerinnen und den mit dem Chef höchstpersönlich besetzten Part des Kameramannes, während die Kunden ungeahnt die männlichen Schauspieler in den interessanten Aufführungen abgaben.

Martens und Tettmann suchten dann geeignete Kandidaten für mehr oder weniger sanfte Erpressungen heraus. Gab es Schwierigkeiten, musste Hase einschreiten. Das Geschäftsmodel funktionierte prächtig, denn sie molken ihre Opfer immer sehr behutsam, so dass die das nicht wirklich schmerzte. Die Angelegenheit war so für die Opfer nicht so unerträglich, als dass sie alles öffentlich gemacht und die Polizei eingeschaltet hätten. Viele entließen sie dann sogar freiwillig irgendwann auch aus dem Melkstand, ließen sie sozusagen wieder auf die Weide, um sie bei Bedarf wieder zurückzuholen. Auf diese behutsame Art und Weise blieben sie über Jahre völlig unbehelligt und verdienten trotzdem prächtig.

Als der Zufall dann vor zwei Jahren bei deren Weihnachtsfeier drei Mitglieder vom Kommissariat III in Stockmanns Bordell spülte, war ihr Geschäft bestens vor staatlichen Übergriffen geschützt. Sozusagen der Jackpot war der Umstand, dass man dem Leiter, besoffen und zugekokst wie er war, zwei Minderjährige ins Bett legen konnte.

Weiteren Stress bereiteten Martens die Tatsachen, dass sowohl Dreier, auch wenn der sich letztlich selbst eliminiert hatte, als auch Tettmann von einem Unbekannten ausgeschaltet wurden. Den Quatsch vom Selbstmord hatte er nicht einen Moment geglaubt. Dazu war der Doc viel zu feige gewesen. Wer steckte dahinter? Er konnte einfach keine Antwort auf diese Frage finden, denn selbst Bauer mit seinen beiden Hanseln, dem er eine Menge zutraute, kam seiner Einschätzung nach dafür dann doch nicht in Betracht. Die Überlegung, dass er dann sehr wahrscheinlich das nächste Opfer sein könnte, erzeugte einen gewaltigen Druck. Ohne Totschläger und Gaspistole ging er nicht mehr aus der Wohnung, sah sich immer um, wer oder was in seiner Umgebung ging und stand. Martens war extrem nervös.

Über Weihnachten hatte er sich in Hamburg bei einem alten Bekannten eingeladen, und morgen würde er die Silvester-Spezialtour in die Schweiz fahren. Da sollte er auch sicher sein. Leider würde er sich dieses Jahr wohl nicht so beschwingt mit den besoffenen, sonst so ehrenwerten, Frauen vergnügen.

‚Andererseits, wenn mich einer erledigen will und das womöglich schafft, sollte ich vorher noch einmal richtig die Sau rauslassen. An Silvester war da erfahrungsgemäß einiges möglich.'

Im Moment drängte aber vor allem das Paketproblem. Doc hatte ihn ja angerufen und berichtet, dass er es aus Dreiers Kachelofenversteck herausholen konnte. Nun sollte es in seinem Wohnwagen liegen. Das hoffte er jedenfalls inständig. In dem Paket waren nicht nur die Datenträger mit den netten Filmen, sondern auch alle Dokumente und Kontodaten ihrer Geschäfte. Die durften auf keinen Fall in andere Hände und erst recht nicht in die der Polizei geraten. Er musste das Paket daher so schnell wie möglich in seine Wohnung schaffen.

Leider gab es da drei Probleme. Das erste war die Frage, ob die Bullen inzwischen ihre Arbeit beendet hatten, ohne es anzurühren, das zweite war die, wie in den Wohnwagen kommen. Da gab es wiederum zwei Möglichkeiten, aufbrechen oder versuchen, von Hanni den Schlüssel zu bekommen. Aufbrechen bedeutete ein großes Risiko, aber der Anruf bei Hanni war auch alles andere als verlockend, auch wenn er der eigentlich auch noch sein Beileid aussprechen musste. Alles zusammen wurde durch das dritte Problem, seine zeitliche Einschränkung auf heute, noch verschärft.

Martens entschied sich für den Anruf bei Hanni.

„Hallo Hanni, mein tiefempfundenes Beileid."

„Danke, Detlef, dachte schon, du meldest dich gar nicht."

„Du weißt doch, ein Anruf bei dir fällt mir seit unserer letzten Begegnung nicht mehr so leicht."

„Ach Gott, was bist du denn auf einmal so zart besaitet? Nur weil ich dir etwas in die Eier getreten habe und mein Lover-Boy dich rausgeschmissen hat, musst du doch nicht einen auf Mimose machen!"

Martens schwoll gleich der Kamm und er polterte los:

„Du hast Manni und …"

„Lass es, Detlef! Anderes Thema! … Bitte! … Wo warst du die ganzen Tage?"

‚Ah, hat mit der eh keinen Sinn, bleib ruhig, alter Knabe! Wieso weiß die, dass ich nicht da war?'

„War in Hamburg."

„Auf der Reeperbahn Weihnachten gefeiert!?", und ironisch fügte Hanni „Ist ja mal ganz was Neues", hinzu.

„Ne, war bei Gerald."

„Was heißt da ne! War dann doch sicherlich eine kleine private Reeperbahnsause!?", bemerkte Hanni, mit gehässigem Lachen.

„Nein, der ist doch aufs Land vor die Tore Hamburgs gezogen, hat da jetzt sozusagen einen Hühnerhof."

„Und?"

„Hat erstklassige Hühnchen, muss man neidlos anerkennen."

„So, so! Da hat es dann aber bestimmt jeden Tag als Festbraten Hühnchen gegeben!?"

„Klar, da hat Gerald sich nicht lumpen lassen. Hat uns zusammen jeden Tag immer eins serviert."

„Alles klar, ihr habt Gebrüder Quax die Bruchpiloten gespielt!"

„Wie …?"

„Mann Detlef! Doppeldecker!"

„Ach so, … nein, Gerald mag das ja, aber ich steh da nicht so drauf."

„Aber Detlef!"

Dem Martens schwollen schon wieder die Halsschlagadern an, denn Hanni hatte das „Detlef" natürlich als Dettläff, also möglichst tuntig, ausgesprochen, um auf seine und Geralds durchaus vorhandenen homosexuellen Seiten anzuspielen.

‚Beherrschung, Beherrschung, die muss mich in den Wohnwagen lassen. Ignorieren, einfach ignorieren!', befahl Martens sich.

„Wir haben Hühnchen am Spieß gespielt. Ist doch für alle entspannter."

„Hm ja! Hühnchen en brochette, wie der kultivierte Franzose zu sagen pflegt. Ah, ja, da war ich früher auch immer gern das Hühnchen. … Was willst du?"

So war sie! Eben noch das etwas versaute süße Luder und urplötzlich die aggressive, fauchende Raubkatze, die ihre Reißzähne und damit ihr wahres Ich zeigt. Hanni war gefährlich, hatte sich schon vor langer, langer Zeit von ihrem Mann emanzipiert und ihr eigenes Ding durchgezogen. Im Windschatten von Tettmann hatte sie auf die brutalere Tour gesetzt. Wer sich mit ihr einließ und nicht spurte, wurde schmerzhaft gemaßregelt, wie er beim letzten Treffen selber feststellen musste. Der Tritt in die Eier war keine Wortspielerei von ihr gewesen, er hatte danach vorsorglich lieber einen Arzt aufgesucht.

Es war jetzt nicht mehr angeraten drumherum zu reden, das würde sie nur noch unleidlicher machen. Da er davon ausgehen musste, dass sie ihren besoffenen Mann regelmäßig ausgequetscht hatte, dürfte sie bestens informiert sein. Es blieb also nur Klartext übrig und hoffen, dass sie heute ihren sozialen Tag hatte.

„Das war dein Glück mein Lieber, dass du klar und deutlich gesagt hast, worum es sich bei dir dreht, sonst hätte ich mir nämlich euer sauberes Paket geschnappt. Aber so darfst du es dir holen und für dich verwenden. Ist sozusagen dein Erbteil von Mannis Hinterlassenschaft. Mir bleibt ja der saubere offizielle Teil."

Seine Wut konnte Martens nicht komplett unter Kontrolle halten. Zumindest die spitze Bemerkung: „Ach, der reicht dir!?", konnte er sich nicht verkneifen.

„Du, Detlef, wenn es mal wieder kein Klopapier im Laden geben sollte, nehme ich einfach die grünen Euroscheine, ist für mich kein Problem."

Dazu sagte er lieber nichts. Er wäre auch nicht zu Wort gekommen, denn die liebe Hanni redete gleich weiter.

„Du sagst, du musst das heute noch erledigen. Das passt mir. Du sammelst mich mit deinem Wagen um viertel vor vier, pünktlich, Klosterstraße Ecke Ritterstraße am Klosterhof ein. Klar!?"

„Ja."

„Ist dein Paket groß? Kannst du das bequem und unauffällig tragen?"

„Sollte in eine Einkaufstasche passen."

„Gut. Wir werden nämlich auf dem Parkplatz Hünenburg an der Osnabrücker parken und zu Fuß zum Campingplatz runtergehen, also Taschenlampe einpacken. Hoffe das geht mit deinen Matscheeiern schon wieder?"

Martens ignorierte die Bemerkung lieber und fragte: „Du willst mitkommen?"

„Genau. Ich möchte, dass du siehst, was ich aus dem Wagen hole, und ich will sehen was du mitnimmst. Wir sichern uns gegenseitig ab, dann gibt es hinterher keine Streitereien, ob denn womöglich der dies oder der andere das genommen hat. … Ich denke, wir verstehen uns!"

„Natürlich, Hanni!"

„Wenn wir fertig sind, setzt du mich in Bielefeld irgendwo bei der Kunsthalle wieder ab und verschwindest nach Hause."

„Okay, machen wir so."

„Viertel vor vier!", damit legte Hanni einfach auf.

Es lief wie geplant ab. Martens wunderte sich nicht nur, wie offen Hanni damit umging was sie aus Tettmanns Wohnwagen mitnahm, sondern auch darüber, dass das alles noch da war, die Polizei davon nichts eingesammelt hatte. Aber vermutlich hatten die nur nach Spuren gesucht, die für den Selbstmord entscheidend waren.

Das rußige Paket war zu seiner Beruhigung an seinem Platz im Staufach. Allerdings musste er Hanni einen Blick auf die Unterlagen gewähren.

„Stell dich nicht so an, Detlef. Du glaubst doch etwa nicht, das Manni mir nichts erzählt hat!"

„Es war strickte Geheimhaltung vereinbart. Da wird er sich ja wohl dran gehalten haben, vor allem, weil du ihn schließlich hier in dieses Loch ausquartiert hast."

„Schein und Sein ist zweierlei, mein Lieber. Das solltest du doch am allerbesten wissen. Es hat ihn nicht gestört, hier zu leben. Nein, es hat ihn sogar ausnehmend gut gefallen, und für unsere Beziehung war es auch besser so. Er störte mich nicht mehr, aber da er ja von Zeit zu Zeit Geld brauchte, hatte ich ihn trotzdem fest im Griff. Das gab's nur, wenn er wie ein Köter angekrabbelt gekommen ist. Ich saß also im Sofa und er musste auf allen vieren antanzen. ‚Männchen!' ‚Braver Hund!' Dann habe ich ihm ein Scheinchen vor die Nase gehalten, und wenn es es schnappen wollte erst einmal wieder weggezogen. ‚Nun erzählt Bello aber erst dem Frauchen, was es so neues gibt', und schon wusste ich Bescheid. Wenn ich etwas genauer wissen wollte oder das Gefühl hatte er druckst herum, habe ich ihm was Leckeres mit zwei langen Beinchen auf den Couchtisch legen lassen. ‚Möchte Bello mal dran schnuppern? Wenn Bello brav ist, darf er.' Du weißt aus eigener Erfahrung, dass er dafür alles, wirklich alles, ausgeplaudert hat. … Spar dir also die dumme Bemerkung und zeig mit die Unterlagen, damit ich sehen kann ob es Veränderungen gibt."

‚Hol sie der Teufel, dieses Drecksweib. Ich sollte sie im Lichtebachteich ertränken.'

Martens kochte, aber er wusste, dass er sich nichts erlauben durfte, wenn er unbehelligt weiterleben wollte.

Nach einer dreiviertel Stunde hatten sie beide ihre Sachen eingepackt. Hanni holte aus der Plastiktüte, die sie mitgebracht hatte, ein völlig eingetrocknetes opulentes Adventsgesteck, das sie auf den Tisch stellte und mit vier dünnen Kerzen versah.

„So, Detlef, die dünnen Pimmelchen brauchen jetzt eine knappe Stunde, bis sie abgebrannt sind. Wir sollten uns also vom Acker machen."

Die Erleuchtung kam spät, aber sie kam immerhin. Jetzt hatte er kapiert, warum er sie abholen und warum er sie anschließend in der Innenstadt absetzten musste. Wenn jemandem ein Wagen auffiel, war es seiner, und sie hatte in jedem Fall ein wasserdichtes Alibi in der Stadt, während er ohne Zeugen allein zu Hause saß.

„Das wird der Platzwart aber schnell bemerken. Wahrscheinlich sogar schon den Kerzenschein, liebe Hanni!"

„Lieber Detlef, Denken solltet ihr Männer grundsätzlich besser den Frauen überlassen. Ich habe Hermann gesagt, ab vier könne man ja durchaus Bier trinken, da solle er doch heute pünktlich Feierabend machen und sich bei Löwen-Lotte an die Theke setzen. Der hat jetzt schon einige Bier intus."

„Dieses Arschloch hört auf dich?"

„Der arbeite für mich."

Mehr brauchte Martens nicht zu hören, um endgültig sicher zu sein, dass Hanni schon immer über alles informiert war. Da kam ihm ein Gedanke.

„Was hat Arschloch denn von Mannis angeblichen Selbstmord mitbekommen?"

„Leider nichts, er war sternhagelvoll und hat geschlafen."

„Musste er den Tag auch um vier zu Löwen-Lotte?"

Martens verfluchte sein vorlautes Mundwerk und bereute die Frage sofort, aber mit der Reaktion hatte er dann doch nicht gerechnet.

Die Pistole berührte seine Stirn, die Knie zitterten ihm.

„'schuldige Hanni, ich ...“

„Halt deine verlogene Schnauze, Detlef. Ein so hinterhältiges, verlogenes, feiges ARSCHLOCH wie du hat kein Recht, so eine Frage zu stellen. ... Ist das KLAR?“

„Ja, Hanni!“

„Ich habe Manni mein Leben lang geliebt, und mir ist völlig egal, wie andere darüber denken oder was für ’ne Meinung die haben. Außerdem, warum sollte ich? Hm, Detlef, was denkst du, warum sollte ich meinen Mann umgebracht haben?“

Bei Martens hatte sich Angstschweiß auf der Stirn gebildet. ‚Sag was, sag was, die dreht sonst noch durch!‘

„Geld, Eifersucht!?“

Kopfschüttelnd sah Hanni ihn an.

„Unsere Knete habe ich schon seit über zwanzig Jahren unter Kontrolle, und zwar so das nur ich rankomme. Eifersucht? Hast du vergessen, wo ich Manni kennengelernt habe? Wir haben beide ein Leben lang auch immer mit anderen gevögelt. Eifersucht wäre höchstens denkbar, wenn er eine andere als Vertrauensperson gehabt hätte. Hatte er aber nicht! ... Oder?“

Die Frage erstaunte Martens dann doch, denn sie war mit fast flehentlicher Stimme gestellt worden. Er schüttelte den Kopf.

„Nein, Hanni, hatte er nicht. Er hat sich zwar förmlich durch Leben gebumst, aber zu einer anderen Frau wirklich Vertrauen, nein, wenn doch, hätte er es mir zumindest nicht gesagt.“

Die Pistole verschwand wieder in ihrer Handtasche.

„Ach so, der Hermann, den du immer so gerne als Arschloch betitelst, hatte nicht die Aufgabe Manni auszuspionieren, sondern zu beschützen, zu unterstützen, halt einfach auf ihn aufzupassen und das hat er, bis auf den einen Abend, verdammt gut und fleißig erledigt.“

Hannelore Tettmann, genannt Hanni, steckte die Kerzen an, hielt kurz inne, holte ein Bild ihres Mannes aus der Manteltasche, küsste es und stellte es an den Adventskranz.

„Gehen wir."

Auf dem Weg zum Auto meinte sie unvermittelt:

„An Monis Weihnachtsstand hat ihn eine Blonde mit dicken Titten, Lederjacke, Ledermini und hohen Lederstiefeln abgeschleppt. Du weißt, wie er auf solche Weiber abgefahren ist, da war er nicht mehr zu halten. Für Moni war auffällig, dass er total blau wirkte, obwohl er gar nicht soviel getrunken hatte. Leider ist die Blonde ein Phantom, war über keine Kanäle etwas über die herauszubekommen."

„Also Mord!?"

„Ja! ... Sei man vorsichtig, du bist jetzt der letzte von euch Vieren."

„Stocki lebt ja noch."

„Wenn du das im Knast leben Leben nennen willst, dann ja."

Den weiteren Weg schwiegen sie. Als Hanni in den Wagen einsteigen wollte, hielt sie kurz inne.

„Anfang Dezember hat uns der Arzt erklärt, dass Manni maximal noch sechs Monate hat. Seine Leber war total im Arsch."

Im Präsidium war es gleich 16 Uhr. Bauer und Hampel hatten für heute ihre offiziellen Arbeiten erledigt und bereiteten sich auf den geplanten inoffiziellen Teil des Tages vor. Bauer zog sich schon den Mantel an, als in seinem Glaskasten das Telefon klingelte.

„Bauer ... Guten Tag Herr Milkowitsch ... Ja, natürlich, aber muss das unbe ... Ja ich verstehe ... Ja, ich komme sofort."

Über eine Stunde musste Heiko Bauer sich beim Gespräch mit dem großen Boss, wie Hektor Milkowitsch im Haus genannt wurde, und dessen Adlatus Sigurd Schäfer-Burghard, rechtfertigen. Die Liste der Vorwürfe zu seiner Personalführung war lang, er durfte sich einiges anhören.

Schnell wurde ihm klar, dass die Luft für ihn langsam dünner wurde. Die Frauenversteher ließen sich nicht mehr so richtig von seinem Insiderwissen beeindrucken. Die Gleichstellungsbeauftragte war seiner Meinung nach eh, wie inzwischen in vielen anderen Einrichtungen auch, die wirkliche Führungsperson im Präsidium. Wenn die pfiff, standen Milkowitsch und Schäfer-Burghard stramm, außer in der Hose natürlich, und die wird ihnen ordentlich was gepfiffen haben, damit sie artig ihren Anweisungen folgten.

‚Alles Weicheier und Kriecher, die sich gegenseitig übertrumpfen um es den Weibern recht zu machen‘, keifte Bauer innerlich.

Bauer wurde dafür, dass er, wie Egbert meint, mit den beiden auf du und du war, ordentlich zurecht gestaucht. Da blieb ihm nur verbal kleine Brötchen zu backen, was ihn aber nicht davon abhielt, weiterhin der Meinung zu sein, Polizei und Schlitzpisser, das passt nicht zusammen, die muss man alle rausschmeißen. Schließlich gelobte er Besserung und macht einige tiefe Diener.

Angepisst und wortkarg knurrte er, wieder vom Plauderstündchen zurück, Norbert Hampel an:

„Na, nun komm endlich!"

Den focht das allerdings nicht weiter an, er kannte das. Außerdem fand er, dass dem Heiko eh öfters mal der Kopf gewaschen werden musste. Nicht wegen seines Verhaltens den Kolleginnen gegenüber, da hatte Bauer Hampels vollstes Verständnis, aber dass Bauer dann mal wieder spürte, wo er

hingehörte und sich entsprechend wieder mehr kamerad-
schaftlich verhielt, dafür war das allemal gut.

So war es bereits kurz vor 18 Uhr, als sie auf der Carl-Seve-
ring-Straße Richtung Campingplatz fuhren. Kurz vor der
Einbiegung zum Platz erschien plötzlich von dort ein Feuer-
schein.

„Scheiße! … Weiterfahren, Norbert!"

„Der Wohnwagen vom Tettmann!?"

„Bestimmt. Aber auch wenn nicht, können wir heute nichts
mehr unternehmen."

„Ich fahr ein Stück noch weiter und drehe."

„Mach das."

Sie fuhren schon wieder in die andere Richtung, als ein
lauter Knall ertönte und auf dem Campingplatz ein Feuerpilz
in den Himmel schoss.

„Oh ha, das war die Gasflasche. Hoffentlich ist da keiner
auf dem Platz. Sollen wir nicht lieber hinfahren, vielleicht
können wir helfen!?"

„Quatsch, das macht die Feuerwehr schon, was willste da
jetzt machen? Außerdem, wer so blöd ist, in dieser Jahreszeit
zu campen, ist ja wohl selber Schuld."

Kurz darauf kam ihnen mit Blaulicht die Freiwillige Feuerwehr Quelle entgegen.

Egbert tobte.

„Das kann doch nicht war sein, muss man denen denn alles vorgeben, können die nicht selbständig denken! Verdammt noch eins!"

„Meyer meinte, bei der KTU wäre über die Hälfte wegen Grippe und Bronchitis krankgeschrieben, sie hätten es einfach noch nicht geschafft. Haben sich gedacht, das hat Zeit, der Wohnwagen läuft nicht weg, und drin wohnen tut auch keiner."

„Aber weggeflogen ist er, Gina, und hat drei andere in der Nachbarschaft gleich mit in Brand gesetzt."

Egi schnaufte noch ein paar mal, dann hatte er sich beruhigt.

„Was mag da im Wohnwagen gewesen sein, dass man ihn so gründlich beseitigt hat?", fragte Gina.

„Wird man vielleicht auch vorher herausgeholt haben. Dadurch, das die Gasflaschenexplosion von dem ganzen Wagen im Prinzip nichts übriggelassen hat, ist die Frage eh müßig. Die können ja noch nicht einmal mit Bestimmtheit sagen, ob es mit Sicherheit Brandstiftung war."

„Ob unsere Täterin das war?"

„Warum sollte sie, Gina?"

„Vielleicht, weil ihr eingefallen ist, dass es im Wohnwagen etwas gab, das sie verraten hätte!?"

„Tja, könnte natürlich sein, aber wenn man bedenkt, welch halbseidener Anwalt der Tettmann war, würde ich eher auf andere Kreise tippen."

Die beiden spekulierten noch, als Verena Feldkamp hinzu kam. Die Feldkamp machte einen ziemlich genervten Eindruck.

„Presse?" fragte Egbert süffisant.

„Ach Herr Klöppelmeier, sie können sicher sein, die Lektion habe ich gelernt. Haben sie gelesen, was für einen Schwachsinn der ‚Durchblick' heute zum Wohnwagenbrand geschrieben hat? Neapolitanische Mafia in Quelle! Sind die nicht mehr ganz dicht im Kopf!?"

„Doch, sind die, Frau Feldkamp. Das Drecksblatt heißt ja Durchblick, weil es bei seinen erfundenen Geschichten und Behauptungen den Durchblick hat, der dem Blatt sonst völlig abhanden kommt. Sie können sicher sein, in den nächsten Tagen machen die aus unserer vermuteten Täterin eine Mafia-Killerin."

„Na, wenigstens haben die seriösen örtlichen Tageszeitungen sachlich berichtet", versuchte Gina die Feldkamp aufzubauen.

„Schon, aber die drängen den Milkowitsch in einer Tour zu einer Pressekonferenz. Bisher hat er aber zum Glück abgelehnt. Wir könnten uns ja nur blamieren, so wenig wie wir vorzuweisen haben!"

„Wo bleibt denn die Blom?", knurrte Egbert.

„Schon da! Guten Tag zusammen!" Etwas aus der Puste kam die Psychologin Frau Blom in den Raum gestürmt. Klöppelmeier sah auffällig auf seine Armbanduhr.

„Na ja!"

Die Münsteraner, Lutz Overbeck und Frau Ergen, hatten ausführlich über das Gespräch mit der Koslowsky berichtet. Overbeck wollte anschließend gerade seine Einschätzung der Person Koslowsky vortragen, wurde aber von der Psychologin Frau Blom unterbrochen.

„Herr Overbeck, ihnen ist hoffentlich klar, dass ihr Verhalten vor einem Gericht auch als Körperverletzung bewertet werden könnte!? Einer vermutlich hochgradig traumatisierten Frau einfach, ohne einfühlsame Vorbereitung, dieses Bild ihres toten Vaters zu zeigen, das ist schon ein starkes Stück."

„Wie hätte ich sonst herausbekommen sollen ob sie es kennt, Frau Blom? Können Sie mir das verraten!?"

Egi kannte seinen Lutz, der würde hier keinen Millimeter nachgeben, die Sache musste also schnell beendet werden, oder er musste seine Zeit mit dem Lauschen einer sinnlosen, sich endlos hinziehenden Diskussion verbringen, eine unerträgliche Vorstellung. Das würde ja schon an Körperverletzung grenzen.

„Stopp! Das ist nicht das Thema! Die Arbeitsweise von Herrn Overbeck ist Münsteraner Angelegenheit, Frau Blom. Weiter mit den Fakten, Lutz!"

Als authentisch und glaubwürdig stufte Münster das Auftreten und die Aussagen von der Koslowsky ein. Es bestand demnach eine hohe Wahrscheinlichkeit, dass die sie nichts mit den Taten in Bielefeld zu tun hatte.

„Hm!"

„Ich stimme dir zu, Egi. Darum habe ich auch einen privaten Kontakt genutzt, um unkompliziert zu klären, ob in Norwegen vor siebzehn Jahren eine passende Straftat angezeigt wurde."

„Und?"

„Fehlanzeige! Wenn es eine gab, wurde sie nicht angezeigt. Auf dem Gleis kommen wir nicht weiter."

„Tja, müssen wir wohl so akzeptieren. Danke für die Initiative, Lutz. Die Unterlagen zu den drei alten Fällen hast du uns ja schon geschickt, ich habe aber noch eine Bitte." Mehr brauchte Egbert auch jetzt nicht zu sagen, Overbeck dachte sich sofort das Richtige.

„Das wird aber etwas dauern Egi, ich kann keine Frau oder Mann komplett dafür abstellen. Wir werden scheibchenweise das Dossier zu Frau Koslowsky erstellen und euch zukommen lassen. Das wichtigste ist ja vielleicht bei aller Verkleidung der Täterin ein Bild. Bekommt ihr morgen."

„Danke euch, damit habt ihr bei uns wirklich was gut."

„Okay, bei der nächsten Fortbildung zahlst du das Abendessen und die Getränke!"

Egbert wurde etwas blass, der Overbeck futterte wie mehrere Löwen zusammen und soff wie eine Herde Elefanten, das würde ruinös! Dann fiel ihm aber ein, dass in der kurzen Zeit bis zu seiner Pensionierung Milkowitsch und Co ihm so etwas nicht mehr gönnen würden. Er entspannte sich und stimmte zu.

Nun hieß es schnell die Blom streicheln.

„Tut mir außerordentlich leid, Frau Blom. Sie haben natürlich Recht, aber der Overbeck hätte seinen Fehler auf Teufel komm raus nicht zugegeben, geschweige denn die Sache an sich eingesehen. Der ist halt noch alte Schule!"

„Wie Sie!"

Gina grinste, soviel Schlagfertigkeit hatte sie der Blom gar nicht zugetraut.

„Genau. Darum benötigen wir ja Ihre hochgeschätzte fachkundige Hilfe, Frau Blom."

Mann, was konnte Egi sülzen, wenn es sein musste, stellte Gina mal wieder fest und schaltete sich lieber in das Gespräch ein, damit es dann auch mal weiterging.

„Wie würden Sie denn Frau Koslowsky bezüglich einer Täterschaft einschätzen?"

„Ich habe das Gespräch ja nicht miterlebt. Aber aus den Beschreibungen würde ich doch nur auf 50/50 gehen. Kann sein, dass sie sehr authentisch gewirkt und vielleicht auch nicht wirklich gelogen hat. Aber wenn sie die Täterin ist, dann steht sie unter einem enormen psychischen Druck und vielleicht, nein, ich würde sogar sagen, sehr wahrscheinlich, kennt sie selber nicht alle Einzelheiten, denn sie war ja erst 11 Jahre alt. In so einer Situation muss sie nur an den entscheidenden Stellen einfach ihren Emotionen freien Lauf lassen, das ist dann echt und wird auch so von den Beobachtenden registriert."

„Klingt logisch", stimmte Egi zu und wollte wie Gina gleich die nächste Frage stellen.

„Du."

„Nein, du."

„Gina, du!"

„Gehen wir von einer Täterschaft der Koslowsky aus, dann haben wir eine 11 jähriges Mädchen, das mit seiner Familie ein furchtbares Ereignis erlebt, an dem offenbar die anderen drei Familienmitglieder zugrunde gehen. Bei allem Verständnis für die seelischen und vielleicht auch körperlichen Schmerzen, was treibt einen Menschen dazu, siebzehn Jahre später zur Mörderin zu werden?"

„Sie haben sich die Antwort schon zum Teil selber gegeben, Frau Salieri. Wenn es das Geschehen vor siebzehn Jahren gab, muss es unglaublich heftig gewesen sein. So heftig, dass die Eltern und die fast erwachsene Schwester so sehr darunter leiden, dass sie keinen anderen Ausweg mehr sehen als den Freitod. Die 11jährige erlebt vielleicht diese Ereignis gar nicht richtig mit, dafür aber um so mehr den Tod der Menschen, die ihr bisher Halt und Sicherheit gegeben haben, die immer für sie da waren, nun steht sie allein da. Das ist ein unglaubliches Trauma für das Kind. In der Traumapsychologie gehen wir davon aus, dass ein Trauma am besten zu behandeln ist, wenn man es auflöst. Das heißt zum Beispiel die Ursachen für ein Unglück eindeutig geklärt werden können oder die Täter bestraft werden. Wenn wir mit unseren Spekulationen richtig liegen, muss es ein weiteres Ereignis gegeben haben."

„Was soll das sein?"

„Nun, Herr Klöppelmeier, die Straftat wurde, wie wir eben gehört haben, nicht angezeigt, es gibt also nur die Erinnerung an das Ereignis. Sehr wahrscheinlich kannte die Familie die Täter nicht. Ich kann mir daher vorstellen, dass die Koslowsky einen Täter von damals zufällig begegnet ist und ihn wiedererkannt hat. Dieser emotionale Tsunami bewirkt dann den Entschluss, die Täter zu bestrafen."

„Wann wird sie aufhören, wenn es so gewesen ist, wie wir gerade spekulieren und die Koslowsky tatsächlich die Täterin ist?"

„Wenn sie alle Täter erwischt hat oder Sie, Frau Salieri, die Täterin."

„Wenn im neuen Jahr Beatrice und Florian auch wieder an Bord sind, müssen wir nach Münster und uns ein eigenes Bild von ihr machen, Gina."

Den Durchblick vor sich liegend, beschäftigten sich Bauer und Hampel wieder mit ihrem privaten Fall.

„Wir können wohl davon ausgehen, dass Martens sich seine Lebensversicherung geholt hat."

„Dann knöpfen wir ihn uns den doch vor, Heiko."

„Das ist in der Form riskant und im Moment auch nicht möglich. Ich habe einfach bei BWR angerufen und gefragt ob ich Herrn Martens sprechen kann, konnte ich nicht, weil, so habe ich mir Dummi erklären lassen, der nicht im Büro sitzt und außerdem als Fahrer auf einer Bustour ist, von der er erst am 3. in der Nacht wiederkommt."

„Ist doch noch besser. Sebastian hat doch noch die nachgemachten Schlüssel, die wir bisher gar nicht richtig eingesetzt haben. Ah Mist, der ist ja auf einen Kurztrip in den Urlaub gefahren."

„Na und! Der kann doch vorzeitig zurückkommen oder uns verraten wie wir in sein Haus kommen, um uns die Schlüssel zu holen", knurrt Bauer.

Der Anruf bei Schulte war allerdings ernüchternd, da konnte Bauer noch so viel schnauzen, der war mit der Familie auf Malle und hatte die Schlüssel, auch für die Schwiegermutter nicht erreichbar, im heimischen Safe deponiert.

„Ist ja gut, Sebastian, spiel dich nicht so auf und reg dich ab. Du kommst am 2. zurück, passt doch. Du hast hiermit den Auftrag am 3. … Was heißt hier noch Urlaub! Ich sagte, du siehst am 3. bei Martens nach dem Rechten, und komm mir dann nicht ohne dem seine Lebensversicherung zurück. … Na, wenn ich das, was ich da gerade höre, richtig interpretiere, hast du zu Hause aber nicht die Hosen an. Zisch ab und kusch vorm Weibe. … Weichei!"

Silvester hatten sie in der Fabrik bei Live-Musik und Comedy gefeiert. Nun lagen sie in Mutis Bett und frühstückten. Lena hatte Bauklötze gestaunt, als Muti aufstand und allein das Frühstück, Kaffee, O-Saft, Eier, Brötchen, Marmelade, etwas Wurst und Käse, zubereitete und am Bett servierte.

„Muti, du machst dich!"

„Frau!" Erst hatte sie gemurrt, aber inzwischen akzeptierte sie den Spitznamen. „Dass das klar ist, Haushalt ist Frauensache! Einmal im Jahr mache ich Frühstück, das muss reichen." Es war ihm aber zum Glück anzusehen, dass das ein Scherz war. Lena frotzelte also etwas mit:

„Zweimal im Jahr, Muti!"

„Zweimal?"

„Du hast Muttertag vergessen!"

„Bist du Mutter?"

Da war wieder eine seiner vorsichtigen Versuche, doch etwas über ihr bisheriges Leben zu erfahren. Nachdem sie auf seine direkte Nachfrage kategorisch jede Information darüber verweigert hatte, kamen hin und wieder diese kleinen harmlosen Versuche. Lena ignorierte sie, und Machmud fragte nicht weiter nach. Lena sah dann seinen traurigen Blick, konnte ihn verstehen, war aber in ihrer jetzigen Situation gefangen.

Wen sie immer weniger verstehen konnte, war dagegen eine gewisse Lena Koslowsky.

Warum hatte sie sich die ganzen Jahre vor anderen Menschen so abgekapselt? Mira war die einzige gewesen, die ihre Gefühle und einen kleinen Teil ihrer Vergangenheit kannte.

Selbst ihre einzige Freundin Sarah, die sie wirklich als Freundin betrachtete, wusste so gut wie nichts von ihr. Und gegenüber Männern? Wenn ihr am Neujahrstag des letzten Jahres jemand gesagt hätte, dass sie in einem Jahr nichts sehnlicher wünschen würde, als einem Mann, nämlich Machmud, alles zu erzählen, dem sie vorbehaltlos vertraute und mit dem sie am liebsten zusammenleben würde, dass sie vor jedem Treffen vor Freude Magenkribbeln bekäme, oder anders gesagt, dass sie in diesen Machmud verliebt sein würde, den hätte sie für völlig geistesgestört erklärt. Aber so war es.

Wie wäre es abgelaufen, wenn sie Machmud, so gut wie heute schon, gekannt und dann erst Herz Bube auf dem Bild gesehen hätte? Diese Frage hatte sie sich inzwischen schon öfters gestellt.

Die Antwort war jedes mal die gleiche. Dann hätte sie diesem Herz Buben vermutlich einmal aufgelauert, ihm so die Fresse poliert, dass er sich anschließend im Spiegel nicht wiedererkannt hätte, ihm die Eier in den Leib getreten und den guten Rat gegeben, ihr nie wieder über den Weg zu laufen. Aber das wäre es auch gewesen. Lena war sicher, dass sie dann nie auf den Gedanken gekommen wäre, alle sieben Männer vorzeitig in die Hölle zu befördern.

Die Wirklichkeit war aber eine andere. Sechs der sieben waren tot. Ihr blieb nur die Option den Plan, einschließlich ihres Identitätswechsels, zu Ende auszuführen. Alles andere würde gerade den schlimmsten Verbrecher schonen und sie mit Sicherheit ins Gefängnis bringen. So wie sie die Lage einschätzte, musste ihre Rache in dieser Woche abgeschlossen werden.

Die Zeit lief also unerbittlich ab, und sie musste immer noch Muti irgendwie erklären, dass sie zwar verschwinden, aber trotzdem wieder mit ihm zusammenkommen wollte.

Ihr Verschwinden hatte sie schon lange genau geplant, und ihre neue Identität bestand bereits seit über zwei Jahren.

Der Gedanke kam ihr, als sie einige Tage nach Miras Verschwinden darüber nachdachte, dass sie ja wohl bei der Polizei eine Vermisstenanzeige aufgeben müsste, um nicht selber Schwierigkeiten zu bekommen. Sie hatten dieselbe Statur und hin und wieder war es sogar vorgekommen, das man sie beide verwechselt, bzw. die eine für die Schwester der anderen gehalten hatte. Ein Blick auf Miras Perso bestärkte sie in ihren Überlegungen. Das Bild zeigte noch die sechzehnjährige Mira, da würde niemand behaupten, das sei nicht Mira Radković wäre, wenn sie, entsprechend zurechtgemacht mit ihrem eigenen Passfoto beim Amt erschien. Wenn das aber nicht klappen sollte, würde sie allerdings ganz schön in der Patsche sitzen. Sie hatte sich schließlich dafür entschieden das Risiko einzugehen.

Lena ging also ins Bürgerbüro und erklärte, sie habe ihre Tasche im Zug liegen gelassen und nicht wieder bekommen. Nun seien alle Ausweise und Papiere futsch. Es klappte problemlos. Neuer Personalausweis, neuer Pass, neuer Führerschein, für den sie als Lena Koslowsky zwar Fahrstunden genommen, aber nie die Prüfung abgelegt hatte und eine neue Krankenkassenkarte, alles sehr kostspielig, aber schon existierte sie in Deutschland auch als Mira Radković.

Über Kontakte bekam sie in Hamburg im Schanzenviertel in einer WG die eineinhalb Quadratmeter große Abstellkammer für wenig Geld gemietet, so dass Mira Radković sich in Münster ab und in Hamburg anmelden konnte. Lena war nun bereits seit zwei Jahren die alleinige Mieterin ihrer gemeinsamen Wohnung. Ein dreiviertel Jahr später meldete sich Mira Radković in Hamburg ab und siedelte zu ihren Großeltern nach Serbien um. Das sollte als Verschleierung reichen, dachte sich Lena und ließ die neue Mira dort bis heute imaginär leben.

Zu ihrer Freude hatte sie damals festgestellt, das Mira sogar das Familienbuch ihrer Eltern und ihre Zeugnisse zurückgelassen hatte. Ihre ziemlich bescheidene Abiturnote verbesserte sich so unverdient auf eine 2,4.

In dieser Woche sollte nun die neue Mira Radković zum Leben erwachen. Alle Papiere lagen im Studentenapartment in Bielefeld parat. In den vergangenen zwei Jahren hatte sie außerdem scheibchenweise über Umwege ihre Ersparnisse von Lena Koslowsky zu Mira Radković transferiert. Lena Koslowsky war heute tatsächlich so bettelarm, wie sie Sarah immer vorgejammert hatte. Die Finanzen für den geplanten Neustart als Mira waren also gesichert.

Machmud würde heute Mittag mit dem Zug für eine Woche zu seiner Familie nach Frankfurt fahren. Sie mussten sich also verabschieden. Lena hatte das Unabdingbare immer noch nicht angesprochen, das Gespräch damit auf die letzte Minute hinausgeschoben. Der nach außen so unsensibel, machomäßig wirkende Muti hatte längst gespürt, das Lena etwas auf der Seele lag.

„Nun Frau, wenn du etwas sagen möchtest, dann muss es jetzt passieren!"

„Was … wieso …"

„Tun nicht so, ich merke doch, dass dir den ganzen Tag schon etwas auf der Seele liegt."

Mit gesenktem Blick nickte Lena vor sich hin, sah dann auf, Muti in die Augen.

„Du hast recht. Ich habe eine Frage."

„Dann frag doch."

„Wenn ich plötzlich verschwunden bin und du nach einer gewissen Zeit eine Postkarte …"

„Eine Postkarte?"

„Na so ein altmodisches Ding, Vorderseite ein Bild, Rückseite Text."

„Ach so, so was, was man zum Geburtstag verschenkt."

„Genau, aber eben mit der Post." Muti nickte.

„Wenn du also so eine Postkarte mit einem in keinem Zusammenhang mit dir stehenden Text, aber mit vielen Zahlen, die zusammengenommen eine Telefonnummer ergäben, bekämst, würdest du die anrufen?"

„Warum sollte ich!?"

Lena hatte seine Hände gefasst, sah ihn flehentlich an:

„Um mir eine zweite Chance zu gewähren, Muti!"

Eine Zeitlang sahen sie sich nur an, dann ergriff Muti doch das Wort:

„Wenn ich diese Nummer anrufen würde, dann müsste mir die Teilnehmerin ohne Wenn und Aber, ohne Lügen, ohne Verharmlosung ihre ganze Geschichte erzählen."

Lena nickte, Muti fuhr fort:

„Danach würde ich überlegen, ob es die Möglichkeit für eine zweite Chance gibt."

„Danke!" Lena schnappte sich ihn, küsste ihn heftig, hatte sich schon zum Gehen abgewendet, als Muti noch einmal das Wort ergriff.

„Lena!" Sie drehte sich um.

„Ja!?"

„Pass bitte auf dich auf, damit wir die Möglichkeit für eine zweite Chance überhaupt haben!"

Mehr als nicken konnte Lena nicht, der Kloß im Hals war einfach zu dick, um ein Wort herauszubekommen.

Münster, Beckers WohlfühlReisen, 08:00 Uhr

Frau Herbst würde heute erst zur Mittagszeit kommen, und Frau Sonneborn hatte diese Woche noch Urlaub, daher sollte Lena heute von acht bis zwölf bei BWR arbeiteten. Ein flüchtiger Blick in die Mails ließ sie stutzen, was war das? In der Schweiz ist der Bus in der Silvesternacht beschädigt worden. Der Chef, Ralf Becker persönlich, hatte gleich reagiert und einen Ersatzbus mit neuem Team hingeschickt. Herz Bube hatte den demolierten nach Bielefeld zurückgefahren. Das hieß, er war seit heute Nacht wieder in Bielefeld.

Sollte sie die Angelegenheit heute schon erledigen?

Sie verschob die Entscheidung erst einmal, Zugverbindungen gab es schließlich regelmäßig den ganzen Tag über.

Bielefeld, Polizeipräsidium Kommissariat I, 08:00 Uhr

Heute war das Team wieder vollzählig. Am liebsten wäre Klöppelmeier gleich sachlich kurzgefasst zur Tagesordnung übergegangen, aber er hatte da einen jungen Hühnerhaufen, wie er sich innerlich grinsend sagte, der brauchte von Zeit zu Zeit halt etwas Auslauf, damit er seine erstklassige Arbeit ablieferte.

Also saß man mit dem Kaffeebecher in der Hand zusammen, erzählte von Weihnachten, Silvester und den Urlaubstagen. Natürlich verlagerte sich das Gespräch schließlich auf das Dienstliche. Es ging trotzdem immer noch nicht so systematisch und diszipliniert zu, wie Egbert es sich wünschte. So bekam Beatrice zwei, drei Mal nicht mit, dass der Name Koslowsky fiel. Erst als Egbert Beatrice direkt ansprach und sagte, er möchte, dass sie mit Gina in dieser Woche nach

Münster fährt, um sich mit der Koslowsky direkt zu unterhalten, stutzte sie.

„Koslowsky, heißt die Frau?"

„Genau!"

„Etwa Lena mit Vornamen?"

„Ja!?"

„Haben wir ein Bild von ihr?"

Egbert, er brauchte halt immer noch das Analoge, zog aus der Mappe das ausgedruckte Bild der Münsteraner von Lena raus.

„Das ist sie, Egbert, das ist sie!"

„Wer?"

„Die Frau, die Bauer im Ehlentruper Weg verhaften ließ."

Jetzt waren alle ganz Ohr, als Beatrice kurz die Ereignisse schilderte.

„Und ihre Angaben waren alle wasserdicht?"

„Waren sie, Gina, mit der Dealer-Geschichte hatte sie eindeutig nichts zu tun."

Florian stellte für alle die Frage in den Raum.

„Wenn sie nicht wirklich zufällig aus privaten Gründen im Haus war, wird sie sich dort umgesehen haben. Welcher Bewohner käme denn da in Frage?"

„Ich wüsste schon einen", meinte Beatrice etwas zurückhaltend.

Gina und Florian sahen sie fragend an, aber Egbert antwortete.

„Wir brauchen hier ja nicht um den heißen Brei herumzureden. Ich denke, wir wissen alle, dass wir das große Glück, Beatrice in unseren Reihen zu haben, dem Bauer und seiner Frauenfeindlichkeit verdanken. Die Geschichte hat aber noch einen etwas heiklen Teil, den Beatrice mir unter vier Augen erzählt hat. Ich habe ihr zu dem Zeitpunkt gesagt, sie soll lieber den Ball flach halten. Könnte allerdings sein, dass sich das Bild nun ändert. Wenn euch Beatrice das jetzt erzählt, muss ich wohl nicht extra betonen, dass das hier im Raum bleiben muss. Klar?"

Gina und Florian nickten und Beatrice erzählte von den merkwürdigen Äußerungen zum Fall Stockmann und dem Verhalten von Bauer, Schulte und Hampel, wenn es um Martens ging.

Als Beatrice geendet hatte, meinte Gina:

„Wenn da was dran ist und der Stockmann wirklich da mit drin hängt, dann haben die sich mit Sex bestechen lassen, oder der hat sie in seinem Bordell dabei überrascht. Der Martens wäre dann derjenige, der bei ihnen die Daumenschrauben bedient."

„Aber was hat das mit unserem Fall zu tun, Beatrice?"

„Ganz einfach, Florian, Martens ist Busfahrer bei BWR. Die haben ihren Hauptsitz in Münster."

„Die haben wir aber doch bereits abgefragt!"

„Schon, Florian, aber ich habe ausdrücklich nur nach bis zu 10 Jahren zurückliegenden Reisen gefragt. Wir wissen ja nun, das das gesuchte Ereignis inzwischen über 17 Jahre zurückliegen muss."

Die anderen nickten, und Egbert entschied:

„Ich rufe da jetzt noch einmal an."

Münster, Beckers WohlfühlReisen, nach 09:30 Uhr

Das Telefon der Herbst klingelte. Lena nahm den Anruf an ihrem Apparat an und wollte sich vorschriftsmäßig melden, wurde aber gleich vom Anrufer unterbrochen.

„Hallo, Frau Herbst. Hier ist Kriminalhauptkommissar Klöppelmeier. Sie müssen …"

Während Lena automatisch den Anrufer unterbrach, um ihn darauf hinzuweisen, dass er es nicht mit der Herbst zu tun habe, gingen bei ihr alle Alarmsirenen an, die verhinderten, dass sie ihren Namen nannte.

„Guten Tag, Herr Klöppelmeier, entschuldigen Sie, wenn ich Sie unterbreche, aber Frau Herbst ist nicht im Haus. Kann ich Ihnen weiterhelfen?"

„Ah, nein, das wird wahrscheinlich nicht möglich sein. Wann kann ich Frau Herbst denn erreichen?"

„Frau Herbst kommt heute erst nach der Mittagszeit ins Büro, genauer kann ich es Ihnen leider nicht sagen."

„Dann muss ich …"

„Geht es um ihre Anfrage?"

„Ja, allerdings."

„Dann kann ich ihnen vielleicht auch weiterhelfen, ich habe die nämlich im System durchgeführt."

„Das ist ja super, könnten Sie die bitte noch einmal wiederholen. Allerdings müssten sie jetzt speziell nach Fahrten vor siebzehn, quatsch, wir haben ja schon ein neues, also vor achtzehn Jahren suchen, bei denen die genannten Personen dabei waren und der Fahrer eventuell der Herr Martens war."

Lena musste vor Schreck kurz die Luft anhalten.

„Das ist nicht nötig, Herr Klöppelmeier. Ich habe die erste Abfrage bereits über die kompletten im System, also seit dem Jahr 2000, vorhandenen Daten gefahren. Das war ja schließlich viel einfacher, als noch nach Jahren zu filtern."

‚Verflucht, sie haben irgendwie den Zusammenhang mit dem Oberschwein herausgefunden.'

Am anderen Ende der Leitung ist es still. Es dauerte eine Zeit, bis Klöppelmeier sich wieder äußerte.

„Hm, das kann eigentlich nicht sein, … es sei denn … Können sie mir die Telefonnummer von Herrn Martens geben?"

„Das tut mir leid, aber das wird ihnen nicht helfen. Herr Martens ist zurzeit mit einer Reisegesellschaft unterwegs."

„Dann kann ich ihn ja sicherlich im Hotel erreichen!?"

„Aber heute sicherlich erst zum Abend, es ist ja eine Rund-reise, die Reisegruppe ist den ganzen Tag unterwegs, und ich habe an meinem Platz auf die Schnelle keinen Einblick in den Tourplan, ich bin hier ja in der Personalabteilung."

„Hm, … Nun über die Handynummer sollte es ja trotzdem klappen."

„Einen Moment, Herr Klöppelmeier, ich muss gerade das System wechseln und die Personaldaten von Herrn Martens aufrufen."

Innerlich zählte Lena langsam bis zehn und meldete sich dann wieder.

„Wenn es schiefläuft, Herr Klöppelmeier, Sie kennen si-cherlich Murphys Gesetzt, läuft aber auch alles schief. Ich habe die Daten von Herrn Martens aufgerufen. Seine hinter-legte Handynummer ist als nicht mehr aktiv gekennzeichnet. Die Kollegin hat als Bemerkung eingetragen, neue Nummer wird nachgereicht. Ich vermute …"

„Oh nein, das kann doch nicht wahr sein!"

„Ist leider so. Tut mir wirklich leid, wenn ich Ihnen da nicht weiterhelfen kann."

Sie konnte die Ungeduld des Polizisten selbst durch die Leitung fast körperlich spüren. Der wird nachher die Herbst bestimmt auch noch anrufen, da sind dem meine Informatio-nen völlig egal. Hecktisch überlegte sie und hoffte schließlich, eine Lösung zu haben, wie sie bei der Polizei erst einmal die Hektik und Hyperaktivität herausnehmen könnte. Sie würde einfach gegenüber Klöppelmeier behaupten, dass Herz Bube noch die ganze Woche unterwegs sei. Wer nicht zu Hause ist, kann auch nicht ermordet werden, man hatte also Zeit, in Ruhe weiter zu recherchieren. Dann würde Klöppelmeier wohl auch länger auf den Anruf der Herbst warten, den sie ihm gleich vorschlagen würde, damit der nicht selber unge-duldig aktiv würde.

„Da werden sie sich leider etwas gedulden müssen, Herr Klöppelmeier, Herr Martens ist noch die ganze Woche mit der Reisegruppe unterwegs. Die kommen erst Samstag Nacht zurück."

Am anderen Ende schnaufte und brummte es hörbar.

„Es tut mir wirklich sehr leid, ist mir schon peinlich, dass ich ihnen gar nicht weiterhelfen kann."

„Da können sie ja nichts dafür Frau …?"

„Sonneborn. Ich schlage vor, ich lege Frau Herbst einen Zettel hin, dass sie Sie doch bitte zurückrufen möge. Vielleicht gibt es da ja noch Zusammenhänge in diesen weit zurückliegenden Jahren, die mir nicht bekannt sind."

„Prima, Frau Sonneborn, so machen wir's. Einen schönen Tag noch."

„Ihnen auch, Herr Klöppelmeier."

‚Mist, ich hätte am Anfang behaupten sollen, die Herbst käme heute nicht ins Büro. Obwohl, dann hätte er ihr vermutlich eine Mail geschickt, was ja eine noch schnellere Reaktion ausgelöst hätte. Hoffe ich also, das dieser Klöppelmeier geduldig auf den Anruf der Herbst wartet.'

Bevor Lena das Büro verließ, telefonierte sie noch mit keinem anderen als Detlef Martens. Zuckersüß unterhielt sie sich mit dem Oberschwein. Ob sie denn auch nicht zu früh anrufe, wo er doch erst heute Nacht zurückgekommen sei? Sie hätte den Spezialauftrag von Herrn Becker, sein 50 jähriges Firmenjubiläum vorzubereiten, das er ja dieses Jahr feiern würde, wäre nachher in Bielefeld und würde gerne kurz bei ihm vorbeischauen, um direkt von ihm so einiges zu erfahren, ob es ihm denn heute genehm wäre? Sie könnte gegen 14 Uhr bei ihm sein. Er habe noch Termine, bekam sie zu hören, es gehe bei ihm erst ab 16 Uhr. Ja das würde ihr auch passen, hatte sie geantwortet.

‚Tja, du Scheißkerl, darauf kannst du dir was einbilden, bei wem fragt Gevatter Tod schon nach, wann er denn erscheinen dürfe. Wobei 16 Uhr ganz schön spät sein könnte.'

Schnell schrieb sie noch den Zettel für die Herbst. Nein, nicht mit der Information über den Anruf der Bielefelder Polizei und deren Fragen und erst recht nicht mit dem Wunsch um Rückruf. Auf dem Blatt stand lediglich, dass sie, Lena Koslowsky, plötzlich eine Migräneattacke bekommen habe und daher bereits um 12 Uhr vorzeitig nach Hause gegangen sei. Zügig verließ Lena das BWR-Gebäude und eilte zum Hauptbahnhof. Die nächste Verbindung wollte sie unbedingt erreichen, war das doch eine von den kürzeren mit etwas mehr als einer Stunde Fahrzeit.

Dass sie nun Münster doch so ad hoc für immer verlassen würde, stimmte sie dann doch etwas sentimental.

Bielefeld, Kommissariat I, 10:00 Uhr

Im Team entschieden sie sich dafür abzuwarten, bis BWR, also Frau Herbst, sich melden würde. Dann würde man weitersehen. Gina hatte zwischenzeitlich mit dem Kollegen Overbeck gesprochen und von dem sein Einverständnis für einen Besuch der Bielefelder Kolleginnen bei der Koslowsky in Münster eingeholt.

Kurz darauf rief Verena Feldkamp Klöppelmeier an. Die Presseartikel hatten inzwischen das von Egbert vorhergesagte Niveau erreicht, und der Polizeipräsident Milkowitsch sei nun aus seinem ruhigen Tagesgeschäft aufgeschreckt worden und ziemlich aufgebracht.

„Ich will sie nur vorwarnen, Herr Klöppelmeier. Das Vorzimmer vom Präsidenten wird gleich eine Einladung zu einer Besprechung bei Herrn Milkowitsch verschicken. Ich bin auch eingeladen. Wir müssen Rede und Antwort stehen. Anschließend wird es wohl eine Pressekonferenz geben."

„Verdammter Mist, genau das habe ich befürchtet, Frau Feldkamp. Wir sind gerade einen wichtigen, vielleicht sogar den entscheidenden Schritt weiter. Ich hätte heute eigentlich wirklich besseres zu tun, als wieder einmal vergeblich zu versuchen, dem Milkowitsch unsere Arbeit zu erklären. Mist! ... Ich bring Sie schnell noch auf den aktuellen Stand."

Noch während Egbert die Feldkamp informierte, kam die Einladung für den Termin um 13:30 Uhr über Outlook herein.

Bielefeld, Studentenwohnheim, 12:00 Uhr

Den Zug in Münster hatte Lena noch erreicht. Nun war sie in ihrem Apartment im Studentenwohnheim. Die Zeit, bis sie zu Herz Bube fahren würde, musste sie nutzen um aufzuräumen und überflüssige Sachen in den praktischen Müllschlucker zu entsorgen. Außerdem wollte sie noch etwas putzen, denn ihr Plan sah vor, nach dem Besuch bei Herz Bube auch Bielefeld unverzüglich für immer den Rücken zu kehren, und es wäre ihr doch unangenehm das Apartment unordentlich zurückzulassen. Den Wohnungsschlüssel deponierte sie ja grundsätzlich im Briefkasten, so dass sie immer nur diesen mitnahm. Zur Sicherheit hatte sie den Briefkastenschlüssel im Fahrradunterstand gut versteckt. An ihrem Schlüsselbund hatte sie nur einen nachgemachten Zweitschlüssel vom Briefkasten. Sie musste dann nachher nur noch alle zusammen in den Briefkasten schmeißen, den richtigen Zweitschlüssel dazu hatte ja Sarahs Cousin behalten. Damit sollte die Wohnungsgeschichte ordentlich abgewickelt sein.

Halle (Wstf.), Reihenhaussiedlung, 13:00 Uhr

Im Hause Schulte hing der Haussegen schief. Marion Schulte hatte den Nachmittag ohne Kinder für sich eingeplant und war daher nun alles andere als begeistert, dass ihr Mann an seinem letzten Urlaubstag den Auftrag seines Chefs erledigen wollte. Er also nachher nach Bielefeld fahren würde. Sebastian Schulte war nicht zu beneiden. Hier im Haus drohte die resolute Marion mit unangenehmen Konsequenzen, und in Bielefeld lauerte Bauer, der ihm das Leben zur Hölle machen würde, wenn er nicht spurte. Hinzu kam, dass er natürlich selber wusste, wie wichtig es für sie drei war, die Filme in ihren Besitz zu bekommen. Da war nicht nur die Gefahr eines Disziplinarverfahrens, noch viel katastrophaler wäre es, wenn Marion zu sehen bekäme, was sie so alles in Stockmanns Puff getrieben hatten. Dann wäre das hier jetzt die reinste Liebkosung.

Frau Schulte war schon etwas verwundert, dass ihr Mann dabei blieb, den Auftrag in Bielefeld zu erledigen. Normalerweise hatte sie doch immer das letzte Wort. Was war da los?

Bielefeld, Kommissariat I, etwa 15:15 Uhr

Äußerst schlecht gelaunt kam Egbert aus der Besprechung mit dem großen Boss und der Feldkamp. Ginas Nachfrage beantwortete er nur mit einer wegwerfenden Handbewegung und der Bemerkung: „Idiot!".

„Hat sich die Herbst gemeldet?"

„Nein, noch nicht, wenn du bis halb nicht gekommen wärst, hätte ich sie angerufen. Ich finde, das sollten wir auch unbedingt machen. Wieso meldet die sich nicht!?"

„Krank!? Nicht zur Arbeit gekommen!? Wir rufen an."

Bei BWR meldete sich jedoch sofort Frau Herbst, wünschte ein gutes neues Jahr und fragte, was sie für die Bielefelder

Polizei tun könne. Klöppelmeier zwang sich zu den üblichen Höflichkeitsfloskeln, um sie dann nach den Ergebnissen seiner Anfrage zu erkundigen.

„Welche Anfrage, Herr Klöppelmeier?"

„Die wollte Ihnen Frau Sonneborn doch auf den Schreibtisch legen!?"

„Oh, so lange ist das schon her? Entschuldigen Sie, das muss zwischen den Jahren irgendwie verlorengegangen sein."

„Wieso zwischen den Jahren? Ich habe doch heute Morgen mit ihrer Kollegin gesprochen!"

„Das geht aber nicht, Frau Sonneborn ist diese Woche doch noch im Urlaub."

In Bielefeld war es still. Gina und Egi sahen sich an und bekamen ein ungutes Bauchkneifen.

„Frau Herbst, ich habe heute Morgen angerufen und mit einer Mitarbeiterin von ihnen telefoniert."

„Das muss dann Frau Koslowsky gewesen sein, da müssen sie etwas falsch verstanden haben, Herr Klöppelmeier."

In Bielefeld stutzten Gina und Egi erst etwas verständnislos, aber dann schrillten alle Alarmsirenen.

„Lena Koslowsky, eine junge Frau, 28 Jahre alt?"

„Genau, Frau Koslowsky hat mich heute Vormittag vertreten."

„Könnte ich die junge Dame denn jetzt kurz sprechen?"

„Nein das geht nicht, sie hätte eh um 13 Uhr Feierabend gehabt, ist heute aber wegen einer Migräne schon gegen 12 Uhr gegangen."

Wieder war es in Bielefeld einen kurzen Moment still, dann platzte Egbert allerdings der Kragen, das der Herbst unschuldigerweise die Ohren nur so klingelten.

„Verdammte Scheiße! Das darf doch alles nicht wahr sein. Und dann besitzt dieses Luder auch noch die Frechheit, mir was von Murphys Gesetz zu erzählen! Verfluchter Mist aber auch!!"

Nun war es in Münster einen kurzen Augenblick still, um dann aber mit geballter Empörung zurück zuschreien, denn wenn die Herbst etwas partout nicht ab konnte, war es die Verletzung der Etikette.

„Wiiee bitte!!??" Die Herbst schnaufte wie ein Stier. „So reden Sie nicht mit mir! So nicht, Herr Klöppelmeier!! So nicht!!"

Das kostete Klöppelmeier einiges an Entschuldigungen und Erklärungen, bis die Herbst wieder friedlich wurde und akzeptierte, dass sie nicht gemeint war und der Herr Kommissar bereits einen sehr anstrengenden Tag hinter sich hatte und nun erkennen musste, dass er auf einen Trick hereingefallen war, der sein Nervenkostüm endgültig ruinierte. Schließlich konnte er sein Anliegen doch noch vortragen.

„Ich sehe mir das sofort an, Herr Klöppelmeier, dauert bei mir aber etwas länger als bei den jungen Dingern, die kommen mit diesem Computerkram doch besser zurecht. Melde mich dann sofort." Egbert schob noch ein dickes Paket mit Entschuldigung und Dank hinterher.

In der Zwischenzeit hatte Gina bereits mit Overbeck telefoniert.

„Und?"

„Der fährt sofort bei der Koslowsky vorbei, wenn er den Termin beendet hat, bei dem ich ihn gestört habe."

„Gut. Um vier muss ich wieder zum Milkowitsch, darf mit dem Kasperkopp und der Feldkamp an der Pressekonferenz teilnehmen. Du hast das hier ja alles im Griff. Wenn Beatrice zurück ist, ja auch Unterstützung!"

Bielefeld, Ehlentruper Weg, 15:30 Uhr

Martens hatte sein Leben lang, fast schon krankhaft, nach Anerkennung gegiert. So hatte Lenas Anruf genau den richtigen Nerv getroffen. Der Kaffee war gekocht, jetzt würde er noch etwas Kuchen besorgen, und dann sollte er ja wohl ein gutes Bild bei der Kollegin abgeben.

Im Hinterkopf hatte er auch noch die leise Hoffnung, mit der Münsteranerin anzubandeln. Die sollte zwar bunte Haare haben, aber sonst ein süßer Hüpfer sein. In der Situation konnte er zwar nicht die netten Tröpfchen einsetzen, aber vielleicht klappte es ja trotzdem, hatte er doch in den letzten Jahren festgestellt, dass er bei jungen Frauen als grauhaariger Mann durchaus Chancen hatte.

Martens verließ gut gelaunt, allerdings mit den Sicherheitsmaßnahmen, die er sich seit Hannis Hinweis, dass er ja nun der letzte aus dem Quartett sei, angewöhnt hatte, seine Wohnung.

Er war doch später weggekommen als geplant. Eigentlich wollte er unbedingt kurz nach Mittag los, damit er in Martens Wohnung genügend Tageslicht beim Suchen haben würde. In der Erdgeschosswohnung Licht einzuschalten erschien ihm nicht sonderlich klug. Marion hatte aber ihren Tratsch mit der Nachbarin genüsslich ausgedehnt, ihn zappeln lassen, da er die beiden Kinder ja nicht allein lassen konnte.

Manchmal, wenn er die Bevormundung zu Hause und bei der Arbeit besonders spürte, fühlte er sich gar nicht wohl in seiner Haut und wünschte nichts sehnlicher, als auch so ein rücksichtsloser Typ wie Bauer zu sein, den Quälgeistern mal richtig zeigen, wo der Hammer hängt. Resigniert gestand er sich ein, das war nur Wunschdenken.

So in Gedanken schloss er die Haustür im Ehlentruper Weg auf, vergewisserte sich, dass niemand im Treppenhaus war, um dann die Wohnungstür zu Martens Wohnung zu öffnen.

Schulte flatterten die Nerven. Es war ja auch nicht wirklich schön, als Bulle in eine fremde Wohnung einzubrechen. Wenn er wenigstens bei der Dealeraktion schon in der Wohnung gewesen wäre, aber da hatte ihn Bauer ja in den Keller und auf den Dachboden gejagt.

Beim Eintreten knarrten die Dielen.

‚Verdammt, das hört man bestimmt auch in der oberen Wohnung.'

‚Geldmangel kann der Martens nicht haben, so wie hier trotz Abwesenheit geheizt ist. Unsereins als kleiner Beamter muss jeden Cent umdrehen und mit der Familie einen Klein-krieg wegen des Heizens führen.'

‚Wo fange ich an?'

Über das was hatte er sich schon bei der Fahrt Gedanken gemacht. Bei dem belauschten Weihnachtsmarktgespräch war von einem Paket die Rede gewesen. Das machte die Angele-genheit etwas einfacher. Bei der Vorstellung er müsste jetzt nach einem Stick oder so suchen, wurde ihm regelrecht übel.

‚Verschaffe ich mir doch erst einmal einen Überblick von der Wohnung.'

Hier links verbarg sich das Bad, wie ein kurzer Blick durch die zaghaft etwas geöffnete Tür zeigte. Rechts dasselbe Spiel, die Küche. Also weiter gerade aus durch die letzte Tür die vom Flur abging. Damit stand Schulte im Wohnzimmer. Bei einem Blick nach rechts sah er, dass sich hinter dem Regal, das auch als Raumteiler diente, die Essecke befand. Hätte er einen genaueren Blick spendiert, hätte er gesehen, das der Tisch für zwei Personen gedeckt war und wäre wohl ins Grübeln ge-kommen. So sah er sich nur kurz im Wohnraum um, um dann durch den Raum zur letzten Tür zu gehen. Wie er vermutet hatte, war dahinter das Schlafzimmer.

‚Dann fange ich doch gleich hier an.'

‚Super!' Schon hinter der ersten Kleiderschranktür tauchte ein rußiges Postpaket auf.

‚Das muss es sein, so'n dreckiges Ding stellt sich doch sonst keiner in den Schrank.'

‚Ab damit auf den Wohnzimmertisch, hier ist es mir zum Nachsehen zu dunkel.'

‚So, … dann will ich doch mal sehen.' war dann für längere Zeit sein letzter klarer Gedanke.

Es war schon 10 Minuten vor vier, als Martens mit dem Kuchen zurück kam. Der Wohnungsschlüssel war schon fast umgedreht, als er doch noch kurz zu dem Tesastreifen hoch blickte, den er über Tür und Rahmen geklebt hatte. Sein Herz blieb kurz stehen, der Streifen klebte nur noch an der Tür.

‚Was nun?'

‚Bauer anrufen und um Hilfe bitten?'

‚Bis der da war, konnte dauern und der Eindringling mit seiner Lebensversicherung weg sein, denn die hatte er ja noch immer nicht vernünftig deponiert, konnte ein Interessent schnell finden. Außerdem behagte es ihm daher überhaupt nicht, den Bauer unter diesen Umständen in seine Wohnung zu lassen.'

Martens nahm seinen ganzen Mut zusammen. Tasche mit dem Kuchen abstellen, Straßenschuhe ausziehen, die Wohnungstür langsam aufschließen, vorsichtig hinein spähen. Es war niemand zu sehen oder zu hören, allerdings stand die Wohnzimmertür auf.

Gut, dass er den Totschläger in der Tasche hatte. Noch einmal tief durchatmen und dann mit einem großen Schritt Richtung Bad in den Flur, damit die Dielen nicht quietschen. Vorsichtig ging er auf die offene Wohnzimmertür zu. Er hatte sie fast erreicht, als er mehr spürte als hörte, dass sich da drinnen jemand bewegte. Etwas wurde hörbar auf dem Tisch abgestellt.

‚Egal, jetzt oder nie.', dachte er und spähte ins Zimmer. Da saß ein Typ in der Hocke vor seinem Wohnzimmertisch und wollte gerade seine Lebensversicherung öffnen.

Martens überlegte gar nicht, welche Konsequenzen sein Handeln haben könnte, es war einfach nur Panik, die ihn antrieb. Drei, vier nur mit den Socken an den Füßen unhörbare Schritte, und schon stand er hinter dem Eindringling. Der Totschläger traf den Burschen mit voller Kraft auf den Kopf. Lautlos sackte der zusammen.

Nachdem er sich vorsichtig versichert hatte, dass der Eindringling sich nicht mehr rührte, drehte er ihn um und bekam einen ordentlichen Schreck. Das war ja einer von Bauers Hampelmännern. Das war doch dieser Jungspund mit der großen Klappe.

Martens grinste gehässig, schließlich hatte er die Bordell-Blockbuster seiner drei Bullen mehr als einmal angesehen und der da, den hatten Stockmanns Nutten nach allen Regeln der Kunst verarscht und lächerlich gemacht.

‚Hatte der seinen Schwanz überhaupt irgendwo hineinbekommen, oder hatten es die Damen ihm tatsächlich immer schon vorher entlockt? Na egal, jetzt lag er in seinem Wohnzimmer, womit ich ja nun wohl ziemlich blöd dastehe', dachte sich Martens, fühlte bei Schulte den Puls am Hals.

‚Okay, er lebt noch. Was nun?'

Kurz entschlossen holte er aus dem Flurschrank Paketklebeband und Bindfaden, nachdem er vor seiner Wohnungstür noch schnell Ordnung geschafft hatte. Das Polizeipaket war gerade fertig verschnürt und verklebt, als es klingelte.

Bielefeld, Kommissariat I, kurz nach 16:00 Uhr

In Bielefeld hatten Egbert, Gina und die wieder anwesende Beatrice in der Wartezeit darüber gesprochen, was es für den Fall bedeutet, das die Koslowsky bei BWR arbeitete.

„Wenn die Herbst tatsächlich nichts findet,", äußert Egbert, „war es bestimmt eine private Fahrt von dem Martens. Da müssen wir den dann richtig in die Mangel nehmen, wenn der wieder da ist."

„Ich denke doch eher eine offizielle, womit dann auch klar sein dürfte, wie die Koslowsky an die Namen der Täter gekommen ist", meinte Beatrice.

„Nicht nur das, die Erkenntnis, das einer der BWR Busfahrer zu dem Ereignis vor siebzehn Jahren gehört, dürfte alles in Bewegung gesetzt haben."

„So wird es sein, Gina. Aber hilft alles nichts, ich muss zu dieser dämlichen Pressekonferenz. Wenn die Herbst auch in der nächsten viertel Stunde nicht angerufen hat, trittst du ihr bitte noch einmal auf die Füße."

„Mach ich, Egi."

Egbert war gerade aus dem Raum, als sein Telefon klingelte. Frau Herbst entschuldigte sich wortreich dafür, dass sie erst jetzt anrief, aber erst habe Herr Becker sie sprechen wollen, und dann habe sie in der Datenbank nichts gefunden. Lediglich die bereits bekannte Fahrt der Familie Adler habe das Programm ausgespuckt. Frau Koslowsky habe also ordentlich gearbeitet.

Gina wollte schon etwas in Richtung, da kann man nichts machen sagen, aber Frau Herbst war noch im Redefluss und noch lange nicht am Ende.

Ihr sei dann eingefallen, dass es ja mal ein Extraunternehmen Nature-Tours gegeben habe, das jedoch bereits vor fünfzehn Jahren abgewickelt worden sei. Gina schwoll schon der

Kamm bei so weitschweifigen Erklärungen, schluckte aber in Erinnerung an heute Mittag lieber jede Äußerung herunter.

„Tja, Frau Salieri, was soll ich sagen …"

‚Sag's einfach, du alte Sabbeltante, es reicht langsam.' Tat sie nicht.

„Ich hätte es wirklich nicht gedacht, dass bei diesen schönen Fahrten was zu finden wäre. Nun, ich will sie nicht länger auf die Folter spannen …"

Gina war kurz davor in die Schreibtischplatte zu beißen, um nicht losbrüllen zu müssen.

„Ich habe sie gefunden. Genau die Teilnehmer, nach denen Sie gefragt haben, der Zeitraum passt auch genau und die Fahrt ging zu mehreren Stationen im Bereich des Nordfjords in Norwegen! … Was sagen Sie nun, Frau Salieri!?"

„Danke, Frau Herbst, einfach nur Danke."

Beatrice und Gina diskutierten gerade, wie man Martens zum einen schützen, zum anderen aber auch, wie man ihn zu einer ehrlichen Aussage zu den Ereignissen von vor siebzehn Jahren veranlassen könnte, als sich diesesmal Ginas Handy meldete. Es war der Kollege Overbeck. Die Koslowsky war nicht in ihrer Wohnung.

„Ich habe kurzentschlossen Gefahr im Verzug festgestellt und die Wohnung aufgebrochen. Die ist irgendwie komisch. Ist zwar vollständig eingerichtet, einschließlich ein paar Sachen im Kühlschrank, trotzdem macht sie auf mich einen verlassenen Eindruck, kann das nicht erklären, ist einfach so ein Bauchgefühl. Ich glaube, die Koslowsky ist ausgeflogen."

Als Overbeck dann noch hörte, dass die Herbst fündig geworden war, forderte er Gina dringlich auf, Lena Koslowsky zur Fahndung auszuschreiben.

„Das hatte ich vor, vielen Dank für die Hilfe, Herr Overbeck."

312

„Gina, ich glaube, wir sollten versuchen, den Martens ruhig schon auf seiner Tour zu erreichen. Theoretisch könnte es ja sein, dass die Koslowsky dahin unterwegs ist."

„Da hast du recht, Beatrice, wir wissen zwar nicht einmal, wo der überhaupt hingefahren ist, aber könnte ja durchaus ein schnell erreichbarer Ort sein."

Gina rief die Herbst, weil sie gerade bei Egis Platz stand, von dessen Apparat aus an.

„Hallo, Herr Klöppelmeier, da haben sie aber Glück. Ich wollte gerade gehen. Wenn ich nicht ihre Nummer erkannt hätte, hätte ich nicht abgenommen. ... Ach, Sie sind es, Frau Salieri, was kann ich noch für Sie tun?"

Die Herbst war völlig verwirrt. Wie, neue Handynummer, was für Kontaktdaten von welchen Hotels, wieso war Herr Martens schon wieder unterwegs.

Es dauerte, bis die beiden das Durcheinander sortiert hatten und auch die Kriminalpolizei in Bielefeld überzeugt war, dass Detlef Martens bereits seit gestern Nacht wieder in Bielefeld weilte und er immer noch seine altbekannte Handynummer hatte.

Auch der nächste Schritt zog sich hin, aber schließlich hatte Gina sowohl Festnetz als auch Handynummer notieren können.

„Die Koslowsky ist ganz schön plietsch. Die hat uns heute Vormittag gekonnt aufs Glatteis geführt."

„Das kann man wohl sagen, Beatrice, ich denke, wir sollten den Martens vorsorglich informieren, was meinst du!?"

Beatrice stimmte Gina zu. Sie rief zuerst auf dem Festnetz an. Es ging aber niemand an den Apparat und ein Anrufbeantworter war nicht geschaltet. Der Anruf über die Handynummer wurde auch nicht angenommen. Auch hier meldete sich lediglich nach einiger Zeit die Mailbox.

Die beiden Frauen sahen sich kurz an. Dann entschied Gina.

„Beatrice, du schickst Egi per Signal alle wichtigen Informationen, ich beordere Florian, der müsste da einigermaßen nah dran sein, zum Ehlentruper Weg, und dann fahren wir da auch hin. Hoffen wir, dass es nicht schon zu spät ist."

Bielefeld, Ehlentruper Weg, 16:00 Uhr

‚Was ist das? Warum macht der nicht auf?'

Lena wurde schon ungeduldig, als dann aber doch der Türöffner summte. Im Haus kam sie allerdings auch nicht recht weiter, denn an der Wohnung war wieder warten angesagt.

‚Was soll das? Laufe ich hier in eine Falle?'

Seit dem Erlebnis mit Dreier war sie doch erheblich vorsichtiger und misstrauischer geworden. Doch dann öffnete sich die Tür, und sie stand Detlef Martens, Herz Bube genannt, oder für sie einfach das Monster, direkt gegenüber. Der lächelte sie freundlich an, begrüßte Lena mit einem fröhlichen: „Hallo, Frau Koslowsky", entschuldigte sich, dass er nicht sofort geöffnet hatte, ihm sei da leider gerade ein kleines Malheur passiert, und bat Lena herein.

Wie würde es sein, ihm direkt in die Augen zu sehen? Wie würde ihr Unterbewusstsein darauf reagieren? Würde sie sich unter Kontrolle haben? Diese Fragen hatte sie sich immer wieder gestellt und versucht, sich irgendwie auf diese unmittelbare Begegnung einzustellen. Nun war es soweit, da stand er vor ihr, freundlich und höflich, wie ein normaler Mensch.

Ihr Herz raste, sie musste sich anstrengen, äußerlich ruhig zu wirken, bekam kein Wort heraus, konnte das dann aber mit einem simulierten Verschlucken gut überspielen.

‚Sieh dir den Martens an', befahl sie sich, dabei ganz bewusst die Bezeichnungen Monster oder Herz Bube an die Seite schiebend.

So nah wirkten seine Gesichtszüge eher weich, fast weiblich, der Blutschwamm auf der rechten Wange entstellte ihn nicht, ließ ihn fast sympathisch, vertrauenswürdig wirken. Er war für einen Mann nicht besonders groß, schlank, war bürgerlich mit Stoffhose, Oberhemd, Krawatte gekleidet, die noch vollen Haare hatte er straff nach hinten gekämmt. Dazu umschwebte ihn ein unangenehmer Rasierwasserduft, der bei Lena sofort Assoziationen an Bruder Bertram auslöste. Martens wirkte auf sie insgesamt irgendwie schleimig, seine Höflichkeit aufgesetzt.

Die Attacke war vorbei, sie hatte sich im Griff.

„Entschuldigen Sie, ich habe mich an meiner eigenen Spucke verschluckt."

„Oh ja, das ist unangenehm, darf ich Ihnen etwas auf den Rücken klopfen?", womit er sehr nah an Lena herantrat, die Hand schon in Richtung ihrer Schulter bewegte.

‚Untersteh dich!'

„Danke, Herr Martens, ist nicht mehr nötig."

So klopfte er Lena nicht auf den Rücken, griff aber nach ihrem Mantel und nahm ihn ihr ab. Anschließend trat er wieder vor sie. Lena hatte das unangenehme Gefühl, dass er sie förmlich abnahm, ihren Körper taxierte. Schließlich führte er seinen Gast in die Essecke.

Martens verteilte den Kuchen und goss Kaffee ein. Befriedigt stellte Lena fest, es stand keine Milch auf dem Tisch. Normalerweise trank sie ihren Kaffee schwarz, aber jetzt passte das doch hervorragend, hatte sie sich doch vorgenommen, die Angelegenheit möglichst schnell zu erledigen.

„Ach, Herr Martens, hätten sie vielleicht etwas Milch für mich?"

„Oh, natürlich, entschuldigen Sie, Frau Koslowsky, habe ich nicht dran gedacht, ich nehme immer nur zwei gehäufte Löffel Zucker, bin ein ganz Süßer! … Ich habe allerdings nur normale Milch, das ist ihnen hoffentlich recht?"

„Ja, natürlich."

Martens war in der Küche am Kühlschrank, als die K.o.-Tropfen in seinem Kaffee verschwanden.

Auf das angebliche Interview mit Herz Bube hatte sie sich durchaus etwas vorbereitet, seine Personaldaten notiert und eine Reihe von Fragen vorformuliert. So zog sie ihre Kladde aus der Umhängetasche und tat, als führe sie hochkonzentriert das Gespräch mit ihm. Bei einer interessierte sie allerdings schon, wie Martens darauf reagieren würde.

„Sie sind ja auch sehr viele Touren für das Zweitunternehmen Nature-Tours gefahren?"

„Ja, das war eine tolle Sache, schade, dass sie sich nicht rentierte und Herr Becker sie deswegen eingestellt hat."

Martens strahlte, grinste in sich hinein, erinnerte sich wohl der tollen Fahrten.

„War eine super Idee. Mit kleinen Gruppen, maximal 8 Teilnehmer. Da hatte man ganz schnell zu allen einen persönlichen Kontakt. War was ganz anderes als mit den großen Reisegesellschaften."

Wieder sah er ins Leere, dachte an die fröhlichen Abende, die manchmal auch aus dem Ruder liefen.

„Junge, Junge! Das kann ich ihnen sagen, Frau Koslowsky, an manchen Abenden, wenn der Fisch filetiert war, ist es da echt hoch hergegangen."

‚Ich weiß, du Schwein!', dachte sie und fragte laut:

„Da wurde wahrscheinlich ordentlich gebechert!?"

Herz Bube grinste.

„Nicht nur das. Wenn es sich ergab und Frauen aus dem Ort oder andere Urlauberinnen hinzukamen, sind da noch ganz andere Sachen gelaufen!"

Bei seinem frivolen Lächeln musste Lena sich beherrschen, ihm nicht einfach in das grinsende Gesicht zu schlagen.

„Sie verstehen sicherlich, was ich meine. Ist doch immer eine schöne Beschäftigung zwischen den Geschlechtern. Aber was sage ich, so eine hübsche, attraktive Frau wie Sie, wird da ja sicherlich auch schon ihre Erfahrungen gesammelt haben!?"

Lena war kurz davor, ihre Beherrschung zu verlieren, sich einfach auf das Schwein zu stürzen und wechselte schnell das Thema, was Martens mit einem Lächeln, ach sie ist schüchtern, quittierte.

Zu lächeln gab es für Herz Bube nun allmählich nichts mehr, die Tropfen begannen zu wirken, er wurde immer fahriger, sackte etwas zusammen, als ob er einschlafen würde, rappelte sich wieder auf, versuchte, sich auf die Fragen zu konzentrieren, aber schließlich verstummte er, stierte nur noch vor sich hin.

„Herr Martens, Sie sind so blass, ist Ihnen nicht gut? Ich hole Ihnen ein Glas Wasser, das hilft vielleicht."

In der Küche schüttet Lena die pulverisierten Schlaftabletten in ein Glas, füllt es mit Wasser auf, rührt gründlich um.

„Ich habe Ihnen noch eine Kopfschmerztablette dazugegeben. Tut sicherlich gut, Herr Martens."

Das Trinken fällt ihm schon schwer, aber mit tatkräftiger Unterstützung von Lena geht nur ein kleiner Teil auf Oberhemd und Krawatte. Martens baut immer mehr ab.

‚Dann nehmen wir doch das Finale in Angriff'

Den Wohnungsschlüssel hatte sie sich schon gesichert, die anderen Bewohner sollten nach ihren Beobachtungen kein Problem darstellen.

„Kommen Sie Herr Martens, wir gehen ein paar Schritte, das beflügelt ihren Kreislauf."

Es war gar nicht so einfach gewesen, Herz Bube zuerst die Treppe und dann durch den schmalen Kellergang in die Waschküche zu bringen. Sie hatte ihm einen alten Stuhl unter den Hintern geschoben, damit er nicht umkippen konnte, und bemühte sich, den Mann zu entkleiden.

,Was mochte dem jetzt wohl durch den Kopf gehen? Einfach Unverständnis oder womöglich so etwas wie Begeisterung, dass die junge Frau sich an ihn heranmacht?'

Schließlich hing er nackt auf dem Stuhl, den Oberkörper gegen den alten Waschbottich gelehnt. Als sie den Blechdeckel vom Bottich nahm, war sie überrascht. Darin stand etwas Wasser und in dem dümpelte ein Karpfen vor sich hin.

,Daher der leichte Fischgeruch, den ich bei meiner Besichtigung wahrgenommen habe. Aber das passt doch, ab zu den Fischen, Herz Bube. Katharina lässt grüßen, du Dreckskerl!'

Martens hing schon mit dem Oberkörper über dem Rand des Bottichs, Lena hielt inne und hatte plötzlich Zweifel, ob das richtig sei, was sie gerade vorhatte, ihn lebend in den Trog zu stecken und den dann mit Wasser zu befüllen, Martens also zu ertränken.

Die anderen hatte sie auch getötet, sicher, aber die waren wie Vati schmerzfrei verreckt. Sie hatte ihnen zwar die Mittel zu trinken gegeben, aber trotzdem nicht wirklich das Gefühl, sie hätte sie ermordet. Aber das hier würde etwas anderes. Was sollte sie machen, wenn er im Bottich steckte und darin versuchte, dem steigenden Wasser zu entkommen. Den Deckel mit aller Kraft auf dem Bottich halten? Was wird das für ein Gefühl sein, wenn er da drinnen die letzten hilflosen Bewegungen gegen das Ertrinken ausführt? Martens war ein Monster, er hatte mit seinen Kumpanen Mutti und Katharina vergewaltigt, hatte wahrscheinlich Vati zum Inzest gezwungen, hatte Katharina den letzten Anstoß zum grauenhaften Sprung ins Meer gegeben, hatte Vati und Mutti in den Tod getrieben, sie ins Waisenheim befördert, dem perversen Bruder Bertram ausgeliefert, ihr ganzes Leben verpfuscht, zwei Suizidversuche, kein Vertrauen zu anderen Menschen und den einzigen, den sie liebte, musste sie verlassen. Tod, Tod diesem elendigen Schwein! … Aber so? … Wirklich so?

Lena sah zu Martens hin und stutzte, der hing ja total schlaff über'm Bottichrand! Sie fühlte seinen Puls, nichts! Sie hatte wieder einmal Glück gehabt, das Schicksal hatte entschieden.

‚Nun aber zügig!'

Es war nicht so einfach, selbst den toten Mann in den Bottich zu stopfen, musste sie doch auch noch aufpassen, dass der Karpfen nicht zu Schaden kam. Schließlich war Martens verstaut, Deckel drauf, Wasser Marsch. Als der Bottich etwa zu Zweidritteln gefüllt war, drehte sie den Hahn wieder zu. Nun schnell in die Wohnung ihre Sachen holen, den Abschiedsbrief anbringen und nichts wie weg.

‚Wieso hatte sie das vorher nicht registriert, das war eindeutig das Paket, das Tettmann in seinen Wohnwagen getragen hatte!? In der Zeitung stand, dass der mit der Gasflasche in die Luft geflogen war. Sollte Martens das gemacht haben? Erst das Paket holen und dann zündeln? Was mochte da drin sein? Wie sah es hier überhaupt aus? War das Blut?'

Lena ging, vorsichtig den Spuren folgend, ins Schlafzimmer. Zuerst dachte sie, der gefesselte Mann mit klaffenden Wunde am Kopf sei tot, doch dann hörte sie ihn leicht durch das Klebeband über seinem Mund stöhnen. Als Lena herantrat, erkannte sie ihn. Zweimal hatte sie ihn schon gesehen. Einmal hier im Haus, als er die Namensschilder tauschte, und dann kurz beim Vorbeigehen im Polizeipräsidium, als sie das endlich verlassen durfte. Er war also Polizist. Martens hatte ihn offenbar niedergeschlagen, den Blutspuren nach zu urteilen vor dem ominösen Paket.

‚Das Paket!? Tettmann hatte etwas von aus dem Kachelofen geholt gesagt. Kachelofen! Dreier? Könnte sein, die kannten sich ja. Dreier ist tot, Tettmann holt es sich, Tettmann ist tot, Martens nimmt es an sich, und dann taucht dieser Polizist auf, der sich schon vorher sehr merkwürdig verhalten hat. Mit dem Ding ist irgendetwas faul. Geht mich zwar nichts an, aber der Klöppelmeier macht einen vernünftigen Eindruck, es wird das Beste sein, ich sorge dafür, dass er es bekommt. Und mit dem? Den kann ich doch nicht einfach hier so liegen lassen! Mist!'

Nach kurzem Überlegen hat Lena eine Entscheidung getroffen.

Das Paket legte sie auf Herz Bubes Klamotten und darauf den Abschiedsbrief, den sie mit einem Küchenmesser an dem Paket befestigte.

Wieder in der Wohnung, rief sie die 112 an. Die Notrufzentrale erfuhr nicht nur die Adresse, sondern auch, dass die Haustür aufgedrückt werden könne und die Wohnungstür nur angelehnt sei. Sie müsse jetzt gehen. Der schwer verletzte Mann sei auch nicht der Wohnungsinhaber, wäre wohl ein Fall für die Polizei. Man solle sich bitte beeilen, sie würde den Zustand des Mannes als kritisch ansehen, und legte, ohne die weiteren Fragen zu beantworten, auf.

Den Mantel bereits an, ging sie wieder in Martens Schlafzimmer, schnitt die Bindfäden mit Martens Küchenschere durch und zog das Klebeband vom Mund des verletzten Mannes.

„Krankenwagen kommt", informierte sie ihn kurz.

Die Wohnungstür lehnte sie nur an, bei der Haustür schob sie den kleinen Schalter nach oben. Einmal tief durchgeatmet, und dann ging Lena ruhigen Schrittes weg, erfreut stellte sie fest, dass es aufgehört hatte zu schneien.

Diesmal kam sie weiter.

Bielefeld, Polizeipräsidium, 16:15 Uhr

Die Pressekonferenz hatte verspätet begonnen. Der Polizeipräsident Milkowitsch gab zur Einführung ein weitschweifiges nichtssagendes Statement ab und danach sollten, wie Milkowitsch sich bei der Ankündigung ausdrückte, unsere neue, junge verehrte Staatsanwältin Frau Verena Feldkamp und dann der Leiter des Kommissariats I Klöppelmeier die Einzelheiten vortragen.

‚Milkowitsch, ich mag dich auch ganz dolle, das wirst du gleich hören‘, knurrte der in sich hinein. Egbert hatte sich dazu entschieden, auch Dreier und Paulsen zu erwähnen, denn der Milkowitsch ging beharrlich von drei bis vier Toten aus, wobei er den Tod von Klöppelmeister nicht gesichert als Mord betrachtete und überhaupt ein Zusammenhang zwischen den Taten nicht wirklich feststehe.

Schon in ihrer Besprechung war Egbert fast der Kragen geplatzt. Dieser Kasperkopp hatte nur eins im Sinn, es durfte keine Mordserie geben, das würde ein schlechtes Bild auf ihn und die Bielefelder Polizei werfen. Verzweifelt hatte er versucht, den Polizeikomödianten davon zu überzeugen, wenn man denn schon an die Öffentlichkeit geht, dann auch vernünftig, alles andere würde nämlich auf Dauer ein schlechtes Bild abgeben und ihnen nicht weiterhelfen.

Verena Feldkamp hatte schnell verstanden, dass sie nun zwischen den Stühlen saß. Sie verfluchte inzwischen ihre Dummheit, dem ‚Durchblick‘ Reporter auf den Leim gegangen zu sein. Der Klöppelmeier hatte recht, das war ihr eine Lehre. Daher äußerte sie sich auch nur ganz kurz und allgemein, so wie Klöppelmeier es ihr vorgeschlagen hatte.

Der dann folgende Vortrag seines Kommissariatsleiters brachte den Milkowitsch zum Kochen, aber er konnte ja unmöglich in die Ausführungen Klöppelmeiers reingrätschen, das hätte es ja nur noch schlimmer gemacht. So konnte er sich nur mit unschönen Gedanken zu Klöppelmeier abreagieren und sich schwören: ‚Wenn ich mit dem sturen Dickkopf, diesem Eigenbrötler, diesem Ostwestfalen fertig bin, spurt der seine letzten Dienstmonate.‘

Was ihm aber schwer fallen würde, denn Klöppelmeier widersprach seinem Chef natürlich nicht, sondern führte einfach nur die Fakten an. Allen Anwesenden war klar, ohne das es in irgendeiner Form von ihm direkt gesagt wurde, hier handelte es sich um eine Serie mit inzwischen sechs Toten, von denen vier vermutlich von einer Täterin ermordet wurden.

Egbert war kurz vorm Ende seines Vortrages, die Frage und Antwortrunde stand danach an, als in seinem Jackett wie wild die Vibrationssignale zu brummen begannen.

Seine Armbanduhr zeige 16:40 Uhr.

Milkowitsch warf ihm einen entrüsteten Blick zu, musste sich aber auf die ersten Fragen der Journalisten konzentrieren.

Egbert nutzte die Gelegenheit, schnell das Smartphone zu zücken und unter dem Tisch die erste Signalnachricht von Beatrice zu öffnen.

‚Na also, hätte mich auch gewundert, wenn nicht.‘

Zufrieden jovial beantwortete er einige Fragen, dann war die Feldmann dran und er konnte trotz giftiger Seitenblicke des Kölner Jecken die nächsten lesen. Seine Freude verging ihm.

‚Das riecht ja förmlich danach, dass die Koslowsky inzwischen in Bielefeld ist, und genügend Zeit zum Zuschlagen hatte sie ja auch. Verdammt!‘

So in Gedanken musste er sich die Frage wiederholen lassen und antwortete auch nur recht schmallippig.

‚Es ist doch zum … Jetzt sitze ich hier herum, und im Ehlentruper Weg ist vielleicht schon wieder ein Mord verübt worden.'

Bis jetzt war die Pressekonferenz ganz sachlich abgelaufen, die örtliche Presse hatte vernünftige Fragen gestellt. Allerdings hatte der Reporter vom Durchblick nur zugehört, ohne eigene zu stellen. Als alle Vernünftigen beantwortet waren, sah er seine Zeit gekommen und stellte die absurdesten Behauptungen auf. Der Ton wurde auf beiden Seiten schärfer, selbst Milkowitsch musste etwas aus der Reserve kommen.

Egberts Smartphone erzeugte ein neuerliches Signalvibrationsfeuerwerk.

Seine Armbanduhr zeigte 16:55 Uhr.

‚Da musste etwas passiert sein. Es fragt eh nur noch dieser widerliche Schmierfink vom Drecksblatt, ich seh mir die Nachrichten an.'

Der Schmierfink ritt immer wieder auf seiner Mafia-Theorie herum, als Egbert für alle sichtbar auf sein Smartphone schaute.

Seine Armbanduhr zeigte 17:05 Uhr.

„Meine Fragen interessieren sie wohl nicht, Herr Klöppelmeier!?"

Egbert grinste: „Nein, nicht im geringsten. Sie schreiben doch eh, was Ihnen so einfällt. Versuchen Sie es doch einmal mit dem Russischen Geheimdienst, wäre doch mal was Neues."

Bis auf den Schmierfinken und Polizeipräsident Milkowitsch lachten und grinsten alle Teilnehmerinnen und Teilnehmer.

Zum Entsetzen vom Kölner Karnevalsprinzen legte Klöppelmeier sogar noch nach:

„Von meiner Seite ist alles gesagt. Ich muss mich leider entschuldigen, die Ereignisse erfordern meine Anwesenheit. Meine Damen und Herren, Frau Feldkamp, Herr Milkowitsch, einen schönen Tag noch."

Bielefeld, Ehlentruper Weg, 16:50 Uhr

Florian war in Stieghorst, als ihn Ginas Anruf erreichte. Um diese Uhrzeit waren die Straßen voll. Er merkte schnell, dass er so ewig brauchen würde, entschied sich daher dafür, das Blaulicht aufs Dach zu setzen. Das beschleunigte die Fahrt ungemein. Bereits auf Höhe der Diesterwegstraße schaltete er es aber lieber wieder aus, um nicht unbeabsichtigt die Aufmerksamkeit der Koslowsky, wenn sie denn vor Ort wäre, zu erregen.

Mit der Parkplatzsuche hielt er sich nicht auf, parkte einfach in der Einfahrt zum Hinterhof des Hauses im Ehlentruper Weg.

Bei der Bewegung zum Klingelknopf drückte er gegen die Haustür, sie sprang auf. Mit schnellen Schritten war Florian an der Wohnungstür von Detlef Martens. Die Tür stand einen Spalt weit auf. Aus der Wohnung waren schleifende Geräusche zu hören. Man hatte es ihm in der Ausbildung oft genug eingebläut, nie ein unkalkulierbares Risiko eingehen.

Florian nahm die Waffe aus dem Halfter, entsicherte sie zwar, hielt die Mündung aber zur Erde gerichtet.

„Herr Martens!?"

Keine Antwort, aber wieder Schleifgeräusche, die er nun als Schritte identifizieren konnte.

„Herr Martens, hier ist die Polizei, ich komme jetzt in die Wohnung!"

Keine Antwort.

Vorsichtig öffnete Florian die Wohnungstür. Im Flur stand Sebastian Schulte, lehnte sich gegen die Wand und machte den Eindruck, dass er gleich zusammen brechen würde.

Das Schlimme an der Situation war, dass Schulte auch seine Waffe in der Hand hatte und sie in Zeitlupentempo in Richtung Florian bewegte. Schulte konnte sich kaum auf den Beinen halten, entsprechend unbeholfen waren auch seine Armbewegungen. Zwei schnelle Schritte, ein kräftiges zugreifen und Florian hatte Schulte seine Waffe abgenommen.

Die Haare und das Gesicht blutverkrustet, mit stierem Blick, sah Schulte Florian an. Er machte den Eindruck, als müsse er in seinem Gehirn wühlen, um zu erkunden, wer da vor ihm steht. Vorsichtig beförderte Florian Schulte auf den Fußboden, nachdem er dessen Waffe gesichert und eingesteckt hatte.

Schnell sah er sich in der Wohnung um. Die Badewanne war leer, das ist doch schon mal etwas Positives, dachte er sich, und in der Küche war auch niemand. In der Essecke stand auf dem Tisch das benutzte Geschirr für zwei Personen.

‚Hatten Schulte und Martens zusammen Kaffee getrunken?'

Die Blutspuren vom Wohnzimmertisch bis ins Schlafzimmer war nicht zu übersehen. Dort, wo Sebastian Schulte gelegen hatte, war eine größere Lache, und lagen verstreut die aufgeschnittenen Bindfäden und das abgerissene Klebeband.

‚Was war hier passiert? Wo war der Martens? Abgehauen?', überlegte Florian während er wieder schnell in den Flur ging, um nach Schulte zu sehen und den Rettungswagen anzufordern.

Der versuchte mit seinem Smartphone zu telefonieren, hatte wohl seinen Chef, den Bauer, angerufen, jedenfalls konnte Florian noch ein ‚Ja Heiko' hören, dann fiel Schulte das Handy aus der Hand. Florian hob es auf und sah, dass am anderen Ende tatsächlich Bauer gewesen war, der aber aufgelegt hatte.

‚Merkwürdig, sehr merkwürdig.'

Die Informationen von Beatrice im Hinterkopf, steckte er instinktiv auch Schultes Smartphone in seine Manteltasche und rief mit dem eigenen die 112 an.

„Der Krankenwagen müsste gleich vor Ort sein, hat leider etwas länger gedauert, hatten erst keinen frei. Ihre Kollegen sind auch alarmiert."

Florian war im ersten Moment verwirrt, hatte Bauer auch die 112 angerufen? Ein paar Nachfragen klärten aber die Situation mit dem Krankenwagen, warfen allerdings mindesten genauso viele neue auf.

‚Hatte die Koslowsky Schulte niedergeschlagen? Aber wo war dann Martens und warum hatte sie außer dem Krankenwagen auch ausdrücklich die Kollegen angefordert?'

In der Straße waren die Martinshörner des Krankenwagens und der Streife zu hören.

Der Rettungsdienst kümmerte sich um Sebastian Schulte, Verstärkung und Spurensicherung waren angefordert, die Kollegen sicherten das Objekt und Florian machte sich daran, im Haus nach Martens zu suchen.

Gina und Beatrice fuhren, vom Landgericht kommend, die Detmolder hoch, um über die Teutoburger Straße zum Ehlentruper Weg zu kommen. Es hatte heute ja etwas geschneit, entsprechend trödelig und teilweise übervorsichtig waren die Bielefelder Autofahrer unterwegs. Etwas, was Gina immer in Rage brachte. An der Kreuzung zur August-Bebel-Straße mussten sie kurz halten.

„Gina! Da ist sie! Sie steht an der Straßenbahnhaltestelle auf der anderen Straßenseite!"

„Bist du sicher!?"

„Ja, bin ich! Die steht unter der Straßenlaterne und hat gerade in dem Moment, wo ich herübergesehen habe, ihre Mütze abgenommen. Das Gesicht und die bunten Haare, unverkennbar. Sie ist es hundertpro, Gina!"

Gina überlegte hastig, wie sie es am besten anstellen sollten, die Koslowsky festzunehmen. Einfach den Wagen drehen und vor der Haltestelle aussteigen war keine gute Option. Die wollte anscheinend mit der Straßenbahn fahren. Noch war aus Richtung Sieker keine in Sicht.

„Da ist eine Lücke im Gegenverkehr! So machen wir's!"

‚Wie, so machen wir's?', fragte sich Beatrice und bekam auch gleich schnell die Erklärung von Gina, während die ziemlich rücksichtslos auf die linke Spur wechselte.

„Ich biege gleich einfach in die Bielsteinstraße ab, halte an, du steigst aus und gehst zur Haltestelle, bleibst an der Koslowsky dran, aber pass auf, dass die dich nicht erkennt."

„Wird die nicht, setzte meine Kapuze auf. Was machst du?"

„Ich fahre auf dem kürzesten Weg zur August-Bebel-Straße zurück und komme dann von der anderen Seite auch zur Haltestelle."

Beatrice hielt kurz die Luft an, war Gina doch ziemlich brutal ohne abzubremsen durch die erspähte Lücke im Gegenverkehr verbotenerweise in die Bielsteinstraße abgebogen.

„Headset in die Löffel Beatrice, wir bleiben über Handy verbunden. Los raus!"

Die Wagentür war noch nicht richtig zu, als Gina bereits wieder Gas gab.

‚Wo sollte er anfangen? Wenn der Martens noch im Haus war, könnte er sich in eine andere Wohnung geflüchtet haben!? Nein, das war eher unwahrscheinlich, dann hätte er sich doch bestimmt inzwischen gemeldet. Also wird ihn die Koslowsky getötet haben, aber wo?'

Florian schnappte sich vorsorglich das Schlüsselbund von der Garderobe und entschied sich dafür, zuerst im Keller nachzusehen. Die Kellerräume waren alle abgeschlossen. Martens konnte er aufschließen, aber außer dem üblichen Kellerkram war nichts in dem Raum. Schließlich blieben nur noch zwei Türen. Hinter der ersten verbarg sich der Fahrradkeller und der zweite mit dem uralten Schild Waschraum war verschlossen.

Als Florian aufgeschlossen hatte und hineinsah, wusste er sofort, dass er fündig geworden war.

Links neben der Tür auf einem alten klapprigen Stuhl lag fein säuberlich zusammengelegt Kleidung und darauf ein dreckiges Postpaket mit dem bekannten Abschiedsbrief. Wobei, der war diesmal etwas ausführlicher, ‚Ich bin der Oberhalunke und habe besonders große Schuld auf mich geladen.‘ Unterschrift, recht gut lesbar Detlef Martens.

Die auffälligste Abweichung war jedoch der handschriftliche Text darunter. Er schilderte das Wissen der Verfasserin über das Paket, einschließlich dem Verdacht, dass es ursprünglich in Dreiers Kachelofen deponiert war und wies auch darauf hin, dass Martens anscheinend den Polizisten niedergeschlagen hatte und dass sie diesen schon einmal bei der Polizeiaktion hier im Haus gesehen habe, als er die Namensschilder der Erdgeschosswohnungen vertauschte. Grinsen musste Florian allerdings, als er den letzten Abschnitt las, da würde sich der Chef aber freuen.

‚Sehr geehrter Herr Klöppelmeier, wir haben uns ja schon zweimal gesprochen, und ich habe den Eindruck, dass sie ein rechtschaffender Mann sind. Was in dem Paket ist, entzieht sich meiner Kenntnis, aber da Dreier, Tettmann und Martens sehr zwielichtige Gestalten waren und mir auch das Verhalten Ihres Kollegen komisch vorkommt, sollten sie sich mal um die Angelegenheit kümmern. Mit freundlichem Gruß L. K.‘

Blieb noch die Frage, wo war Martens. Obwohl, es gab eigentlich nur eine Lösung für dies Frage, er musste im alten Waschbottich sein. Florian hob den Deckel ab.

Was er zu sehen bekam, war schon recht makaber. Der Karpfen zog ruhig seine Bahnen im frischen Wasser und vom Grund des Bottichs schaute ihm ein nackter, toter Mann an, der in den Bottich gequetscht worden war und Detlef Martens sein musste.

Das war doch das Salz in der Suppe des Polizistinnendaseins. Endlich mal wieder etwas Aktion. Gina fuhr mit durchdrehenden Reifen an und sah im Rückspiegel, wie Beatrice die Bielsteinstraße überquerte und in Richtung Haltestelle ging. Sie selber fuhr nicht bis zur Luisenstraße hinunter, sondern nutzte das schmale Sträßchen, das auch zur August-Bebel-Straße gehörte, um zu dieser zu gelangen. Sie brauchte etwas, um einen halbwegs legalen Parkplatz zu finden und spurtete Richtung Straßenbahnhaltestelle, denn Beatrice hatte ihr gerade gemeldet, dass die Bahn käme.

Im Laufen sah sie, wie Beatrice in den hinteren Teil des ersten Wagens einstieg. Gina rannte, so schnell sie konnte, zur vorderen Wagentür. Der Fahrer sah sie zwar, war aber ein typischer Sturkopf, wollte partout seinen Fahrplan einhalten und schloss die Türen. Der Sprung zwischen die sich schließenden Wagentüren klappte zum Glück, die Türen schwangen wieder zurück und Gina war im Wagen, bedankte sich sarkastisch beim Fahrer, den das aber nicht weiter interessierte.

Langsam ging sie den Wagen hinunter. Beatrice war dank ihrer Größe nicht zu übersehen. Gina musste lächeln, hatte die Kollegin sich doch einfach neben die Koslowsky, die am Fenster saß gesetzt. Nun stand sie vor den beiden.

„Guten Tag Frau Koslowsky", startete Beatrice die Verhaftung. Lena sah erschrocken auf, so ganz in Gedanken hatte sie überhaupt nicht darauf geachtet, wer sich neben sie gesetzt hatte.

„Ah, ja guten Tag, Frau …"

„Wolter."

„Richtig, Frau Wolter. Wo man sich so überall trifft."

„Mal wieder in Bielefeld? Was zu erledigen gehabt?"

„Ja, ist eine lange Geschichte, würde Sie nur langweilen."

„Das glaube ich nicht, Frau Koslowsky, wir möchten Sie nämlich zu einem ausführlichen Gespräch mit aufs Präsidium nehmen", dabei hielt sie Lena die Handschellen hin. Lena wollte aufspringen, wurde aber von der Frau vor ihr wieder zurück in den Sitz gedrückt.

„Kriminalpolizei, Sie sind hiermit wegen des Verdachts des mehrfachen Tötungsdeliktes vorläufig festgenommen", sagte Gina in offiziellem Ton.

Lena kapitulierte. Was sollte sie gegen zwei Polizistinnen machen, hier in der Straßenbahn? Außerdem fühlte sie sich vollkommen ausgelutscht und müde, ihre Energie war einfach aufgebraucht.

‚Jäh, die Koslowsky ist verhaftet', freute sich Florian und schickte einen Glückwunsch an die beiden Kolleginnen zurück.

Er war noch auf der Kellertreppe, als er aus dem Hausflur hörte, wie die Kollegen von der Streife den Kriminalhauptkommissar Bauer begrüßten, der erklärte, er müsse unbedingt in die Wohnung vom Martens.

„Aber nur mit den üblichen Vorsichtsmaßnahmen Herr Bauer, die KTU ist noch bei der Arbeit."

‚Was macht der hier?'

Florian musste an die Informationen von Beatrice, der überraschenden Anwesenheit von Schulte und an den handschriftlichen Zusatz der Koslowsky denken und entschied kurzentschlossen, das Paket vorsorglich in seinen Wagen zu verfrachten und den ‚Abschiedsbrief' bereits vor der KTU selber in einer Plastiktüte zu sichern.

Der Kofferraum war gerade wieder geschlossen, als Egbert anrief. Nachdem er den Chef auf den aktuellen Stand gebracht hatte, segnete der Florians Maßnahmen ab und entschied, er solle den Kollegen Bauer doch noch etwas im Auge behalten.

„Aber kein Wort über das Paket, Florian, ist doch wohl klar. Wenn du im Ehlentruper Weg dann fertig bist, kommst du schnellstmöglich ins Präsidium, haben schließlich noch ein nettes Gespräch mit der Koslowsky zu führen."

Bielefeld, Polizeipräsidium, kurz vor 18:00 Uhr

In seinem langen Berufsleben hatten schon viele Verdächtige Egbert gegenüber gesessen. Es waren immer ganz unterschiedliche Menschen von offensichtlich brutal und rücksichtslos bis zu nett und sympathisch gewesen. Die letzten machten es einem meistens am schwersten, weil man als Kriminalbeamter so fast automatisch das Gefühl hatte, ach, das ist doch sicherlich alles ein Versehen. Lena Koslowsky gehörte zweifelsohne in diese Kategorie.

„So, Frau Koslowsky, nun sehen wir uns also endlich auch einmal persönlich."

„Aber Herr Klöppelmeier, das haben wir uns doch schon."

„Richtig, Sie meinen ihren Besuch bei mir zu Hause. Nun, den würde ich jetzt nicht in diese Kategorie einordnen, da waren Sie ja schließlich verkleidet."

Mit Egbert saßen Gina und Verena Feldkamp mit am Tisch, während Beatrice und Florian dem Verhör aus dem Beobachtungsraum verfolgten.

„Erst einmal vielen Dank für ihre Informationen zu dem merkwürdigen Paket. Wir werden uns der Sache annehmen. Hier geht es jetzt aber um Ihre Taten."

Egbert legte eine kleine Pause ein und stellte Lena dann vor die Wahl:

„Es gibt in diesen Fällen immer zwei Möglichkeiten. Die erste wäre, wir überführen Sie mit den vielen Beweisen, die uns vorliegen und quetschen stückchenweise die Wahrheit aus Ihnen heraus, und die zweite ist die, Sie erzählen uns ihre Geschichte und dann bröseln wir das gemeinsam auf. Wie sollen wir verfahren, Frau Koslowsky?"

Lena lächelte. Diese Frage hatte sie sich während der Wartezeit auf dieses Verhör auch gestellt. Sie war zu dem Ergebnis gekommen, dass sie es sich ersparen würde, hier klein klein überführt zu werden. Als sie sich entschlossen hatte, ihren Plan umzusetzen, war sie sich ja auch bewusst gewesen, das es so enden könnte.

‚Was musste ich aber auch gerade in dem Moment die Mütze abnehmen, als die beiden Polizistinnen vorbeifuhren. Andererseits war das Glück ja auch öfters auf meiner Seite gewesen. Also Lena', sagte sie sich im Stillen, ‚bring es hinter dich, erzähl ihnen deine Geschichte und gut ist.'

„Ich werde Ihnen aus meiner Vergangenheit und über die sich daraus ergebenden Taten berichten. Womit ich, so muss ich wohl sagen, ein Geständnis ablegen werde. Beginnen muss ich inzwischen vor über siebzehn Jahren."

Es wurde die bekannte lange Geschichte, bei der Lena allerdings etliche Details wie den Escort-Service, ihre Freundschaft mit Sarah und Machmud, überhaupt die United Fighters, das Apartment im Studentenwohnheim und natürlich auch die jahrelange innige Verbundenheit und Freundschaft mit einer gewissen Mira Radković auslieβ. Auch zu der Zeit im Waisenheim an sich äußerte sie sich nur sehr zurückhaltend.

Auf eine Nachfrage von Gina meinte sie lediglich: „Es sind diesbezüglich ja in den letzten Jahren etliche Vorfälle bekannt geworden, und ich kann ihnen versichern, in dem Heim war es nicht anders. Ich möchte mich dazu aber nicht weiter äußern."

„Wie Sie wünschen, Frau Koslowsky. Bitte fahren Sie fort."

Als Lena mit der Aussage endete, dass sie sehr froh gewesen sei, als sie bemerkte, dass Herz Bube bereits tot war und sie ihn daher nicht mehr ertränken musste, war es eine ganze Zeit still im Verhörraum. Schließlich stellte Egbert fest:

„Eine lange und schlimme Geschichte Frau Koslowsky, da werden wir noch einige Male zusammensitzen, bis wir da alle Zusammenhänge stimmig geklärt haben."

Zustimmendes Nicken in der Runde. Dann ergriff die Feldkamp das Wort:

„Die Sache an sich ist allerdings eindeutig. Sie haben fünf Menschen ermordet, und selbst wenn wir davon ausgehen, dass ihre Geschichte so wahrheitsgetreu erzählt ist, ändert das nichts an dieser Tatsache. Selbstjustiz ist in keiner Form zulässig, auch wenn man selbst das Gefühl hat, oder es auch den Tatsachen entspricht, ein schweres Verbrechen würde nicht verfolgt und geahndet. Bei Ihnen kommt noch erschwerend hinzu, es gibt keinerlei Zeugen mehr. Alle Personen, die in ihrer Geschichte eine Rolle spielen, sind bis auf Sie selber tot und den einzigen Beweis, den zweiten Abschiedsbrief ihrer Mutter, haben Sie ja, wie Sie sagten, selber vernichtet. Ich will nicht schön drum herumreden, Frau Koslowsky, ich werde Sie wegen fünffachen Mordes anklagen müssen. Aber ich denke, das werden wir in weiteren Gesprächen noch eindeutig klären. Für heute reicht es, glaub ich, oder, Herr Klöppelmeier?"

„Das denke ich auch. Wir haben ja nun eine Menge Informationen bekommen, die auch erst verarbeitet werden wollen. Die Kollegen werden Sie dann gleich in die Gewahrsamszelle bringen und morgen …"

Egbert sah zur Feldkamp rüber,

„Genau, morgen werde ich bei Gericht den Haftbefehl gegen Frau Koslowsky beantragen, und dann sehen wir weiter."

Das Team und Vera Feldkamp gingen zusammen ziemlich geschafft Richtung Großraumbüro von Kommissariat I, als ihnen Heiko Bauer entgegenkam. Bauer ignorierte die anderen und sprach nur Egbert direkt an.

„Muss dich mal kurz sprechen, Egbert."

Die anderen gingen weiter, und Egbert fügte sich in sein Schicksal, sich mit Bauer unterhalten zu müssen.

„Was willst du?"

„Wir haben da eine Sache am Laufen, bei der ein Postpaket eine Rolle spielt, das hätte eigentlich in der Wohnung von Martens sein sollen, ist es aber nicht. Hast du das eventuell?"

‚So, so, du suchst ein Paket und fragst mich ob ich es habe. Habe ich es? Nein, mein Lieber, habe ich nicht, liegt immer noch bei Florian im Kofferraum. Aber bevor ich dir ehrlich antworte, habe ich doch erst noch eine Frage.'

„Wie geht es denn dem Kollegen Schulte, Heiko?"

„Woher soll ich das wissen, ist im Krankenhaus. Weiß sowieso nicht, was der da in seinem Urlaub zu suchen hatte."

‚Du hinterfotziges Arschloch, dafür vermiese ich dir noch etwas den Tag.'

„Nun, Heiko, wenn von meiner Truppe eine Kollegin oder ein Kollege im Krankenhaus läge, hätte ich mich schon längst erkundigt, wie es ihm geht. Aber zu deiner Frage, nein, habe ich nicht. Wenn's nicht da ist, hat's bestimmt die Koslowsky mitgenommen und unterwegs versteckt oder weggeschmissen!? Was war denn drin?"

„Ist für dich unwichtig, Egbert."

Mit der Bemerkung ging Bauer einfach weiter. Ihm nachsehend zeigte ihm Egi gedanklich den Stinkefinger, äußerlich grinste er zufrieden, wandte sich um und ging seinem Team hinterher.

Da hatte der Holger doch eine Information bekommen, über die sich schön ärgern würde, freute sich Egbert.

Bielefeld, Polizeipräsidium, ca. 19:30 Uhr

Der Polizist sah kurz hinein und meinte: „Trinken sie in Ruhe ihren Kaffee aus, der Kollege ist gerade noch auf Toilette, dauert noch einen Moment, bis wir sie herunterbringen."

Er wollte die Tür wieder schließen, behielt sie aber in der Hand, ohne sie ganz zuzumachen, so das Lena hören konnte, was auf dem Flur gesprochen wurde.

„Hallo, Herr Bauer."

„Sie wollen die Frau gerade in ihre Zelle bringen?"

„Genau."

„Das brauchen Sie nicht, wir von der III müssen auch noch mit ihr sprechen. Habe ich eben mit dem Kollegen Klöppelmeier abgesprochen."

„Herr Kriminalhauptkommissar, wir haben eigentlich schon seit über einer Stunde Dienstschluss, und der Kollege muss unbedingt noch bei seiner Frau vorbei, die liegt im Wochenbett!"

„Habe ich doch gar nicht gesagt, dass Sie hierbleiben sollen. Machen Sie ruhig Feierabend, wir haben das hier im Griff. Wenn wir mit ihr fertig sind, sagen wir unten Bescheid. Dann kommen die Kollegen halt kurz hoch und bringen sie weg. … Passt schon."

„Hast du gehört, Sven, wir können gehen!"

„Okay, passt mir allemal, aber Sie, Herr Bauer, sind ja im Moment allein mit Frau Koslowsky, das ist ja gegen die Vorschrift!?"

„Keine Sorge, Kollegen, die Verantwortung übernehme ich. Es dauert ja auch nicht lange, bis der Kollege Hampel da ist."

„Ja dann, Ihnen auch irgendwann einen schönen Feierabend, Herr Bauer."

Lena war auf einmal hellwach.

‚Was war da los? Das passte doch alles nicht zusammen, dieser Bauer war doch dieser unausstehliche Typ, der sie körperlich angegangen wäre, wenn in dem Moment die Wolter nicht den Raum betreten hätte?'

An der Tür tat sich nichts, anscheinend wartete der Kotzbrocken darauf, dass die anderen Polizisten weg waren. Das konnte nichts Gutes bedeuten. Bei ihrer ersten Begegnung mit ihm hatte sie zum Schluss wirklich Angst, das war so ein Typ, wie man sich einen Gestapo-Beamten vorstellte.

‚Sie haben nicht darüber gesprochen, ob ich Handschellen trage. Klöppelmeier hatte doch zu seinen Kollegin gemeint, solle sie mal lieber den uniformierten Kollegen überlassen, sonst müsste man ja wieder hinterherlaufen, damit man neue bekäme, das würde schon passen. Also ist die Regel eine andere!' ... ‚Wenn er allein hereinkommt, nicht auf seinen Kollegen wartet, habe ich vielleicht eine kleine Chance. Ich nehme die Hände hinter den Rücken, dann denkt er, ich trage Handschellen, und wenn ich Glück habe, kommt er zu mir heran. Dann muss ich mit aller Kraft zutreten!'

Nun kam Bauer in den Raum, schloss die Tür, verriegelte sie mit dem Drehgriff und sah sie an.

„So du kleine Nutte, jetzt bist du dran. Entweder sagst du mir, wo das Paket ist oder du lernst mich näher kennen!"

‚Klasse, der ist schon auf 180, ich muss ihn noch mehr provozieren. Aber was ist, wenn da schon jemand im Beobachtungsraum ist, oder dieser Hampel gleich auftaucht? … Habe ich eine andere Chance als diese hier? … Nein, eindeutig nein. Also alles egal, jetzt oder nie, los Lena!'

„Hallo Rumpelstilzchen! Schon wieder am Rumhüpfen?"

„Drecksstück!"

„Du glaubst doch nicht im Ernst, dass ich so einem Zwerg wie dir verrate, wo das Paket ist!"

Bauer sah nur noch rot. Er stürmte um den Tisch herum auf Lena zu, die aufgestanden war, aber die Hände weiterhin hinter dem Rücken ließ.

„Das Muffensausen kommt zu spät, jetzt bist du dran!"

Fast hatte er sie erreicht, Lena machte eine leichte Drehung nach rechts hinten, hob dabei plötzlich den linken Arm als wolle sie Bauer greifen. Der, überrascht, dass die Koslowsky doch keine Handschellen trug, reagierte reflexartig, versuchte sofort, den Arm der Koslowsky mit seiner Rechten zu fassen, streckte sich dazu hoch, sah seiner Hand nach. Den Fuß, der ihn mit voller Wucht traf, hatte er gar nicht registriert. Der Tritt hatte zielgenau den Solarplexus Bauers getroffen. Seine Luft war weg, er stand wie angewurzelt da, konnte nicht mehr reagieren, als er den Fuß nun auf seinen Kopf zukommen sah. In den zweiten Tritt hatte Lena noch einmal alle Kraft gelegt. Der schwere Winterschuh knallte gegen Bauers Schläfe, der wie ein gefällter Baum umkippte, ohne einen Ton von sich zu geben.

Was war das für ein Dröhnen, ein Schmerz im Kopf! Wieso drehte sich alles verschwommen, wenn er versuchte die Augen zu öffnen? Was fiel ihm das Atmen so schwer? Wo war er? Wieso konnte er sich nicht richtig bewegen?

Es dauerte, bis der Kriminalhauptkommissar Heiko Bauer wieder einigermaßen sachlich seine Lage analysieren konnte.

Er lag auf dem Boden, seine Hände waren über den Kopf gestreckt, die er aber nicht herunternehmen konnte. Dem Gefühl nach waren sie mit Handschellen, wohl seinen eigenen, an den Heizungsrohren befestigt. Unangenehmerweise konnte er auch die Beine nicht wirklich bewegen. Was war denn da los? Soweit er es in den Blick bekam, konnte er einen seiner Schuhe sehen, dem der Schnürsenkel fehlte. Da er fühlte, dass er an beiden Füßen keine Schuhe mehr trug, war er wohl mit den Schnürsenkeln an dem Tischbein des im Boden verankerten Tisches gefesselt. Und das komische Gefühl im Mund? War das sein Schlips, der nicht mehr um seinen Hals sondern nun um seinen Kopf und durch seinen Mund geknotet war?

So einigermaßen konnte er wieder klar sehen. Die Nutte zog sich gerade ihren Mantel an und sah auf ihn runter. Scheiße, heute war aber auch alles schief gelaufen, und alles nur, weil dieser Schlappschwanz Sebastian nicht in der Lage war, einem Fastrentner das Paket abzunehmen.

Lena hatte sich ihren Mantel, den man ihr netterweise gelassen hatte, angezogen. Gut, die Umhängetasche und der Tascheninhalt des Mantels waren weg, aber zu ihrem Glück steckte die Mütze noch in der Manteltasche. Blau/grün/orange Haare waren doch recht auffällig, grinste Lena in sich hinein, während sie sie die Mütze aufsetzte. Den Verlust der anderen Sachen konnte sie verkraften, der Briefkastenschlüssel war ja im Fahrradständer des Studentenheimes deponiert. Ein Blick auf Bauer beruhigte sie.

‚Das Arschloch ist zum Glück wieder wach. So ein Tritt gegen die Schläfe kann auch schiefgehen. Sage ich dem ‚Polizisten von der traurigen Gestalt' noch etwas? Nö!', entschied sie und wandte sich grußlos von ihm ab.

Vor der Verhörraumtür atmete sie noch einmal tief ein und aus.

‚Jetzt! Entweder oder!'

Auf dem Flur war niemand. Die extreme Anspannung viel von ihr ab. Kurz musste sie sich orientieren, dann ging sie Richtung Treppenhaus.

‚Nicht so schnell gehen! Versuch dich ganz normal zu bewegen!'

‚Was nehme ich, Treppe oder Fahrstuhl? Lieber die Treppe, bis der Fahrstuhl kommt, dauert es vielleicht ewig, und dann ist da jemand drin, das kann gefährlich werden.'

‚Nicht so schnell!'

Im Foyer war außer ihr und dem Beamten in seinem Glaskasten niemand.

‚Jetzt ruhig bleiben, Lena! Nicht zu schnell gehen! Auch nicht so langsam!'

Lena hob die Hand zum Gruß und rief dem Beamten in seinem Glaskasten ein fröhliches: „Schönen Abend noch!" zu. Der antwortet mit einer Handgeste.

Nun stand sie vor der Tür des Bielefelder Polizeipräsidiums unter dem Vordach. Es hatte wieder begonnen zu schneien. Lena klappte den Kragen ihres Mantels hoch und ging normalen Schrittes weiter.

Der Beamte am Eingang sah der Frau nach. Unter dem Vordach war sie klar und deutlich zu sehen, aber nun im Schneetreiben wurden ihre Umrisse immer unschärfer, bis sie schließlich nicht mehr zu erkennen war. Lena Koslowsky hatte sich aufgelöst. Für immer!

Ende